文吉栄喜 小説コレクション 4

松明綱引き

コールサック社

又吉栄喜小説コレクション4

松明綱引き

短編

掌編

短編

松明綱引き

祖浦《そうら》集落では毎年、九月の第三日曜日の夜に松明綱引きが催される。

直径十五センチ、長さ五十メートルの綱を引く、南地区と北地区の総勢六十人の顔触れは集落の人たちもわからず、本番の夜に突如判明する。毎年のように引く者もいるし、一度も引かない者もいる。

集落の人たちは綱引きを待ちわび、何日も前から興奮し、睡眠不足におちいっている。老女たちは日めくり暦を仏壇に立て掛け、毎朝手を合わせ、一枚ずつ破り取っている。

数日前に霞のような薄い雲が空一面を覆い、「新しい北風」と呼ばれる風が吹き出し、長い残暑はようやく消えた。

綱引き当日の早朝、小学校の守衛の老人が勝手に集落内の家々の呼び鈴を鳴らし、戸をたたき、住人を起こした。人口三百数十人の祖浦集落には木らしい木は生えていないが、高い石垣囲いの家や畑が多く、路地や辻は見通しがきかず、迷路のようになっている。

午前八時、コンクリート平屋の公民館に集合した十人の若い女は丸く束ねた蔓草を王冠のようにかぶり、祖浦集落には珍しく丈の高い数本の棕櫚の木が生えた、小さい拝み所に向かった。後ろから中年の女や老女が「ちゃんと迷わずに来れるかね」「路地は込み入っているからね」「道案内がいるから大丈夫よ」などと話しながらついてきた。

蔓草をかぶった二十代の女たちは雲の切れ間から射した秋の朝の柔らかい光を全身に浴び、棕櫚を目印に天から降りてきた神の宿る直径五十センチほどの丸石を囲み、綱引きの無事を祈願した。

一方、青年たちは綱引きのために昔から舗装をせず、硬い赤土が露出した南北二百メートルほどの大通りを塵芥一つ残さないように掃き清め、徐行させた軽トラックの荷台から取り組み直前の相撲取りのように白い砂を撒いた。

昼食後、蔓草をかぶっていた十人の女は午睡し、青年たちは黙りこくったまま一メートル四方の板を張り付けた角材を持ち、先頭の小柄な青年がしきりに銀のシンバルを鳴らし、集落中を練り歩いた。青年たちが掲げるプラカードの一枚一枚に白地に赤く「禁酒、禁煙」「テレビ、ラジオの視聴禁止」「路上駐車厳禁」「花火、拡声器の使用禁止」「来賓席、長老の椅子の設置禁止」「開始前の挨拶の禁止」「飲食禁止」「カメラ、携帯の持ち込み禁止」「犬の放し飼い禁止」と書かれている。耳をつんざくようなシンバルの音がどこまでも響き渡った。

夕方、青年たちはクレーン付きの中型トラックを大通りに停め、とぐろを巻いている蛇を引き伸ばすように綱を重々しく、ゆっくりと降ろした。

一直線に寝そべった綱の真ん中辺りに腰の曲がった小柄な長老が一升壜を傾け、酒をかけた。

小学生以下の男子、七十歳以上の高齢者以外の男は一人残らず大通りから離れ、集落の周りを見張り、余所者が近づかないよう警戒した。

何百年も前からかつて存在した王国もこの集落も祭祀は女が、政治は男が、というように峻別し、統治してきた。

何より若い神女たちの心を乱しかねないからか、生殖能力のある男が綱引きを見るのはタブーになっている。

薄い雲が夜空に広がり、月や星を隠している。

夜八時、集落中の電灯が消えた。白い服に着替えた老人、女、子供が大通りの両側に十メートルおきに置かれた松明の灯りに誘われるように出てきた。

大通りの両側に綱に寄り添うようにたたずんだ人々の白い服は松明の灯りに染まったり、松明の炎の影が揺らめいたりしている。

おろしたての真っ白い服を着た人がいる。着古した黄ばんだ白い紬を着た人がいる。白い運動帽の子供や白いベレー帽の老人や、白いワイシャツの上に白いベストを着け、白い蝶ネクタイをした老人もいる。

風に揺らぐ松明の灯りが人々の顔を灰色や銀色にする。

白髪を丹念に染めた、耳の遠い老人が「聞こえるように、もっとはっきり言え」と脇の老妻を怒鳴っている。

簡易サマーベッドに寝そべった、顔色の悪い太った老人もいる。

車椅子に座った、顔に深い皺が刻まれた老人が「仁徳天皇のように百十歳まで生きたい」と独り言を言っている。

ボディービルをやっている筋肉質の老人が白いワンピースを着た女の子を抱き、白いシャツと白い半ズボン姿の男の子を肩車している。

背が低い老人の、長身の妻は夫に合わせるように背中を丸めている。

ベビーカーの赤ん坊の口にゴムのおしゃぶりを突っ込んだ女は、普段はめったに薄化粧もしないのに、今日は厚化粧をしている。

家庭裁判所に離婚の調停を申請した、ふくらんだ腹を抱えた白いムームー姿の女がヨチヨチ歩きの幼児の手を握っている。

「今時の子供はお父さんが病気になったら帰ってくると言って……亡くなると、お母さんが病気になったら帰ってくると言って……結局二人が亡くなっても帰ってこないのよ」

パーマ髪をアップにした女が言った。

「子供は親を何とも思っていないよ。うちは七人の子がいるけど、何年も独り暮らしなのよ。子供を産みすぎたのか、近頃は下半身が弱っているよ」

痩せた小柄な女が自嘲気味に笑った。

髪に櫛目が入り、白い着物に糊がパリッと利いた清潔好きの老女が背筋が不自然なくらい真っすぐに伸びた老女に、「あんたの子供ねえ?」と隣のお洒落用の鬘をかぶり裾が大きく広がった白いワンピースを着た女を指差した。

「相手は誰ね?」

「四十の時の子供よ」

「誰かねえ。校長先生にしようかねえ。村長にしようかねえ」

清潔好きの老女たちから右に数メートル離れた、明かりの消えた外灯の下では二人の中年の女が笑いながら話している。

「子供が帰ってくるのは、うちの葬式の時だね」

「あんた、還暦もまだでしょう? 葬式なんてずっと先よ」

「十七の時に初めての子が生まれたから、何かもう九十になったみたいよ」

「九十歳になったら、あんたもうちもあんなふうになるのよ」

片方の女が斜め前にぼんやり立っている認知症を患った老女を指差し、言った。

今夜の女たちは何かにとりつかれたように盛んに話している。常日頃は挨拶にさえ怯える女も口を開いている。

逆に普段はしゃぎ回る子供たちは異様な雰囲気に身をちぢめ、おとなしくしている。

午後九時少し前、石灰岩の石垣に囲まれた路地の南北の闇の中から小太鼓の音が聞こえてきた。観衆は息をつめ、耳を澄まし、目を見張った。

大通りの南の先も北の先もポツポツと明るくなり、膝が隠れるくらいの白い着物を着け、小さい松明を掲げた数人の女の子がそれぞれに現れた。

女の子たちのすぐ後ろから白い法被を着た男の子たちが黒く縁取られた数本の白い旗を持ち、ぎこちなく、しかし力強く振りながら大通りの中央に進んできた。

男の子たちに続き、南北五人ずつの裸女が姿を見せ、小太鼓をたたきながら、時々後ろを振り返り、四人の男が肩に担ぐ戸板に乗った男女、隊列を組んだ綱引き隊を誘導している。

戸板には北は女、南は男が立ち、互いをめざし、進んでいる。

観衆の間から悲鳴にも似た歓呼の声が起こり、拍手や指笛が鳴り響いた。

三日前から朝晩沐浴をし、今朝、束ねた蔓草をかぶり祈願をした十人の独身の女は今は素裸になり、小さいピアスさえせず、白粉もマニキュアも落としている。年中髪をアップにしている三人の女も髪を肩に垂らし、別人に見える。

松明の灯りが風に揺らぎ、女たちの裸体に彫刻のような陰影が生じた。女たちはいささか恥ずかしがり、緊張しているが、誇らしげに前方を見つめ、北から南から歩いてくる。

寝そべった綱の中央には赤い紐が結わえられている。この目印を境に小さい松明を掲げた女の子たちは立ち止まり、見つめ合った。

顔はいくぶん浅黒いが、染み一つない白い肌をなめし革のように輝かせた裸女たちから観衆が小太鼓を受け取り、松明や旗を持った子供たちは大通りの脇に退き、観衆に紛れた。

綱引き隊は一人残らず青白い無表情な顔をしているが、背広、紋付、スーツ、当時のファッションドレスなど正装をしている。

観衆の女たちが「ああ、迷っていなかったんだね」「無事に着いたんだね」と口々に言いながら、身動きせずに背筋を伸ばし立っている綱引き隊に手を合わせた。

花飾りも敷物もないが、華やかな朱色の戸板に乗った男が南の、女が北の綱引き隊の先頭にいる。

毎年、観衆の誰もが自分の身内が戸板に乗れるように祈るが、たとえ乗れなくても綱を引くだけで満足する。

去年は背広とスーツを着た若い男女が戸板に乗っていたが、今年は何百年も昔の、あたかも国王と王妃かと見紛うようなきらびやかな錦の衣裳を着た男女が人形のように立っている。

鈍く光る銀の簪を豊かな髪に挿し、大きな扇を抱き、北の戸板に乗った女と、立派な髭をたくわえ、扇子を握り南の戸板に乗った男は対峙し、無言のまま見つめ合った。鉢巻きやたすきがけもせず、武器も持たず、戦う気配はなく、何ともいえない香ばしい匂いを漂わせている。

観衆は戸板の二人を指差し、「あれは誰だかわからないね」「余所者じゃないだろうね」「なぜか信じられないね」「夢みたいだね」とざわめきだした。

髪を左右に束ねた若い女が「見て、見て。同級生の四郎よ」と脇の女に言いながら夏物の薄いグレーの背広を着た青年を指差した。

北の戸板を肩に担いだ四人の青年の中に今年は神妙な顔をした、剽軽者の四郎がいる。三郎という名前の父親に、一人っ子なのに四郎と名付けられた青年は若い女にいやらしい話をするが、今年の春の潮干狩りの時、女たちがいつものように恥ずかしがらずに、「早く結婚して、おちついた大人になって」と反撃すると変にすごすごと引き上げた。

正装とは不釣り合いの素足をした綱引き隊は観衆と目を合わさず、青白い顔に戦いの前の緊張感を漲らせ、前方の合戦相手を見つめ、綱の脇に立ち尽くしている。

観衆は綱引き隊の列と平行に歩きながら、首を伸ばし、人々をかきわけ、名前を呼び、身内を探している。綱引き隊は同じ顔色や表情をしているせいか、似た顔に見え、観衆は必死に目をこらす。

「うちの長男坊がいない」「私の母親が見当たらない」と右往左往している人を「去年引いたでしょう」「来年は来るよ」「何もかも受け入れるのが一番よ」と近くの人が慰めている。

「美代子は若いね。信じられないよ。肌の色も艶やかで、髪も黒いし。うちと同い年なのよ」

六十代だが、パーマのかかった髪をポニーテールにし、しゃれた白いレースの服を着た女が綱引き隊の中程にいる赤い簪を髪に挿した、か弱そうな若い女を指し示し、言った。

「おばさんは皺だらけで、あちこち老斑が出ているしね」

太った中年の女が遠慮なく言った。

「うちにもあんな時代があったんだね。美代子を見ていると若い頃の自分が目の前に現れたみたいだよ」

「あんなに痩せているのに、綱を引くのね」

暗闇から松明の灯りの下に歩み寄ってきた、髪を頭のてっぺんに丸く綺麗に結った老女が中年の女の太い腕を撫でながら「見てごらん。うちの妹の花子も出ているよ。二人きりの姉妹なのよ。……結婚もしないで……うちは子や孫や曾孫もいるのに」と言った。

「小さい子供もお年寄りも引くから、花子さんが引いても不思議ではないのよ」

中年の太った女は丸く髪を結った老女に言った後、自分よりもさらに太った綱引き隊の男を指差した。「あの人はほんとうによく食べるのよ。外でも家でも。毎日、飲んで食べて」

「よく知っているよ。いつだったか、朝訪ねたら山盛りの牛肉を平らげたんだから」

「人間とは思えないくらいよね。綱を引く力も人の何倍もあるんじゃないの」

「食べ過ぎは病気の元よ」

丸く髪を結った老女の脇に立っている、長い髪を背中にたらした女子高生が「うちのお父さんは若造りなのね」と大きくウエーブした髪の母親に言った。

「しょっちゅう髪に櫛を入れるのよ。お洒落だからね」

母娘の肉親に限らず綱引き隊は全員お洒落をし、着付けもきちんとしている。男たちは髭を丁寧に剃り、女たちは髪を綺麗に整え、白粉や口紅も塗っている。

「みんな良い顔をしているね。見惚れてしまうよ。うちはいつの間にこんな歳になったのかねえ。信じられないよ」

くわえ煙草が癖の老女が口淋しいのか乾燥した唇を舐め回しながら言った。「だけど、たとえ若返っても、うちは何をしたらいいのか、わからないけどね」

おかっぱを長くしたような髪型の女子大生が脇から「おばあさん、人生で何も為さなかったと気づいたところで、もう絶対に過ぎた時間は取り戻せないのよ」と言った。

くわえ煙草が癖の老女が「うちも早く綱を引きたいよ」と女子大生に言った。

「引くのを見る方がいいのよ、おばあさん。孫と一緒に」

赤ら顔の中年の女が「おばあさん、綱を引きたいなんて言うんだったら来年は家にこもって、見ない方がいいよ」と言った。

くわえ煙草が癖の老女は「年に一回の綱引きなのに、家にこもれるもんかね」と憤慨した。

くわえ煙草が癖の老女の背後の薄暗い中から「横綱、横綱」という独り言が聞こえた。去年村の広報誌の長寿番付に「横綱・八郎」と掲載された、この百歳になる痩せた老人は村長から「横綱・八郎殿」という表彰状を授与された直後、自分を大相撲の横綱と思い込み、所構わず「横綱、横綱」とつぶやくようになった。

近くの女たちから一メートルもある木製の白いしゃもじを受け取った裸女たちが南の戸板と北の戸板の間に割り込み、睨み合った。

ほどなく、背丈はまちまちだがいずれも豊満な乳房をした裸女たちは、綱引き隊の闘争意欲をかりたてようと相手を罵倒する歌を歌いながら、大きな尻を振り、しゃもじを振り回した。

「アリアリ、おまえらの形相見たら」「何か何か」「月夜の月も雲に隠れる」「イヤサッサ」「アリアリ、恥を知れ、恥を知れ」「誰が誰が」「アリアリ、おまえらの声を聞いたら」「何か何か」「夜啼く鳥も落ちる」「イヤサッサ」「アリアリ、恥を知れ、恥を知れ」「誰が誰が」「アリアリ、おまえらの臭いを嗅いだら」「何か何か」「草木も萎れる」「イヤサッサ」「アリアリ、恥を知れ、恥を知れ」「誰が誰が」。妙にゆったりとした節回しの文句を交互に言い合っている。

両陣営の裸女たちが顔をおおう黒髪を掻き上げ、乳房を揺らし、数歩進んだり退いたりしながら、ぶちあてるしゃもじの乾いた音は暗い夜空に響き渡った。

観衆は血を燃えたぎらせたが、綱引き隊は静かに立ち尽くしている。

存分に相手を挑発した裸女たちはしゃもじを傍らの女たちにやり、黒い縁取りのある白い旗を受け取り、まっすぐに立てた。

国王と王妃の身形をした男女が戸板から降り、綱を持ち、向かい合った。戸板を担いでいた四郎たち男も戸板を脇の女たちに渡し、国王と王妃の身形をした男女の後ろに回り、綱を握った。

戸板を担いでいた男たちの後ろの綱引き隊は全員同時に綱に両手をかけ、持ち上げた。

方々から聞こえていたざわめきが急に大きくなったが、次の瞬間、観衆は体を硬直させ、不気味なくらい静まり返った。

十人の裸女が一斉に旗を振り下ろした。綱引き隊は上半身を仰け反らし、素足を踏張り、必死に声をかける観衆には目もくれず、ひたすら綱を引いた。掛け声を発するどころか、口元も少しも動かさないが、力がこもり、首筋や手の血管が浮き出ている。

綱引きの最中は使用を禁じられている太鼓や笛をたたき、吹き鳴らすかのような物真似の音がすぐ方々からわきあがった。

傍らから手を伸ばした女たちに旗を渡した裸女たちはしばらく両手を腰にあて、足踏みをするようにリズムをとっていたが、まもなく誰かをやさしく招き寄せるように両手をこねまわし、一歩進み、一歩下がり、右に回り、左に回りながら優雅に踊り始めた。耳には聞こえない音楽に合わせているかのように十人の裸女は少しも乱れず、静かに、厳かに、しかし軽やかに舞っている。松明の炎が揺れ動き、裸女たちの白い体が青っぽくなったり、赤っぽくなったりする。

綱を引いている女たちのピンクのワンピースの裾や、桜の花がちりばめられた着物の裾が乱れた。

「何年も入院していた朋美がこんなに力強く綱を引くなんて信じられないわね」

大きな白い花の髪飾りをつけた女がピンクのワンピースを着た若い女を見つめ、脇のボーイッシュな髪型の女に言った。

「ほんと。夢のようね」

二人の女の前に座っていた白髪の女が立ち上がり「朋美のすぐ隣にいるのはうちの末っ子よ。女を連れて……一人前になったんだね」と言った。

「おばさんの息子さんはいつも酔っ払っていて、綱は引けないと思っていたけど、ちゃんと引けるんだね」

花の髪飾りの女が言った。

「純一が、二十五歳の祝いは同級生みんなでしようなと言っていたのを思い出すわ」

ボーイッシュな髪型の女が言った。

「たしかに言っていたよね。来ている?」

「見えないわね。来年引くのかしらね」

「二年前、一緒に綱引きを見た正雄があそこにいるよ。ほら、南の最後尾に」

松明の灯りの届かない位置にいる綱引き隊の姿も妙にはっきりと見える。

「……あんな子供にも綱を引かすなんて、かわいそうだわ」

北を見ていたボーイッシュな髪型の女がつぶやいた。
五、六歳のひどく小さい体の子供も大人と同じように全力を出し、綱を引いている。
「何もかわいそうじゃないわよ。勇士よ」

花の髪飾りの女が言った。

「あの顔、見てごらん。大人顔負けよ。でしょう?」

花の髪飾りの女が顔を振り向け、周りの人たちに言った。

赤ん坊がたどたどしく綱に手をかけ、引いているが、足は地面に届かず、体は宙に浮いている。

「珍しそうにここを見ていない?」

ボーイッシュな髪型の女が花の髪飾りの女に言った。

「そんな気がするわね。……あのおばあさんはちゃんと引いているかしらね」

九十歳を過ぎた、綺麗な白髪の老女は綱に手を置いているだけのようにも見えるが、他の綱引き隊と同じようにしっかりと腰を沈め、上半身を後ろに倒している。

「最初はおばあたちだけだったから気後れしたが、竹子おばあが親切にしてくれて、今はデイサービスに積極的に参加しているよ。アネ、アネ、いるよ、あそこに」

花の髪飾りをした女たちから十メートルほど離れた道端に立ち、禿げた頭を松明の灯りにテカテカ輝かせた老人が指差す先を周りの女たちは見た。濃紺の高価そうなスーツを着た老女が綱を引いている。

「だが、竹子おばあはもう何年もデイサービスに来なくなったよ。わしは淋しい。おまえも淋しいか?」

頭の禿げた老人が、車椅子に乗った痩せ細った老人に言った。

車椅子の老人は頭の禿げた老人を無視し、「勇吉には米寿祝いの招待状を出したかね?」と頬が窪んだ中年の娘に言った。

「勇吉さんは三十三回忌も終わったのよ」

娘は車椅子の後ろから顔を向け、父親に言った。

「そうだったかなあ」

痩せ細った老人は視線を宙に泳がせた。

車椅子の老人たちから右に十数メートル離れた所に立っている、杖をついた老人が辺りを見回し、「盛隆は怠け者で、畑仕事もほったらかして、いつも遊んでいたのに、すっかり真面目になっているよ。見ろよ。あの引き方は見事だ」と言った。「みんな喜んで引いているよ。歯を食いしばったり、目を見開いたり、嫌な顔をしている者が一人でもいるか? いないだろう?」

老若男女の引き手の顔は一人残らず松明の当たり具合により静かに笑みを浮かべた能面のように見えたりする。

「綱、動かないわね」

高校の白い制服を着た、目の大きい少女が白いベレー帽をかぶった初老の男に言った。

「そうだな。綱の上に茶碗酒を置いてもこぼれないだろうよ」

開始直後から綱はピンと張り、六十人ではなく、万人が引いているかのように静止し、綱引き隊は土人形のように固まっている。

観衆は異様な綱引きの様子にふいに声を失った。しかし、まもなく、溜め息混じりにしゃべりだした。

「あんなに力をこめて、ああ、なんて美しい姿かしらね」「一所懸命だから、みんな同じ表情なのね」「うちの息子の勇姿には惚れ惚れするよ」「よく見たら、みんな柔和な顔をしているね」「何の迷いも心残りもないのよ」「おばあさん、頑張って」「頑張るのはいいけど、腰抜かさないでよ」

あまりおかしくもない冗談だが、どっと笑いが起きた。

突然、人々の後方の暗がりが騒々しくなり、まもなく二人の女が松明の近くに出てきた。

「うちの身内は誰も引いていないよう。淋しいよう。あんた、自分の夫が綱を引いているからって、うちの夫を軽く見るつもり？」

細かいパーマ髪の女が泣きながら二重顎の太った女にくってかかった。

「綱を引く、引かないは時の運よ。なぜ私につっかかるの」

「もうもう、あんたたちは。こんな美しい夜に喧嘩なの？　信じられないね。誰が綱を引くかは誰にもわからないよ。誰が引いてもいいのよ」

余所行きの白のスーツを着た中年の女が二人の女を鎮めた。

「あなたのだんなさんは今年は引けなかったけど、来年は必ず引きに来るよ」

二重顎の女が言いながら胸ポケットからハンカチを取り出し、パーマ髪の女の涙を拭いた。

「綱をもっと長くしたら、たくさんの人が引けるんじゃない？」

二重顎の女が振り返り、スーツ姿の女に言った。

「綱の長さは大昔から決まっているのよ」

「わかるけど、何年も何十年も引いていない人もいるんだから」

「だから私たちは運命に安んじる覚悟をしないといけないのよ」

「おい、負けるな。足で地面を押して、強く引け、強く」

綱引き隊の間近に立っている、脂ぎった赤銅色の顔の老人が大声を出した。

「何もかも忘れて綱を引いて」

どこからともなく悲鳴に似た女の声がした。

「何も考えるな」

「忘れろ。綱を引け」

「忘れて、忘れて」

男女の声が四方八方に響いた。

十人の裸女の雅やかな、しかしどこかリズミカルな踊りはまだ続いている。人々は思い出したように手拍子をうち、指笛を鳴らした。

「わっしょい、わっしょい」「それ引け、それ引け」「ありがとうね、ありがとうね」「よいしょ、よいしょ」

観衆の妙に切ない声は松明の煙と共に暗い闇の中に消えた。

歓声や手拍子や指笛の中、暗闇に静かにたたずみ勝負を見守っている観衆も少なくなかった。

綱引き隊のすぐ近くに立っている、穏やかな表情をした老女が「うちだけが子供にも孫にも曾孫にも囲まれて、ごめんなさいね」と泣きだし、両膝をついた。

「綱引きの間は泣いたらだめよ」

両脇から白いワンピースと白い着物を着た女が抱え起こし、叱るように言った。

「頑張れ、頑張れ」

長身の痩せた女が言った。

「頑張れと言うのは止してよ。みんな頑張っているんだから」

髪を後ろに三つ編みにした中年の女が言った。

「あんた、来年綱引き隊に加わってはいけないよ。まだあんたの孫たちは幼いんだからね」「あんたもよ」「うちは子も孫もいないから、どうなるかねえ?」「あんたが綱を引くのは、まだまだ先よ」

老女たちが口々に言った。

「静かにして。綱引きに集中できないよ」

三つ編みの女が老女たちをたしなめた。

「もう帰れ、帰れ」

白い着物をきちんと着ているが、違反の酒を飲み、目が虚ろになった老人が綱引き隊に言った。

「あんた、ほんとに祖浦の人なの? 人間とも思えないわね。綱引き隊に帰れなんて」

三つ編みの女が老人の頭を殴った。

「ああ、綱を引きたい。引かせておくれ」

不治の病を抱えた小柄な老女が叫んだ。

「何を言っているの。綱引きには順番というものがあるのよ」

三つ編みの女が小柄な老女を叱った。

観衆の誰の目にも綱は南北どちらにもほんの少しも寄っていないように見えるのだが、審判の小柄な腰の曲がった長老が少しよろめきながら綱の中央に歩み寄り、白い運動シャツ姿の子供から真っ赤に縁取った白い旗を受け取り、北側の先頭にいる王妃のような女に揚げ、勝ちを宣言した。

綱引き隊は綱を静かに足元に下ろし、まっすぐに立った。裸女たちは踊りを止め、大きく息をついだ。

あのように必死に応援した観衆だが勝ち負けに頓着せず、綱引き隊を褒めたたえ、拍手は鳴りやまなかった。

「見事な引きっぷりだったよ。ありがとうな」「これでみんな後一年元気で生きられるよ。ほんとにありがとうな」

誰も号令をかけないが、突如、綱引き隊は一斉に「廻れ右」をし、互いに背中を向け、足音をたてず、声も出さず、大通りを来た方向に整然と進んだ。

綱引き隊を迎えて来た子供たちは妙にしんみりと立ち尽くしているが、十人の裸女は手に松明を持ち、二手に分かれ、綱引き隊の後をついていった。

「また来年もお願いね。それまで私らも頑張るからね」

「うちらがちゃんと生きていけるのは、あんたたちのおかげよ。必ず引いておくれよ」「お願いね」「お願いします」

観衆の声が夜空に昇っていった。

長老は「新顔も何人かいたな」と誰にともなく言いながら家路についた。

観衆は大通りの真ん中に長々と、しかし、真っすぐに横たわっている綱にどっと寄り、いとおしそうに撫で回した。

どこからともなく啜り泣く声が聞こえた。

声を張り上げ応援していた中年の女が泣いている。赤ん坊が乗っていない乳母車に顔を伏せ、若い母親が泣いている。

痩せた、色白の老女が曾孫の女子中学生に聞いた。

「うちは死んだのかね？　生きているのかね？」

「ちゃんと生きているよ、おばあさん」

女子中学生は笑みを浮かべ、言った。

「うちはもう六十になったかね？　七十になったかね？」

「もう九十五歳よ。卒寿祝いもとっくに終わったでしょう？」

「だから眠いんだね」

「もうお家に帰ろう、ね」

大通りの南側の先にも北側の先にも松明の灯りを浴びた裸女たちの妙に白い肉体はまだ見えるが、綱引き隊は完全に姿を消してしまった。

牛を見ないハーニー

光雄は左目の目ばちこが目立つ。少年より一つ年下の十三歳だが、背丈は十センチほど高く、体重は数キロ重い。少年達は光雄を「みっちらー」とあだ名で呼んだ。しかし、面と向かっては誰一人言えない。

光雄は松の枝に登って、闘牛を見ようともしない。わざとあぶなつかしく枝にうつぶせに寝る。直射日光が松葉のあいまから顔を焼き、目があけられないから、あおむけには寝ないのだ。枝におとなしく座ったかと思うと、枝から両足をたらし、だらしなくゆする。足がとまったかと思うと、松の葉をかみ切り、唾と一緒に吐く。口を閉じたかと思うと、堅い樹皮に爪をたて、樹皮をはぎ、くだく。

少年は光雄と一緒に十一時頃、この松に登った。今、十二時は過ぎた。松の木の上がつまらないのなら、なぜ、降りないんだ。少年は頭にくる。光雄は枝に立ち、ちょうどクロフォードさんの指定席の近くにポケットからとりだした小石を投げつけた。あのときはまだ、観衆はほとんどいなかったが、少年は光雄の真似ができなかった。

光雄は松の葉を十数葉、下にちらした。そのいくつかがヨシコの首すじの汗にひっついた。ヨシコは目元をゆがめ、首を曲げて、松の葉を取り除きながら、松の上の少年達を睨みつけた。ヨシコはすぐ目をそらし、ナイロンの黄色いワンピースのごみをはたいていたが、やはり頭上でゆすっている光雄の足の裏の汚れが気にさわったようだ。

「降りろ！　いやな子供ら」

ヨシコの声は細いがハスキーだ。光雄はゆすっていた足をとめ、反対側の枝、少年のわきに移った。せっかくの高みの見物席が光雄のためにだいなしになるかもしれない。少年は気が気でなかった。ヨシコはしばらく首を曲げて見上げていたが、首が疲れたのか、うつむきかげんに闘牛の方に目をもどした。ヨシコ、もっと光雄を叱れよ。少年は言いたかったが、光雄が引きずり降ろされると、自分もとばっちりをくう恐れがある。幸い、今は光雄もおとなしく座っている。じっとしていろよ。少年は横目で光雄を見た。光雄と目があった。

「いやなハーニーめ、いばっているな」

光雄はいまいましげに言った。だが、声は低い。

「大きいののハーニーでなけりゃ、ただじゃおかないんだがなあ。大きいのに言いつけられたら、ものがもらえなくなるからなあ」

「もう、もらえんよ」と少年はつい言った。

「何か、言いやがったのか」

光雄は唇をゆがめた。少年はいまさら冗談だよとは言えない。

「強く言ってたよ」と少年は嘘を言った。動悸がする。

「ほんとか」

光雄は念をおす。目を思いきりきりつくし、声も低め、すごみをみせる。少年はうなずく。

「よし、じゃあ、ゆびきりな」

「よし、ゆびきり」

少年は光雄の小指に小指をからませた。自分が年上なんだ。こうなればやぶれかぶれだ。

「どんなにしてたしかめるか」

少年は意地をだした。光雄が躊躇してくれればもうけものだ。光雄はしばらく黙った。あきらめるか。少年はほっとした。だが、すぐ光雄は少年を睨んだ。

「もし、おれが勝ったら、お前を泣かすぞ、な」

少年は頭にきた。かん高い声がでた。

「よし、じゃあ、君、降りて、もらってこいよ」

光雄は木の下にいるヨシコやクロフォードさんが見上げやしないか、気になるようだ。

「何をもらってくるか」

「何でもいいよ。もっているものさ」

少年は声をおとさない。暑さも感じなくなった。

「待ってろよ」

光雄は低い声で言い、意を決したかのように松を降りはじめた。いつもよりのろかった。だが、少年はいつもより早いように感じた。少年の頭ののぼせは次第にひいたが、胸の動悸はまだ速い、ヨシコが反対するはずだ。少年は幾分、安心した。光雄はヨシコに顔を見られているはずだ。少年はクロフォードさんを見下ろした。クロフォードさんは紙袋をもっていない。アロハシャツや白いズボンのポケットもふくらんでいない。光雄はクロフォードさんの背後に立った。光雄はクロフォードさんの横顔をうかがう。光雄の手は硬直しているようだ。微かにふるえている。松の上の少年と目があった。光雄は顔を少し赤らめ、てれ笑いをしながら、「ハングリィ、ハングリィ」と、クロフォードさんにささやいた。光雄はヨシコに顔を見られないようにクロフォードさんに身を隠している。「ハングリィ、ハングリィ」何度も小声でくりかえす。アクセントもイントネーションもおかしい。やがて光雄は右手をさしだし、指を動かした。クロフォードさんは意味がわからないのか、あたえるものがないのか、茫然としていたがやがて、肩をすくめた。

「何もないよ。いやな子だね。みっともない」

ヨシコが光雄を睨んだ。

「アメリカハーニー」

光雄は数歩、後ろ向きのまましりぞき、叫んだ。

「悪ったれ！」

ヨシコもしわがれた声でどなった。周りの観衆が注目した。光雄は観衆の間を逃げながら叫んだ。「アメリカハーニー」「アメリカハーニー」

少年は松の上から光雄が逃げ帰るのを見た。光雄と目があうのが心配だ。明日、光雄にいやがらせをされないか。だが、もしかしたら、光雄は自分に一目おくかもしれない。ますます闘牛に熱中できなくなった。

闘牛は角をかけ合ったまま静止していた。すでに十数分になる。精一杯の力をだしきって、均衡を保っているのか、暑さで、脳みそをやられ動く意志を失ったのか。少年はわからない。ヨシコはうつむきかげんに、雑草を指でいじっていたが、ふと思いだしたように松の上を見上げた。少年と目があった。少年はまごつき、闘牛に目をやった。

「秀坊、来てみ」

ヨシコは手まねきをした。何かくれるんだ。少年はとっさに思った。ヨシコの声はやさしい感じがした。少年は足をのばして下の枝に移り、飛び降りた。土は堅かった。両足の膝をもろにうった。下半身に重い電気刺激のようなものを感じた。尻もちをついた。ずっと座り込んでいたかった。だが、すぐ少年は立ちあがった。少し足をひきずっていた。クロフォードさんに気づかれないようにヨシコに寄った。顔がほてった。

「危いよう、ゆっくり降りなきゃ」

ヨシコは言ったがまんじりとしていた。クロフォードさんに見えにくいように、少年は痩っぽのヨシコの脇にかがんだ。クロフォードさんと間近で目をあわせるととまどってしまう。

「何？」

少年は言った。少年の声は高音でかぼそい。ヨシコの体臭とごっちゃになった甘ずっぱい香りがした。

「これ、食べ」

ヨシコは肩かけの赤い皮バッグを開け、USA製のチョコレートを取りだした。少年はぼんやりとしたまま、受け取った。

「学校は毎日行ってるね」

ヨシコが訊いた。少年はうなずいた。少年はヨシコにしられないように小さく溜息をついた。右手にチョコレートの感触をはっきりと感じた。

「行ってるよ」

「よく、おやりよ。学問は大切だよ」

「行ってるたら」


母達はよくヨシコの噂話をした。ヨシコを、あぬいなぐ（あの女）と母達は呼んだ。

「あぬいなぐは近頃は、人を人とも思わんよ」

少年は小遣いを貯めて買った小説を読むのが好きだ。寝入る直前の現実と眠りのはざまで自在に想像をたくましくするのが楽しみだ。母達の声は太く響き、しきりの板戸をものともしない。少年は夢想に浸れない。少年は両耳に人さし指をつっ込む。かえって気になる。うるさいから静かに！　となりたい。だが、小声もだせない。夜のひとときが母と祖母の一番幸福な時間だ。母と祖母は朝早くから畑で働きっぱなしなんだ。夏休みに手伝わされた畑仕事の苦痛が少年は身にしみている。文庫本をそーめん箱にしまい、ふとんにあおむけに寝そべる。

「顔恥じもない」

誰が言った、というわけではない。母が言い、祖母が言う。くりかえし言う。ヨシコは大変な悪者だ。少年は思い込んだ。ヨシコと少年は遠い親戚だ。だが、詳しい血縁は知らない。ヨシコの悪者ぶりが想像の中でふくれあがるにしたがい、少年はヨシコと自分の関係を知りたくなる。だが、どうしても訊かないぞ、と意地をはる。

「前は、うちらと顔あわしたら、少しは逃げ隠れもしたもんだ。だが、今はどうだね」

「見たけりゃ見ろ、自分を見れというふうでね」

「人を馬鹿にしているよ、あれは」

「どこ行っても、みんな知りあいだのに、何も感じんのかね」

「もう、ああなりゃ、誰も相手にせんよ」

「うちなら死んだほうがいいよ」

「人間のようでもないアメリカ兵と一緒になるってあるかね」

「ほんとに、どんな考えしてるんかね」


ヨシコの相手のアメリカ人というのがクロフォードさんだとは母達も知っている。だが少年がセルロイド製の学用品セットをクロフォードさんからもらったとき、いさんでみせたが、母達はかえせとも言わず、喜びもしなかった。少年は不思議だった。仲間に訊いてみた。どこも似ていた。大人達はもらってこいとも言わず、もらってくるなとも言わないんだ。

今、ヨシコに少年は訊いた。

「アメリカ兵からものもらっても親は喜ばんが、どうしてか」

ヨシコは、毛穴からジワジワとしみ込む暑さのためか、口をゆがめた。

「そんなこと、私に訊いてわかるかね。親に聞け」

きっぱりと言われた。少年はかえって腹がすわった。猫をかむ窮鼠に似ている。

「親が習わさないから、ヨシコねえねえに訊いてるんだろう」

ヨシコねえねえ。幼い頃の呼び名を何年かぶりに使った。気恥ずかしさはなかった。

「私らのように、アメリカハーニーになるという女がでてきたらやっかいだからね」

ヨシコは語気を強めた。少年は思いあたることがあった。盛次の妹の悦ちゃんが、大きくなったらハーニーになりたいと言ったんだ。きれいな服が着られて、自動車にも乗れて、おいしいものも食べられるのよ、映画も見られるのよ。

「……ハーニーなるのは、そんなに悪いわけ?」

悪い、という先人観を少年はもっていた。しかし、はたして本当に悪いのか、悪いものは何なのか、少年は一つも指摘できない。ヨシコは頬づえをついて闘牛を見ている。だが、目はうわのそらだ。少年はヨシコの横顔を見て感じた。頬骨が目立つ、浅黒い顔は、おしろいがはげ、まだら紋様になっている。汗が頬づえを伝い、指のまたにたまっている。

「……ヨシコねえねえ、ハーニーなるのは悪いな?」

少年は今、ヨシコにハーニーと言ったことに気づいた。急に動悸がした。仲間達がいつでも、どこでもヨシコに「アメリカハーニー」「アメリカハーニー」と大声ではやしたてるのを少年は何度も見た。仲間達がヨシコをはやしそうになると、何気ないふうに少年は仲間をはなれた。一言もはやさなかった。いつもうしろめたかった。もう二度と訊くまいと思った。ヨシコは答えた。だみ声だった。

「何も悪いことないよ。お前ももっと大きくなれば、自然にわかるよ」

「どうして、大人達は悪いって言うのかな」

少年は言った。反論するつもりはない。逆に、〈悪くない〉とヨシコがもっと強調して欲しい。

「お前も大人になりゃわかるよ」

ヨシコはわかっているのだろうか。ヨシコは大人なのだろうか。少年は怪しんだ。

「ヨシコねえねえは、もうアメリカ人?」と少年はふいに言った。

「何?」とヨシコは少年を見た。「ばかなこと言って。沖縄人にきまってるさ。どこの人というんだね」

「どうして、ヨシコねえねえはアメリカ言葉使うの?」

不思議に思っているわけでもないが、少年は訊いた。

「どうしてって?」

ヨシコは顎をあげて考えた。

「そうだね、アメリカ人は頭が悪いからさ、沖縄言葉を覚えきれんからさあ」

ほんとに沖縄人が偉いんかなあ。少年は考えた。アメリカ人は戦争も勝ったし、金もあるんだ。少年はふと気づいた。クロフォードさんは片言だが、日本語も使うんだ。まれにだが、沖縄の方言も使うんだ。ヨシコは勘違いしている。ヨシコは少年を見続けた。少年は瞬きもできない。ヨシコは声を低くして訊いた。

「あかみいわぁのおばあはどうしてるね」

あかみいわぁ(赤嶺)のおばあというのはヨシコの母だ。

「……」

「……ずっと元気かね?」

「前は元気だったが、近頃は行ったことないから」

「聞いたこともないな?」

少年はうなずく。ヨシコは溜息をつき、また闘牛に向いた。

「……ねえねえは帰ったことはないな?」

「さあ、どうかねえ」

ヨシコは少年を見ない。二人とも黙った。少年は気まずくなった。

「もう、帰れよ」と言われそうな気がする。まさか、チョコレートをかえせとは言わないだろう。少年は立ちあがった。チョコレートのお礼を言いたい。だが、言えない。チョコレートは陽の熱と手の熱で軟らかくなっている。早く食べなければならない。立ちつくしているのも気まずい。

「僕は行こうな」

少年は思いきって言った。うわずった声だった。急ぎ足で歩き、後方で立ったまま観戦している人々の群れにまぎれた。ヨシコを振り向かなかった。どうしても、クロフォードさんとヨシコの背後の松には登れなかった。なぜか登ってはいけないような気がした。闘牛の試合は進行していた。六組目の対戦の最中だった。


少年は歩きながらチョコレートを口に入れた。舌ざわりがよかった。風味が強かった。舌にのせ、舌を回し、口の中で自然に溶けるまでがまんして喉におとさなかった。ヨシコはいつもチョコレートが食べられる、少年はふと思った。

目の前に光雄がぶらさがっていた。少年は慌てて粘液になったチョコレートを飲み込んだ。口の動きをとめた。口腔に甘みがひっついていた。光雄は松の枝から手をはなした。枝は四メートルの高さがあったが、光雄の着地はうまかった。松にくいついている蟬が急に鳴きだした。

「さっきは、敗けたな」

この下級生の光雄は口元を変にゆがめた。少年は別にあげる気はなかった。だが、このように言われたら一言かえさなければ気がすまない。

「どうだ、僕が言ったとおりだっただろ」

「あまり、いばるな」

光雄は、陽に焼けた固太りの顔を少年に近づけ、めじりがあがった大きい目で睨んだ。少年はすぐは言いかえせなかった。何か言わなければならない。

「……ハーニーヨシコに何か言われたのかぁ」と少年は言った。半ば無意識だったが、光雄の鋒先をヨシコに向けた。少年はすぐ悔いた。

「いやなハーニーさぁ」と光雄は舌うちした。「あれは自分一人で全部食べるつもりなんだ。俺たちに食べさせん考えさ」

少年は、ちがうと思った。弁明したい。迷った。

「あのクロフォードはいい人だがな」と光雄が言った。少年は、おもわずうなずいた。光雄はいまいましげに言った。「あれは、親も捨ててるんだぞ」

「あれは、親一人、子一人の家なんだろ?」

少年は聞いた。ヨシコと、ヨシコの母のカマドの噂は村中に拡がっている。目新しくない。

「あれがは、親も売って食べるぞ」

「親も悪い生まれしているな」

「ものすごく悪い生れさ」

「ヨシコは金はいれんのかな」

「どこに?」

「親によ」

「俺がそんなことわかるか。あれがは女親からしぼりとるんだ」

「ハーニーになって、金儲けているはずだがなぁ」

少年は言いながらも気がひける。なぜヨシコを話題にしたのだろう。チョコレートの甘みが口の中に残っている。

「あれがは、いくらあっても不足なんだろ」

光雄は話題を変えようとしない。「あれが服つけてるの見たか? 色黒が黄色つけて、全く黒ん坊さんだな」

「……」

「アメリカ人はきれくないのもきれく見えるのかな」

光雄は十数メートル離れた松の木の下に座っているヨシコを顎でしゃくった。「きれいな女もたくさんいるがな」

「……金がないから、ハーニーにもなるんだろう」

少年は思いきって言った。

「なに、なら、金がないのは、みんな、ハーニーにならなければならんのか」

「……」

「誰がいるか？」

「……ユキちゃんねえねえも春ねえねえもなってるだろ」

「ほかに誰がいるか？」

光雄は少年を睨んだ。少年も睨みかえした。

「……もう、いないが、ほかの村にはもっといるはずだよ」

「誰が？　お前はハーニーヨシコの加勢してるんだな」

そうだ。加勢しているんだ。少年は八、九歳の頃、ヨシコと遊んだ。ヨシコは中学生だった。溝のような小さい川で鮒をすくった。水の中の土壁の穴に手をつっ込むと必ず感じる鮒の躍動感。水草もろともすくいあげた鮒。鮒を入れた錆びた空き罐。おかっぱ頭のヨシコ。短いしわくちゃのスカートからヨシコのパンツが覗いていた。だぶだぶだった。黄色っぽい土色に汚れていた。目を見開いていた。笑わなかった。頬骨がでた浅黒い顔。黙って懸命に鮒を追っていた。

「あれは、牛、見には来てないぞ」

誰？　少年は訊きかえしかけた。かろうじて唇をかんだ。牛は静止している。じゃあ、君は牛を見に来ているのか。少年は言いたかった。別の言葉がでた。

「何しに来てるんか」

「あれは、クロフォードをほかの女にとられんか心配してるわけさ」

お前も、クロフォードからアメリカのもんもらえんかなと来てるんだろ。少年は澱みなく言いたかった。口の中で三度くりかえして言った。動悸がした。タイミングをつかみかねた。

「そうじゃなければ、あんな醜い女がアメリカ人のハーニーになれるか」

光雄が言った。少年はまだ言えない。

「登らんか?」

光雄は背後の松を指さした。松の黒影は大きい。少年に言い勝った満足感が生じたのか、光雄の声は軟らかい。光雄は、少年の顔を見ながら松に登りはじめた。のっぽの松だ。幹にはゴワゴワの樹皮が少ない。低い枝までも三メートルの高さがある。光雄は幹を軽く抱き、両足の内側を幹にくい込ますようにしながら、歩幅を数十センチずつすすめた。三度、片足をすべらせたが、まもなく枝に立った。光雄は少年を見下ろした。

「登らんのか?」

少年は泣きたくなった。

「僕はさっきの松に登るよ」

盗まれたタクシー

盛吉は無線タクシーを流していました。七月初めの昼下がりでした。茹だるような暑さが何日も続いていました。客は二、三百メートルの距離もタクシーに乗りました。車内の冷房も朝から強冷にしたままでした。盛吉は小便をこらえていました。律義な盛吉は道端や物蔭では小便ができませんでした。公衆トイレさえ嫌がりました。

盛吉は自宅前の電柱の脇にタクシーを止め、急ぎ足で玄関の鍵をあけ、廊下の脇のトイレに入りました。三年前に開発金融公庫の貸付資金を借り、新築した家でした。白いタイル張りのトイレは染みさえついていません。つい、長く籠ってしまいました。洗面所の小さい窓から白く盛り上がった見事な入道雲を見ながら手を拭きました。タクシーのボディを拭いてから出かけようか。盛吉はぼんやりと思いました。急に血の気がひきました。エンジンをかけたままだ。慌てて玄関を出ました。玄関の鍵をかける手が小さく震えました。

タクシーはありませんでした。盛吉は数十メートル先のアスファルト道路に続くコーラル敷きの道を駆けました。アイロンを丁寧にかけた灰色のズボンの裾が白い粉で汚れました。盛吉は気になりません。六車線のアスファルト道路は時速六十キロメートル以上の速度で自動車が走っています。いろいろな会社のタクシーが走り去ります。こんなにも沢山のタクシー会社があったのか。盛吉は妙に感心しました。自分の会社のタクシーは通らない。通って欲しい。今は、日頃、意地の悪い同僚の宮城が乗務するタクシーさえ頼りになる気がする。

盛吉はタクシーを止めてあった場所に引き返しました。運転手帽も車内に置いたままです。髪が薄くなった頭皮に日光が直射します。盛吉は今まで妻や子供に心配をかけた憶えはありません。三時には高校一年生の一人娘が帰ってきます。四時を過ぎれば、マルナカ物産の常務の家でお手伝いさんをしている妻がまちがいなく帰ってきます。どうせ盗まれるのなら家からずっと離れたところで盗まれたかった。家からは電話はできない。盛吉は気が気ではありません。人目につきにくい公衆電話から電話をしよう。警察？　警察はだめだ。会社に電話をするだけでもきっと解決する。無線が入っている。何百台ものタクシーに協力を頼めば必ずみつかる。比嘉コーポの玄関の外側にあるピンクの電話がいい。ここからは五十メートルも離れていない。通りに面していないし、買い物客も滅多に通らない。盛吉は急ぎ足で歩いたが、次第に足は鈍りました。脇の下は冷たく、首すじに汗が湧き出します。俺もいつのまにか五十半ばになってしまった。妻は〈タクシー運転手は年をとると危ないからやめなさい〉とは言わない。無理もない。妻も俺も若い頃から金がない惨めさに苛まれ、何度も気が変になりそうになったのだから。おふくろが生きていたのなら、今すぐユタを買いに行っただろうな。具志川の伊波の伯母さんは心筋梗塞の持病をなおすためにユタと一緒にブルービーチの近くのウガンジュ（御願所）に行った。ところが、海岸沿いの道路を拡張工事中のパワーショベルがバックしてきて、後ろ向きに懸命に祈っていた伯母さんとユタのお婆さんを轢き殺してしまった。……俺はこれまで一度も勤務先の会社を騒がさなかった。だから、ほとんど運転歴がない俺を今の会社は雇ってくれたんだ。若い頃に一つだけでも自信がもてるものを手に入れておけばよかった。これまでの幾つかの仕事も、相手の言いなりに採用されたのだし、結婚も見合いで相手が決めてしまったんだ。太ると威厳もつくだろうと若い頃無理矢理に大食いをしたが、太れなかった。

　盛吉は立ち止まり、コーポを見上げました。五階建のコンクリートの白い塊と真っ青な空が迫ってきます。立ちくらみがしました。タクシーなんか盗んでどうするつもりなんだろう。盛吉は額の汗を手で拭いました。青地に黄色い会社のマークはどこからでも目立つし、車両番号からも足がつくのに。盛吉は電話ボックスに入りました。「十数年前に五百ドルあったなら、個人タクシーの免許が手に入ったのになあ」盛吉はどうしても会社のダイヤルが回せませんでした。指が小刻みに震えます。そうだ。近所に警官がいる。卒業後、港湾労務をしながら通信教育を受け、高校の資格をとった四十まえの独身の男だ。内密に来てもらおう。盛吉は警察に電話をしました。喉がかわいています。赤嶺は非番でした。都合がいい。だが、外出していたらどうしよう。電話帳をめくる指が震えました。赤嶺は電話に出ました。ぜひ相談したいとだけ盛吉は言いました。赤嶺は声の調子を変え、三度繰り返してきましたが、盛吉は口をにごしつづけました。赤嶺はすぐ出てくると約束しました。

十二分たちました。比嘉コーポ前に赤嶺が現われました。

「制服を脱いできましたよ」

赤嶺は厚い唇を少しとがらせました。「大袈裟にしたほうが犯人に圧力がかかると思いませんかね。解決が早いと思いませんかね。……何か犯罪の相談でしょう。あなたは簡単には相談はしませんからな」

「……年とってまで苦労させられるとは思ってもみなかったよ」

盛吉に自発的に話させようとするかのように、赤嶺は黙りました。盛吉は内心を見透かされ、気を悪くしましたが、タクシーが盗まれた、と小声で言いました。赤嶺はどのようなタクシーなのかとか、会社には知らせたのかとか、声もおとさずにききました。盛吉はいっそう小声でこたえました。

「現場に行きましょうや」

太くて荒い赤嶺の声です。「捜査は現場からしか始まりようがないですからな」

現場には行きたくない。妻や娘が帰ってくる。赤嶺の目は威圧感があります。盛吉は歩きだしました。

「犯罪だとはっきり言ってもらえたなら準備もしてきましたのになあ」

赤嶺は開襟シャツのポケットをさぐりました。手帳もペンも持っていませんでした。盛吉は二つとも持っていましたが、何も言いませんでした。

「発見したのはいつですかな」

赤嶺が盛吉の横顔を見ました。

「発見?」

「タクシーがなくなっている事実をですよ」

赤嶺は小さい溜息まじりに言いました。盛吉は腕時計を見ました。

「二時……十分かな」

「今、何時ですかな」

赤嶺は盛吉の腕時計を覗きました。

「二時五十五分」

「じゃあ、私に電話をしたのは何時ですかな」

「二時四十分かな」

「いや、四十五分でしょう。私は十分で出てきましたからな」

赤嶺は疑わしげに盛吉の目を覗き込みました。盛吉は時計に目を落としました。

「じゃあ、私に電話するまでの……三十五分間は何をしていましたかな」

「探していたよ」

「一人で? こんな場合はすぐに届け出ないといかんのですよ。初動捜査が大きく左右しますからな、解決を。選挙と同じですよ」

赤嶺は唇を閉じたまま笑いました。選挙というのが突拍子だったのです。

赤嶺はタクシーを止めてあったコーラル敷きの道に屈み、じっくりと見回しました。小石の上を蟻が歩いていました。赤嶺の二重顎に汗が溜っています。わずかな髪の毛が残った頭のてっぺんに大粒の汗が滲みでています。俺よりも老けている。盛吉はなぜか赤嶺に親しみが湧きました。赤嶺は何も言わなくなりました。怒らせてしまったのだろうか。盛吉は赤嶺のように地面にしゃがみました。しかし、すぐ立ちあがりました。近所の主婦たちに見られたら大変だ。専業主婦が多い。今は赤ん坊と一緒に昼寝をしているはずだが、やがて、起き出し、この道を通ってスーパーマーケットに行く。赤嶺も立ちあがりました。

「これは署に正式に報告せんといけませんな。科学的に捜査しますよ。水も漏らしませんよ」

赤嶺は首すじの汗を厚いハンカチで拭きました。

「……ちょっと、待ってもらえませんか」

盛吉はうつむきかげんのまま言いました。

「どうしてですかな」

「気持ちの整理ができていないから……」

「気持ちの整理？　そんな問題じゃないでしょう」

盛吉は赤嶺が見知らぬ人間に見えました。昔から近所に住んでいるというのは夢だったような気がします。毛がびっちりと顔にくっついた赤毛の犬が立ち止まりました。犬は首をかしげて盛吉を見上げました。盛吉は一瞬、心が和みました。のどかに思えました。電信柱が微かに揺らいでいるような気がします。犬は赤い舌を出し、息づかいも荒いのですが、まだ盛吉を見ています。赤嶺はまったく犬を気にかけません。

アスファルト道路の角からタクシーが曲がり、盛吉たちの方向に近づいてきました。どこかで見たようなタクシーだな。盛吉は思いました。俺の会社のタクシーだ。俺が乗務していたタクシーだ。俺は向かってくるタクシーに走り寄ろうとした。しかし、足が動かない。俺が動くとタクシーはユーターンしそうだ。逃げていきそうだ。盛吉はタクシーを指さし、顎をしゃくりました。赤嶺はまばたきのない目で盛吉を見ましたが、すぐに察しました。タクシーが十メートル手前にきました。赤嶺は身をのりだし、両手を上げました。タクシーは止まりました。後部座席の自動ドアが開きました。

「危ないじゃないか。片手で合図すれば、止まってやるのにさ」

助手席の窓から運転席の男が顔を覗かせました。小太りの浅黒い顔色に見えましたが、よく見ると青白いのです。スポーツ刈りの髪はいろいろな方向にたっているのです。盛吉も赤嶺もしばらくは何も言えませんでした。二十三歳のこの男は盛吉の家から五十メートルも離れていない所に住んでいます。中学を卒業後、自動車整備士の見習いとして神戸に集団就職しましたが、勝手にどこかに転職し、転職を繰り返しているうちに言葉やふるまいが異常になり、帰ってきたのです。半年たらずで回復したのですが、親が止めるのもきかずに今度は調理師を目ざして渡阪したものの、三カ月目に再発したのです。つい数週間前までは二つ隣りの町の病院に入院していました。

「乗るの?」

安男がききました。盛吉も赤嶺も黙ったままです。

「どこまで?」

「降りたまえ」

赤嶺は助手席のドアをあけようとしました。安男は素早く鍵をかけました。

「どうして人の仕事の邪魔をするんだ」

安男は少しひらいている硝子窓から赤嶺を睨みました。

「この車は、この人のものだよ」

赤嶺は手を伸ばし盛吉を指さしました。

「知ってるさ。それに、これは車じゃない。タクシーだ」

「どこに行っていた?」

「仕事だ」

「……客も乗せたのか」

「乗せた」

「誰を」

赤嶺はタクシーが発車しないように窓硝子を握っています。

「ええっとね、小学生を連れた女を病院まで。それから、アメリカ兵三人」

「料金もとったのかね」

盛吉は思わずききました。安男の口調は歯ぎれがよかったのです。だから、盛吉は何でも言えるような気がしました。

「あんな可哀相な人たちから金がとれるもんか」

安男は舌うちをしました。しかし、盛吉をまともには見ません。

「安全運転したかね」

盛吉は頷きながらききました。

「ふっとばしたよ。客は急いでいたんだ。人助けをしなくちゃ」

赤嶺が盛吉に耳うちをしました。

「何か盗まれたものはないですかね」

「え」

「タクシーの中を覗いてみなさい」

盛吉はちらりと覗き、首を振りました。小銭がなくなっていたって、俺が知らんぷりで会社に弁償できる。

「降りたまえ」

赤嶺は窓硝子をたたきました。

「あんた刑事だろう」

安男は笑いました。

「よく覚えていたな」

「毎日、見ているからね」

「毎日？　朝かな？　だが、おまえの家の前は通らんはずだが」

「テレビでさ。〈太陽に吠えろ〉の新米刑事にそっくりだよ」

新米といわれたのが赤嶺は気にさわったようでした。

「おまえは窃盗犯だよ。いいか、私が公けにしたらな」

「窃盗犯じゃないよ。僕はいいことをしたんだ」

「自分が今日やったことを誰にも言うんじゃないよ」

盛吉は人さし指をたて、自分の唇に近づけました。

「じっとしておれないね、僕は、人のためになることをしなければならないんだから」

赤嶺はまた盛吉に耳うちをしました。

「ほんとに病気なのか正式に鑑定する義務がありますな、警察としては」

盛吉は赤嶺が安男を警察病院か保健所に連行しそうな気がしました。おまえが悪戦苦闘して安男を逮捕したわけじゃないじゃないか。盛吉は赤嶺に言いたくなりました。安男は自分で戻ってきたんだ。しかも、追いつめられて、戻ってきたわけでもないんだ。

「だが、おまえは」

盛吉は安男に言いました。「よく戻ってきたな。そのまま、どこかに消えてしまいたいという気にはならなかったのか」

「どうして？　こんなに暑いのに。家が一番さ。嫁も探さんといかんし」

盛吉は頷きました。安男に冷し物を食べさせたくなりました。赤嶺を向きました。

「どこか喫茶店にでも入らんかね。道端じゃなんかと……」

「被疑者と飲み食いはできませんな」

赤嶺は腕組みをしました。「現場と取り調べ室以外で被疑者と一緒にいてはいけないと考えておるんですよ」

赤嶺は窓硝子に顔を近づけました。

「とにかく降りたまえ」

赤嶺は幼児の頃からよく知っている者でも監獄にとじ込めるつもりなのか。盛吉は思いました。何時間もすぎたような気がする。妻や子どもが帰ってきそうだ。早く警官も患者も帰って欲しい。いや、赤嶺と安男と、呼ばなければならない。

「僕はあまり人のいうことをきかないから」

安男はシートに背をもたせかけました。

「たまにはきいてやろうと思ってね。客の言うとおり、どこまでも連れていったよ」

「もう、仕事は終わりだ」

赤嶺はタクシーの屋根をたたきました。

「僕もそう思っていたよ」

安男は運転席のドアをあけ、降りました。赤嶺が安男の手首を捕まないか、盛吉は気になりました。安男が近づいてきました。

「アメリカ兵はドルを出すから、それは使えん、と受けとらなかったよ」

盛吉は頷き、赤嶺を見ました。赤嶺は苦笑いをしました。盛吉はほっとしました。赤嶺は安男を逮捕しない。

「じゃあ、僕は仕事があるから失敬するよ」

安男は敬礼をしました。盛吉も思わず敬礼を返しました。

「あなたに一つ忠告しておくけど」

安男は盛吉を見ました。「クーラーが冷えすぎるよ。調整しなさい。喘息の女の子が震えていたよ」

盛吉は頷きました。安男はゆっくりと高いブロック塀の角に消えました。赤嶺が黄ばんだ歯を見せました。

「逮捕すれば。私も表彰状の一つももらえるんですがね。係長にも近づくんですがね」

「……」

「……悪いことをしたとも思ってないんだから、おめでたいですなあ」

「……」

「あの安男」

赤嶺は言いました。「高校にさえ入学しておけばなんとかよかったかも知れんが……すぐさま社会に出るもんじゃありませんな。今の子どもたちには厳しすぎるんですよ」

盛吉は妻が今、帰ってきても動揺しないような気がしました。安男が曲がって消えたブロック塀の角をじっとみつめました。安男の顔だけが覗きそうな気がします。

角から出てきました。安男だ、と盛吉は思いました。妻でした。何週間も美容院でセットさせていませんので、髪がほつれています。目は沈んでいますが、しかし、おちつかず、周りをみまわします。盛吉はタクシーの陰に隠れました。赤嶺は気まずげに横目で盛吉の妻をみましたが、胸を張り、顎をあげ、早足に去りました。妻はタクシーに近づいてきました。盛吉の肩に手をおきました。

「また、盗んできたんだね。また、入院しなくちゃいけないね」

闘牛場のハーニー

熊蟬の声が騒がしい。乾いた空間にひびがはいるような音。木に汁がなくて鳴いている。木から樹脂が、人体から汗が滲み出ている。岩から、草から水分が滴り落ちている。海の水平線が白くぼやけて見えるのは、大気の揺らめきか、湯気か。地面や墓に亀裂が生じかねない。松や權木やすすきや広葉樹を見回し、見渡しても、一葉たりとみずみずしさがない、身じろぎしない。植物も人間も、牛も……。牛は骨が抜けたように平伏している。しかし、弱音をはかない。無言で耐えている。原色は何一つない。白い日射しが跳ね返る。リズムもなく、切れ間もない蟬の音響も、ふいに耳に入らなくなったりする。太陽が動かない。雲も動かない。三千人の観衆がじっとしている。熱い風呂湯の中ではじっとしなければ熱さを感じてしまう、それと似ている。

少年たちの足は、松の枝からぶらりぶらり動いている。少年たちは一本の太い枝に並んで座り、六本の足をまちまちにゆすっている。たえずゆすっていなければ、微睡んでしまう。夢みごこちのまま落ちる恐れがある。この闘牛場の周りの松は幹が真直で、長い。少年たちが座っている枝まで、五メートルの高さがある。松は上に登れば登るほど小さな枝が錯綜し、座りにくく、視界も遮られる、数メートルの高さがちょうどいい。葉や小枝は少年たちの頭上で横に広がり、日傘をつくる。

松の木の下は暗い感じだが、眩しくないのではっきりと見える。クロフォードさんの赤ら顔の油ののったような光沢も、細長い口元からよく覗く白い歯も、大きな肩の柔かそうな丸みもくっきりとわかる。ヨシコの肩も細い骨の形がうかびでている。陽にあたっている観衆の輪郭が鈍く反射している。動きが悠長にみえる。直射日光にはいつまでも目が慣れない。目が微かに痛む。観衆は汗を拭こうともしない。アメリカ製水筒の水を飲む人の動きが目につくが、やはり悠長にみえる。皮下脂肪の厚いクロフォードさんは、じっとしない、アロハシャツのボタンをはずし、青いタオルで、脇や胸や首筋の汗をしきりに拭いている。際立つ。暑さに慣れていない。蝙蝠傘を差したどこかの母親の背におぶられている赤ん坊は、ぐったりとしている。目を閉じている。死んでいるのか。少年は本気で疑ったりする。陽は真上にある。クロフォードさんは蔭にすっぽり入っている。クロフォードさんは少年が見るたびにいつも蔭の個所に座っている。クロフォードさんの体は椅子に片方の尻しかのらない。なぜ特大の椅子を注文しないのだろう、と少年は思う。足元に置いてある棕櫚の円錐形の笠は、沖縄人の職人に特別注文したものだ。クロフォードさんの前頭部は禿あがり、茶褐色のちぢれ毛は整っていない。高い鼻の下にのぞいている髭は濃い。太鼓腹に隠れて足は短くみえる。カーキ色の半ズボンをはいている。柔かげな太い足の毛は少年よりも少ない。少年は異様な感じがする、混んでいる時でもクロフォードさんのすぐ背後には誰も座らない。今日もそうだ。身長一九五センチ、体重一二〇キロの体軀が五〇センチの高さの椅子に座るので、背後の見物人は、立たないと牛が見えない。傾斜になっているが階段式のスタンドではない。立つと足の踏み場が不安定になる。じっと座っていても尻がゆっくりとずれおちてしまう。誰も文句を言わない。もし、クロフォードさんが沖縄人だったら土くれや小石や紙を丸めたものを投げつけられるにきまっている。

僕たちは自由だ。木の上は僕たちの支配地だ。大人たちは畏まっている。炎天下にじっと座っている。暑さに慣れているのか、蔭に入れない理由があるのか、意地っぱりなのか。皆、長い間、つまらない闘牛を倦まず見ているのはどうしてなんだ。二カ所の牛の入退場口を除けば松の群が大きくこの闘牛場を囲み、濃い影を落している。しかし、蔭の中からは牛の姿は遠い。あちらこちらの蔭に数人ずつの少年や少女がいる、大人はいない。ここはいい席だなあ。少年は思う。こんなに近くから牛が見られるんだ、クロフォードさんが下にいなければ、この特等席を見逃したかもしれない。クロフォードさんがこの下に座るようになったから、この立派な松を発見できたんだ。

松の上からは帽子が目につく。麦藁帽子、クバ笠、パナマ帽、登山帽、アメリカ陸軍兵帽、運動帽、学生帽……。白いもの、黄色いもの、黒いもの、灰色のもの……。手拭いや新聞紙を被っている者もいる。だが、断然小麦色の麦藁帽子が多い。ヒジャ（比嘉）のタンメー（爺）も見える。シムジョウ（下門）のニンセー（兄）も見える。少年が知っている人は幾人でも探せる。細長い木製の簡易テーブルの端でアナウンスしているのはヤマトグチ（標準語）の上手な松川さんだ。テーブルの背後には〈祝小湾闘牛大会〉と朱色で大書きされた横断幕がかかげられている。文字の両脇には清涼飲料水会社と泡盛会社の宣伝マークが入っている。

身動きしない牛は、かえって暑そうだ。腹をかすかに振動させるたびに、黒光りしている体表から、ぶるんと跳ね飛ぶ飛沫は汗だ。試合前、飼い主や後援会の人たちに体中をタオルやブラシや手で擦られ、撫でられ、真黒の艶を際立たせ登場した牛は、ものすごく動き回わり、土埃に塗れ、体中が濁った茶色っぽい黒になってしまう。それから、角をかけあい、又、十数分間、押しの力が均衡して静止すると、汗がしきりに吹き出て、流れ落ち、体表の土埃も洗われ、黒光りしてくる。風のない日だ。土埃は吹き飛ばない、舞いあがらない。牛の背中に土埃がかかるのは稀だ。うだった真昼の白い幻想を破るものは一トン近い猛牛の突進だ。馬のような椀型の蹄で、固い地面にしがみついている雑草を剝ぎとり、ガクッと角をぶっつける重い音が静けさを割る。

グラマンは少し後ずさったかと思うと、すぐ、右に体を入れかえた。いなされた新垣号は姿勢を崩し、前のめりになった。角がはずれた。観衆がどよめいた。


クロフォードさんをいつ意識したのか、少年はよくは知らない。仲間の間ではクロフォードさんの風聞はかなりひろがっていた。清兄さんよりも体がひとまわりも大きいと聞き、少年は何度も溜息をついた。去年の夏の或る日、城間闘牛大会で初めてクロフォードさんを見た。

仲間はクロフォードさんを囲んだ。少年は迂闊には近づかなかった。拳銃はもっていないが、巨体は牛よりも威圧感があった。どうしても近づく気になれなかった、二重顎の赤ら顔は、しょっちゅうニコニコしているが、不気味だった。細い唇、小さい目は柔和ではあった。しかし、鼻は異様だった。高すぎた。少年は盗み見をしながら観察を続けた。

ヨシコが、クロフォードさんのハーニーだともすでに知っていた。ヨシコは偉いと思うが、ヨシコが不気味にも思えた。二、三年前まで一緒に遊んだ気がしない。ヨシコは大人になったんだ。母たちの会話を少年は覚えている。ヨシコの親戚が数人がかりでヨシコを待ちぶせ、ヨシコを問い詰めたらしい。白昼の往来でヨシコは泣いたらしい。死者を笞打たないように、親戚たちも泣く者は責めなかったらしい。

クロフォードさんの見物場所は指定席になっている。楕円形の土俵は、長いところでは直径が二十メートルはある。中央部は闘牛や闘牛士が盛んに動き回るので赤色の土が剝き出しになっている。土俵の周辺部は砂が混じった軟らかい土で、白っぽく、一メートルほどの高さの土手に沿う土俵の縁は闘牛の形跡が少なく、薄緑の短い草が疎に生えている。この闘牛場は丘の勾配と窪みを利用したものだ。牛が這い登って観客を蹴散らしたり、観客が何かの拍子ですべり落ちたりしないように傾斜を垂直に削ったにすぎない。二年前土手に沿って三本の鉄の輪をぐるりと回した。柵の高さは百二、三十センチだ。

クロフォードさんは、鉄柵から五メートルほど外側の傾斜にスコップで二平方メートルほどの平たい面をつくった。木製の折りたたみ式椅子を置き、座る。スコップを入れた数カ月前から、この場所はクロフォードさんの占領地である。多くの見物人たちは了解している。クロフォードさんは、闘牛のある日は早い時間に闘牛場に来る。しかし、たまに沖縄人が先に来場して〈指定席〉を陣取る場合もある。だが、どのような沖縄人も、クロフォードさんが近づいてくるだけで席をあけ渡すし、なかなか気づかない人には周りの沖縄人たちが忠告をしてあげる。席の件ではまだ一度も揉めない。クロフォードさんは、ここは私の場所だと直接はまだ一度もいわない。

クロフォードさんの席の斜め後に若い松の樹がはえている。いつの頃からか、少年たちは闘牛のある日にはこの松に登り、朝から夕方まですごすようになっていた。枝に腰かけたり、寝たり、足をかけて逆さにぶらさがったり、そのようにして、牛の闘いを、クロフォードさんを、ヨシコを、観衆の一人一人を、闘牛場の向うの三つ並んだ豪壮な亀甲墓を、亀甲墓の背後の松林を、くねりながら権木の中に消えている米軍の金網をみた。

今日も、金網の向こう側から、カービン銃を背負ったアメリカ兵ガードと沖縄人ガードとシェパード犬が闘牛を見ている、亀甲墓の上に上半身裸の若い数人のアメリカ兵が寝そべっている。非番らしかった。墓に登ると足が腐れると大人たちにいい聞かされ、少年は信じていた、だから、あのアメリカ兵たちの行動は許せた。闘牛に興味のないアメリカ兵たちだ。退屈しのぎにすぎない。それにしてもあのアメリカ兵は人間だろうか。少年は考えた。帽子も被らず、裸のまま焼けている亀甲墓に寝ころんでいる。

温度は摂氏三十度を越える日が三週間も続いていた。あと数日で〈大暑〉だ。無風だった。弱い軟らかい広葉をじっと見つめても、あまり動かない。深く蒼い海面からもりあがっている遠い入道雲が妙にはっきりとみえた。中天が白く輝いている。近くの遠くの木々の葉が、三千人の観衆の貌が白くぼうとかすんだり、逆に、ぎらぎらと輝いたりした。幾十年間を風雨や猛暑にやられ、無数の茶褐色の染みや黒い亀裂があるはずの亀甲墓がまっ白に見えた。

暑さのせいか、二頭とも試合慣れしていないせいか、少年が松の上から見おろしている対戦は、まるで話にならなかった、闘牛や飼い主の簡潔な紹介アナウンスが流暢な日本語であったあと、今は幼牛による前座試合の最中だ。共に二歳牛で、体軀は一応仕あがっていたが、闘志がなく、互いにじゃれあっている感はいなめない。闘牛独得の、激しくぶつかりあうあの鈍い音や、加速のついたあの突進、四肢を土にめりこませてのあの守りがみじんもない。お体裁に、軽く喧嘩をしては休み、頰すり合わせのような真似をしたり、一緒に並んで帰り支度の仕種をしたり、思い出したように、又、向ったり、やっと角をかけ、押したと思えば、すぐ、面倒臭そうに力を抜き、又、仲良くしてしまう。勝負どころではない。二、三の野次があったが、ほとんどの観衆が子供を怒ってもしょうがないと苦笑しながら、見ている。闘牛士は面目があるので、牛の耳元でヒステリックなヤグイ（気合い）をかけ、叱咤し、牛に振動を届かすように牛の周辺の地面をしきりに右足で踏みしめ、手綱で牛の背や腹や尻をぶつ。とうとう、牛は闘牛士のこの仕打ちにむくれてしまった。道端や畑中で括りつけられている牛のように、たまに二、三回ゆっくりと首を動かす以外は身動きもしない。それが両牛いいあわせたように態度を膠着させたから、観衆のどよめきや笑い声が高くなった。闘牛士はますますやっきになり、手綱を強く前に引っぱって互いに他方の牛と接触させようとする。しかし、両足をひろげ、地面に踏ん張り、腰を曲げ、腕の筋肉に血道をうきぼり、残黒い顔から大きい目をみはっている闘牛士たちとは裏腹に、二頭の剽軽者は何事もないように平然としている。数分。十分。いくらけしたて、いくら引き、押しても牛は微動だにしない。もはや、なす術べがない。ついに引き分けた。好戦の予想をアナウンスしたアナウンサーが謝った。

クロフォードさんは今日も、ハーニーのヨシコをつれて来ている。ヨシコはあまり闘牛は好きじゃない。なのに一緒に見物に来るのはどうしたわけだ。こんな暑いさなか……。少年は知っている。クロフォードさんに棄てられないためだ。クロフォードさんの機嫌をとっているのだ。

闘牛の開始はいつも午後一時だ。三時間も前から、少年は松の囲りで仲間たちと戯れていた。十二時過ぎから急に見物人が増えた。巨大なクロフォードさんも小柄な痩せたヨシコと手をつないで現われた、ヨシコは化学繊維の黄色いワンピースを着ていた。体にぴったりとくっついてはいないが、大きな下着が透けて見える。最近の流行だが、ヨシコには似合わない。特にスカート部分は腫れあがっているので、頬骨や顎骨がでた顔と二本の細長い腕が目立つ。黒人兵との混血ではないだろうか。時々、少年は考える。だが、十七歳にもなる混血女がいるはずはない。白人兵や黒人兵がこの島に入ってきてまだ十三年にしかならない。ちょうど少年が生まれた年に初めて上陸してきたと少年の母も言った。しかし、少年はずっと昔から白人兵も黒人兵もこの島にいたような気がする、ヨシコの顔色は病人のような土色にもみえる。一見、三十二、三歳にみえる。クロフォードさんがいろいろなものを買い与えているんだから、もっと太って、もっと顔色が良くなってあたりまえなんだが。少年はじっと松の木の上からヨシコのチリチリのパーマ髪を見おろした。クロフォードさんとヨシコは殆ど話をしない。よく気まずくならないもんだ。少年は思う。まれにヨシコがクロフォードさんの横顔を見て短い英語を喋るが、クロフォードさんは頷きもしないし、顔も向けない。ヨシコは年から年中かぜをひいているような声を出す。早口のうえに、嗄れているので、間近の木の上からでさえききとりにくい。それに、少年もヨシコだけを注目しているわけではないので、実際はかなりヨシコは喋っているのかもしれない。

　ヨシコの新しい一面を少年が知ったのは、四十数日前の闘牛試合の時だ。少年は今、思いおこしても奇異な感じがする。真っ昼間、大衆のまっただ中でヨシコはたった一人泣いた。〈宮里公民館資金づくり〉大会だった、デビューは南星一号が十カ月早かったが戦績は共に三勝無敗だった。両牛の体力の差は戦前から一目瞭然だった。歴代の闘牛でもまれにしかみない体重一千キロ、胸囲二メートル三十九、角の長さ四十一センチの巨牛、黒岩号は土俵中央部に闘牛士をひきずるように荒々しく現われ、両前足でかわるがわるに土を掻き、戦意満々の内心を隠さなかった。三、四分後、気のりのしない小兵南星一号はゆっくりとやってきた。南星一号の姿を見るやいなや、巨牛は不気味な長い角を小兵に低く向け、上目づかいの大きい目にはっきりと白目をむき出して突進し、激しく角をあわせた。と、いきなり、頭を後に引き、すぐ、正面割りを浴せた。一呼吸入れる間もなく、何度も繰りかえす。ガグッ、ガグッと大ハンマーと大ハンマーを力いっぱいにぶっつけるような鈍い音がする。小兵は、こころもち後ずさったが、全身を低くおとし、前に体重をかけ、懸命にこらえている。巨牛は角をはなし、体を後ずさりさせたかと思うと、助走をつけ、角もろとも頭突きをつきあてた。この手は小兵が巧妙にいなした。角と角をこすりあわせただけで、目標を失った巨牛は、うっちゃられて、数メートルあらぬほうに走った。しかし、すぐ、体を入れかえ、的を定め、猛進してきた。ギシギシと歯ぎしりを拡声機にかけたような角の軋む音がした。小兵は鼻先を地面すれすれにおろし、懸命にふんばった。小兵の目に汗が流れこんだ。目は妙にうるおい、澄んだ。呼吸は乱れに乱れていた。巨牛がくり出す掛け技は、みるみるうちに小兵の首をしぼりあげ、そのまま骨を折ってしまうのではないかと少年は怯えた。巨牛はなおも小兵の顔を可笑しな格好にねじ曲げ、力まかせに押し込み続けた。小兵は必死に四肢を拡げて踏んばったが、顔が意になく変な方向を向いていたので、体の重心が思うようにならなかった。ズルズルと首を曲げられた向きに横すべりした。黄塵がさかんに舞いあがり、両牛の足元ははっきりとしなかった。強力な首力で捻りながらの首攻めは実に小兵には効果があった。東から北へ、北から西へ、ぐいぐいと押しまくられた小兵はしきりに身をかわそうと試みるが、角はまるで錠をおろしたように強固に絡み合っていた。小兵の口の中に白い泡がみえた。やがて泡は、細く長いねばねばとした涎になり、垂直にたれ、地につき、よごれた。巨牛は攻めあぐんだ、速攻をやめ、次の攻撃のために息を整えた。まもなく、小兵は長い舌をだらりと出した。腹が大きく波打っているのは両牛とも似ていた。両牛とも静止しているようにみえたが、渾身の力が籠っていた。小兵の口の中の泡は急に増え、ぶくぶくとあふれ、太い長い涎となり、風にゆらいだ。じわじわと巨牛が追い込んだ、小兵は足が左右前後に乱れ、ぐぎっと関節の曲がる音がした。

　小さい牛が可愛想だ。少年は思った、松の木からは降りなかった。枝にしがみついたが、目は背けなかった。こんなに沢山の人が見ているんだ、たとい、あの牛が殺されても僕の責任じゃないんだ。妙な考えもうかんだ。小兵はなおも数分間耐えた。突然、今の今まで耐えていた小兵の力が抜けた。巨牛はまるで空のダンボール箱を押すような速さで小兵を押し込んだ。巨牛の闘牛士は、巨牛の動きに足がついていけず、手綱をはなした、次の一瞬、小兵は左横っ腹に尖った長い角を深々とさし込まれ、南土手に叩きつけられた。だが、巨牛の攻撃はやまなかった。小兵は土手と巨牛の角にサンドイッチにされ、巨牛がぐいぐいと押し込むたびに腹の亀裂が広がった。巨牛は力いっぱいに押し込んでも小兵が動かないので四、五歩さがった。ところどころに白い斑点がある、血のついた角が抜けた。小兵は土手をもんどり落ちた。黄塵が舞いあがった。巨牛は勢いづき、再び突進した。手綱を拾いあげ、必死に制止しようとした闘牛士は引きずられた。控えの闘牛士たちも飛び出してきた。小兵に角をさし込む直前の巨牛を数人がかりでやっと制止した。おおかたの観衆が死んだと思った小兵は急に起きあがり、痙攣したように数歩逃げようとしたが、どっと倒れた。土煙がたった。どっくどっくとあふれた大量の血が白っぽい土に染み込んだ。血の色はしだいにどす黒くなった。油のような血のりも出てきた。腸がはみでていた。腹は小刻みに波うっていたが、横顔は静かだった。だしっぱなしの長い舌は紫色に変色していた。澄んだ大きな目は見開いて一点を見ていた。

あの目。印象深い目。一生懸命にこちらに向ってくる小兵の姿が、四十数日たった今でも少年の目にうかぶ。あの牛は生きようとしていたのだ。少年は考える。肉体はたとえ破壊されても、牛の中の何かの力が、あの小兵を数メートルも走らせた……。巨牛はまもなく息づかいが平常に戻った。同じ牛であるはずの小兵が瀕死の重傷を負ったのに、巨牛は足掻きをしたりして責任をみじんも感じていなかった。人殺しが平気でいられないように、牛殺しも平気でいられないはずなのに。しかし、さっぱりしていた。しすぎていた。かえって、力を惜しみなくだしきったすがすがしささえ感じさせた。しかし、牛はなぜ戦うのだろう。気がしれない。少年は牛の戦いの真っ最中でもかなり冷静だった。少年は戦う気がなかった。小兵の死はあたりまえだ。少年は思う。それが戦いだ。だが、あの小兵は正々堂々と戦った、勝てる相手としか戦わない卑怯者ではない。何物も恐れない。努力の結果を自覚し、力を信じ、ためす。小兵は一人で生き、一人で戦い、一人で死んだ。小兵は沖縄の牛だ。少年は胸が不規則に高鳴った。闘牛が好きになれそうな気がした。巨牛の黒岩号が父の飼い牛である事実もすっかり忘れていた。

闘牛士や小兵の飼い主や、飼い主の一族、知人、七、八人に小兵は綱をかけられ、馬車に引きずりあげられた。馬車はアメリカ軍用自動車の使い古しの大きなゴムタイヤを使っていて、荷台は高かった。男たちは気合いを合わせながら、一気に引いたり、押したりしたが、死体は重く、手まどった、次の対戦がかなり遅れた。しかし、やじる者は一人もいなかった。三千人の間に静寂が重く漂った。馬は坂をあがる時のように首を二、三回上下に振り、四肢を踏んばり、強く大地を押し、やっとその反動で馬車は動いた、いったん動き出すと、平然と馬は進んだ。馬車は去った。少年は一部始終を目を見開いたまま、みた。牛が死ぬ、と予想して馬車を準備していたのだろうか。少年はとりとめもなく思い続けた。溜息がどうっともれた。観衆も全身に力をこめていたのだ。

――沖縄人があのように感情を生に出すのは珍しい。嘘のような気がした。ヨシコはアメリカ兵になったんだ。少年はふと思った。化粧がよくのらない骨っぽい小さい顔が歪んでいた。金冠をかぶせた前歯がやけに目立った。赤い口紅のふちどりが不鮮明になっていた。ヨシコは目をおさえなかった。大きい目はトロリとたれ、生気がなかった。涙がいっぱいにたまっていたはずだが、不思議に水気を感じさせなかった。涙と汗が厚い白粉を流し落とし、斑模様ができていた。泣き声はたてなかった。しゃくりあげたのか、たれる鼻水を啜りあげたのか、ズッという大きな音が時々した。両肩をおとし、顎をあげ、泣き顔を時々クロフォードさんに向けた。あのヨシコのくずれた泣き顔から泣き声が出ないというのはつじつまがあわなかった。何かおかしかった。ヨシコは〈ながいーちゃあ〉をしているんじゃないか少年は危惧した。我の強い子供が泣く時、顔色は青黒く、口は大きくあき、しかし泣き声はみじんもたたず、奇妙な静止した顔ができる。それじゃないか。どうしてヨシコは泣くのか、少年はわけがわからなかった。

「あぬ、ぐなうせー、はじめから、おーらんどうそうたしが（あの小さい牛は初めから戦わんよう、といっていた）」とヨシコは何度も言った。確かに小兵は可哀想だった、しかし、泣くのは嘘のような気がした。

クロフォードさんの仕種さもおかしかった。しばらくは、ヨシコが泣いているのを横目で見ながらも平気な顔をしていたのに、何かを思い出したように、急にヨシコの髪を撫でたり、肩に太い腕をまわしたり、ハンカチで目をふいてやったり……。とってつけたようだった。暑苦しくなった。しかし、一瞬だが、少年の頭の中で巨牛といつか見た巨人のアメリカ兵が重なった。

ヨシコは立ちあがり、クロフォードさんの膝にのり、クロフォードさんの厚い胸に顔をくっつけ、鼻をこすった。少年はいっそう暑苦しくなった。ヨシコの汗と何種類かの化粧品が混じったドロドロとしたものが、アロハシャツをびっしょりと濡らした。クロフォードさんの異国人くさい汗に粘りついた。つい、今先感じたヨシコの人情味は、やはりみせかけだ。少年は思いなおした。すると、クロフォードさんが小さく、弱い人間にみえた。

松の枝にくくりつけられたスピーカーが十五分間の休憩を告げた。ヨシコは立ちあがり、何かを買いに行った。クロフォードさんも立ちあがった。少年の仲間たちがクロフォードさんに近づいてきた。松の枝の仲間も飛び降りた。少年はためらったが、ゆっくりと幹を伝い降りた。少年の仲間たちは手を差し出し、ギブミー、ギブミーといいだした。仲間たちが爪先を立て、手をいっぱいに伸ばしても、クロフォードさんの胸にしか届かない。髪がちぢれた一人の少年が勝手にクロフォードさんのズボンの後ろポケットに手をつっこんだ。クロフォードさんの手が後にきた。ちぢれ髪の少年はすぐ手を引っ込めた。クロフォードさんが脇に抱えているカーキ色の大きな紙袋に仲間たちはジャンプする。触るのがやっとだ。クロフォードさんは笑いながら、仲間たちの仕種を見ていた。やがて、仲間たちはじれだした。オーケイ、オーケイ。クロフォードさんは頻りに頷き、一列に並ぶように手振りを繰りかえす。仲間たちはすぐに意味を解し、我先にと争い、六人の縦列をなした。少年は慌てて人ごみに隠れた。クロフォードさんに自分だけが注目されるのは、やはり嫌だ。少年は仲間たちが後で見せびらかすであろう品物を今もみたくなかった。見ればなぜ列に並ばなかったか深く後悔する。まぎさつさぁ（大きいなあ）。かわとうつさぁ（変わっているなぁ）。まあさぎさつさぁ（おいしそうだな）。無遠慮な仲間たちの声が聞えた。少年は逃げた。クロフォードさんの視線を背中に感じた。

大阪病

梅雨の入りが数日後に迫っていました。空は青く広がり、積雲は動かず、すがすがしい風が窓から静かに吹き込んできました。五月中旬の一日も暮れるのが遅く、午後四時を過ぎても空の青さは少しも薄れてはきません。微妙な風が舞うたびに前髪が目にたれ、私は何とか眠気をさますのでした。机の上の観葉植物は風にもそよがず、作り物のように見えます。見つめていると、またうつらうつらとしてきます。太股をつねりました。腕時計を何度も見ました。故障じゃないかしら。本気で思いました。地震か火災が今、起きないかしら、とふと考え、小さく身震いがしました。住民票謄本の原薄の作成をしていました。番地を書き損じました。ボールペンを置き、両手でこめかみをもみました。

私を今日一日中おそっている睡魔はすがすがしい風のせいではありません。昨日の夜、どうしてもねむれなかったのです。昨日の昼下がり、山形屋に買い物に行きました。朝、職場に生理休暇を届け出たのですが、昼前から症状が軽くなり、なぜか、無性に外出したくなりました。婦人服を見て回り、夫の下着類や靴下を買い、ホットティーが欲しくなり、九階のレストランに昇りました。壁際で若い女の人と食事をしているのは夫でした。凝視しました。何の癖も特徴もないのですが、まちがいなく夫でした。女の人は後ろ姿しか見えませんでした。夫は真剣な目をしていました。別人の感がしました。深刻な話題にちがいありませんでした。女の人の顔が見たかった。色鮮やかなプラスチック製の飲み物やデザートが並んでいるショーウィンドーに顔を近づけながら、静かに歩きました。ガラスに青白い私の顔が動きました。レストランは子供玩具売り場と隣接していました。女の人の顔が見える角度は大きな縞馬のぬいぐるみで閉ざされていました。レストランの入口に立ちました。自動ドアが音をたててあきました。後ずさりました。自動ドアがしまりました。足がすくみました。女の人の顔を見るのがこわくなりました。冷房がききすぎていました。腕が肌寒くなりました。夫の相手の女の人は首をフリルの襟で隠していました。私が知っている女の人ではないように祈りました。知っている女の人と夫が二人とも真剣な目をしているのはこわかったのです。知らない女の人なら、夫の言い訳も、いつもから無口の夫だからたどたどしい言い訳でしょうが、懸命に信じるように努めれば、どうにか気持ちも落ち着くにちがいありません。

夫は今、何を考えながら仕事をしているのでしょう。私は伝票を機械的に管理簿に記載する仕事に変えました。私たちは首里高等学校を卒業後、八年間恋愛をしました。結婚したのは二年前です。私たちは遠縁でした。幼い頃はよく〈お医者さんごっこ〉もしました。何もかも知りつくしているはずでした。

今日の朝食はフランスパンにチーズをのせて食べました。

「チーズも痛むんだね。きのう、外で食べたものは舌にあたったよ」

「どこの?」

「山形屋のレストラン」

夫は何気なく言いました。何気なさすぎる、やましい事実を隠す意図がある、とあの時感じました。だが、あのレストランでは、夫は私に気づいていなかったはずだわ。私は先の心配をしすぎるのかしら。私は幸せになりたい。だから、夫も幸せになって欲しい。そして、夫の幸せを壊すのは私の異常な気づかいだけにちがいない。私たちは市営団地の一室に住んでいます。近隣には知り合いはいません。夫は私と二人っきりで淋しくないかしら。私はいつも気になります。だけど、淋しさをなくすのは私にはとてもむつかしいのです。夫は残業でひどく疲れても、私の膝を撫でながら、たわいのない私の話をきいてくれるのです。私が作る料理は少しも残さずに食べてくれます。夫は背丈は高いが、胃が悪く、やせています。外食はほとんど食べ残す、と夫の同僚が三週間前に私に漏らしました。夫は盆栽が大好きです。ガジュマルやマッコウの根を盆石の小さい穴にたくみにからまします。休日や帰宅後の時間をいつも心待ちにしています。しかし、私が淋しがりやなのを知っています。知らぬふりをしません。観光ホテルのレストランで一緒に食事するのは休日の夜の慣わしにさえなっています。テレビもよく一緒に見ますが、夫は男と女の関係がこじれるドラマを毛嫌いするのです。異常にも思えたりするのですが、私はそのような夫に何ともいえないやすらぎを感じるのです。だが、やすらぎもきまっていつのまにか消えてしまうのです。夜中によく目がさめました。身をちぢめて寝ている隣りの夫を長い間みつめました。八年間交際しましたが、いつも落ち着きませんでした。二年間の結婚生活とて同じです。夫とちがう男が相手だったとしても何もちがいません。私自身のせいなのです。

四時半にようやくなりました。管理簿に伝票を記載するのをやめました。金額の精算が合いません。明日やりましょう。管理簿を保管庫に納めました。あと半時間で帰宅できます。夫と帰りがけ、家の近くのスーパーマーケットのレストランで食事をすませ、一時間ばかり寝室で横になろうかしら。それとも、手料理を作れば目がさめるかしら。

私は湯飲み茶碗を摑んで立ち上がり、窓際に寄りました。表玄関前の石階段をぼんやりと見ました。女の人がゆっくりと登ってきました。レインコートのような服を着ています。コートの襟首に帽子もくっついています。半袖です。腕は細いが、柔らか気です。産毛さえないのです。本土の人のようです。コンパクトなハンドバッグを持っています。うつむきかげんだが、背中は自然に伸び、白いヒールの小気味よい音が窓ガラスをつきぬけて私の耳に入ってくる錯覚を起こしました。女の人は顔を隠すように白い手で口元を押さえています。女の人の顔が見えました。私はしばらく息ができませんでした。真っ赤な仮面のような顔でした。私は目を固くつぶったが、くちびるをかみしめながら、また女の人を見ました。赤い斑点が顔中にちらばっていました。

留顔痘はテレビで何度もセンセーショナルに報道されました。私は慌てて引き出しをあけ、新聞記事のスクラップをひろげました。何のためにこのようなものを保存したのか、自分でもわかりません。留顔痘ビールスを病原体とする急性伝染病で、高熱、寒け、痙攣、顔のこわばりが急激に起こる。だが、何の医学的処置をほどこさなくても、三十分から四十分で病状は回復する。回復するにつれて額や頬に発疹が現れ、まもなく、顔中にルビー色の円形の小斑点がにじむ。しかし、その無数の斑点も約一週間たらずであとかたもなく消える。天然痘のように皮膚に醜い痘瘡《とうそう》もできず、死亡率も零であり、種痘によって予防も容易だが、厚生省は予防接種を国民の義務とせず、もちろん、法定伝染病にも未指定。去年の暮、西北アフリカで哺乳動物の糞が土質にどのような化学反応を起こすかの研究をしていた大阪の若い女性生物学者が日本で最初に発病したので大阪病とも呼ばれている。

大阪病の患者にまちがいありません。本物を見たのは初めてでした。大阪の人だと直感しました。沖縄人が発病したというのはまだ、きいていません。私は妙に落ち着いてはいましたが。手に持っていた湯飲み茶碗を落としました。割れる音に私は驚きました。この患者は重大な決心をしているにちがいありません。たったの一週間さえ家の中にじっとしていられなかったのですから。女の何もかもをかなぐり捨てさせているものは何なのでしょう。

私が茶碗を割った音には誰も驚きませんでした。市民課の窓口の職員がざわめきました。私はファイルボックスの透き間からのぞきました。男子職員がカウンターを乗り越え、裏出口に駆けて行きました。野球部のキャッチャーをしている三十数歳の男です。女子職員は悲鳴をあげなかったが、早足で逃げ出しました。昨日、月一回の定期ワックス塗装をしたばかりのフロアなので、幾人も滑りました。市民課の待合室のソファーに座っていた数人の市民もいなくなっていました。待合客用のテレビはついていました。デブとノッポの漫才コンビが大袈裟なゼスチャーをしていました。わざとらしい笑い声でした。市職員労働組合の青年部長が、国保年金課との境いになっているカウンターを叩き、女の人を指さしました。私は小走りに歩きながら、みんなの大袈裟なふるまいが気になりました。常日頃から、職員たちはこのように大袈裟にふるまいたかったのではないでしょうか。青年部長はカウンターを叩きながら、各課に合図をしました。職員たちはぶつかり合いました。椅子がひっくりかえりました。机の上の電話やパンチが落ちました。笑っている者も何人かいました。笑っている中年の平職員は、机の上に積まれた書類を両手で振り払いました。何百枚もの紙がフロアに散りました。高校を卒業したばかりの太った女子職員が数枚の紙を踏み、尻餅をつきました。ほとんどの職員が、早足には慣れていませんでした。ぎこちない走り方でした。日頃から几帳面な納税課の比嘉さんは、課内の蛍光灯のスイッチを消しながら逃げました。川上さんはまだ二十代の男性ですが、日頃は変に落ち着き、何をやるにも人を呑んでかかるようにふてぶてしいのですが、今はかなり慌て、振り向かずにロビーに出ました。朝と夕方はいつも新聞を持って職場のトイレに入り、四十分ばかりも出てこない農業委員会の三十七歳の男は、係長に昇任できなくてふてくされています。だが、今は新聞をかかえたまま、慌ててトイレを飛び出してきました。電算機や複写機が何枚も同じ紙をはきつづけています。遺族年金を支給中だった社会課の窓口には誰もいなくなっています。机の上に一枚の一万円札がゆったりと動いています。何かしら大袈裟な気がします。市庁舎には何百人も職員がいます。なのに、女の患者一人にこのように怯えるのは、どうしても自然じゃありません。大阪病はこわい病気じゃないのです。どのようにこじれても十日も経てば元の顔になります。副作用も何もありません。第一、大阪病は皮膚と皮膚を直接かなり強くこすり合わさなければ感染しません。たとえ、患者と皮膚を強くこすりあわせても、発病するには精神的な要素が複雑に作用します。市職員の大方は、日頃は小さい驚きさえないのです。驚きを欲している職員はびっくりするほど多いのです。ですから今、退屈しのぎに大袈裟に驚いたとしか私には思えません。君、待ちなさい。待ってくれ、男の人の声がしました。哀愁を帯びた音楽が流れました。市民課の待合室には女の人のほかには誰もいません。待合室のテレビの声はやけに大きくきこえます。裏の出入口に三十人近くの職員が群れ集まり、うごめいています。小さい泣き声がきこえました。ほんとに驚いている職員もいるにちがいありません。しかし、女の患者は、職員たちに感染させようとする悪意は毛頭ないようです。患者が何の目的で来たのか、一言さえきいてやらずに避けるのは卑怯です。患者が気の毒です。だが、私の足も速まります。私もこわい。大阪病の顔を夫に見せるのはいたたまれません。女の人は市民課の窓口には寄りませんでした。私の方に近づいてきます。とすると、福祉事務所か保健衛生課に救済を求めているのでしょうか。女の人は福祉事務所を通りすぎました。誰かに会いに来たのでしょうか。市長かしら。市長は本土出張で不在なのです。私はエレベーターに寄りました。二階の職員はまだ一階の騒ぎに気がついていません。夫は四階の企画室にいます。数人の女子職員が私に寄りそってきました。私は階段をかけ上りたいのですが、幸子さんが私の制服の裾を強く握っています。二階の階段からスリッパの音がしました。下水道課の課長が何か書類を見ながらおりてきました。エレベーター前の女子職員が目くばせをしました。下水道課長はすぐ察し、階段をかけ上っていきました。スリッパが一つ抜けました。女の人は市民相談室の前を通りゆっくりと私たちの方へ近づいてきました。一階には誰もいないと私は思っていましたが、すくっと出納室長が立ち上がり、足音もたてずにデスクの後方の非常口から外に出ていきました。エレベーターの前に私を含めて六人の女子職員がいるだけになってしまいました。女の人はまっすぐに近づいてきます。悲鳴があがりました。一人の女子職員が逃げ、つられたもう一人の女子職員もアヒルのように手を後ろに振りながら表の出入口の方にかけました。和子さんがエレベーターのドアを叩きました。降りてきません。三階の表示ボタンが動きません。幸子さんが私の服をゆすりました。ブラウスがスカートから少しはみ出ました。私はなおしませんでした。この女子職員たちは私と同じように階上に夫か恋人がいます。しかし、妻や恋人が階上にいる男子職員が、エレベーターの前に一人もいないのはどういうわけでしょうか。エレベーターの近くの資産税課の前にいつのまにか納税課の比嘉さんが立っています。彼は、カウンターの上の鉢植えの紫露草を手でおとしました。割れる音で、女の人の注意をエレベーターの方からそらそうとしたのかしら。女の人は振り向きませんでした。女の人は薄い色付のサングラスをかけていますが、目の動きはわかりました。私は女の人から目をはなしませんでした。女の人の大きくウェーブした髪はきれいにととのっていました。私が大阪病なら、似合わなくても、できるだけ顔を隠すために髪をたらすはずですが……。私は腕時計を見ました。四時四十分です。どうして、この女の人はあと二十分後に現れてくれなかったのかしら。五時には、私と夫は自家用車で一分の狂いもなく帰宅していたのに。この女の人は何をしに来たのでしょうか。保健所か病院に行くのが筋ではないでしょうか。

誰かを迎えに来たのかしら。特定の誰かに会いに来たのかしら。

エレベーターの扉が開きました。すぐさま乗り込んだ和子さんが私の手を強く引っぱりました。幸子さんが慌てて閉のボタンを押しました。ドアが閉まる寸前に女の人が乗りました。女の人は私に小さく一礼をしました。私も思わず頷きました。女子職員たちは一カ所にちぢこまりました。女の人は扉に向いて立っています。この女の人は私を知っているのかしら。エレベーターが動き出しました。二階の表示ボタンが点きました。ドアが開きません。しかし、二階の表示ボタンはなかなか消えません。二回たてつづけにガクッと音がしました。衝撃が足元から激しく伝わりました。動悸がまだ消えません。幸子さんが非常ボタンを押しつづけます。返答はありません。何をしているのよ。和子さんが幸子さんを押しのけました。女の人が振り向きました。

「動かないでちょうだい」

美佐子さんは両手で頬をおおいました。女の人の顔を見た私の目は凝固してしまいました。男の人の声がしました。

「どうしました?」

「止まってしまったのよ。エレベーターが」

和子さんはインタホーン口に額をひっつけています。

「早く、なおして、早く」

幸子さんも口を近づけました。

「落ち着いて下さい。すぐ動かす。少し我慢しろ」

インタホーン口の男の人の声も上ずっています。

「こんな時に落ち着けるの。早くなおして」

女の人は私たちに背中をじっと向けています。私は幸子さんの腰を軽く叩き、小さく首を振ってみせました。

幸子さんは私の手を振り払い、インタホーンに大声をかけました。

「あんたたち、わざとエレベーターを止めたんでしょ。どうして閉じ込めるのよ」

「きっとそうよ。電源を切ったんだわ」

和子さんは女の人の方を指さしました。「この人のせいよ。この人を閉じ込めようとしているのよ」

私は女の人の横顔を見ました。この世のものとはとても思えない薔薇色の小さい斑点です。一つ一つ見ると透き通って光り、きれいなのです。だが、集まりすぎます。数が多すぎます。怯えているような目は、私も、女子職員も、女の人も同じです。いや、女の人が最も怯えています。私はそのような気がするのです。この女の人はやけくそになっているわけじゃありません。無差別に他人に感染させようとしているわけでもありません。すべての人間が逃げまどう様を見て優越感を感じているわけでもありません。ただ、この女の人には恋人はいないはずです。大阪病の女を外に出す恋人がいるはずはありません。私は胸騒ぎがします。この女の人は恋人に会いに来たのかも知れないのです。女の人の唇は形がきれい。きっときれいな白い歯にちがいありません。髪は鬘《かつら》と見まちがうほど黒い艶があり、なめらかです。だから、赤い顔が大変に気味悪いのです。しかし、白い肌は細かく、しかし、妙に肉感が感じられました。指輪はしていませんが、指輪が似合う指だと感じました。小さいイヤリングをつけていました。上品でした。都会生活が長い女性だと思いました。女の人は鼻筋がととのい、二重瞼の目もたぶん、病気からきたひどい充血さえなければとても涼しげにちがいありません。足もすらりと長く、胸元も柔らかげにふくらんでいます。私より四、五歳は年下のようです。私は小さく身震いがしました。きれいな女は醜くなって欲しくありません。しかも、感受性が豊かな、心やさしい性格の人間が発病する確率が高い病気です。私は、エレベーターに乗り込む直前、この女の人は、私に大阪病を感染させるのが目的じゃないかしら、とかいま感じました。女の人はできるだけ私たちを避けるように、後ろ向きのままドアにくっついて立っています。エレベーターを降りたら、病院か家まで乗用車で送っていこうかしら。夫はどうしましょう、ふと思いました。夫も一緒に女の人を送るのかしら。女の人の後ろ姿にはものかなしげな雰囲気が漂っています。肩を静かに包み込むように抱き寄せたいのです。一瞬、身震いがしました。夫が感染したら……。いえ、いえ夫にはまちがいがありません。毎日、出勤も一緒、昼食も一緒、帰宅する時も一緒なのですから。

「あなた、どこに行くつもりなの」

幸子さんが聞きました。私は妙な胸騒ぎがしました。女の人は黙っています。

「私は夫がいるのよ」と和子さんが言いました。「私に触れちゃ承知しないわよ。肌を露わにしているんだからね」

「このように天気のいい日が感染しやすいのよ」

最初からずっと怯え続けていた美佐子さんが物知り顔になりました。

「ね、空気感染はしないかしら」

幸子さんが美佐子さんに小声でききました。美佐子さんは曖昧に首を振りました。女の人の背中が小さく動きました。しかし、女の人は動く気配はありません。

「暑苦しいわね。コートつけている人がいるなんて、めまいがするわ」

和子さんがつぶやきました。

「でも脱がしちゃだめよ」

美佐子さんが和子さんに耳打ちをしました。熱気が漂ってきました。私の首筋から汗が流れます。しかし、脇の下はまだ冷たいのです。女の人の薔薇色の斑点を滲んだ汗がぬらしています。

「あなた、恋をしちゃだめよ」と幸子さんがおそるおそる、しかし、声高に言いました。「相手の男にうつして、その男が別の女にうつすからね」

女の人は振りかえりません。私は幸子さんの裾を引きました。

「何よ」

幸子さんは私を見ました。「だってそうでしょう。男なんて、大阪病なんか気にしないっていうんだから。

大阪病の女とでも本気でセックスできるのよ」

「駄目よ、駄目なんだから」

私は言いながら、夫を思い浮かべました。女の人は私を横目で見ました。やさしげな目でした。

「最初、ほっぺたにとても小さい赤い点ができたの。男の人はきれいだとほめたの」

きれいな標準語でした。女の人は私を知っているのかしら。私は見覚えがありません。どのように顔が変わっても、私は知っている人を見忘れません。私は自分の二重瞼の目も、顎の柔らかいせんも、首筋もきれいだと思っています。ただ、前歯の両端に金をかぶせた歯はいつも気になります。口をいっぱいにあけて笑う癖がなくなったのはいつ頃からかしら。時々は思い切り笑いたい。笑いたい時に顎を引き締めるのは苦しい。今は少しも笑いたくはありません。顔中に不気味な斑点がある女の人と容姿を比べたりするのは自分でもわけがわかりません。夫は背が高い。この女の人は裸のまま、全身がすっぽり映る鏡に向かい、夫と並んで立っても似合うでしょう。女の人は私を見ました。

「恋人は？　あなた」

私はおそるおそる聞きました。が、すぐ妙に落ち着きました。

「二つ目は唇の下にあったの。これは天使のルビーだと恋人はいつもさわってたわ」

私は女の人から目をそらせました。この人は私の夫に会いに行くんじゃないかしら。夫と一緒でなかった時を懸命に思い起こしました。結婚して二年三カ月になります。よくは知りませんが、結婚前の夫は滅多に私以外の他人とはつき合わなかったようです。結婚後は、夫はいつも私と一緒……そうだわ……夫は去年の暮れ、全国行政会議に出席したのです。開催地は大阪でした。私はその四日間の夫の行動は知りません。でも、半年も前なんだわ。疑っちゃいけない。

つき合い始めて数カ月目、夫が恋人の頃でした。一緒に都ホテルの階上レストランに昇りました。エレベーターの上昇がなぜか遅かったが、やっと着きました。ニューヨークステーキを食べました。恋人はシャンペンを注文しました。私は一口しか飲みませんでした。しかし、しばらくすると、軽いめまいがしました。立ち上がると、倒れそうな予感がしました。私はナプキンで口を拭き、恋人にことわり、トイレに立ちました。恋人は不審気に目をこわばらせました。私はなぜかテーブルにもどりたくなかったのです。恋人と向かい合って座ると気分が悪くなるような気がしました。私の潜在意識は恋人を嫌がっているのではないかしら、と考えました。レストランの自動ドアを入って驚きました。恋人の向かいに若い女の人が座っていました。薄暗かった。よく見ました。恋人ではありませんでした。恋人が座っているテーブルではなかったのです。恋人はそのテーブルの三列前にいました。私は恋人に近づきました。暗いガラス窓から下をのぞきました。遠くの市街地の灯りが急にふえていました。やっと訳がわかりました。このレストランは回転レストランでした。恋人を疑い、申し訳なく、あの時思いました。

だけど、あの時、私は疑いをみじんも確かめませんでした。この女の人はちがう、男の愛を確かめようとしています。最も醜い時の自分を男に見せて……。私が大阪病だったのなら、夫はどうするのでしょう。日頃よりもより強く抱きしめてもらえるかしら。大阪病の恐怖を通して二人の絆はさらに深まるかも知れません。でも、一番きれいな顔を夫や恋人に見せたいというのが女の本心じゃないでしょうか。私は高校生の頃、私を失恋させた相手に決して弱味を見せないと決心しましたが、反面、私のありったけの悪や醜さや弱さをさらけ出し、見せつけたかった。なぜ、あなたはここに来たの？　私は無性にききたいのです。女子職員たちは黙っています。美佐子さんは筒に入った糊を握りしめています。私は強いて笑おうとしました。しかし、頰がこわばっています。心なしか異臭が漂ってきました。私は夫に関心をもちすぎるのかしら。でも、私は夫に幸せになって欲しいから夫の些細なものも見のがさないんだわ。見のがさなかったんだわ。それなのに、どうして大阪病なんかがしのび込んでくるの。あなたは誰から感染したの。誰に触れたの。あなたは何者なのよ。なぜ、私にだけ親しみを感じるの。女の人はエレベーターに近づいてきたのではなくて私に近づいてきたんだわ。でも、なぜ、醜い顔の時、私に……。いや、ちがう。四階に上ろうとしているのだわ。でも、大阪から帰ってきた後も、夫は何も変わりませんでした。私が嫉む理由は何一つないのです。私かしら。私はなぜかしら女の人と話がしたくて、女の人がエレベーターに乗り込むのを先に待っていたのかも知れません。私は女の人が近づいてきた時、逃げようと思えばいくらでも逃げられたのです。しかし、何の話を……私は……。私はあの時、山形屋のレストランで夫の相手の女の人の顔をぜがひでも見るべきでした。そうしたのなら、醜い顔の女の人に迷わされなくてもすんだのです。夫は隠しだてをしない性格ですから、「一緒に食事をしていたのは誰？」ときけば正直に答えたにちがいありません。〈このような醜い顔の私でも、まだ愛してくれるの？〉女の人は夫に何の躊躇もなくきくつもりだわ。でも、私なら見せません。誰にも見せない。自分でも見ない。自分が変わってしまう。夫は私の醜い顔を一瞬見ただけで、何かにつけ、死ぬまで思い浮かべ、震えるでしょう。もう五時を十分も過ぎました。夫は階段を下りて、家に帰ったんじゃないかしら。夫が、この女の人を呼んだのかしら。何十人もの人間を証人にたて、夫は女の人との関係を公表しようとしているのでしょうか。俺は心の貧しい女と離婚して醜い顔の女と再婚する。私は心が貧しいのでしょうか。夫は浮気じゃないのです。大阪病は律義で内向的で、心優しい人間が発病しやすいのです。浮気もできない心優しい人が……。いえ、病気なんかで夫婦の絆が切れるはずはありません。昨日なんだわ。一晩で、このように顔中が冒されるなんて。いかに大阪病といったって。あの時、女の人は顔を隠そうとはしていました。でも、もし大阪病の兆しが出ていたのなら、周りの客やウェイトレスが気づかなかったはずはありません。夫に、この女の人は失恋したのでしょうか。いいえ、夫にじゃありません。階上にいる誰かに。幸子さんの夫かも知れません。夫を信じよう。これまで何十回も疑い、それが全て、私の邪推だったのですから……。エレベーターが動き出しました。大きな溜息が漏れました。女子職員たちが小踊りしました。女の人の背中はやはり動きません。エレベーターは降りていきます。夫は上にいるのに。ドアが開きました。頑強な男たちが立っていました。

「どうして、こんなにてまどったのよ」

和子さんが誰かれになく叫びました。夫は制服を着た警備員の後ろに立っていました。薄いブルーの半袖シャツにネクタイをしめていました。朝一緒に出勤した時にはネクタイをしめていませんでした。一瞬、別人に見えました。私は夫にかけよりました。夫は私を抱きかかえました。力強い、あたたかい胸でした。昨日の夕食の時の、私の不機嫌な顔を夫に隠せばよかったと悔いました。白衣を着た保健所の職員か、病院の医者が三人いました。

「来たまえ」

胸元に黄色い斑点がしみついた白衣の男が小さく手まねきをしました。女の人はエレベーターの奥に後ろ向きにたたずみ、動きませんでした。

「君は病気なんだ」

黒縁の眼鏡をかけた白衣の男が言いました。何十人もの職員が白衣の男たちをとうまきにしていました。女の人はコートの袷をたてなおし、うつむきかげんのままエレベーターを出ました。白衣の男たちは道をあけました。女の人は廊下を歩きました。足どりは意外に軽そうでした。女の人は夫を見ませんでした。玄関の自動ドアの向こうに大型の救急車が止まっていました。白衣の男は私や幸子さんたちに何も言いませんでした。伝染病ですから、隔離して検査をすべきじゃないでしょうか。私はほっとしました。夫の胸を押しました。早く家に帰りたかったのです。しかし、夫は動きませんでした。全身に力がこもっていました。私は長身の夫の胸に額をくっつけていました。夫は私の髪を軽く撫でていますが、目は私を見ていないような気がします。私は思わず顔を上げ、夫の顔を注意深く見ました。私は大きく息を吸い込みました。夫の目の下のほうに、赤い鮮やかな、しかし、ほんとに小さい斑点がありました。しかし、息を殺してじっと見ていますと、しだいにぼやけ、消えていくようにも見えるのです。

告げ口

安座間《あざま》さんは一日おきに私に電話をかけてくるのです。私の夫を追跡しているとしか考えられません。何のためでしょう。安座間さんにわけがあるのでしょうか。私を監視するためと私は考えたりもします。私たちのアパートと道向かいのアパートに住んでいながら訪問しないというのも不可解です。私はアイロンをかけているのですが、今もベルが鳴っています。

「あなたのご主人、女の人と青い車に乗っていました」

「……主人の車の色は白なんですけど」

「でも運転していたのはまちがいなくあなたのご主人でした」

「……」

「髪をきれいに七・三に分けていたでしょう。紺のネクタイをきちんと結んでいたでしょう」

朝の出勤の時の夫を私は玄関で見送ったのですが、まともには見ませんでした。夫も私をまともに見なかったのです。ネクタイはしていませんでした。確かです。夫はU市役所の議会事務局に勤めています。〈ネクタイをしたら〉私は或る朝いいました。〈議員連中が妬むからよすよ。僕が断然いい男だろう〉夫は唇の端を少し曲げて笑ってみせました。夫が最後に笑ってからすでに四週間になります。

「きいています?」

「……みたのですか」

「ええ、午後三時十五分に、大平インターチェンジの下のバス停から」

〈どのような女性なの〉ときくのが恐いのです。同級生のような気がします。夫と私は首里高等学校の同級生なのです。

「真栄原のほうに向かっていきました。バイパスを」

「仕事かもしれません……帰ってきたら、きいてみます」

「女の人は仕事着じゃありませんでした」

「……」

私は受話器をおきました。しばらく立ちつくしました。電話が泣き叫びそうな気がしました。夫は心臓が悪いのです。痩せています。いつも深い溜息をつきます。呼吸が苦しそうです。長生きはしないのかもしれません。淋しがりやの夫ですから、あの世にめされたら、あの世でとても淋しがるでしょう。私が後を追ってあの世にいけば大変喜ぶにちがいありません。あの世のてれくさそうな夫の笑顔が、日頃はめったにみせない笑顔が目にうかびます。私はソファーに座りこみました。どのような女性なのでしょう。若いかもしれません。私もまだ二十六歳です。若い女性といっても私より三、四歳年下にすぎないでしょう。でも、三、四歳の差でもとりかえしがつかないものかもしれません。私はテレビのスイッチを押しました。〈料理教室〉でした。中華料理の実演中です。メガネをかけた初老の女性が講師です。私と同い年ぐらいの女性アナウンサーが聞き役です。とても悠長なのです。スローモーションの画面を見ているような錯覚をおこしました。窓に目をやりました。隣りのアパートの窓が見えます。安座間さんの部屋の窓です。窓辺に花鉢がおかれています。百日草の花は風に揺れてはいるのですが、一瞬造花に見えました。私は立ちあがりました。夕食を作らなければなりません。夫はいつも五時十分か十五分には帰ってくるのです。あと五十分ばかりしかありません。夫は疲れているのです。夫は人見知りが強い性格です。ひとくせもふたくせもある議員に小さい笑顔をみせるためにとても緊張するにちがいないのです。暖かい夕食の時しかくつろげないのです。私はぼんやりと安座間さんの真っ赤な花なんか見てはいられないのです。でも、今は葉野菜を細かくきざむと目がくらむ気がします。包丁が光りすぎるのです。窓から吹きこむ夏のむさくるしい風が私の頬や髪を撫でます。首すじや耳が妙にほてっています。私は台所に立ちました。米を洗い、炊飯ジャーのスイッチを入れました。冷蔵庫から馬鈴薯をとりだし、皮をむきました。

〈宗元島なまりがまだぬけないんだ。口をきくのが億劫だよ。恐い気もする〉彼は私にうちあけたのです。まだ四週間にもなりません。寝室の中古の冷房機の高いモーター音が混じっていました。しかし、私は忘れていません。なのにどうして結婚後半年をすぎたばかりなのに若い女性を連れてあるけるのでしょう。二カ月半ほど前、私はバスの窓から宗元島タッチューを見ました。涙がにじみました。渡久地新港が目の前にひらけると、宗元島がだしぬけに私に迫ったのです。彼は宗元島の生まれなのです。中学二年生の時、U市内の中学校に転校してきました。G自治会の婦人部の遠足でした。女は地域との親睦も深めなくてはいけない、と半ば無理矢理に夫が申し込んだのでした。バスの中の誰もなぜかほとんど私に話しかけませんでした。彼が生まれた島なのです。童顔の彼が海の照りかえしに黒く焼けた島なのです。とても遠い気がしました。私の故郷がU市なのが不思議な気がしました。

夫は五時十五分に帰ってきました。いつもの時間です。私は玄関のドアをあけ、お疲れさまといいました。少しかすれた声でした。私は思わず彼の腰に軽く抱きつきました。彼は心もち身をひいたような気がしました。夫のオーデコロンとはちがう香りが漂ったのは私の気のせいでしょうか。いえ、夫のオーデコロンです。だけど朝出かけぎわにつけた香りじゃありません。強すぎます。夫はオーデコロンをもち歩いているのでしょうか。鞄や乗用車をあけるのが恐くなりました。夫は着がえをすませ、居間のテレビを見ています。大相撲がはじまっています。私は夫のひややかな目が恐いのです。私が何かを言うと、ほんとに何ともいえない冷たい目で私をみつめるのです。軽蔑の目でしょうか。両親がいない私を。夫が毎朝の出勤前に私を優しく抱きしめてくれたのは結婚後三カ月間ぐらいだったでしょうか。日課のようになっていました。抱きしめられた感触は一日中残りました。私は心穏やかに料理を作り洗濯ができました。あの抱擁がなくなったのは、いっていらっしゃいとただの一言ですますようになったのはどのようなきっかけがあったのでしょうか。四月頃でした。暑くなりはじめていました。暑さのせいでしょうか。

朝食の食器を洗いながらぼんやりと窓の外を見ていました。私たちは二階を借りていますから、下の通りがよく見えます。太った伸ちゃんが安座間さんに手をひかれて通るのが見えます。伸ちゃんは黄色い丸い帽子をかぶり、黄色い鞄を肩にかけ、空色の上着を着ています。保育所に行くのです。伸ちゃんは四歳ぐらい、安座間さんも二十二、三歳にしかみえません。このアパートの庭の仏桑華の垣根ごしに伸ちゃんにほほえみかけたのはいつだったでしょうか。伸ちゃんはからかわれたと思ったのでしょうか。太った顎をあげ私をみませんでした。しかし、私の視線がずっと気になっていたのでしょう。しばらくすると私のほうを向き、きまり悪げにほほえんだのでした。伸ちゃん、暑くはないかしら。私は思いました。すでに夏の陽は白く変わり、照りつけているのです。隣りの平屋の窓をおおわんばかりの山梔子《くちなし》や石榴の葉もすでにうなだれているのです。安座間さんが少しも憎くならないのは不思議です。安座間さんと伸ちゃんは黙って歩いています。この中通りは自動車がけっこう往来しているのですが、遠くをぼんやりと見ているような安座間さんの目なのです。夕方は安座間さんのお母さんが伸ちゃんを迎えているそうです。安座間さんがどのような仕事をしているのかはわかりませんが、七時頃までには伸ちゃんを牧港のお母さんの家から引きとってくるようです。夫と生別なのか、死別なのかも私はわかりません。

午後三時が近づきました。夫は刺身が大好きです。私は小銭入れをエプロンのポケットに入れ、サンダルをつっかけ階段をかけおりました。Y大通りに出ました。アカバナー薬局の隣りの宮城鮮魚店に入りました。途中前村電化製品店の女主人が店内の冷蔵庫の陰から私をみていました。近所の白髪がきれいな老婦に出会い、私は会釈をしましたが、老婦は背中の赤ん坊をあやすふりをしながらあたふたと通りすぎました。アカバナー薬局の新妻が店先に水をまいていました。手を休めて私をみました。目があいました。彼女は慌てて目をそらし、バケツの水を一度にまき、店に入ってしまいました。

黒鯛を注文しました。大きなビニール製のエプロンをかけた中年の太った女が刺身包丁をさしこみ、皮を切り、はぎました。鮮やかなうす桃色の肉があらわれました。気味が悪い色でした。いつもみている変わらない刺身のはずですが。宮城鮮魚店を出ました。薄い青空もみえるのですが、灰黒色の厚い重たげな雲がどんよりと垂れこめています。風がありません。首すじに汗がにじみでます。昨日の夜が寝苦しかったのは、この厚い雲のせいだったのかしら。昨日の夜は夫に向くのが恐かった……。夫はあおむけに寝たまま、まばたきもせずに天井をみつめているような気がしたのです。

ゲート薬局から背の高い米兵が出てくるのを見ました。昼下がりのむせかえるような熱気がじりじりと降り、山城大通りには妙に人の気配が感じられませんでした。私と米兵は道をはさんで両端にいました。私はちょうど上洲書店の脇の郵便ポストに愛知県で働いている妹宛の手紙を投函したばかりでした。私たちは実際は十数メートルも離れていたのですが、私は二、三メートル向かいに米兵がいるような気がしたのです。目礼をしました。米兵もぎこちない会釈をかえしました。白い歯が重っ苦しい大気にうかびました。大きい歯ならびでした。私は慌てて逃げました。思いきって後ろを振り向きました。米兵はいません。しかし、いっそう足を速めました。米兵がなぜあの大通りにいたのか、私は妙な感じになったのです。小さい頃から米兵は見慣れていいます。でも、学校の帰り道などに遠くから米兵がこちらに向かってくると、近くの民家の台所に逃げこみ、身をひそめた覚えもあるのです。アパートの階段を上る前に誰かにつけられていないか、用心深く周りをみまわしました。人影はありません。茶色の毛がびっちりと体にくっついた犬が、長い間連れ込みホテルだった赤瓦家の屋根下の黒い日溜まりにねそべっているだけです。

私は玄関の錠を二重に閉めました。ソファーに座りこみました。米兵の足をあやまって踏んだ軍雇用員の男の人が拳で殴り殺されたといいます。小学五年生の時、同じクラスの男子生徒からききました。本当か、嘘か、今だにわかりません。だけど、どういうわけか、時々思いだすのです。その男子生徒はとっさに嘘をいう癖がありましたし、その話も一回きりしか話しませんでした。だから、嘘だったにちがいないと私は信じるようにしています。冷蔵庫に刺身を入れました。足元がざらつくような気がします。電気掃除機をかけました。日頃耳ざわりなモーターの音もほとんど耳に入りません。電気掃除機のスイッチを切り、台所の床に座りこみました。両膝を立て、頬杖をつきました。私たちは結婚後、二週間目に本部町の沖縄海洋博公園にいきました。健堅のあたりから雨になりました。公園の入口附近にはいくつかの小さい売店が並んでいました。〈傘、買おうか〉彼はいいました。私は助手席のドアをあけ、二月初めの冷たい雨の中を走って売店にとびこみました。彼はとめようとはしませんでした。半透明の白い傘を二本買いました。一つにしようか迷ったのですが、大きい傘はありませんでした。使い捨てでもかまわないような五百円の傘でした。公園内のアスファルト道路をアクアポリスに向かって歩きました。周りの珍しい植物も気にとまりませんでした。途中で雨はやみました。彼は私の傘をとり、私の腰にやさしく手をまわしました。何もいいませんでしたが、私の目に涙がにじみました。アクアポリスの展示場の小さいロビーでの出来事でした。夫はパンフレットをもらいにいっていました。私は赤い丸い椅子にこしかけていました。私の背後からあらわれた一人の黒人がふいに私に何かをいいました。英語のようでした。手にカメラをもっていました。私はあいまいに笑いながら立ちあがりました。おちつくように自分にいいきかせましたが、足はかけていました。

夫はいつもと変わらない時間に帰ってきました。私は抱きつきたかったのですが、夫の目の色や唇の形はかすかにですが私を拒絶していました。泣きたいのを必死にこらえました。顔がへんてこに歪んだのかもしれません。しかし、夫は気づかないのです。夫は気味悪いほどの桜色の刺身を一気に食べてしまいました。一瞬顔を歪めました。毒でもあたったのかしら、と私は思ったのですが、味噌汁を慌ててのむものですから、山葵《わさび》が強すぎたにすぎないようです。夫はおいしいの一言もいいません。山葵が猛毒だったなら、と一瞬思い、私は身ぶるいがしました。

ものしずかな安座間さんも、太った伸ちゃんも台所の窓の下の道を通らなくなりました。居間の窓をあけました。道向かいのアパートはいつもと変わりません。安座間さんが入居していた部屋に百日草の鉢があります。

安座間さんは鉢を置いたまま引っ越されたのです。安座間さんと伸ちゃんはこんなに暑い最中にどこに引っ越したのでしょう。私が那覇に買い物に出た昨日、日曜日の数時間のうちに消えています。荷物は少なかったのかしら。向かいのアパートの部屋は私たちのアパートの部屋より小さいのですから。それとも、毎日、少しずつ荷物を運び出していたのかしら。でも、私はそのような光景を一度もみていません。……私の目をわざとさけたのかしら。胸の動悸が速くなります。何のために私の目をさける必要があるのです？

安座間さんは遠くに引っ越したのでしょうか。四日間電話をかけてきませんでした。五日目の午前十時前に電話がありました。このように早い時間の彼女からの電話は初めてです。

「青い乗用車の女は私です」

私は訳がわかりませんでした。安座間さんは何をいうつもりなのでしょう。

「今まで何度もお話した、あなたのご主人と車に乗っていた女というのは私です。青い乗用車というのは嘘なのです。あなたたちの白い乗用車だったんです」

私は何もいえませんでした。顔が熱っぽいのです。目眩もしました。安座間さんも黙っています。

「……どうして」

私はやっと声がでました。

「私には好きな人がいたのです。かなり前から」

安座間さんの声ははっきりしています。

「なぜ、夫と……」

「だから、あなたのご主人と会いたくはなかったのです」

「じゃあ、どうして」

私は強く声を出そうとするのですが、かすれます。

「あなたのご主人を悪者にしてしまうから私は何もいいません」

「……あなたは悪くないの」

「あなたが、ご主人を愛してやらないからです」

「……」

「私はもう、あなたのご主人に会いません。あなたに電話もしません」

安座間さんは電話を切りました。私は立ちつくしたまま電話器をみつめていました。しばらくしたら、電話のベルが鳴るような気がします。電話ででもいいから安座間さんに一言謝って欲しい。私は伸ちゃんをいつも可愛いと思っていたのです。電話は黙っています。いえ、一生、安座間さんからは電話がかかってこないほうがいい。私にも、夫にも。私は怯えなくてもすみます。夫は安座間さんには優しく囁いたのでしょう。冷房がきいた小綺麗な部屋で夫の私を見る目だけがうさんくさげなのです。頬などは微かに紅潮さえしていたのです。私は電話器に向いたままソファーに座りました。安座間さんの引っ越しを夫が手伝ったのかしら。あの日曜日、夫に〈買い物がすんだら電話するから映画に連れていって〉と私は意を強くして頼んだのですが、〈来週から定例議会が始まるから今日は寝ておく〉といったのでした。私が那覇から帰ってきた時もたしかに畳の上に寝てはいました。私が出かける時と同じパジャマでした。しかし、明らかにシャワーを浴びた形跡がありました。髪も洗っていませんでしたし、石鹼の香りが漂ったわけでもありませんが、わかったのです。シャワーを浴びたのになぜ、くたびれたパジャマを着がえなかったのか不思議です。私は背後が気になり、首だけを回して振り向きました。外に安座間さんの部屋が見えます。金属性のドアに貼られている紙には、ここからはよくは見えませんが、貸部屋という文字が書かれているのでしょう。夫が安座間さんの引っ越しに手をかしたのなら、夫は彼女の行方を知っているはずです。ならどうして安座間さんは私に電話をしたのでしょうか。

夫は安座間さんの引っ越し先を知らないのです。その日の夕食を夫はほとんど食べませんでした。ビールを飲みながら竹輪のいためものをつまむだけでした。夫は口をききました。強い口調ではありませんでしたが、私は怯えました。夫のグラスにビールをつぎたそうと壜をもちあげますと、両手からするりと壜がぬけおちそうな気がしました。〈……なぜ黙っている。安座間涼子さんが洗いざらいしゃべったそうだね。君は私に隠しておく気だったんだね。何もかも隠して一体どうするつもりなんだ〉私は邪魔したんじゃないのよ。安座間さんはあなたが邪魔になったのよ。だから逃げたのよ。私は言いたかったのです。だけど、説明は不可能のような気がしました。夫はきく耳はもっていないのです。安座間さんが逃げたのは私のせいだと決めつけているのです。ひややかな夫の目なのです。怒りさえ忘れた目なのです。私は安座間さんの電話の内容を何の脚色もしないで夫に伝えました。伝えながらもうだめだと思いました。涙もでませんでした。

安座間さんが引っ越してから九日目になります。夫はこの九日間、私に一言ものをいいません。返事もしません。食事はしますが、テレビは見ません。新聞も読みません。食後は畳に寝そべって天井をみつめるだけです。必ず五時十分から十五分には帰宅します。時々はスナックで夜中までお酒を飲んできたほうが、どんなに私は救われたでしょうか。この九日間私は毎晩一時間、長くて二時間しか眠っていないような気がするのです。私が眠ると、夫は私の首を絞めるのではないでしょうか。寝息がうるさいと衝動的に私の首を絞めるのではないでしょうか。私は首すじがうすら寒いような気がします。今、このようにソファーに座っている時でさえ思わず肩をすぼめるのです。

新婚旅行はローマに行きました。ポンペイの遺跡はローマから高速バスで数時間かかりました。二千年も前の石造りの町でした。壁も柱も石畳道も下水道も残っていました。雨もようの夕暮れ時でした。石の色は初めてみる色でした。焦げ茶色に近い妙な色でした。あの町にとり残されている一人ぼっちの私の夢を私は何度もみます。私は怯えて大声を出すのですが、目覚めると、夫は背中を向けたまま寝入っています。いつも汗をかいていました。だが、私の口から叫び声は一度も出なかったようです。叫び声がでたのなら、〈どうしたの〉と夫は優しくきいたでしょうか。私は新婚旅行を大勢の人たちと一緒のパックになぜしなかったのか後悔しています。パック旅行だったのなら、私の夢の中にも大勢の人たちが出現するはずです。私は一人ぼっちで、茫洋とした古代の死の町に迷い、怯えなくてもすんだのです。でも、私の夢の中では夫はどうしたのかしら。や

は り、町の中に迷っているのかしら。私を驚かすためにかくれているのかしら。ポンペイの町で夫が私を撮った写真があります。私が撮った夫の写真もあります。だけど、二人が写っている写真はありません。だから私は一人ぼっちの夢をみるのでしょうか。妹からの返事はまだきません。夫は職場にいます。妹の手紙を夫が隠せるはずはありません。夫を疑う私は性悪なのです。私は彼の両親と同居したい。彼の両親は大平ニュータウンにいます。彼の職場の近くです。婚約中の頃は私に両親と同居してくれと彼は頼みました。

午後四時十分になります。しかし、私はまだ〈私の部屋〉にいるのです。小さい喫茶店です。アンティークな雰囲気が漂っています。椅子は八脚しかありません。隣りに客が座ると、背中がくっつかんばかりに狭いのです。だけど客は私だけです。家から遠い店ではありません。せいぜい一キロメートルしか離れていません。今からでも急ぎ足で戻れば五時までにはなんとか夕食がつくれます。この喫茶店の隣りには金物屋があります。金物屋の隣りは八百屋です。八百屋の長男は中学一年生の時の同級生です。私は八百屋とは反対方向のサンエースーパーで買い物をします。そのせいか、まだ独身だという彼に十年も会っていません。彼は中学生の頃、私を好いていたという噂がありました。私はまだ二十六歳だからやりなおせるのよ。私は今までに何度も自分にいいきかせてきました。しかし、夫がほんとに私を捨てるのか誰にもわかりません。たしかめなければならないのです。他人に媚びるのは自分の無力さをますます思いしらされる、と夕食後の何かの拍子に夫は呟いたのです。私は黙ってしまい、彼はすぐ話題を変えました。なぜあの時、彼を慰めなかったのか、今でも悔やまれます。すでに三カ月にもなります。私はコーヒーをおかわりしました。空腹のせいか、吐き気がするのですが、酸味の強い〈モカ〉を注文しました。私はさきほどから女性週刊誌の同じ頁を読んでいます。米兵とのセックスはこの世のものとは思えないという告白でした。告白者は両目を黒くぬりつぶされた、匿名の女性でした。東京のK町の出版社の男性と婚約後、一人で沖縄に遊びにきて、北部のリゾートビーチで知り会った十九歳の米兵と五日四晩、真昼の海辺の岩陰や月夜の砂浜やホテルの部屋やレンタカーの中などでセックスに明けくれたという内容でした。誇らしげに、刺激的に、詳細に表現されていました。告白者は美人ではありませんでした。黒塗りをとれば、一重の鋭い切れ長の目があらわれるでしょう。一時間ほど前、私がこの喫茶店のドアを押しあけようとした時、制服を着た高校生とぶつかりそうになりました。あどけない、柔らかい頬の女性でしたが、私をいすくめる切れるような目だったのです。二重瞼で、大きくて、けっして切れ長の目ではなかったのですが……。女子高校生は無言のまま通りすぎました。沖縄海洋博公園のアクアポリスの、あの米兵は私とセックスがしたかったのでしょうか。貪婪に光っていましたが、優しい目でした。夫があの時いなかったのなら、私は誘惑にのり犯されていたのでしょうか。夫に捨てられると私は犯されるのでしょうか。なぜか恐くはありません。私の肉体は日々変わっているのかしら。時々、歩いている時でも足がすくむように感じるのはどういうわけなのでしょう。夫より幾倍も素晴らしい男性に誘いをうけた時は、まだ結婚していなかったでしょうか。それとも結婚していたのかしら。私は懸命に逃げたのです。その男性が好きになりそうでしたから。私が米兵にレイプされたら、夫は私を憎まなくなる気がするのです。でも、町中を〈私は米兵にレイプされた女です〉と私がふれまわったら、夫は奇異な目で見られないかしら。コーヒーの苦味もほとんど感じません。ただ胃のもたれがひどくなるようです。

〈私の部屋〉を出ました。灰色の電柱が陽を吸って鈍く光っています。電線は垂れ下がり動きません。この山城大通りの通行人や、呉服屋や化粧品店の店員に、私は双眼鏡でみられているような気がするのです。私は大写しなのに、彼女らはとても遠くにいるのです。人々が無表情なら私はどんなにほっとするでしょうか。私が子供の頃のこの大通りは白いコーラル道でした。春一番が吹く頃はほこりがたちこめました。路端で島尻からきたおばさんが古い金属たらいの中の魚を売っていました。赤い魚を大きな包丁で巧みに切りさき、女のものとは思えない節くれだった親指で臓物をとりだすのでした。

私は五時二十分に玄関のドアをあけました。夫は着換えもしないでソファーに腰かけていました。紺の靴下が暑苦しそうでした。夫はたぶん台所ものぞいたでしょう。どのようなおとなしい人でも空腹の時は腹をたてるといいます。しかし、夫は何もいいません。

「私は米兵にレイプされたんです」

夫は私を見ました。だが、すぐ目をそむけ、髪を両手でかきあげました。

「裸にしてみればわかります」

私は何をいっているのか、自分でもわかりません。

「僕に裸をみろというのかね」

私は泣きだしたくなりました。唇を嚙んでこらえました。夫は手をのばしてテーブルの煙草をとり、火をつけました。

「……私、警察にいきます」

「どうなるのか知っているのかね」

夫は煙草の煙をみつめています。

「現場検証が何日もなされ、君も体を調べられるんだよ」

「あなたは両方ともなさろうとしません」

夫は私をみました。異常者のようなひややかな目です。私は涙がこぼれました。寝室にかけこみました。頭は混乱していましたが、耳は小さい物音にも敏感でした。夫が玄関のドアをあける音はしません。夫は隣りの部屋にいるのです。食事はどうするのでしょうか。枕もシーツもないのに、どのようにして寝るのでしょうか。どうにも眠れません。前村電化製品店の女主人と親しげに話している夫が天井の闇に浮かびます。ブラシが入っていない乱れたパーマ髪の女主人なのです。夫は胸もおなかも膨れた、出産まじかのゲート薬局の新妻と声をたてずに笑いあうのです。そして、夫は、前村電化製品店の緑色の大きな冷蔵庫の陰から、ゲート薬局のゴキブリホイホイの箱やアースレッドの缶が積まれた棚の陰から、ガラス越しに白い道を通る私をみているのです。……私たちはローマからの新婚旅行の帰り、京都に立ち寄りました。京都御所にほど近いホテルに泊まりました。帰る日の朝、彼は食事もせずにホテルの地下のお土産品店に入りました。西陣織の財布と、とても青く光る、カットが鋭いクリスタルガラスの首飾りと、男の子と女の子がキスをしているキーホルダーを買いました。私が何もいわずにみつめていると、彼はほほえみながら、妹たちへのプレゼント、といいましたが、あの時の彼の目はこわばっていたのです。妹たちへのプレゼントならなぜ、同じ品物を買わなかったのかしら。なぜ、私は思いおこしたのかしら。有害無益なのです。

小まぎれの夢をいくつもみた覚えです。明け方に私はわずかに寝入ったようです。夫はいませんでした。いつもより一時間も早く出勤しています。九時すぎまでぼんやりとソファーに座っていました。飾り棚の上の電話をみつめていました。安座間さんと伸ちゃんはどうしているのかしら。二人は今頃笑っているような気もするのですが、二人の笑うさまはどうしても思いうかびません。私は立ちあがって送話器をとりました。ダイヤルを回しました。

「警察です」

若い女性の声でした。私の力が急にぬけました。

「もしもし」

「はい」

「警察ですが、ご用件は?」

「……レイプされたんです、私」

「レイプ?」

「婦女暴行です」

「あなたのお名前は?」

「米兵になんです」

「あなたのお名前は?」

「私は十二日前の昼三時二十分、M児童公園の岩陰で背が高い米兵にレイプされたんです」

「いいですね、あなたのお名前をまずきかせてください」

若い女性の声がおちつきを失ったのが、私には手にとるようにわかりました。そうそう私はまだ顔を洗っていません。私は送話器をおきました。

洗顔をていねいにすませました。化粧鏡の前に長い間座りました。いつもよりも濃く化粧をしました。袖なしの青いワンピースを着ました。夫がいつか似合うといってくれた服です。私はドアをあけ、階段をおりました。国道沿いのガソリンスタンドの横にある交番まで、ゆっくり歩いても十五分ではいけます。でも、あの交番には古い扇風機しかないようでしたから、汗で化粧がおちてしまいます。顔や首がべとついてしまいます。婦女暴行の事情聴取は時間がかかるでしょうから。向かいからゆっくりと走ってきた白い乗用車のフロントガラスに陽があたり、激しく反射しました。一瞬、目がくらみました。首が広いブラウスがよかったかしら。〈外は目もくらむような日射しなのに、窓ガラスを密閉した私たちはとても涼しいのよ〉安座間さんの声がきこえました。いつのまにか、山城大通りに出ていました。この大通りは米軍車両が通るせいか、違法駐車車両の取りしまりが厳しいのです。駐車車両はほとんど見あたりません。だから、この大通りがだだっ広く見えるのです。一直線です。ずっと遠くまで見えます。短い道のりのように錯覚しがちですが、私の足はいくら歩いてもなかなか交番にたどりつきません。シャッターがおりている小銭寿司屋の前で綿菓子を売っている人がいます。麦藁帽子を深くかぶり、ズボンをはいた背の低い人です。四、五人の子供が群がっています。綿菓子を売ってる人が男なのか、女なのかはここからはよくわかりません。とても懐かしくなりました。私も七、八歳の頃の夏祭りの時でしたでしょうか、この大通りで父と母に綿菓子を買ってもらいました。あの時の綿菓子は薄い桃色だったはずですが、今、子供たちが食べているのは濃い緑色なのです。とろけるような甘みが蘇ってきます。日溜まりに大きい、毛深い犬が伏せています。子供たちは平気で近づきます。犬も動きません。安座間さんと伸ちゃんは、この炎天下アスファルト道路からたちのぼる透明の気体のように蒸発してしまったのでしょうか。焙られるような暑さなのです。私はこの大通りの真ん中でワンピースも下着も脱ぎ捨てたのです。なかなか、交番とやらにたどりつきません。米兵だって人間ですから、気は狂うのです。

マッサージ師

首が痛いのを家族にも隠していた。だが、六歳年下の妹が、首を動かす時に顔をしかめる私に気づき、誰かれとなく相談したようだ。妹に気づかれてから三日目にOニュータウンで保育所を経営している園長が夜、私を訪ねて来た。私は六法全書の民法項目の暗記で丁度頭が疲れ、気分転換がしたかった。庭に出た。

「鍼が一番ですよ」

太った二重顎の女は細い目を見開くようにしながら、五歳も年下の私に敬語で話し出した。

「私の保育所の二階を借りている人は鍼の専門ですよ。いい男性ですよ。四十歳に近いんだけどね。あなたは男性だから、余り興味はないかもね。興味を持っちゃただごとじゃなくなるからね」

園長の細い唇は大きく開き、笑っているが、目は少し妙だった。睨み付けているように油ぎっていた。

首の痛みが鍼ですぐに治るとは私は思わなかった。ただ一対一の商売というのがもの珍しかった。市役所は私たちの課だけで三十七人いて、一人一人目まぐるしく動き回り、私は何度か目眩がしたのだ。病院にも行った。脳神経外科や内科や眼科で精密検査を受けたが異常は発見できなかった。薬を処方して貰ったが、効果はなかった。体の中の水が毒化していると漢方薬専門店で言われ、薬を煎じ、匂いを嗅がないように鼻をつまみ、何回か飲んだが、やはり効かなかった。鍼が最後の手段だというせっぱつまった気持ちはなかった。一人の内科医がスポーツ不足だからランニングをしたら良くなると言ったのは忘れていなかった。だが、毎日、雨は降り続けた。雨が上がっても走る気はしないだろう。走るのは手段だ。目的じゃない。いつまでも何にも到達しないんだ。私は高校在学中バスケットボール部に入部していた。バスケットボールのようにゴールにシュートする為に走るのなら意味もある。私は背丈も高く、敏捷でもあり、ジャンプ力も強く、大量のポイントを試合ではかせいだが、R大学の受験には失敗した。高校三年生の夏までバスケットボール部に所属していたせいだ、と自分にも他人にも言い聞かせたが、高校に入学した直後の成績もかなり悪かった。私の出身高校はR大学の西側の盆地にあった。雨の日は石畳の道を高い下駄を履いた学生服姿の大学生がよく通った。心地好い音がした。羨ましかった。大学生は雄々しかった。だが、私は一浪はしたくなかった。七月U市役所の採用試験を受け、十二月に辞令交付を受けた。

鍼が効く、としきりに繰り返すのが老人だったのなら、私は耳をかさなかっただろうし、或る土曜日の午後、職場で課長と笑い合っていた著名な若い音楽家が鍼に通っているというのを聞かなかったなら、鍼治療を受ける気がしなかっただろう。

Oニュータウンの無認可保育所までの距離は数百メートルある。小学生たちが向かい側から私に近づいて来た。濃い黄色のカッパを着ている。黄色い帽子をかぶっている。誰もかれもが一様だ。私は黙っていても、自分の存在理由が実感できる筈だ。意識過剰になってはいけないが、或る日Kデパートで何百人という客や店員が私を認め、私に注目しているような気がしたのだ。身震いがした。九日前だった。あの日以来、同期に市役所に採用されたMを、「超勤があるから」と避けた。入庁の頃からMは、私を終業時よく、市役所の近くのビルの四階にある喫茶店に誘った。彼は三年前に離婚し、二人の子供を養育していた。私と同い歳だが、前頭部がまばらに禿げ、三十四、五歳に見えた。Mが係長になりたがって焦っているのは誰の目にも明瞭だった。だが、仕事に根気が全くなかった。毎年、人事異動の時期になると、係長に昇任した者の悪口を言いながら酔いつぶれていた。彼の皮肉がこもった唇の歪みは酷く、愚痴を聞きながら係長職の魅力を再認識していた私も身震いがした。

だが、私の首が痛みだしたのは、デパートで見ず知らずの他人が異常に気になったから……だけではなかった。私は係長に就任した直後から、帰宅後すぐに夕食を軽くすませ、「自治六法」や「U市条例施行規則集」

を書き写しながら、読み込んだのだった。頁に栞をはさみ本を閉じるのは毎日夜中の二時半過ぎだった。私は机もなく、机上電気スタンドもない。食卓を自分の部屋に持ち込み、あぐらをかいた。目が疲れた。腰が痛かった。首が強張って回りにくかった。

旧正の頃から雨は降り続いていた。降雨量零という日は一日もなかった。野菜が水ぐされした。都市近郊のビニールハウスのトマトや本土産のレタスの値が急激に上がった。いつも昼食を食べている、市役所の向かいの「すみれ」の野菜炒めも野菜の量が少なくなった。沖縄気象台設立以来九十三年ぶりの三月の降雨量だとマスコミが報じた。気象庁は昨日、五月二十六日、梅雨入り宣言をした。今さら梅雨もないもんだ、と私は寝返りをうちながら思った。寝そべるのもきつかった。首筋が寝違いをしたように痛んだ。このような症状は五週間あまりも続いている。顎を動かしても首は痛み、食欲はあるがおのずと小食になった。頬がやつれている気がする。私は摩ってみた。掌がべとつく。汗なのか、油なのか。両方なのか。汗なら冷や汗だろう。私は、気が焦ると冷や汗がでる。一日でも早く治さなければ、と毎日焦った。市民課で書類を数分間みつめるだけで首が痛くなるのだ。ただ、決裁書類に目を通す以外の日常生活は我慢できた。だから、市職員の権利である、年休や病休や私傷病の休暇を私は滅多に行使しなかった。私は記録係長でさえなかったのなら総ての権利を行使したかった。いや、私は八年前にこの市役所に採用されて以来、ほとんどの権利を行使しなかった。「だから、君は係長になれたんだよ」と私の部下のAは言った。私はパテックスを首に貼り、襟で深く隠していつも出勤していたが、Aは他人の癖や顔色をよく見抜いた。「首が痛くなるのは顎を上げて歩くからだよ」とも四日前、Aは言った。私は彼には、否定はしなかった。だが、事実は逆だ。私は係長に就任以来始終うつむいているのだ。首筋が強張ってくるのさえ分かるんだ。係長には部下がいる。部下には命令できる。命令する度に自信が出る。部下は確かに命令は聞く。だが、部下の内心には、何かが必ずひっかかり、もつれ続ける。私には分かる。あのAも私は気になる。外人登録係のAはたまに登録に来る外国人を相手にするだけだ。仕事らしい仕事は殆どなく、窓口業務の職員が交付書類の作成にてんてこ舞いしている時でも、課長や私の正面の席に平然と座り、週刊誌を読んでいる。大学の英文科を卒業したんだよ、と高校卒業の私や課長にみせつけている。だが、Aは妻子がありながら若い女性の面倒をよくみる。若い女性と談笑しているのを彼は独身の私にみせつけている。私の前では、彼の笑い声は一段と高くなる。彼は係長になりたいんだ。私はこのように思い込むように努めた。私は係長になりたいのになれない連中のうっぷんを聞こうと思う。彼らの愚痴や溜息とうらあわせに、係長職の魅力が潜んでいる、と私は見抜いた。私は今年の四月一日、満二十七歳になった。同時に市民部市民課記録係長の拝命を受けた。私には三人の部下しかいないが、二十七歳での係長昇任は出世だ。この事実を肝に銘じよう。みんなが私に一目おく。別の課の職員でさえ私には敬語を使う。

濃い黄色のカッパ、黄色い帽子の小学生たちは体つきも似ている。女の子なのか男の子なのか、擦れ違っても分からなかった。

思い切って午後から年休を行使した。だが、どうして祖父が病気だからと年休カードの理由欄に書き込んだのだろう。なぜ、正直に書かなかったんだ。雨は粒があらく、泥を跳ねる。ズボンの裾が濡れ、肌にぴっちりとくっついている。だが、気にならなかった。私は年休カードを上司に提出し、帰宅した後も、鍼に行こうかどうしようか迷った。だが、部屋のベッドに寝ころがっていると、課長や、あるいは部下から、呼び出しの電話がかかってきそうな気がした。黒い電話器をじっと見ていると、今にもベルがけたたましく鳴り響きそうな気がし、私はあわただしく外に出たのだ。

K保育所はOニュータウンの路地の奥まった電信柱の脇にある。園児はいなかった。私は腕時計を見た。午後二時五分だ。園児は今日は正午に帰ったようだ。コンクリート製の滑り台から雨水が激しく伝い流れている。私は鉄製の門扉を押し開けた。内側は車庫も兼ねていた。横に長い門扉だった。私は立ちつくした。二階にのぼる外階段がある。どうしたわけか、壁に沿う内側には手摺りがなく、壁と階段の間には幅五十センチほどの透き間があいている。一番高い階段の透き間から数メートル下のコンクリート面に落ちるおそれがある。私はふと気づいた。階段の透き間から人間が落っこちて、死ぬ、と園長の夫が予言しているらしいのだ。園長の夫は人の未来の姿が見えるという噂はかなり広がっていた。この階段に違いないのだが、誰が、いつ、落下し死ぬのか、園長の夫も分からないという。今週は記録の仕事は暇だった。先週で、県に提出する統計資料も総て作成した。来週も仕事らしい仕事はないし、夏季休暇をとろうか、私は先程、ホルト並木の歩道を歩きながら考えた。五月一日から十月三十一日までの間に一週間有給で休める。だが、休んで何をする？　一週間たて続けに鍼治療に通う？　惨めになる気がした。係長が職員より先に夏季休暇をとるのも気がひける。二階の階段の壁にS治療所と書かれた板が打ち付けられている。明らかに素人が墨で書いた字だ。赤く太い矢印も歪んでいる。私は傘をさしたまま、つっ立っていた。園児用のブランコも雨にうたれていた。私は門を出た。もう一度、外側からS治療所を見つめてみようと思った。ふと、横を見た。新興住宅にはさまれた狭い道を二人の老女が歩いて来る。二人とも黒いコウモリ傘をさしている。二人とも腰が曲がっているが、一人は白髪がなく、腰の曲がり具合も小さいが、重いのか、白髪の多い女はコウモリ傘を背おうようにさしている。私は老女たちが横道に曲がってくれるように願った。だが、各住宅への門はあるが、横道はないようだ。老女たちは私の前に立ち止まるかも？　目的が私と同じような気がする。だが、私は二人の老女が手をつないでいるのに気づき、思わず微笑んだ。老女たちはゆっくりと、しかし、確実に私に近づいて来た。老女たちの目はいずれも生に執着する目だった。何もかもを睨み付けるような貪婪な輝きだった。姿が少しぐらい醜くなってもわたしのせいじゃないじゃないか、というふてぶてしさが露わだった。どこが痛むのか知らないが、この二人は私と同じように痛みを消したいのだ。夫を亡くし、子供からも孫からもうとんじられている、夢も、先もない老女なんだ。私は違う。だが、園長が惚れ込むようなマッサージ師がなぜこのような老女たちを……。何をどのように悩んだって、私もいつのまにか老女たちと同じになる。姿も生も貪婪な目も。首の痛みを気にしている時間さえ惜しむべきだ。だが、やはり係長職が重く首にも肩にものしかかっている。あの階段の上の部屋にいる男は本当にこの老女たちの全身をもみほぐすのだろうか。私は老女たちが私の目の前を素通りして去ってくれるように願い、濡れた生け垣に寄った。老女たちは私を見ながら、私が開いておいた門を入った。痩せ細っていた。目だけが必死に生きているが、あと数年も生きてはおられないだろう。私は振り返った。二人は濡れた階段を上り始めた。一歩一歩注意深く踏みしめる。ふと、園長の夫の予言を思い出した。階段の透き間に命を落とす運命の人というのはこの老女たちじゃないだろうか。私は思わず階段に足早に近づいた。老女たちが大きくよろめいたら、すぐ支えようと身がまえた。二人の手を引くのは躊躇した。老女たちは階段を上りきり角を曲がった。私はゆっくりと門を出た。家に帰りたくなかった。職場から電話がかかってきたような気がする。だが、マッサージ師の部屋に入るのも厭だ。門の扉を閉めた。理髪店に行けばよかった。私は来た道を歩いた。理髪店でも気分はすっきりしたかも知れないんだ。肩や首や頭のマッサージもしてくれるし、髭を剃られるのも心地好いが、今日は出かけぎわに髭を剃ってしまった。理髪店には髭がいっぱい生えている時に行こう。第一髪を切る時は首が痛く、今はじっと座っていられないのだ。だが、幼少の頃から理髪店には何かしら郷愁を覚える。たいてい三カ月に一回の割合で髪を切る。春、夏、秋、冬、一回ずつ切る。

枕の位置をひんぱんに変えなければ首に鈍痛が小刻みにはしる。軽い吐き気さえする。何度も寝返りをうった。洗いたてのシーツだが、太陽の匂いはしないのは乾いてはいるのだが、匂いは湿っているのだろうか。私はなぜ係長になったのだろう。私は幼少の頃から学力でもスポーツでも遊びでもゲームでも何でも一番になるのは不安だった。一番になりそうな時にはわざと敗けるように企てた。私は退職や休職はまだ一度も考えた事はなかった。しかし、係長とか課長に昇任するとは夢々考えなかった。入庁後五年にもならないのに課長になった同年生もいる。逆に毎晩残業を繰り返し、地主に叱られながら土地の購入の交渉をしなければならない用地課に閉じ込められた同年生もいる。市役所の近くには麻雀屋も囲碁クラブもある。数多くの職員が入りびたっている。私は誘われるたびに断った。まっすぐ家に帰って何をするのだろうと彼らはいぶかしがった。何かをするというわけではなかった。夕食後、庭の木や草花に水をかけるぐらいの習慣しか私にはなかった。退屈でもなかった。素晴らしいものって滅多に現れやしないんだ。二十七年間に私が経験したものだけがじゅんぐりと単純に繰り返されるだけだ。いや、ただ私は麻雀や囲碁を覚えるのが面倒臭かっただけかも知れない。採用後すぐに市民課に配属された。この八年間、何があったのか思い出せない。ショックもなかった。今年の四月一日がショックといえば唯一のショックだった。係長に昇進した理由は分かる。八年間年休を行使しなかった。与えられた仕事は懸命に仕上げた。仕事をやり残したまま帰宅するのは心残りがした。不安だった。一、二時間の残業は残業手当カードにも記入しなかった。係長昇任後はどのような理由があっても年休はとらないと気をつけたが、新年度がまだ二カ月も過ぎないのにとらざるをえなかった。市民課で今年度最初に年休を行使したのは私のような気がする。もちろん私ではなく、すでに十一回も行使した職員もいる。だが、私はなぜか一番先に年休を行使したような気がする。係長の上には課長補佐、課長、部長の役職がある。分かっている。だが、私が一番上の役職のような気がする。

私は親指に力をこめ両側のこめかみを強く押した。指をはなし深く溜息をついた。両手と両足を思い切りのばした。マッサージ業の男は老女たちをマッサージしたのだろうか。あのようにマッサージを毎日繰り返し、あの男は一生をおくり一生を閉じるのか。私は課長になれないともかぎらないのだ。課長にはたいていの人が一目おいてくれる。あのマッサージ師は私よりも十歳ぐらい年上だという。若い頃に定職を鼻にもかけずに恋愛かなんかに没頭した報いだ。あの男は中卒なのだろうか。大卒の平職員は私が高卒なのによく頑張った、とは言わず高卒のくせに、としか見ない目だ、唇の歪みだ。私の直属の上司の課長は四十七歳だが結婚歴もない独身だ。高卒だ。髪はまばらに禿げ、いつもはとろんと沈んでいる目が、女をみる時は焦点がおかしいと気味悪がる女子職員もいる。私はなぜ課長なんかを気にするようになったのだろう。角ばった顎をしきりにさするのも、私のかたわらにつったったまま遠くの一点を見る仕種も気にかかる。

外階段には庇がなかった。階段のところどころに雨水が溜まり、雨粒が跳ねた。ガラス窓の外側に紐がだらりと垂れ下がり数枚の肌着が干されていた。濡れているらしく、重々し気だった。風はほとんどなかった。金属ドアは開きっぱなしだった。ドアをアリアケカズラが植えられた古い小鉢がおさえつけていた。「ご免ください」。はっきり言ったつもりだが、声がかすれ小声になった、返事はなかった。私は一歩内側に足をふみ入れ中を窺った。老女たちはいなかった。痩せた男がいた。ランニングシャツを着ていた。腕の毛は女のように少なかった。白いシーツが敷かれたベッドの端に片ひじを立てたまま座っていた。患者だと感じた。引き返そうと後ずさった。

「入りたまえ」と痩せた男が言った。私は中に入った。蒸し暑かった。

台所の小さい椅子から長髪の男が立ち上がった。背丈が高かった。持っていた本を棚の上に置き、私に「……どんな具合ですか」ときいた。

「セールスはお断りだよ」

痩せた男が少しふらつきながら私に近寄って来た。「この人は貧乏だからね」

「治療ですか」と長身の男が聞いた。私は頷いた。背広姿が大変に似合いそうな男だった。髪は額に垂れ耳も覆っているが、整髪をするとどのような豪華なパーティーにでも不釣合いじゃないと感じた。意外だった。足がすくんだ。マッサージ師は盲目の人だという潜在意識に気づいた。

「どうぞ」

長身の男は手をのばしベッドを示した。私は靴を脱いだ。靴の汚れが一瞬気になった。部屋の中を見回し少し驚いた。「マッサージ千五百円」「マッサージと鍼二千五百円」というふうに治療科目が種々雑多に組み合わされた料金表や古くさい精神修養の格言が紙に書きつけられ、壁や戸や柱に貼り付けてある。ポロシャツの上に白衣をつけはじめた長身の男の人柄や風貌とは何かちぐはぐだった。別のマッサージ師の部屋にこの男が今だけいるような気がした。正真正銘この男の部屋ならこの男はわざと自分を道化者にしているに違いないと思った。

「雨がこんな降るんだ。悪いもんが出てくるさ、世の中の」

だみ声に私は振り向いた。痩せた男の目は充血していた。私を見据えるように、顎を上げた。

「なめくじやごきぶりや、変わった人間ね」と痩せた男は言った。

「私は変わった人間じゃない。ただ、首が痛いだけ」

私はすぐに言い返した。語気が思わず強くなってしまった。強さを見せなければならないんだ。二人の男がいる部屋のベッドに寝そべるのは気が気ではないんだ。痩せた男は私の目から視線を逸らせた。

「雨のせいさ。悪いもんは何でも出しちゃうんだ」と痩せた男が言った。

長身の男がシーツの乱れを直しながら私に向いた。男の肩は固そうで力強く、腰が締まり足も長かった。目は二重瞼だが、切れ長で、鼻筋が通り、唇も締まっていた。笑うと若い女が魅了されるにちがいない、と私は感じた。だが、最初浅黒いと思った顔色はよく見ると青白かった。しかし、髪も濃く皺も眉間にたてにはしっているだけだった。三十八歳には見えなかった。

「首ですか」と男は私をベッドに小さく手招きながら言った。どことなく憂いを漂わしている風貌とはうらはらに張りのある声だった。

「鍼、マッサージ、指圧とありますが、どっちにします? お灸もありますよ」

「そうですね、何がいいんでしょうか」

「奥さんをマッサージするのが一番さ」

テレビに向かって座っている痩せた男が振り返った。テレビの画面では中年の男の前で若い女が涙を流していた。

「首が痛いんですね」と長身の男が言った。私は頷いた。

「じゃあ、そこに俯せに寝て下さい」

私はベッドに上がりながら躊躇した。あの老女たちもこのように寝たのだろうか。

「凝っていますね」

長身の男は私の肩を押した。

「雨が続くと肩も凝るよ。自然の摂理だ」

痩せた男がよいしょと声をたてて立ち上がり、ベッドに近づいて来た。まだ薄気味悪かった。鉄のドアをロックされたら窓から数メートル下に飛び降りるしかないんだ。目の前の壁板にも紙が貼られている。格言のようだが長ったらしく、本当は達筆だがわざとぞんざいに書いたような気がする。私は部屋全体から欺かれているのかも知れないと感じた。汗がにじみ出た。

「ちょっと待って下さい」

長身の男は扇風機の目盛りを強風にした。扇風機は小さく古かった。首をゆっくりと振った。私の汗はまだにじんでいる。

「今日はマッサージをしましょうか」

長身の男は私の首筋を少し強めに二回もんだ。

「凝っていますよ、血管が、固まった筋肉などで圧迫されているんですよ。酸素や栄養が滞っているんですよ。逆に老廃物が濾過されないんです」

「病気でしょうか、やっぱり」

私は彼を見ようとしたが、額は枕と密着している。

「病気でもありませんが、健康でもありませんね」

「何が原因ですか」

私は額をあげた。

「原因は女だよ」

痩せた男がテレビのクローズアップされている女優を顎でしゃくりながら私を見た。酔っているんですか、あの人は？　私はマッサージ師に聞きたかった。精神病患者なら気にかかって落ちついていられないが酔っている男なら我慢ができる。私は力を抜いて俯せにベッドに横たわっているんだ。

マッサージ師は背中を押しはじめた。心地好かった。じっとしていても汗がにじみ、臭う、このような雨の日には肌が触れ合うだけでもぞっとするものだが……。職場では課長や職員に近づくのも嫌だ。マッサージ師は老人のひからびた皮膚にも触れる。ベッドは二つある。壁ぎわのベッドは少し小さく、少し低かった。ベッドに肉づきのいい色白の若い女が横たわっていて欲しいとふと思った。扇風機の音は明瞭だ。だが、まだ蒸し暑く、マッサージ師の手の平もぬめっているようだ。背中にべとついているのは彼の腕から流れる汗だろうか。この男は触れていたいのだろうか。誰にもかれにも触れていたいのだろうか。Aからだったか、或る妻の話を聞いた。私が係長に昇任する前だ。二人とも酔い、足がふらついたが、肩を組み合い、長い道のりを歩いた。夫の体のどこかに必ず触れていなければ気が狂いそうだという結婚十六年目の妻は毎晩夫の手を握りしめたまま寝入った。ついには夫の手を握ったまま夫の会社に「同伴」するようになった。まもなく精神病院に措置入院させられた。私はマッサージ師を見ようと首を曲げた。顔は見えなかった。腕は太くはないが筋肉質だ。私は他人の体に触れているのが大好きなのですよ、触れていないと淋しくて気が狂いそうなのですよ。突然マッサージ師が言い出さないか気が気ではなかった。早くマッサージを終わってくれ。料金は言われる通りにすぐ払う。

「君、君、そこを押しちゃ駄目だ。そこには神経と血管と生命の粒が集中している。駄目だ。もっとずらしなさい」

痩せた男が私の耳元で言った。長身の男は両の親指で私の脳天を押していた。この痩せた男がマッサージ師じゃないだろうか。長身の男は見習いか、たまたま訪ねてきた知り合いじゃないだろうか、と考えると部屋中の貼り紙も不自然じゃないんだが。長身の男はなおも押し続ける。

「斜めになって下さい」

私の脇腹を軽く叩いた。私は右脇腹を下にして、枕をはさんだ。

「君が聞かないんだから女房が聞くはずはないなぁ」

痩せた男は台所の食器棚から汁碗を取り出し、水道の水を飲み、大きく溜息をついた。だらりと垂れ下がった手に汁碗を握ったまま、長身の男を見ている痩せた男の目はぎらついてはいるが、見惚れているようなぬめりが感じられる。二人はいわゆる同性愛なのだろうか。私は身震いがした。身震いは微かだったが、長身の男に気づかれなかったか、気になった。いや、あの男の目の色は違う。酒の酔いのせいだ。自分に言い聞かせた。だが、わだかまりは消えなかった。この男たちに私が分かって欲しいのは、私が係長になったという事実だ。係長職の重大さだけだ。痩せた男が私の肩をこづいた。私は肩を引こうとしたが、動けなかった。

「君はどうしてここに通う気になったんだね。何が好きかね」

私は訳が分からず長身の男を見た。彼は自分の指先を見ながらマッサージの力も変えなかった。

「君は飲まんのかね」

痩せた男は屈み、私の顔を覗き込んだ。息が臭かった。

「マッサージ料を払うより飲んだ方がましだよ。飲まんと出世もできんぞ。酒は出世のえさ。マッチ一本は火事の元」

「反対になって下さい」

長身の男が言った。私はあお向けになった。二人が見下ろしていた。

「左脇腹を下にして下さい」

マッサージ師は私の左脇腹を小さく叩いた。私は横向きになった。

「私は女房のために駄目になったんじゃないよ。駄目な女房を選んだがために駄目になったんだ。悪いのは私だ。私が選んだんだから」

痩せた男は私の向きの側に回り、一気に言った。

「だから私は女房は憎まないよ。自分を憎むんだ」

私はやっと気づいた。この痩せた男は園長の夫だ。離婚するという噂はずっと前から広がっていた。まだ離婚はしていない、とこの間、妹から聞いたばかりだ。マッサージ師から毎月初めに徴収する家賃はこの男が飲み代にしているようだ。酔いが醒めかかる時に他人の運命を予見するという。一年前に中学校の理科の教諭を辞めたのも、自分の運命を予見したためなんだ。どのような運命を予見したのだろうか。市民課窓口担当のBと同じ人間なのか。三十歳を過ぎても役職につけないB。俺の才能に向いている仕事は別にあると年中いっているB。

「今晩いっぱいやらんかね」と園長の夫が言った。私はとまどった。

「……酒を飲むと、指先が駄目になってしまう」と長身の男が言った。

「指先が駄目になったら女が悲しむよ。……そこの人はどうだね。君は指先は使わんだろう」

「……」

「どうだね。ロシアもんがある店を知っているよ」

私は首を横に振った。

「君たちは女嫌いなんだね。注意しなくちゃいかんよ、お互いにね、いいね」

また汁碗に水道の水を入れ、飲みながら近づいて来た園長の夫が「私の予言をまだ根にもっているようだね、あんたは」と言った。

長身の男はだまっている。

「おまえさんは金持ちだしさ、客の一人や二人が階段から落ちて死んだからといったってなんなんだね」

「……」

「そうか、あんたは客が減るのは何でもないんだね。そうだね、可哀相だと言うんだね。駄目、駄目。あんたの責任じゃない。神の責任だ。しいて言えばその人の責任だ」

「年寄りに言うもんじゃないだろう」

マッサージ師は言った。語気は強かったが指の力は変わらなかった。

「君はさっきの老女を指しているんだね。もっともな話だ。だがね、よく考えてみたまえ。こんな所にいつまで待っていたら若い女が来ると思うかね。君は自分の人生を考えてみたかね」

「幸せになりたいのは年寄りも同じだ」

「きのう私は夢を見たんだよ。腰が曲がった、白髪が乱れた老女がね、たぶん九十にはなっていただろうね。何百段もある長い階段を脂汗を垂らしながら登っているんだよ。足は霜焼けで血が垂れていたよ。君は幸せと思うかね。君の仕事は道楽なのかね」

「……」

「気にしないでくれ。私はね、いやなんだよ。あんなに年とってまでさ、階段を上ってさ、鍼うつなんてね。たとえ鍼をうてば楽になるにしてもだ」

私は先程は注目されているのが空恐ろしかったが、今は私が二人の邪魔になっていないか気になった。

「私はあなたに移って欲しくはないよ。私の目の前に現れた現象を正直に言ったまでだ。人助けがしたいんだ」

「正直に言って不幸になる者もいる」

マッサージ師は私を俯せにして首筋をもみほぐし始めた。時々痛んだが気持ちが良かった。機械の力のような指の動きだった。

「じゃ、私も正直に言おう」

園長の夫は汁碗の水を一気に飲み干した。

「まず私の目を見たまえ、真剣な目だろう」

「真剣だが、凝っている」

マッサージ師は何気ないふうに言った。私は思わず微笑んだ。

「ひとつ予言しておきたい」

園長の夫は厳かに言った。

「……」

「君と私の妻ができる」

「……」

「今じゃないが……時期はまだ見えてこない」

「……あなたはどうする」

「どうするこうするもない。次の予言を見るだけだ」

「……」

「だが私はあいつを守ってあげたい。可哀相な奴なんだ。孤児みたいな奴なんだ」

まずあなたが酒と予言癖を止めなければ……。私は言いたかった。なぜマッサージ師は痩せた小柄な男を追い出さないのだろう。屈辱を感じないのか。

「先が知れると何もやる気はおきない」

マッサージ師は足の指を指圧している。足の裏は汚れていないか、ふと気になった。

「それは敗け惜しみかね。どうだね。私が若い女性を連れて来てやろうか」

「……」

「私の親戚にマッサージ師がいてね、東京で女優や歌手を毎日揉んでるそうだよ。だから帰る気は十年も前になくしたと言うんだ。信じるかね、君は。こんないい商売はないんじゃないか。太股も揉むんだからね」

園長の夫があざ笑っているんじゃないか。私は顔を上げた。長身の男の目付きも唇の動きも何も変わっていなかった。

「君は信じるかね」と園長の夫は言った。「君が迷うのも分かる。私は信じないね。誰も自分には色付けするもんだよ。弱いやつほどね」


窓ガラスをたたく雨。窓ガラスをあわただしく伝い流れる雨。雨は降りやまなかった。ワイパーを高速にした。午前中の定例係長課長会議が長びき昼食時間に食い込んだ。

私は自動車を乗り降りするのが面倒臭かった。牧港のA&Wドライブインに横づけしビッグバーガーとルートビアを注文した。ゆっくりと役所に向かった。一時二十五分だった。二時までは執務はしなくてもよかった。赤信号になりブレーキをふんだ。横断歩道を濃い橙色の傘をさした女が足早に渡った。青信号に変わった。私はギアーを「ロー」に入れた。窓ガラスを激しく叩く音がした。園長がしきりに私の進行方向を指さし何か言っている。私は窓ガラスを開けた。

「役所でしょう。途中まで乗せて」

後ろのカローラが軽く警笛を鳴らした。私は助手席のドアを開けた。園長は太っているわりには素早く乗り込み、巧みに傘をたたんだ。大粒の雨がシートや足元を濡らした。私は発進した。

「役所の近くの私の保育所知っているでしょう？　お願いね」

私は頷いた。園長はエプロンのポケットから厚地のハンカチを出し腕や胸元をふいた。

「行ったの？」

「……」

「マッサージよ。もう良くなった？」

「行きましたが」

「私もマッサージしてもらいたいんだけどね、あの人が嫉妬するのよ」

私は微笑んで見せた。

「でもあの人に言わすとね、嫉妬はしないんだって、マッサージ師が可哀相になるだけだって」

「可哀想に？」

「でもほんとに腰が痛いのよ。今も病院の帰り。園児たちが昼寝の時間だから。あの人は平気よ。まっ昼間からたっぷり睡眠をとるからね。雨にも濡れないし、ね、雨にも濡れないのよ」

二車線のアスファルト道路だが相手コースからは車がこなかった。私の「シビック」を二台の後続車がたて続けに追い越した。

「酔ってもね、ちゃんと傘をさして帰って来るのよ」

「ホステスが送って？」

「そんなセンスなんかないですよ。一人よ。隣のおばさんが子供をあやしながら窓から見たんだから。夜中三時前よ。よろめきながらも傘は落とさなかったというんだから」

「……」

「朝、カラフルな雨傘が玄関にほったらかされているのよ。私の傘じゃないからいつも塵箱に捨てるけど……もう何本捨てたかしらね」

「……」

「私たちの噂は耳に入っているんでしょ」

園長は髪を拭きながら私の横顔を覗き込んだ。赤茶け、艶のない髪がちぢれているせいか細い目がますます細く見えた。私は頷いた。

「だから、無口なのね。そんなもんよ、男と女って。どこも似たりよったりじゃないかな。年下の男なんか探すんじゃなかったな。先生というから少しはしっかりしていると思ったのにね。男はすぐ甘えん坊になるんだから」

「男は甘えられない場合もありますよ」

私は係長職の責任の重さを話したかったが、愚痴になると思った。園長はすぐ言った。

「ほんとね。認めるけどね。うちのいい人みたいに何年も甘えられちゃたまらんよ。今日は結着つけるつもりよ。私は社会福祉をやっているんじゃないんだから。あなたたち役所の職員とはちがうのよ」

園長は薄笑いをした。目は笑ってはいなかった。だれも社会福祉で結婚はしませんよ。言いかけたがよした。

ワイパーの速度をおとした。少し小降りになっていた。

「あの人なら、甘えないね。あの人よ、背の高い人」

園長はバッグからタオルを取り出し窓ガラスの曇りを拭き取った。手慣れていた。

「京都大学を出ているのよ、あの人。知ってた?」

私は首を横に振った。

「あの人の父親は建設会社を経営してるそうよ。それからね、高額所得者番付ってあるでしょ、あれにものってたのよ、土地が国に買い取られたんだって、国道拡張のために」

「どうして、そういう人がマッサージ師に」

私は車の速度をこころもち落とした。園長が経営しているOニュータウンの保育所に近づいた。

「分からないのよ。みんな知りたがっているけど……探るためにマッサージに通った人もいたけど、何も話してもらえなかったのよ」

「あの人は大学で何を専門にしたんでしょうね」

「分からないけど、でもマッサージじゃないよね。あんな立派な大学なんだから……結婚しているらしいのよ、噂なんだけど」

保育所内に車を入れた。オルガンの伴奏に合わせ園児たちが「かたつむり」の歌を歌っている。音程は狂っているが精一杯に歌っている。園児たちの制服は青色だが、玄関脇に下げられている帽子も鞄も、靴箱の長靴も鮮やかな黄色だ。

「どうもありがとう」

園長は傘をつかんだ。だが、すぐには降りなかった。

「うちの階段から誰かが落ちるという噂は知ってるでしょう？　信じていいのよ。落ちるのはうちの人ですよ。夜中にぐでんぐでんに酔っぱらってあの階段を上ったり降りたりしているんだから」

〈英語女〉と呼ばれている職員は、私の背後に立っている。

「〈便所〉を外国人は〈トイレット〉とは言わないのよ。何と言うのか知っている？」

高校を卒業したばかりの男子職員は愛想笑いをしながら首を振る。

「あなたは？」

〈英語女〉は急に私を振り向いた。

「君が考えたまえよ。仕事も自分で見つけて下さいよ」と私はすぐ言った。妙に腹がたった。日頃は私も課長も苦々しく思いながらも注意はしなかった。四十二歳の独身女性だった。顔色は血色がよかったが、腕は細く、胸にもほとんどふくらみがなかった。課内や他の課をよく出歩いた。「おもろを読む会」、「英会話教室」の会員だとふれ回った。執務をしている女子職員たちは私もやってみようかしら、今のままの人生ではいけない、と迷わされた。

「わからなければ正解を言うね。〈レストルーム〉よ」

〈英語女〉は私を見下ろし、唇の端を歪めた。

「外国語なんかどうでもいいから、席について庶務の仕事をして下さいよ」

外国語なんてあなたには不相応ですよ、と付け足しかけたが、思い留まった。

「今日ははっきりものを言うのね」と、〈英語女〉はカウンターから出た。

「レストルームにかい」

組んだ足を貧乏ゆすりしている外人登録係のAが言った。妙なイントネーションだった。誰かが笑った。

「私を馬鹿にするのね」

〈英語女〉はこぶしを握りAの前のカウンターを叩いた。

「馬鹿にする気はないがまちがいだね」

Aは英和辞典を高くかかげ、開いた。

「レストルームは駅やデパートなどの洗面所つき休憩室とある。トイレットルームをひくと便所とある。ここは役所だから、どっちかというとトイレットルームのニュアンスが正しいのでは？　この辞典がまちがっているか、あんたがまちがっているか、どっちかだね」

〈英語女〉はしばらく立ちつくしていたが、顎を上げたまま足早に廊下に歩いて行った。〈英語女〉は大卒だ。年も十五歳上だ。だが、私は彼女の上司だ。私が嘴を容れるのは何もおこがましくはないんだ。〈英語女〉も明日からは「××のことを英語で何て言うかしら、あなた解る？」と課長や私にまでは聞き回らないだろう。××じゃなかったかしら、と自分で解答し英語辞典を開き、あ、当たっていたなんて大声は出さないだろう。チューインガムを噛みながら英語の発音をしたりはしないだろう。私は腰かけたままカウンター越しに社会課を見た。初老の痩せた男と中年の小太りの女が目についた。二人とも身なりは良かった。だが、二人とも黒眼鏡をかけ白い杖をもっている。身体障がい者年金の更新申請をしているようだ。対応している男子職員は私と同じ年令だ。言葉遣いは丁寧だが声に生気がなく、視覚障がい者を見ている彼の目は重々しく、印鑑を押す彼の指先の動きは白昼の幻影みたいに悠長だ。二人の視覚障がい者はマッサージ師にちがいないと思った。私はなぜマッサージに行ったあの時、彼を視覚障がい者だと決め付けなかったのだろう。彼は視覚障がい者ではなかった。だが、淋し気な二重瞼の目だった。青い膜がかかったような奇麗な目だったが沈んでいた。微かな笑いも弱々しかった。彼の人生はもうこのまま終わるのだろう。昔、私より総てに秀でていたにちがいない男が、なす手段が何もなくなった。立派な体軀も京大出の知性も。私は違う。若いのに係長になった。こころなしか首の強張りも軽くなったような気がする。何をまちがえたのだろう、あの男は。私は九十歳になっても何も変わりそうにもないのだが……。人間を変えるものとは何なのだろう。結婚……園長の夫も変わった。だが結婚しなくても変わる。まさか、〈英語女〉も昔からあのような女じゃなかっただろう。〈英語女〉はあの教員くずれが酒を飲まないとどうしようもないように、英単語を覚えなければどうしようもないのではないだろうか。マッサージを受けたという事実が職場内に知れ渡ってもいいんだ。年休も必要な時には躊躇なく行使しよう。あのマッサージ師は年寄りの客しか期待できないのに、客が来るのを辛抱強く待っている。私は心が安らいだ。だが、ふと自分を恥じた。明日は土曜日だが年休をとろう。あの時、帰りぎわ「日曜日もあいていますから」と彼は言った。だが明後日までは待てないんだ。しょっちゅう私用電話をかけている二十二、三歳の女子職員が私の斜め向かいにいる。いつもは声をたてて笑うが、今は受話器を耳にあてたままじっと黙っている。

私が幼少の頃は雨が少し過剰に降り続くと、すぐ溝から溢れた。木の枝や鼻緒が切れた下駄も流れてきた。トタン屋根にはじける音も強かった。毛が濡れ、全身にくっついたおどおどした犬が軒下をさまよっていた。今、私の雨傘をたたく音は小さいが、コンクリートの蓋の下の溝は水がどのくらい流れているのだろうか。小川に流れ込み、周辺の草や板切れをどこまでも押し流したあの、音の逞しく妙に美しく凄みがある土色の汚れた水はどうしたのだろう。あのようなものすごい勢いの水は私の首の痛みも消してしまうと思うのだが。

私は迷わずにマッサージ師の部屋に歩いた。のっぴきならない理由がある訳ではないが、市役所に行くのを無視した。腕時計を見た。八時五十五分。市役所は八時半が始業時間だ。私はマッサージ師とは容貌も違う、性格も違う、職業も違う。羨ましがっても、羨ましがらせてもしょうがないんだ。みんな人間は別だ。結婚しても駄目になる者はいる。教師でも駄目になる者もいる。美形でも駄目になる者もいる。だがあのマッサージ師に足をマッサージさせるのはやはり気がひける。彼がおちぶれているのは今だけのような気がする。だが、今はマッサージ師は年中休まず、毎日夜の十一時まで営業している。

一階の無認可保育所はガラス戸が閉まっていた。園児は一人もいないようだが、帰宅するには早過ぎる。土曜日は休みなのだろうか。私は壁に寄った。小さい砂場の砂を踏んでみたかった。軒先から雨が流れ落ち、砂地にしみこんだ。居間のガラス戸は開いていた。風通しの良い南側だが今は風はなかった。扇風機が回っていた。園長の夫は顔を私に向け、両足を曲げている。階段から落ちると予言された人間はこの男だろう。ふと思った。誰もがこの階段を登る目的があるのに、この男だけは何の目的もないんだ。この男を見ていると、万が一にも仕事を辞める気にはなれない、毎日寝て過ごすのは苦しいと私は思った。私は男を見ながら足音を忍ばせて階段に向かった。男の目があいた。私は目を逸らし、階段を上がりかけた。

「客だよ」と男が声をかけた。私は立ち止まり振り返った。男は立ち上がり、痒いのか居間のアルミサッシの溝に足の裏をしきりにこすった。

「マッサージはあと半時間は無理だよ。ここに来たまえよ」

マッサージ師はたとえ品がない老女のマッサージでもいやがらないと私は思う。ささいな気がかりを大きく悩み、悩みの原因や責任を全く他人のせいにしても、マッサージ師は優しく頷きながら聞いているにちがいないと私は思う。

「しばらくここに入っておきたまえよ」

園長の夫は顎をしゃくった。

「……」

「アタビチ（蛙）はいないよ」

「……なぜアタビチなんですか」

園長のあだ名だとすぐ分った。

「ヌルヌルして何がなんだか分からんからさ」

園長の夫は奥に引っ込み、小さい卓袱台を持ってきた。私は戸口に腰かけた。彼は冷蔵庫から麦茶を出した。

「中に入りなさいよ。靴も中に入れなさい」

私は靴を脱ぎ、入った。

「靴は濡れないかね」

「大丈夫です」

「車に乗せてやったそうですね」

園長の夫は麦茶をグラスに注ぎながら言った。不自然な敬語に私は小さい動悸がした。

「何を君にふきこんだか、想像はつくがね。君はうのみにするのかい」

「……」

「この家は地獄だよ。猫さえ鳴き方が違うんだ」

園長の夫は麦茶を含んだが、すぐグラスを茶袱台に置いた。

「ウィスキーにするかね」

立ち上がりかけた。

「いや、いいです、これで」

「あいつは何度もマッサージをさせているんだよ。上のやつにね。殺しても死なないような体をしているくせにさ。一体どこを揉ましているんだろうね」

「奥さんは何も言ってはいませんでしたよ」

「君が庇わなくてもいいんだ」

「どうして教員を辞めたのですか」

私は話題を変えた。

「あんなのなんかやっているとアル中になっちまうよ」

園長の夫はウィスキーを飲むように麦茶を口に含んだ。この男も仕事さえ続けていたのなら、妻からあれやこれや言われなくてもすんだんじゃないだろうか。

「今日は保育所は休みなんですか」と私は外のブランコを見ながら聞いた。

「休みだね。小うるさいやつらだよ。追い出したくてしょうがない。ついでにあいつも追い出したいのさ。君みたいな大女がいるとむさくるしいから雨の中に出て行けとね」

一円さえ家に入れない者が、毎日床に寝そべっているのは可笑しいじゃないですか。私は思った。だが、園長の肩をもつ気にもなれなかった。

「奥さんも今日、仕事休みですか」

口をついて出たが、何を意図したのか自分でも分からなかった。

「私と同じだよ。寝ているんだよ、いびきかいて」

「保育所でしょ。睡眠時間ですよ。教育の一つだそうですよ」

なぜ私は園長を擁護するのか、分からない。もしかすると老人ばかりだと思っていたのに、三十二歳の園長もマッサージをさせていると聞いたせいだろうか。それにしてもこの夫婦はいつ喧嘩をしているのだろう。昼間は家に女がいないし、夜は男がいないのに。マッサージ師は毎日愚痴を聞かされているのだろうか。

「あいつも年をとると神経痛がでるよ。まもなくだよ。ヒステリーだからね。こんな雨の日はまちがいないんだ。上のやつは商売繁盛さ」

園長の夫の目は鈍い光を溜めているが、私を正視はしなかった。これも予言ですか、と聞こうとしたが、止めた。皮肉になる。マッサージ師は優しさからにじみ出る風格がある。風格から生じる優しさだろうか。彼が私を鼓舞する何かを言った訳ではないが、マッサージをさせるのはなぜか申し訳ないと思う。今日は鍼をうってもらおう。なぜマッサージ師になったんだろう。偽悪というのだろうか。マッサージ師は自分を悪く見せたがっているようだ。彼の指先の動きは何かを忘れるために全身の力を指先に集中しているようだ。

「どうも」と私は園長の夫に会釈をした。「そろそろ、上に行きますよ。受付して来ます」

「そうですね。先になって下さい。私も後で上がって行きますよ」

園長の夫はまた敬語を使った。私は立ち上がりかけた。足が少ししびれていた。

「あ、それ全部のんで下さいよ」

園長の夫が麦茶を指さした。私はぬるくなった麦茶を二口で飲み干した。

外に出た私は階段を上ろうとした。不意に若い女が降りて来た。淡い水色のワンピースを着ていた。このようなワンピースが似合う女を私は初めて見た。ウェーブがかっている髪は黒かった。小降りになった雨の中から柔らかい光が透け、紫色の傘を通し女の髪を包み込んだ。黒髪が淡い光沢のある栗色に変わった。奇麗な人もいるんだなあ。私は佇んだまま、小さい溜息をついた。階段を降りかけた女の足がふらついた、と私は一瞬感じた。階段から落ちると予言された人はまさか、この女じゃ……。この女なら、真っ赤な血が流れる。全身に。全身が白すぎるし、柔らかすぎる。いや、よろめいたのは足が細いせいだ。指も細く滑らかだ。指輪が似合う指だ。指輪をしていないのが不思議な感じがした。なぜか、気にかかった。肌色のハンドバッグを抱えている白い指は小さく震えている。私と擦れ違う時、女は小さく会釈をした。女の二重瞼の目は潤んでいた。涙が溢れないように唇を嚙みしめようとしたが、思いなおし、小さく開いた唇から白い歯がのぞいた。瞬きをすると涙が流れる。だから目を細め下を向いている。だが、細いが肉づきのよい白い腕には、悲し気な表情とはうらはらに性の本能のようなものが漂っていた。だからますます悲し気な陰りになるのだ。微笑むと、何とも言えないほのぼのとしたものが表れるだろう。こんなに美しいのになぜこの人は微笑まないのだろう。私は振り返った。女は門を出た。磨かれた黒いヒールに泥が跳ねないだろうか。私はぼんやりと思った。女の髪が濡れ、柔らかい頰にくっつく。夏の雨の行水。白い裸体。真昼の通りでの行水。私は大きく息を吸い込んだ。裸の女の美しい肌にマッサージ師の指が変幻自在にくいこむ。透視できる気がする。この階段を踏みはずし死ぬ長身のマッサージ師が見えるような気がする。なぜ、女に会釈をかえさなかったのだろう。あの女をみたマッサージ師は人生を浪費したと悔いたか、逆に報われたのか。私はマッサージ師を見たくなかった。園長の夫が出てくる気配がした。階段の上にマッサージ師が現れる気がした。私は小走りに門を出た。女は見えなかった。階段を下りてきた女に、私はあの時、市役所市民課の記録係長です、と言おうとする衝動がはしった。私は深く息を吸い込んだ。言ってしまったのならどうしようもなく惨めになったはずだ。あの女にも醜さも弱さもあるだろう。職場が同じだったなら私にも見抜けただろう。だが、あの一瞬の微笑み……小さく会釈した時、白い歯がのぞいた……を忘れなければ女の総ての悪が許せる。マッサージ師は血色がほんのりと目元に浮かんだだろう。マッサージ師に私は劣等感を覚えたのだろうか。マッサージに行く勇気がなくなった。立派な人間に汚い足の裏を指圧させ優越感に浸るのは最も愚劣だ。


突然の電話だった。何が何やら訳が分からなかった。とっさに時計を見た。午後一時五十五分だ。

「置き土産に、私の商売道具の手を使われるとは皮肉に感じられますなあ」

「どちら様ですか」

「上の男だよ」

「……お名前は？　あなたの」

「園長だよ」

園長の夫だった。酒をのんでいるのか、喉は荒れていたが呂律はよく回った。受話器を動かしながら話しているようだ。

「私の電話番号が分かりましたね」

聞き耳をたてている外人登録係をちらっと見ながら私は聞いた。声をおとさなかった。聞かれても気にならなくなっている。

「女房から聞いたんですよ。だが、奇妙な質問もするんだ、私に。どうしてあの女に会わせたのかってさ」

「あの女?」

「昨日の君の前の客だよ。……君は、どうして帰ったんだね」

「出直すつもりだったんですが……あの女の人、患者ですか」

「奇麗な患者ならどこかの誰かがとうにマッサージしているさ。気が遠くなるまでね。男が見逃すもんか」

「じゃあ、誰なんです?」

「あいつの女さ」

「……奥さんですか」

「だったらしいね」

「……らしいって」

「私の女房が言うんだ」

「奥さんが何か?」

「何かじゃないよ。いちいち聞くなよ、酒も醒めてしまう」

「……」

「あいつは私が女を上の男に会わせたと疑っているのさ、何も知らんのに。だが、私も女房に口調を合わせてね、会いたがっている男に会わせちゃいけないというのは愚の骨頂じゃないかね、と言ってやったのさ。そしたらね。女房のやつ、何と口答えしたと思う。会わせちゃいけない場合もある、てさ。私は女房が上の男に惚れているのを知っているから、好きな男に会わせなくちゃ、その女は誰に会うんだ、とからかってやったのさ。するとね、好きじゃないんでしょ、と我を張るんだ。私は澄まして好きだよと言ったね。好きじゃないから別れたのよと女房はますますヒスをおこし始めたね。私はおもしろくなってね、誰が何を言おうとあの二人は好き合っているさと断を下したんですよ」

「マッサージ師とあの女の人は夫婦なんですか」

私はまだ訳がのみこめなかった。

「夫婦だよ。一年間別れて暮らしていたがね」

「お互いに嫌いだったんですか」

「嫌いだと、一緒にいるよ。私たちみたいに」

「じゃ、好きだったんですか」

女の正体が知りたかった。早口になった。

「きのう離婚の決心をしたんだよ」

「誰が？」

「知らんが、誰でもいいじゃないか」

「どうして」

「別れる時は別れるさ、誰でも」

「どうしてあのような、いい女性と」

私は思わず女を誉めてしまった。園長の夫に内心を見透かされなかったか、気になった。

「美男子を駄目にするのは美女さ、私なら駄目にはならんよ」

「……」

「私はあの男を誘ってやったんだ。どこにか知っているだろう。天国さ。だが、どうしても聞かないんだな。五本の指を固く組んだまま身動きさえしないんだ。頭は震えているようだったがね」

「あの女の人を追っていったんですか」

「追っていったんだろう。天国にいるのはあの女だと思ったのさ、哀れな男は。自分も天国にいこうとコンクリートに頭を打ち付けていたからね」

私はマッサージ師が死んだと思った。

「どうしたんですか」

「私に足の裏を見せてね、悠然と寝ていたんだよ。だから傘を捨てて男を起こそうと肩を揺すったんだよ。どこもかもびしょ濡れだったから重かったね」

「いつですか」

黙っていても園長の夫は話し続けそうだったが私は思わず聞いた。

「昨日の晩さ、いや今日の明け方だね、正確には。すごい雨だっただろう。だから頭の血も全部洗い流されていたよ」

「死んでいたんですか」

「階段から転がり落ちただけで死ぬかね。死ぬのが私の予言になっていたがね。半分は外れたが、ま、人助けをしたと満足しているよ」

「どうして階段から落ちたんですか」

「予言通りだよ」

「でも、夜中にですか」

「飲み慣れんやつが飲むからさ。飲み方なら教えてやったのに」

「一緒に飲んだんですね」

「一人でさ」

口紅もぬっていない高校を卒業したばかりの女子職員が持ち回りの決裁を受けようと、私の横に書類を抱えたまま立っている。私は手をふり優しく追い払った。女子職員は、係長はいつもと違うというふうな目付きを流し、少しとまどったが、席に戻った。

「あの人は酔ってはいなかったと思いますよ」と私は不意に言った。どこからこのような思惑が湧いたのか分からないが、消えなかった。むしろ次第に強くなる。落ちたら死ぬと言う園長の夫の予言を私はずっと潜在意識の底に潜めていたにちがいないと思った。

「幸福だよ、あの男は」と園長の夫は呟くように言った。

「男は女を、女は男を愛していたのさ。そう思うよ」

「見舞いに行っていいでしょうかね」

「いないよ、あの男は。こんな紙がドアに貼られていたよ。いいかい。勝手ながら引っ越しました。長い間みなさん、ありがとうございました」

「転居先は書いてないんですか」

「彼は失業さ。右手首がへんてこに曲がっていたからね」

「病院に入院しているんでしょう」

「それは聞いてないね」

「あの女の人も見舞いに行きました?」

「彼女は何も知らんよ」

「なぜ、あの人はマッサージ師になったんでしょうかね」

「運命さ」

運命。ああ、やはり運命だろうか。マッサージ師もあの女の人も何の悪行もないように私は思う。園長の夫に礼を言い、電話を切った。マッサージ師の左上がりの癖字が目に浮かんだ。

水棲動物

沼を覚えています。赤茶けた泥水と油が混じり、うごめいている、ぼやけた映像でした。妊娠の最中に蛇の夢を見ると蛇女が生まれると聞きます。私はあの沼に何を見たのでしょうか。水棲動物には間違いありません。産湯に近付けた瞬間にぬるぬると身をくねらし、産婆の手の間を滑り抜け、アルミニウム製のタライの中を泳ぎ回ったのです。湯が少なかったせいでしょうか、あまり上手な泳ぎとは思えませんでした。

小さい窪みに僅かばかりの水が溜まっている、と想像してください。中に魚がいます。幼い私の手が伸びます。魚は幼稚だが、乱暴な捕獲の手を必死に逃れようとします。激しく水をはね、青黒い背中を曲げ、青白い腹を裏返し、死に物狂いなのです。ちょうどタライの中の赤ん坊の今の状態と似ています。私の幼少の頃はかんばつが多く、しかも川や沼の魚を取るのが遊びらしい遊びでしたから、これは私の体験が産んだ夢想かも知れません。しかし、夢想しなければならないような事件もあるのです。私はこのように絶対に逃げ場のない魚の体に爪を食い込ませ、地面に引き上げ、頭を石で潰したのです。男の子から小刀を借り死魚の目や内臓をえぐり出したのです。私が残酷になったのは、魚があまりにも気味悪かったからです。黒みがかった緑色の体色。ぬるぬるした体表。びっくりするぐらいに大きく開いた口。口の中の真っ暗な空洞。しかし、私はこのような魚を握りしめようとしたのです。魚は私の小さな両手にはおさまらず、しかもぬめり、しかもピクピク跳ね上がりました。どうして私は魚をみないふりをしなかったのでしょう。

初めての赤ちゃんでしたが、それにしても難産だったようです。三人の産婆がいました。後ろに結わえた灰色の長い髪が乱れ、油分のない乾燥した手が水底の細い草のように揺らめいているのが、天井を向いた私の目に映りました。長い時間あらわになっていた下半身に時々冷涼な感触が広がりました。産道だけではなく、体中が熱っぽく腫れているようでしたから、たまらない快感を覚えました。私が生まれてから二十四年が過ぎましたが、本当に初めての快感でした。しかし、私の下半身が裸のままだという事実が、この赤ん坊が私の赤ちゃんだというただ一つの証拠でした。私には沼の夢だけしか生々しくはないのです。

だが、私はいつ夢を見たのでしょうか。夢を見ながら出産したのですから、当然就寝時には妊娠十カ月だったはずです。しかし、私のお腹が膨らんだ事実は一度も、いいえ一瞬もないのです。私は容姿には異常なまでに気をつかいました。毎日五回入浴しましたし、何時間も鏡を見ました。だから、微妙な変化も見逃すはずはありません。なにより夫は私に避妊を徹底しました。私は時々、本当に時々ですが、精一杯しかし夫の機嫌を損なわないように避妊を拒みました。夫がものも言わずにすぐさまベッドを擦り抜け寝室を出ていくのは、きまりきっていました。避妊の不備ではありません。私は避妊手術をさせられ、夫は必ず避妊具を着用したのですから。

厭にぬるぬるする子だね、という声や、うなずいているような声が夢うつつの耳に聞こえました。産婆たちが赤ん坊を湯の中から掬いあげようとしているようでした。私の赤ちゃんなのよ。私は次第に信じられそうになりました。しかし、微かに信じながら不安になっていきます。産婆たちのおしゃべりを聞き取ろうと耳をそばだてるのですが、気をとりもどせませんでした。何度もめまいを感じ、目を見開いたのですが、何も見えませんでした。おぼろげな意識が、早く目を覚まさないと大変よ、とささやき、必死に寝返りをうちました。何分後、何時間後に目を覚ましたのでしょうか。助かった、と溜め息をつきましたが、本当に目は覚めたのか定かではなく、ぞくっと震えが走りました二階の湿ったこの部屋は薄暗いのですが、キャバレーやパチンコ店の光が規則正しく踊りました。後頭部に鈍痛が残っていました。部屋の壁ぎわを這い、上半身と右手を精一杯に伸ばし蛍光灯のスイッチを入れました。産婆たちはいませんでした。部屋の真ん中、ちょうど私が寝ていたすぐ傍らに白いバスタオルにくるまれた赤ん坊が横たわっていました。私は激しく寝返りをうったはずです。とすると、私は赤ん坊を避けながら寝返りをうったのでしょうか。私は四つん這いのままじっと身動きしませんでした。赤ん坊に近付けませんでした。バスタオルは入念に赤ん坊の顔に絡まっています。顔ははっきりしません。私は今更のようにどうきがしました。母親の自覚を喚起しようとしました。部屋を隅々までじっくりと見渡しました。だが、私を暗い穴に突き落とすような何かを発見してしまう予感がありました。でも、私は目を閉じませんでした。出産用具は跡形もなくなっています。最初から何もなかったのかもしれません。私は立ち上がり、押し入れの中や小さい箱までもあけてみましたが、赤ん坊が横たわっている事実以外はなにもかもがいつもの部屋と同じなのです。

私は、赤ん坊が産婆の手をすりぬけ、アルミニウム製のタライの中を泳ぎ回った事実を事実だと知ってはいましたが、夢なのよ、夢だったのよ、となおささいな、しかし強引な希望を捨てまいとする自分が情けなくもなりました。自己卑下をカムフラージュしようとでもしたのでしょうか。私は赤ん坊を見ないように可能なかぎりに目を細め、微かに、本当に微かに見える赤ん坊の像に近付き、おおいかぶさるように顔を近付け、ちょうど子供が物陰から不意に飛び出し通行人をおどろかすように、目を開きました。

何が何なのか全くわかりませんでした。顔らしいものを顔だと感じるまでに十数秒もかかりました。私は指の先まで強張り、血の気がなくなったのを自覚しましたが、思わず吹き出してしまいました。しかし、私の笑いは口を開き、歯を見せ、目を細め、ハ行の音を出した、だけでしかなかったはずです。本当に思わず吹き出したのですが、無意識のはずでした。

私は長い時間、赤ん坊をみつめていました。ある種のにらめっこでした。赤ん坊の目は二つありましたが、二つの目が極端に近付き、しかも目そのものが小さい円い粒ですから、うっかりすると、いいえ、うっかりしなくても一つ目に見えます。この目は私を凝視している、と私は勘違いしていました。私がどうしても目をそらせなかった理由は（ずっと後でわかったのですが）この赤ん坊が「わかっているんだ。何もかもわかっているんだ」と目で語りながら私を見詰めたからなのです。面構えも、女の何もかもわかっている、と語っていました。ああ、生まれたばかりの赤ん坊なのです。薄気味悪くなるのもおかしくはないのではありませんか。「私が無くなる」。インスピレーションが走りました。この赤ん坊はその後、何回も何十回もこのように無言のまま語りましたが、思えば、この時が始まりでした。私は私自身を失わないように必死になっていましたから目をそらせなかったのです。

目とは逆に口は顔面の半分の大きさがありました。赤黒く盛りあがったツルツルとぬめる唇が本当に顔の下半分の周囲をふちどっていました。この赤ん坊の上唇と下唇の形は全く同じでした。私の唇にあてはめて言いますと、上唇の両端から一本ずつの髭がピンと張っています。五センチもあるセルロイド製のような髭です。それから、耳の下の顎のあたりから二、三……六本の、少し垂れ下がった透明の髭がのびています。鼻は横にひろがり鉛筆の芯ぐらいの穴があいています。口で呼吸しているのかしら。私はふと思いました。だけれども、口はしっかりと閉じています。一瞬、この口を力いっぱいにこじ開けようとする衝動が走り、衝動が走り去ると、目が覚めた時のような冷や汗をかいていました。目は覚めたのですが、激しいどうきが続きました。この子が寝入っているのは確かのようでした。しかし、不意に目をあける……ようでもありました。私を見るこの子の目を見詰める自信も、この子の目から目をそらせる勇気もありませんでした。この子の全身を見たくもありましたが、ふと、バスタオルに電気ショックが流れているような気がしました。バスタオルをじっと見ていると、本当に私の体は微かにしびれだしてきたのです。赤ん坊の唇の両脇に、私のどのような声も聞かないような菱形のとても小さい耳を認め、私は観察をやめました。

赤ん坊の体温はバスタオルの上から触れたのですが、凄い低温でしたし、青白さとどす黒さが混じりあったようななんともいえない顔の真ん中に豆粒に似た目玉がひらききったまま動きませんでしたから、だから、私もにらみつけてしまったのかもしれません。動かないのは目玉だけではありません。体も硬直していました。
私がずっと抱き続けてきた赤ちゃんの概念とは何もかもが違うのです。私は泣いてしまいました。意志とは無関係に泣きました。大声で泣き叫び、まもなく帰ってくるはずの夫が隣の部屋で冷静に新聞なんか読めないようにしよう、というのが私の意志のはずでした。嗚咽も涙も出ません。しかし、私は明らかに泣いていました。「自分自身を最も知っているのは自分自身です」というのは迷信でしょうが、私はそれでも自分自身を誰よりもよく知っていると信じたいのです。「私の産んだ子なのよ」と叫ぶもう一人の私が土壇場で私をささえたようでした。

私は下腹部を強く押さえながら夫の帰りを待ちわびました。表通りには出ませんでしたが、ずっと窓から覗いていました。やっと夫を見付けた時は本当にほっとしました。全身の力がぬけるようでした。夫が玄関を入るのを待ちかね、私は赤ん坊が生まれた様子を精一杯に話しました。しかし、夫は微かにも驚きませんでした。いつもの帰宅の時の表情と同じなのです。背広をガウンに着替え、寝室のベッドに腹ばいになり、新聞をひろげながら煙草をふかす……いつもと同じです。夫は私にからかわれていると勘違いし、その手にはのらないぞ、と私にそっけなくしていると私は最初愚かにも錯覚しました。夫は着替えながら寝入っている赤ん坊を確かに見たはずです。下腹部の腫れっぽさと全身のどうしようもないけだるさが私を忘我状態にしたのでしょうか。私は赤ん坊を荒々しく抱き抱え、夫のベッドに投げました。赤ん坊は激しく泣き出す、と予感しましたが、うつぶせになったままビクッとも動く気配もありません。夫は一瞬私を見詰めました。なんともいえない目、内心を映していない目でした。私は目がそらせずに脂汗をかきました。だが、夫はすぐ、また新聞に目をおとしました。すると私は気が楽になり無性に腹がたちました。だが、初めて抱えあげた時の赤ん坊の妙に柔らかい感触がヒステリックになろうとする衝動をしずめました。私は今まで自分の赤ん坊を抱いた記憶はありません。しかし、自分の赤ん坊の感触とはどういうもの、という確信が私にはありました。しかし、この赤ん坊はこのように目で見、手で触れているのに何も信じられないのです。陶器の人形が粉々に割れる音が聞こえました。

夫がいつごろから私とのセックスを避けるようになったのか、は思い出せません。妊娠した後からのようにも妊娠をするずっと前からのようにも思えます。結婚以前に半年近く同棲をしました。その頃は確かにセックスがありました。会話のないセックスでした。会話のあるセックスというのもおかしいのですが、今思い起こすと私たちには最初から会話がなかったのです。夫はある電化製品販売会社のセールスマンです。ですから、夫は決して無口ではない、と私は今でも思っています。しかし、この間たまたま夕食を一緒に食べましたが、私たちは少しも会話をかわしませんでした。セールスマンの夫というのは嘘じゃないでしょうか。ずっと嘘じゃなかったでしょうか。私はちかごろ考えるのです。すると、いてもたってもいられなくなるのです。だから、外に飛び出し、車道に詰まった自動車の群れや歩道を埋めた人の群れにまぎれこみ、自動車の激しいクラクションの音や、横や後ろから私を押す見ず知らずの他人の体の感触に夢中になるのです。

私は正直夫を全く知らないような気がするのです。知らないのが何なのかはよくわかりません。彼の身分とか前歴はわかっています。いいえ、やはりわからないのです。目に見えないものですから自信がないのです。いいえ、目に見えるものもしらないのかもしれません。彼が隠したがっているのか、私が知りたがっていないのか、さえも定かではないのです。でも、もうどうでもいいのです。結婚後に夫がかわったのではありません。最初からなのです。私が自由自在に彼を捏造すればいいのです。それが私たちの関係です。立派に成立するのです。

赤ん坊もまだ生まれていない、どんよりと曇った晩春の昼下がり、このような出来事がありました。私は窓の外の騒音を聞き、ごちゃごちゃに乱れた景色（確かに電信柱や商店や看板などは一つ一つはっきりしているのですが、慌ただしくいきかう人間の動きがこのような不動のものを動かしてしまったのです）を見ていました。

しだいに圧迫感が強くなりました。私はアルミサッシの窓を閉め、鍵をかけ、緑色のカーテンを引きました。電気を消しテレビをつけました。大きさも値段も形もありふれたカラーテレビでした。私は何故知らない電化製品店に電話注文をしたのでしょうか。夫はその頃も電化製品のセールスマンだったはずなのに何故黙っていたのでしょうか。私に文句を言わなかったのでしょうか。いいえ、それよりなにより電化製品のセールスマンの妻の私が全く見ず知らずのセールスマンからありふれたテレビを購入したというのが不可解なのです。考えれば考えるほど気持ちがおちつきません。夫の店にはその時はあいにく在庫がなかった、私は一分も早く手にいれたかった。この場合に限らず、これに類する幼稚なこじつけを私は自分に言い聞かせ続けているのです。

さて、その日、私がテレビを見ていますと玄関の方から音が聞こえました。慌てて回すドアのノブの音でした。私は立ち上がり、足音をたてずにドアの覗き穴に近付きました。直径が一センチたらずの小さい穴ですが、繰り込まれたレンズが外の人間の上半身をまるごと囲いこむのです。鼠色の夏背広。薄黄色のワイシャツ。水玉模様のネクタイ。間違いありません。今日の朝の出勤前の夫の服装です。だが、私は用心深く顔を確かめました。ほほは骨が出、こけています。大きい黒目がちの目は落ち着かずに動きます。髭が奇麗に剃られているために青白い貧相がうきたちます。こころもち薄くなった髪に油っこい整髪料をなでつけ、六・四に分けています。はっきりと櫛目が入っています。細い口は固く結ばれ私が返事をいつまで待っても何も言う気配はありません。

夫の顔をこのようにはっきりと見たのは初めてです。この人が夫なのだわ。私は信じようとしました。このままずっと見詰めていたら信じられそうな気がしました。しかし、夫の目が不意に穴の中の私を見ました。私は思わず穴から離れ、鎖をはずし、ドアをあけました。

夫は何も言わずにすばやく靴の紐をはずし服を脱ぎながら寝室に入りました。あっというまでした。長い間呆然としました。しかし、昼間に帰ってきたという事実は認めなければなりません。「あなた……早いのね」。私は寝室をのぞきこみ曖昧に言いました。どのような気持ちをこめて言っていいのかわからなかったのです。

暗い部屋でした。夫は素っ裸になり、闇の中からしばらく私を見詰めているようでしたが、不意に私は手を引っ張られました。かなりの力でした。夫にこのような力があったとは知りませんでした。私は素直にベッドに倒れました。夫は私を抱くために仕事を休んだのです。私はたちまち夢見心地になりました。この事実は夫が私を愛している以外のなにものでもありません。私はこの事実を忘れたくないのです。私が夫の何も知らなくても、夫が私の何も知らなくてもこの事実が存在するかぎり心配はいらないのです。………しかし、あの時の男性は、何故か私の夫じゃなかったような気もするのです。あの時の情況はよくは思い出せないのです。

赤ん坊が生まれてから二週間が過ぎました。赤ん坊を入浴させようと私は決心しました。この赤ん坊が私の現実なのです。どう転んでも現実なのです。二週間も覚めない夢なんてあるでしょうか。疑いのない、否応なく突き付けられた現実なのです。

バスタオルを指先でつまみ、開きました。幾重にも巻かれていました。急にいとおしくなりました。私は赤ん坊を抱き抱えようとしました。すると、赤ん坊は不意にまぶたを開き、目を横にずらし私をにらみました。ほんの一瞬でした。すぐに目を閉じ、いましがたまでの安らかな寝顔にもどりました。一瞬でしたが、絶対に私の気のせいではありません。この子は私に触れられるのをいやがっているのでしょうか、と私は思い、長い間ちゅうちょしましたが、バスタオルの端をしっかりと握り、立ち上がりざま思いきり引っ張りました。裸の体が現れました。私は勢いがあまりよろめきましたが、裸体は横転はしませんでした。全身が床に吸い付くような感じでした。赤ん坊は私の足元に仰むいたままです。私はすっかり面喰らい立ちすくんでしまいました。この子の顔色が青ずんでいるのは難産だったからよ、と私が自分自身に言い聞かせていたのは明らかに間違いでした。体は顔よりも青く、胸や腹部は黒に近い青でした。本来両手のあるべき肩の付け根に小さい木の葉状のみずかきのようなものがあります。両足のあるべき下腹には菱形の、やはりみずかきのようなものがありません。です。体のどこもかしこも滑らかでした。水分を含んでいるようでした。体のくびれはどこにもありません。ですから、形は横から圧縮した楕円に近いのでした。女なのか男なのか識別がつきません。生殖器らしいものがみあたらないのです。この子は死にたがっているのではないかしら、ただ、この子自身がわからないだけではないかしら。私はぼんやりと思いました。

この子は私の子なのよ、不憫なのよ。私は自分自身に強く言い聞かせ、ゆっくりと赤ん坊の傍らにしゃがみ、思いきって抱き抱えました。ところが、慎重に抱き抱えたはずなのですが、あやうく落としかけ、私は赤ん坊を胸にのせたまますばやく仰むけに寝なければなりませんでした。この子の体はビロードのように滑るのです。しかも先程言いましたように体のどこにもくびれや節がないのです。抱く、のがまさに至難でした。一見しただけでもわからなければならない事実のはずでした。何故私はこのような難しい行為をしてしまったのでしょうか。この子の体の構造は抱かれないように造られているのです。母に抱かれない、というのがこの子の欲望なのです。あの手とあの足をごらんなさい。母に引かれないための手。母と一緒に歩かないための足。では、何故生まれたのでしょうか。私は赤ん坊を畳に寝かせ、傍らに座り、じっと見下ろしました。私が難産だったという事実はこの子が生まれたくなかったという一つの証拠です。あの時がこの子の唯一の、まさに命をかけての抵抗だったのでしょうか。私の体のどこかにこのような抵抗を押し切ってまでも産み落とそうとする蠕動が潜んでいたのは私の弱さだったのでしょうか。この子の本能は生まれ出た時の自分自身の姿をすでに予見していたのかもしれません。この子自身が生まれ出るのを拒否した本当の理由は私にはわかりません。しかし、このような姿のまま五十年も七十年も生きていかなければならない、このいいようもない無気味さだけはわかるような気がします。しかし、この子は私に何の前触れも見せずにあの日突然生まれたのです。先に話したとおりです。私は子供を産めるとは一度も思いませんでしたし、ましてや、妊娠などは全く兆候さえなかったのです。この子は生まれたのではなく、生み出された、と言えないでしょうか。言えるのなら、私は安らぎます。子宮の中に、いいえ子宮の奥の始源のかなたにもどりたいというこの子の意志を私は理解できるような気がするのです。

前夫からの電話でした。昔のように遊びたいというのです。おとなしいはずの彼の要求が露骨すぎたせいか私はすぐ承諾し、場所を確かめ彼の気が変わらない前に電話をきりました。シャワーを浴びながら体の隅々まで見ました。赤ん坊とはやはりまるっきり違います。バスタオルを巻いたまま座りました。三面鏡に三人の私の顔が映りました。どの顔が私なのかしらと思いながらどの顔もどの髪も入念に化粧をほどこしました。香水をふりまきました。一時間近くも座ったままです。午後四時の約束です。急がなければなりません。私は立ち上がりました。バスタオルが足元に落ちました。私は体を少ししか傾けないのですが、私が初めて見るような裸の形が幾つも鏡に現れるのです。私は小さく息を吸い込みました。今まで全身を固めたように寝ていた赤ん坊がいつの間にか腹ばいになり、小さい目を精一杯に見開いているのです。私を見ているのです。恐ろしく表情がない目、いいえ、かぞえきれないぐらいの表情が混じりあった目ですが、赤ん坊は私を蔑む時は必ず腹ばいになるのです。私の直感です。でも確かです。私はめまいがしました。床にしゃがみこまないように膝に必死に力を入れました。長いめまいでした。赤ん坊を足蹴にしようとする衝動を抑えたのはなんだったのでしょうか。今はわかるはずもありませんが（ずっと後日にわかったのですが、赤ん坊を足蹴にすると夫に叱られるかもしれないという滑稽な懸念だったようです）私は敗北感に追い立てられるように外に出、駆けました。

このような意義の深い日の出かけぎわに私はどうして惨めにならなければならないのでしょうか。私は逃げながら考え続けました。前夫が一言声をかけただけなのに何故私はこうも胸が騒ぐのでしょうか。私を捨てた男なのです。断るのがすじじゃないでしょうか。背中に赤ん坊の視線がねばりついているような気がします。振り向くのが怖いのです。ああ、今わかりました。夫が嫌いだとか、前夫が好きだとか、の感情とは無関係です。もしかすると、前夫との赤ん坊ではないでしょうか。このように考えなければ三年ぶりに私を誘う理由がわかりません。しかし、私は前夫とのセックスがなくなってからどのように少なく見積もっても三年になります。着床後の精子が三年後に胎児になるという事例もあるのでしょうか。しかも、前夫も私に避妊具の着用を強要しました。セックスも九カ月間の結婚生活中わずかに数えるぐらいしかありませんでした。私の排卵日を毎日計算し、妊娠の可能性のある日は必ずはずしました。第一、赤ん坊の顔や姿が前夫に（夫にも）似ても似つかないのです。……しかし、両親の誰にも似ていない赤ん坊は世の中にたくさんいますから……だけど、あの人の赤ん坊だとすぐ直感したから私はあの人の誘いに応じた、と信じたいのです。私はこの不思議な感覚を信じたいのです。セックスがしたいから、とは思いたくないのです。私は私のようなちっぽけな人間のものではない偉大な感覚を信じたいのです。ただ、男の人は別れた妻が再婚すると誘いたくなる、とどこかで聞きました。とにかく前夫に会いさえすれば、何故私を誘ったのかわかるはずです。でも、前夫は今の夫に劣らずに無口です。私は「何故、私を誘ったの」ときけそうにもありません。一口でもきけば繊細な陶器がコンクリートの床に真っ逆さまに落ちるように、私も前夫も粉々に砕ける予感がするのです。私は何もかも忘れたいのです。涙がにじみました。近ごろとみに涙もろくなりました。

つれこみ旅館の玄関の前に黒い外車が停まっていました。前夫は座席に深くもたれ煙草をふかしていました。私は怖々と近付きました。前夫は唇を取り巻くような立派な髭をはやしていました。黒くこんもりとし、私は触れてみたくなりました。前夫は私を見ずにゆっくりと起き、ドアを出、私を振り向きもせずに歩きました。私は何か一言でも言いたいのですが、前夫の顔の表情は微かにも変わりませんでした。私の精一杯の笑顔もすぐ強張ってしまいました。しかし、前夫の後ろ姿をみつめながら、彼は恥ずかしがっているのよ、と私は思いなおしました。

背丈の低い痩せた中年の女は身が軽そうに見えたのですが、やけにゆっくりと案内しました。私は洋室に入るなり鍵もかけずにすぐ服を脱ぎ彼に抱きつきました。彼もひかえめではありませんでしたが、私は強く抱きつきました。彼の背中や腕に私の十本の指の薄赤い跡が残りました。毎日抱いてやる、と彼は固く約束してくれました。旅館を出ました。帰路は同じ方向でしたし、私は助手席のドアの傍らにじっと立っていたのですが、彼はいとも簡単に外車を発進させました。しかし、私は今日は不満はありませんでした。顔を上気させたまま夜の町を足のむくまま歩きました。家に着いた時に時計を見ました。十一時になっていました。夫は私の足音や気配を感じたはずですが、目はテレビの洋画の中の人間にくぎづけになっています。私も負けずに黙っていました。夫の傍らに赤ん坊が寝入っていました。今まで赤ん坊の存在をすっかり忘れていました。

翌日、私は胸騒ぎを抑えながら昨日の旅館に向かいました。前夫は来ていました。私は大きく溜め息をつきました。私たちは無言のまますぐ夢中になり、夢見心地のまま別れました。夢中になったのも夢見心地になったのも私だけだったのかもしれません。

翌々日、前夫はいませんでした。裸の私はベッドに仰むけに寝そべり彼を待ちました。私たちは間違いなくこの旅館のこの「桜の間」を前回予約したのです。彼はうわべとは違い神経質なほど律儀です。私がいないと勘違いし引き返すはずはありません。しかし、私はしばしばガウンをはおり廊下や玄関に出ました。若い男女の客が不快そうに私を見ました。私は部屋に閉じ籠もりました。いたたまれなくなりました。やがて、息苦しくなりました。懸命に耐えました。彼が来ました。私は一時間あまりも待たされたのですが、一言も彼を責めませんでした。彼の手を引いたままベッドに倒れこみました。

前夫は時間どおりに来たり遅れて来たりしましたが、六日目には私が何時間待っても来ませんでした。前夫が来ない理由は思いあたりません。彼自身がどのようにあがいてもどうしようもない理由があるはずなのです。私は自分に言い聞かせました。

私は帰宅した時、少し驚きました。赤ん坊の盛りあがった唇の回りに血がこびりつき、テラテラと光っています。切り口らしいものは見えません。口の中を切ったのかしら。私は気になりました。しかし、口をあけさせ中を覗く勇気はありませんでした。しかし、次第に腹が据わりました。決心しました。赤ん坊に近寄り、腰をおろし、赤ん坊の唇に怖々と手を伸ばしました。不意に赤ん坊は唇を固くかみ締めました。唇の裏っかわに溜まっていたらしい血がこぼれました。私はあとずさりました。しばらく身動きができませんでした。赤ん坊はまだ口を固く閉じています。しかし、私は今までのように赤ん坊ににらみつけられているような気にはなりませんでした。とても柔らかげな厚い唇だから血が止まらないんじゃないかしら、と気になるせいでしょうか。赤ん坊は奇形だけど醜悪ではないのでしょうか。赤ん坊はまるで食べ残しをそしゃくするように二、三回口を動かしました。

私は夫の傍らに横たわったまま身動きもせずに天井を見つめました。天井が動いているような気がしました。前夫は永久に私に姿を見せないだろうと私は変に信じましたが、やはり毎日あの旅館にでかけました。

前夫の消息は全く心あたりがありませんでした。だけど、私は町の中を歩き回りました。私は何日もの間、朝早く家を出るのですがいつも夜に帰りました。夫は私よりいつも先に帰っていました。私が夕食を作らないのが不満なのでしょうか、赤ん坊にミルクをやらないのが不満なのでしょうか、極端に無言なのです。無気味です。

私はにっこりと微笑しました。赤ん坊におおいかぶさるように顔を接近させました。この子の何かの表情を見たかったのです。私はこの行為を実行するために何時間も何日間もこだわったのです。私の子なのよ、私の子なのよ、とささやく自分自身の声に懸命に耳を傾け、おまえの子ではない、おまえの子ではない、と叫ぶ自分自身の声を強くふりはらいました。前髪が目に垂れました。私はまた微笑しました。目を固くつぶり、歯をくいしばり、髪を振り乱しながら微笑するのです。私はくじけそうになるのです。私は強張った顔のまましきりに唇と歯を動かし笑いの表情をつくりました。不自然な感じはしません。なにより私は夢中でした。白いバスタオルにくるまれた裸の赤ん坊は私を凝視します。一瞬の瞬きもありません。赤ん坊の目というのは母親に安らぎをもたらし、母親が思わずほほえむ、というのがあたりまえの目じゃないでしょうか。見開いた目が他人に衝撃を与えるというのは嘘です。なんでもない目の奥にたぎる暗い光こそが……私の右手がけいれんし、赤ん坊の頭を思いきり殴りました。柔らかい、茶色がかった黒い髪は頭皮に粘り着いていました。赤ん坊の頭はゴムボールのようにポコとへこんだように感じました。私自身でも信じられないような力をこめましたが、変に撫でたという感触しか残っていません。私はわけがわかりませんでした。両手で頭をかかえこみました。発狂したように泣き喚きたくなりました。しばらくキョトンと私を見ていた赤ん坊が不意にキューキューと声を出しました。私に理性が戻りました。奇妙な声でした。金属音に近いのですが、私が生まれて初めて聞く声です。初めはどこから聞こえるのか見当がつかず、私は用心深く部屋の中を見渡しました。本当に微細にですが、赤ん坊の表情が変わっていました。小豆豆をくっつけたような目に薄い肉色の膜がかかっています。分厚い唇が一センチぐらい開き、黒っぽい口腔を覗かせています。数本のセルロイド状の髭が一本残らず小刻みに震えています。この子は殴られたために脳に障害がおきけいれんしているのかしら、と私はとっさに思いました。しかし、気を鎮め、じっくりと見ますと、目の回りから一筋の白い液が動いているのです。ああ、泣いている。私は嬉しくなりました。私にやっと反応してくれた。生まれて初めてなのです。私をちゃあんとうけとめ投げかえしてくれた。確かなもの。赤ん坊のこの行為はまさに人間の行為です。冷静に考えますと、小さい反論でもポンとはじけてしまうたよりない論理には違いありません。私はわからないわけではありません。でも今の私の気持ちは崇高なのです。

私はこの子に服を着せようと思い、抱きあげました。やはり、ゴムまりのように弾力がありますが、しかし、変に重いのです。しかも、ツルツルと光り、滑ります。ああ、私の子なのよ。自分に言い聞かせました。しかし、次の瞬間、赤ん坊は私の手の間を擦り抜けようと小さく動きました。私は思わず片膝をつきました。私は赤ん坊を畳の上にそっと置きました。すでに泣きやんでいました。私は考える気力を失いましたが、しかし、夢遊病者のように立ちあがり、赤ん坊の足をつかみ、部屋の真ん中に引っ張りました。先程まで寝ていた位置です。赤ん坊はもはや泣く様子はありませんでした。再び私を凝視している目でした。しかし、私は赤ん坊を殴る気力はすでにありませんでした。私は部屋を出ました。ああ、私は何故この子を殴ったのでしょうか。私は真心からこの子の運命を考えてやったでしょうか。たった一度でもあるでしょうか。いつの日か、この子は自殺する、と私は考えました。この子の自殺の幇助をする、これが私の精一杯のこの子への孝行なのでしょうか。

赤ん坊が生まれてから四週間ほど過ぎたある日でした。どんよりと曇った低い空から今にも大雨が降りだしそうでしたが、雨がふりだすまえに空そのものがずり落ちそうな午後でした。私はレストランでの食事が（すっかり習慣になっていましたが）億劫でしたからテレビをぼんやりと見ていました。和服姿の若い女性がクローズアップされたりします。いつもと同じようななんでもないものですが私は突然後ろを振り向きました。赤ん坊が腹ばいになりじっとテレビの画面を見詰めています。赤ちゃんに特有の真摯の目ではありません。誰かににらまれている、と私は感じ振り返ったのですから。羨望と軽蔑が入り混じった目の色という表現は容易ですが、このような表現はあまりにも安易です。つまりは何も表現しえません。表現はできませんが、しかし、私は赤ん坊の目が何を言っているのか、わかるのでした。

私と同じ年ぐらいの若奥様風の女と私を赤ん坊はまじまじと見比べたのです。私と視線が合うのも一向におかまいなしなのです。いいえ、私が赤ん坊から目が離せなかったのはどぎまぎしていたせいですが、赤ん坊は私の挑戦をうけてたちたいというふうに自信たっぷりににらみつけるのです。テレビを消そうと一瞬思いました。だが、私は勇気がでませんでした。何故テレビをつけたのか、悔やみました。しかし、私はすぐ気づきました。私は赤ん坊が生まれてからもずっとテレビをみつづけていたのです。と、すると、今日までは赤ん坊のこのような異様なしぐさに気づかなかったのでしょうか。それとも、赤ん坊は昨日まではテレビを見ていなかったのでしょうか。ずっとやはり寝入っていたのでしょうか。いいえ、どっちも間違っています。私はいつ何時も赤ちゃんを気にしているのです。赤ん坊が寝転がっている位置もテレビの位置も同じです。ここ四週間の日々と今日の条件は全く同んなじです。赤ん坊はとうとう私への憎悪を形のあるものにしつつあるのです。私は静かに泣きだしたくなりました。怒る気力も叫ぶ気力も失いました。私自身を崩壊させるもっとも自然な方法は何なのでしょうか。私はぼんやりと考えていました。赤ちゃんそのような目で私を見ないでちょうだい。本当に私がママなのよ。このような気持ちになる私は私ではないとも思ったりしますし、もう何が何やらわからなくなってしまいました。私は両手で顔を押さえたまま立ちあがり、外に出ました。誰かの笑いが聞こえたようでした。幻覚なのよ。私は頭を振りました。……赤ん坊はテレビに映った美しい女を母だと信じているのです。「そう、私がママなのよ、本当よ」……テレビの中の女は立派に主張したに違いありません。私とは違うのです。テレビは一生見るまい。私は決心しました。

乳をふくませる私の気持ちがわかりますでしょうか。家畜と性交するような気持ちなのです。しかし、私は何度もぞっとしながらも……試みたのです。私はこの時もまた自分自身を見失っていました。自分自身をこわしたかったのかもしれません。赤ん坊は仰むいて寝ていました。目は閉じていますが、寝入ってはいません。そのような気配が漂っています。私は唇をかみ、目を固くつぶり、左の乳房をさらけ出し、さらけ出したまま赤ん坊の上にかがみこみ、赤ん坊の顔に強く乳房を押し付けました。私は四つん這いになり、しっかりと両手で自分の体をささえました。だから、私の体重はほとんど赤ん坊にはかかりませんでした。しかし、私の乳房はいつの頃からか異様に大きくなっていました。そのせいでしょうか、赤ん坊の手足がモソモソ動いているのがバスタオルの上からわかります。喜んでいるのでしょうか。違います。赤ん坊は必死に私から顔をそむけようとしているのです。私は赤ん坊に乳房をふくませるためにサイドボードの外国製のウィスキーの栓を切りラッパ飲みしたのです（私も夫もお酒は飲みません。ただ飾っておいていたのです）。両手のささえをとりはずせば、私の全体重が赤ん坊にのしかかるでしょう。私の柔らかい乳房はペチャンコに潰れ、赤ん坊の顔面と一ミリの隙間もなく密着するでしょう。私はわが子を窒息させるために乳をふくませているのでしょうか。いいえ、違います。では、私は何故乳をふくますのでしょう。夫も、乳をあたえなさい、と私に一言さえ言わないじゃないですか。いいえ、愛なのよ、私の赤ちゃんよ。私は無言のまま叫びながら赤ん坊を見、大きく息をのみました。赤ん坊がじっと私を見ていました。あなたの乳には毒が含まれている、決して飲まないぞ、という狂気の意志を私はよみとりました。

二日後の夜明け、ミルクを赤ん坊にふくませている夫を見てしまいました。音が聞こえました。陶器の人形が落下する音でした。

私の両親は私がものごころがつく頃には亡くなっていました。私は結婚するまでは独身の叔父と生活しました。叔父は幼い私に色々な人形を買い与えました。私が人形を欲しがったのか、ねだったのかはよくは覚えていません。とにかく私の部屋には人形類が溜まり、狭っくるしくなってきました。

何がきっかけだったのか、あるいは、きっかけなどなかったのか、覚えていませんが、人形を一個ずつ四階のアパートの窓から下の路地を通る人の頭の上に落とす遊びを、私は覚えていました。路地は狭く、車両は進入禁止でしたが、人々はせわしげに歩き、なかなか命中しませんでした。一体この人たちは何をこうも慌てているのかしら。私は不思議でした。私は大きな人形を何回か落としましたが、誰も見あげてはくれませんでした。私は手さえ振ったのですが、だれもかれも何事もなかったかのように足早に何処かに立ち去ったのです。私は泣きたくなりました。長い時間窓から下の路上をぼんやりと眺めていました。

ある日の蒸し暑い昼下がり、私は向かいのアパートの部屋をぼんやりと見ていました。薄い緑色のカーテンが「中を見てちょうだい」と開くような予感がしていたのです。私は胸が高鳴りました。しかし、いつまでもカーテンは開きませんでした。

私は何気無く下を見ました。真下の路地に誰かがいます。若い女の人が立っています。傍らの乳母車の中に赤ん坊が寝ています。私は胸騒ぎがしました。狙いやすいと直感しました。私は立ち上がり、ガラス棚の中から陶器製の人形を取り出し、落下させました。人形は乳母車のすぐ横のコンクリートに砕け、同時に破裂音が響きました。私はもう一つ投げ落としたくなり、部屋の中を見回しました。何も見つかりません。もう乳母車は通りすぎたのかしら、と窓から見下ろしますと、赤ん坊の母親らしい若い女が私を見あげ、指をさしながら、しきりに喚いておりました。まるで気がふれたようでした。母親の声に驚き、乳母車の赤ん坊もけたたましく泣き出しました。このアパートや向かいのアパートの住人は留守だったのでしょうか。真昼のけだるさを引き裂くような二人の叫びなのに誰も外にでてきませんし、窓から顔さえ出さないのです。若い女は私の顔と窓をにらみつけ、アパートの玄関に駆け込みました。赤ん坊を置き去りにしたままです。誰かが赤ん坊をつれさらないかしら、と私が気になっている間に呼び鈴の音とドアをたたく音がしました。テレビの番組に夢中になっていた叔父が立ち上がりました。若い女の声はヒーッヒーッと時々とぎれる早口の高音でした。叔父もしばらく訳がわからないようでしたが、ようやく子細を知ったらしくしきりに謝りだしました。私はどうでもいいとは思っていたのですが、子供心にも二人をなかよくさせようと考え、立ち上がりました。居間のドアに近づくと急に若い女の声がはっきりしました。私はふと立ち止まりました。若い女は、私をだしなさい、としきりに叔父に言っています。叔父の声も聞こえます。「あの子は今さっき部屋を飛び出した」と嘘をついています。しかし、私はとっさには嘘だとは思えませんでした。私が部屋にいるのが嘘だと考えたりしました。「あの子は部屋にはいない」。叔父はまだ断言しています。ぱっとドアをあけ、叔父に駆け寄り、おじちゃん、わたし、ここにいる……と私は言えませんでした。子供らしい無邪気が鋭いナイフでべっそりと剝ぎとられ、私は冷たい彫刻像のように立ちすくんでいるのでした。若い女のうわずった声は聞き取りにくかったのですが、耳をそばだててみますと、罵られているのは私ではなく、叔父でした。叔父がかわいそうでした。しかし、私はノブを回しませんでした。ようやく、若い女が玄関を出ていく音が聞こえました。捨てぜりふはよくは聞こえませんでした。私のすました耳から若い女が廊下を小走りに去っていく音がしだいに消えました。私は急に叔父に甘えたくなり、ノブに手をかけました。すると、向こう側からノブを引かれ私は思わずつんのめりになり、叔父の腹部あたりに顔をぶっつけました。叔父は私のほほを撫でながら、「窓から顔をだすんじゃないよ」と一言言い、またテレビに向かいました。私はテレビのすぐ脇に座りました。叔父はボリュームをあげ、横たわり、すぐ画面に夢中になりました。私は叱られたかったのです。私の先程の行為は悪かったのかもしれないと私はわかりかけていたのです。叔父はコマーシャルの時間に私にほほえみかけたり、「何か飲む?」とささやいたりしました。はっきり何か言って頂戴。私は言いたかったのです。私は泣いてはいませんでしたが、顔はしわくちゃに歪んでいたでしょう。私は少しも面白くもおかしくもないメロドラマを半時間ほど叔父と一緒に見てから、自分の部屋に戻りました。窓から顔をだすんじゃないよ、という叔父の口元を思い出し、私は窓から突き出すように顔を出すのでした。空の彼方にはまだ昼の名残りの光が溜まっていましたが、向かいのアパートの窓や路上の街燈にはちらほらと明かりが灯っていました。このままお人形さんのように落ちたらどうなるのでしょう、と思いました。

ドアの外側に金属製の牛乳受けがあります。料金も毎月、夫名義の銀行預金から引きおとしていました。ですから、私が牛乳配達の青年を見たのは、その日の朝が初めてでした。それまでは毎朝同じ時間にドアをあけたら牛乳が在ったのでした。私はいつの間にか、牛乳は勝手にわきでてくるというふうに錯覚する癖がついていました。ですから、見知らぬ青年が「牛乳配達人だが、先月分の料金をお願いしたい。ご主人が今月初めに会社をやめられた」と自信たっぷりに言うのを聞いても長い間私は、詐欺師じゃないかしら、と疑ったものです。夫が仕事をやめたというのは寝耳に水でしたが、だから、私は彼を用心したわけではありません。人が牛の乳を運んでくるというのが何かちぐはぐだったのです。私が長い間疑い深そうに見詰めていたせいか、彼は集金帳の表紙に印刷されている＊＊乳業の商号を指差しながら、ほら、いつもおたくが飲んでいる牛乳瓶の文字と同じでしょう、と歯がゆそうに言うのでした。私はついに観念しました。納得したわけではありません。面倒くさいのです。私が居間の引き出しからがまぐちを取り出し、引き返してみますと、青年の顔が心なしかあおずんでいました。いいえ、心なしか、ではありません。はっきりしています。見開いた目は落ち着きがなく、口がひらきっぱなしです。私ははっとしました。青年は容易に居間が見渡せる位置に立っていたのです。玄関と居間を区切っているのは目の粗い形ばかりの暖簾なのです。筒抜けなのです。青年はじっと見ていたにちがいありません。この青年の内面は激しく揺れ動いている、と私はすぐ察しました。がまぐちの隠し場所を見たからではありません。私も彼もお金なんかどうでもいいのです。何故青年を玄関のドアの中まで入れたのでしょうか。私は後悔しながら彼の一挙一動を見逃さないように全神経をしゅうちゅうしました。青年の両手は小刻みに震えていました。ああ、私を見つめながら青年の視線がちらちらと動くのです。同じ方向に動くのです。青年は異常に何かが気になり盗み見ているのです。間違いありません。私は声をあげ、振り返りました。背節がぞっとしました。青年は料金も受け取らずに逃げ帰りました。

私を見る誰も彼もの目が違ってきました。通行人が埋まり、脇に誰がいるのか、ちらりと見るゆとりもない大通りででも、私と擦れ違った人は間違いなく振り返るのです。立ち止まり、私の後ろ姿を執念深く見詰める者。誰彼なしに私の噂話をする人。私がわざわざ振り返ったわけではありません。コンパクトがバックミラーの役目をしたわけでもありません。私と擦れ違った瞬間の彼ら彼女らの目が一切を語っているのです。嘲笑の目。憎悪の目。軽蔑の目。恐怖の目。目は口ほどにものをいう、となるほど世間はよく言っています。しかし、確かに口の歪みは本当に微妙ですし、よくよく見なければなんら変わりはありませんが、でも、私にははっきりと見えます。彼ら彼女らの目と口を一瞬見るだけでいいのです。横目で見るだけでいいのです。一人残らず心理がはっきりわかります。私の前を歩いている群衆は私に気づいてはいません。お互いにかきわけあいながら足早に進んでいます。しかし、いったん私に気づくとすぐに歩調をおとします。そして、私にわざと追い抜かれ、私をじっくりと見るのです。周りの雰囲気のおかしさに気づくのでしょうか。ついさきほどまでは私の五メートル先を歩く人さえも早足だったのに、今は十メートル先を歩く人もとてもゆっくりと歩き出しているのです。ラッシュアワー時の車両はいつものように徐行していますが、いつもとは違い、私が近付くと車両の窓から首を出すのです。私の側の人だけならまだしも、反対側に座っている人も身を乗り出すのです。二つの車窓から五個の物静かな首が出ているのは妙な感じでした。わざと停車する車両もいます。いや、たいていがそうです。ビルの窓にも無数の首が突き出ていました。高層ビルの首などは私からずっと遠く離れているから、とでも思っているのでしょうか。隣の首と思いきり私を罵っています。私にはそれらの首たちの目や口の動きなんかがはっきりと見えるのです。私たちは結婚しているのです。結婚している夫婦の間から赤ちゃんが生まれたからって何故あなたがたはそのような目で私を見るのですか。歩道を歩いている人たちがショーウィンドウの中を見るのが普通だし当然ですが、中の店員やマネキン人形が私を見るのです。ある洋装店のマネキン人形はいつもよりも数が増えています。絶対に動かないものの美、というのを私はやっと知りました。美しい女優さんも今の私のような目にあうのでしょうか。いいえ、人々が彼女に注ぐ目は私に注ぐ目とは根本が違うのです。称賛の目。羨望の目。いいえ、私はそのような美しい女優さんと比べるつもりはありません。誰の目にも滑稽です。また、私も自分自身の限界をわきまえているつもりです。あのような子を産んだという事実は否定しようにも否定しようがありません。ただ、赤ん坊の存在をみんなに知られてしまった、というだけのはなしなのです。遅かれ早かれ知られてしまうはずだったのです。私は覚悟をしておかなければならなかったのです。私は人通りの少ない道をできるかぎり選びながら家に引き返しました。路地に入り、大きい精神病院の構内を通り抜け、病棟の長い廊下を突っ切りました。(出口のドアが反対側の道路に面しているのです。私はどこかの帰りにいつの間にかこの近道を知ったのです)。私は夢中でした。群衆が私にまとわりつき、ゾロゾロと後をついてくるような気もしましたが、やはり、気のせいでしょう。わけもわからない大勢の人たちが狭い廊下をうごめくのを病院の看護人や看護婦が異様に思わないわけはないのですから。私は一日も早くこのような群衆の目に慣れなければいけない、と思いました。深い溜め息が何度も出ました。

朝七時二十分でした。夫はいつものように仕事にでかけようとしています。私はネクタイの結び目を何気無くのぞきました。おやと思いました。夫の口髭が長くのびているのです。夫の髭は濃いほうでした。一日に二、三回念入りに剃りあげるのが習慣でした。昨日寝る前までは確かに髭はありませんでした。夫は昨夜遅く新聞を読みながらしきりにあごをこすっていましたから、私は、どうしたのかしらと何度も見たのでした。つい今さっきも私たちは円い洋式の食卓につきましたが、夫は新聞で顔を隠したままハムサンドを食べていましたし、食事の時は特に話をしないのが長い習慣でしたから、私は夫が玄関で靴を履いた時にやっとまともに彼の横顔を見たのでした。あなた、お髭が………と私は言ったはずですが、声にならなかったのか、夫が聞こえないふりをしたのか、彼は背広の上着を手に抱え、黙って出ていきました。

厚い金属製のドアが音をたててしまった後も私はしばらく立ちすくんでいました。夫は日ごろから身だしなみには神経質になったのです。髭をあのようにくっきりと剃り残すはずはないのです。考えられません。私はどうしてもおちつけませんでした。昼食は朝のハムサンドを食べ、テレビに向かい無為に座り続けました。どのような番組も上の空でした。

何時間たったでしょうか。ぞくぞくと身震いがします。何なのでしょう。夫の髭を私は確かにどこかで見たような気がするのです。思い出せません。髭がのびたせいか夫が急に「大人の男」に変わったような気がします。頼もしいのです。思い出しました。夢で見たのです。私が苦しんだ出産直前の夢に現れたのです。原始の沼をふちどるように生えていた水草なのです。ねばりつくような沼の水の中でゆったりとうごめく黒っぽい濃緑の細長い水草なのです。夫に何を感じたのでしょう。結婚後全く初めての感触なのです。この胸騒ぎは何なのでしょう。赤ん坊の影がなんとなく薄くなるのですから不思議です。何かが変わる、きっと。どうか、私が豊かになるものでありますように。私は合掌しました。夫は私をだいてくれる。私は心底感じるのです。前夫から電話がかかってきた時もこのような感じを抱いたのです。ああ、やっと、やっとなのよ。私は胸をさすりました。夫は他人じゃないのです。町の群衆ではないのです。かけがえのない夫よ。私の胸の中の小さい私が何度も叫びました。

夫は夕方六時過ぎに帰ってきました。帰宅時間は六時少し前であるはずでした。私のこの焦燥は二十分ばかりいつもより夫の帰宅が遅れたせいではないはずです。

髭はまだありました。いいえ、少しばかりですが伸びてさえいるのです。私は最初、鍵をはずしドアをあけた時に初めて夫の髭を発見したかのように半ば驚き半ば愛嬌のある笑いを浮かべ、「あなた、お髭がのびてるわ」と何気無いふうに言おうと考えていました。

夫の押す呼び鈴の音が聞こえます。私は覗きレンズから目をはなしましたが、膝が震えています。胸の動悸が激しくなり、喉がかれ「おかえりなさい」の一言さえ言えないのです。夫は呼び鈴を押し続けています。

私はドアをあけました。夫は朝でかけた時の恰好でした。服装も髪も靴も何もかも少しの乱れさえありません。ただ、顔色が青白く、目が血走っているようにみえました。仕事が忙しいのだわ、と私は自分に言い聞かせました。夫は肩をおとしたまま靴を脱ぎ、自分の部屋に入りました。おかえりなさい、と私はいつものように言いませんでした。言えませんでした。一時間たちました。夫はまだ部屋から出てきません。いいえ、私が、お食事ができました、と声をかけないかぎり翌朝までも閉じ籠もるのです。結婚まもない頃でしたが、「あなたは何故部屋に閉じ籠もってばかりいらっしゃるの」と夫に聞いたのです。ちょうど夕食の時でした。夫は新聞を読んでいましたが、「君は知らないでいい」と一言言い、私をにらんだのでした。鋭い目つきでした。夫はすぐ新聞で顔を隠しましたが、私はあの目を今でも鮮やかに思い起こせます。夫は朝も晩も新聞を読みますが、読んでいるかどうか怪しいものです。日付が今日のだろうが、昨日のだろうが、四、五日前のだろうが、一月前のだろうが、「読んでいる」のですから。夫がもし私を侮蔑しているのでしたら罵って欲しいのです。いくら罵られても、夫の声が聞きたいのです。でも、私に何かを言わなければならない時の夫のあの目を私は思い浮かべるのです。

私は我を忘れたまま夫の部屋のドアをあけました。灰色のジュウタンの真ん中に赤ん坊が仰むいたまま寝ています。私はちらっと見たのですが、はっとしました。赤ん坊の全身が小刻みに動いているのです。太い血管が黒っぽい皮膚の一面に浮き出ています。今にもはちきれそうな血管です。一本でも切れたらひとたまりもありません。連鎖反応がおき、またたくまに全身が真っ赤な血に包まれるのです。案の定、顔からすでに出血しています。私はあっと息をのみました。赤ん坊の顔が変わっているのです。一瞬、夫の顔が思い浮かびました。いいえ、赤ん坊の顔が夫の顔に重なって見えました。私は目をみはりました。信じられません。見えたのではなく、夫の顔なのです。血を滴らせながら精一杯に開いた苦しげな赤ん坊の口の中に夫の顔がすっぽりとはまっているのです。夫も息苦しげに口を大きく開いていますが、目は冷静です。私を凝視しています。夫が私を凝視するのも口を大きく開いているのも結婚以来初めてです。今日の今日まで私が見ると夫は目をそらし、口を閉じたのです。今なら何か言えるじゃありませんか。何か言ってちょうだい。私は叫びました。しかし、声は出ませんでした。赤ん坊の真っ赤なぬめったはちきれんばかりの唇が微かにパクパクと動きます。唇をすぼめ、吸い込もうと焦っているようです。赤ん坊が喉を鳴らすたびに夫の髭が隠れ、赤ん坊の唇の端から血が滴り落ちます。赤ん坊は口を思いきり開いているために苦しげですが、しかし、さりげない食べかたなのです。食べながら私を見たりするのです。とうとう、赤ん坊の口のまわりからはみ出ていた夫の髭がすっかり見えなくなりました。しかし、まだ夫の何かが喉にひっかかっているのか、口の動きが不自然です。豆粒のような目にうっすらと涙がにじんでいます。夫は何も言いません。口がひらきっぱなしです。夫は死んでいるんじゃないかしら、死後硬直したままじゃないかしら。私はぼんやりと思いました。夫のほほも隠れました。赤ん坊の口の動きが規則正しいリズムになりました。規則正しく唇が開き、すぼむのです。夫の顔はしだいに飲み込まれ、ついには開いたままだった口も見えなくなりました。だが、目はまだ私を見詰めています。しかし、何を語っているのか、私にはわからないのです。私を見詰めているというのは私の錯覚かもしれません。死後硬直しただけの夫の目なのかもしれないのです。左目もしだいに飲み込まれ、ついには右目だけが残り、まもなく小さい光を溜めたまま静かに消えました。赤ん坊は細かい縦筋が無数にきざみこまれた分厚い唇を閉じたまま、ゆっくりと二、三回咀嚼しました。私は大きく溜め息をつき、座り込みました。じわぁっと予感がひろがりました。今晩からは安眠できるような予感でした。赤ん坊のお腹は私の夫を食べたのに少しも膨れてはいないのです。凄い食欲のようです。

訪問販売

メイドはアルミサッシの窓を開けた。冷気が頬にあたった。風は豪華な室内を廻りメイドの足元をかすった。高い闇夜の空から舞い降りた風は地表にぶつかり、冬枯れの細い枝や先端が枯れた雑草が激しく揺れた。メイドの若いしなやかな髪は後ろに掻き上げられ、透けるような白い首筋が現れた。唸る風と葉擦れの音と窓の真下にまで迫るような低い海鳴りの音が強くなった。この二階の窓からは広い中庭しか見えないが、中庭の高い塀の向こう側には青黒い海が拡がっている。

皆さんが幽霊を欲しい時はいつでも出張すると一昨日電話口のセールスマンは言っていた。高音気味の細い声だが、落ちついていた。メイドはサイドテーブルの電話器を見つめた。セールスマンに言う文句を何度も諳《そら》んじた。口紅をつけなくても赤味が浮かぶ、細めだが柔らかい肉感の漂う唇が震えた。主人が衰弱している時に幽霊を出現させていいのかしら、と思いながらメイドは手帳を開き、新聞の、三カ月前の日付が入っている切り抜きを取り出した。メイドはこの妙な広告の電話番号を見つめた。ダイヤルを回そうとする指先が強張った。ようやく回し終えた。妙な音がする。小さく、しかし高い、抑揚のない連続音。耳鳴りのような音。メイドは受話器を置いた。今度は電話番号を口の中で呟きながらダイヤルを回した。〈毎度ごひいき下さいましてありがとうございます〉女性の声がした。メイドは慌てて用件を言いかけた。すぐ中年の女性は続けた。〈この電話は留守番電話でございます。ピーッという音がしましたら、まずお宅様のお名前と、電話番号、そして御用件をおっしゃって下さい〉メイドは用件を細かく言い、この屋敷の位置を詳しく教えた。

セールスマンはどこか遠くに出張中なんだわ、とメイドは思った。二、三日後に、この屋敷に電話がくると思った。ところが明朝の九時二十分、メイドは髪を両手で撫でつけながら急ぎ足で玄関に向かった。大きい白タイルが敷き詰められたフロアに降り、金属製の重厚なドアを開けた。煉瓦の壁にとりつけられた四角い壁灯の下にセールスマンは立っていた。

痩せた背の高い男だった。三十五、六歳にも四十五、六歳にも見えた。幾分白髪の交じった髪は艶があった。髪はほとんど風に乱れてなく、櫛の跡がはっきりしていた。メイドに挨拶をした時、細い唇が小さく微笑んだが、切れ長の一重の目には微塵も笑みが浮かばなかった。セールスマンは両手の脇に、底に小さい車輪がついた二個の灰色のトランクを置いている。肩には黒い鞄をかけている。くすんだ緑色のコートのポケットが膨らんでいる。このような荷物を見なければ、乗用車か、金の先物買いのセールスマンと名乗られてもおかしくはない。ただ外廻りのセールスマンにしては顔色が青白い。メイドに名刺をさしだした。幽霊販売業。青沼義治。他は電話番号だけしかなかった。

「ずっと、このようなものを……」

このようなもの、というのがセールスマンの気に障らなかったか、メイドは気になった。

「以前は手品師でしたよ。それから霊媒」

「……」

「でも、私は偽物を本物だと偽って売りたくはないのです。あなたにも偽物ですとちゃんと断っておきたいのです」

メイドは曖昧に頷いた。

「この家はたいして古くはないから」

セールスマンは高い天井や広い壁を見回した。「幽霊は出にくいとお思いでしょう。心配はいりません。昔と違って近頃は新しい家にも住みつくのです」

「……」

「例えば」

セールスマンはメイドをじっと見た。「あなたの顔をメイクして幽霊に仕立てるという手もあります」

「私は嫌です」

メイドは慌てた。

「例えばの話です。しかし価格はだいぶ安くなりますよ」

「お一人でやっているんですか、このお仕事」とメイドは訊いた。少し声がうわずった。

「ショーの時は契約でしたから、責任も権利も雇い主に預けていました。この商売は一人で思うままにやっています。責任も一人で負うかわりに喜びも一人じめですよ」

「……」

「私は万能だと自負しているのです。人間を造りだしているのですからね。生きている人間をすっかり信じこませる人間をですよ」

「……」

「私の喜びは私の幽霊に対象者が恐怖を感じるというただその一点です。極端にいえば世の中が粛清される気がするのです。人間の魂が清楚になる気がするのです」

メイドはセールスマンの〈幽霊の論理〉は予想していなかった。

「人間が同じ人間の魂を清楚にできるというのには疑問を感じませんか」とメイドはセールスマンの顔を覗き見た。

「私が昔、医者を目指していた頃ですが、十人ばかりの童顔の医学生たちがそれこそ平気な顔で小さい解剖台を囲んでいました。解剖台の上に横たわっていた死体はすべての内臓がはみでた若い女性でした。一人の学生は筋が垂れた大きな臓器を持っていましたよ。笑っている者もいましたよ。本当にかわいい顔の学生たちでした。横たわっている女性は顔だけは切り裂かれていませんでした。口を開いていましたから歯が見えました。綺麗に揃った歯でした。私ならあのような時、医学生たちのような綺麗な顔はできません。幽霊のような顔にならなければ、自己分裂する恐怖があるのです」

セールスマンの目は瞬きもしなかった。

「ここではなんですから」とメイドは声を殺した。「中へどうぞ」

セールスマンは靴を脱いだ。

「私は女性の足と、履いている靴を見れば殆どがわかるのです。男は帽子と顔の恰好ですね」

「……あの、応接間でよろしいでしょうか」

「どこでもいいですよ。でも対象者がいては困ります」

「それでは、すみませんけど、私の部屋でよろしいでしょうか」

セールスマンは頷いた。メイドはトランクを一個持った。重かった。廊下を通った。底の小さい車を滑らせたくなった。だが廊下を動く振動音は客たちに聞こえかねないと思った。セールスマンもトランクを持ち上げたまま運んでいる。

部屋に入った。セールスマンは素早く中を見回し、ドアから遠い壁際の絨毯に座った。手招かれたメイドも座った。セールスマンは近寄るようにまた手招き、こころもち声をひそめた。

「電話の録音テープで内容は分かりました。そこでまず自己紹介のようなものをしておきたいと思います。あなたには協力していただく点が二、三ありますからある程度は懇意にならなければなりません。……簡単に言えば私の商売は恐怖の切り売りです。先程も言いましたが私は手品師でした。或る日、那覇の白籠館で降霊現象の手品ショーをしましたら、お客の殆どが私を本物の霊媒だと思い込んだのです。私が舞台に呼び寄せる霊はすべて本物だと考えてしまったのですね。舞台がすむと楽屋に来て、今夜現れた霊は私の母の霊にまちがいないとか、明日の晩は二歳で病死した息子の霊を呼んでくれとか、懇願するのです。私が舞台に出したのは人形なんです。人間というのは勝手なものですよ。同じ人形をある人は母だと言うし、ある人は伯父さんだと言うんですからね」

幽霊のセールスマンは普通のセールスマンとは違って饒舌ではない、とメイドはつい十数分前までは考えていた。饒舌かも知れないが、普通のセールスマンのように押しの強さは感じられなかった。

「三人のお客は別々の部屋に一人ずつ泊まっているんですね」

セールスマンはメイドを見た。メイドは頷いた。

「どの部屋に誰が泊まっているのかは後で部屋を見ながら調べますが、お客たちの一人一人の性格とか履歴を知っていましたら大概でいいですから聞かせて下さい」

メイドはしばらく頭の中で組み立て、言った。呉屋さんは老人で、御主人と幼馴染みで、戦争の話をよくする。

「では足音をだしますか」とセールスマンはすぐ言った。「年配の方には軍靴の音も効果があります。規則正しい、重々しい、幾百もの音です」

「この近くにあった広大な米軍基地も撤去されたんですが……」とメイドは言った。「時代錯誤じゃないでしょうか」

「基地があると駄目です。あざといのです。意図がすぐ見抜かれてしまいます。逆ですよ。……残りのお二人は?」

「四十代から五十代の女性ですが」とメイドは言った。「よくわからないんです。気は強そうで、弱そうで……お金もあるようで、ないようで……普通よく見かける人たちのようですけど」

「殆ど分からないのですね」

セールスマンは少し顔を上げ、顎をさすった。「そのお客たちの過去とか弱味とか、罪の意識みたいなものを知っていたらより効果があるのですがね。例えば心中未遂の結果、男だけを殺した女にはその男に似ている幽霊を作りだすというわけですよ」

「……」

「まあ、寝込んでいる主人を起こしてまで聞く必要もありますまい。一般的な幽霊を出しましょう」

セールスマンは肩掛け鞄を開け、アルバムを二冊取り出した。

「どんな幽霊にしましょうか」

セールスマンはゆっくりとアルバムの頁をめくった。幽霊の写真だった。その隣りに〈原型〉と書かれた人物の写真が貼られ、そのすぐ下に日時と場所と人物の名前が書き込まれていた。

「御不満でしたら」とセールスマンはアルバムを閉じながら言った。「新しいモデルを探して撮影しておきますよ。モデル料と日当と必要経費が加算されますが……」

「いえ、あの……」

「もちろん、人の幽霊を出さなければならないという訳でもありませんが……」とセールスマンはメイドを見つめながら続ける。「庭を歩くのが好きなお客なら土の底から手や足や首を出すという趣向もあります。ただその時は犬を連れて散歩するお客は困ります。手などは肉でできていますから食われてしまいます。ま、食われる手首を見るのも気持ちのいいものではありませんがね。辺り一面の地べたには油を撒いて光らすのです。一興ではありませんか。この方法も一ついかがですか?」

メイドは自分自身が立ち上がって部屋を出て行かないか気が気でなかった。ドアを開け、客が現れるのをふと期待もした。

「別の方法ももちろんあります。部屋に取り付けてある拡声機から夜半に気味の悪い叫び声、啜り泣きでもいいんですが、声を出しお客を起こすのです。すると決まってお客はベッドの枕元のスタンドを点けます。すると人の形をした仄白いものが壁や天井に浮かぶという設計です。人の形はさまざまに調整できます。出来得るだけ対象者の深層心理を探り、反応が最も強烈なものをセットします。私の特許品ですよ。まさかあなたも幽霊の販売人になるというわけではないでしょうから、お教えしましょう。蛍光塗料で絵を壁に描くだけですよ」

「客たちの性格が分からないと駄目ですか」

「駄目というわけではありません。拡声機のボリュームのつまみを操作するだけでいいのですから。ただ、対象者の性格や習慣を知っていたら効果は覿面というわけです。神経質なお客なら小さい物音を出せば起きるでしょうが、図太いお客には響き渡るような叫び声が必要です」

「……」

「一例ですがこういう方法はどうでしょうか。……最近この付近で行方不明になった者はいませんか。今日のお客たちも知っているような……もうお分かりですね。行方不明者を幽霊に仕立てるのです。誰かに殺されて、この家のどこかの部屋の押し入れにでも隠されているという設定にするのです」

セールスマンは切れ長の目でメイドを見た。

「行方不明者の霊が部屋の中を歩き回っている足音がする、とあなたがお客に言うのです。もちろん足音は私が作っておきます」

「でもそんなに恐がらせると……」

「……ある行方不明者の行方を依頼された霊媒がですね、墓を掘って盗み出した白骨を農家の床下に埋めてですね、その行方不明者の骨だといった例もあるんです。ひどいのはその対象者に似た人間を殺して埋めたという例もあるんですよ」

セールスマンの細い唇がぬめり、小さく光った。

「私が幽霊を売るのは金持ちになりたいからじゃありません。金持ちになってしまうと幽霊を扱うのが怖くなってしまう。そうじゃない。人助け、自分助けなんです」

「でも……」とメイドは言った。「神経の細かい人には一度見た幽霊はいつまでも残るんでしょう。それを追っ払う方法もあるんですか」

「ショック療法ですね。つまり、より恐ろしい幽霊を見せるのです。私がいい例です。私は小さい頃幽霊が怖かった。だが、このような商売をすると平気になりました」

「でも後遺症はないんですか」

「殆どありません」

「ずっととりつきませんか」

「それが日常になります。慣れます。お年寄りが死ぬのを遺産目当ての親族たちが待ちわびている、とあなたは考えていますね。幽霊は正義の味方というわけではありませんが、邪心のある人間にはとても有効なのです」

「……」

「邪心のある人間は自分たちを脅かすものの正体は決して見抜けません……さて、どうしますか」

「……お願いしたいんですが」

「どのような幽霊を出しますか?」

「……」

「昔は足音だけの幽霊も販売しましたが、よく売れました。本土復帰後は駄目ですね。日本には足がある幽霊はいませんからね。昔は米軍人相手に幽霊を売っていたんです。彼らは仲間うちで楽しんでいました」

「……」

「畳の間に幽霊の足音を出すのは難しいですね。実際にあなたに畳の上を歩いてもらって録音するという手もありますが、うまく入らないもんですよ。もっとも、和風の幽霊に足があるというのは馬鹿げていますよ」

「……」

「絵を描くにしても、何も一カ所だけに描くというわけではありません。例えば浴室の大きな鏡に描く手もあります」

「……」

「障子には絵は描きにくいですね」

「すべてお任せしたいんですが……」

メイドは座りなおした。

「私は是非売らなければならないという執念はありませんが、対象者には決して見破られないというプロ意識はあります」

メイドは頷いた。

「値段は驚かせ具合によって違います。音を出すもの、姿を見せるもの、それも全身とか、一部とかいろいろですよ。立派な幽霊、くだらない幽霊という分類もあります」

立派な幽霊、何でしょう。しかしメイドは訊かなかった。

「設置料は付属設備を含め、五万円です。あとは使用の回数分が加算されます。一日につき二千円です」

メイドはセールスマンを向き、大きく頷いた。

「決して安くはないでしょうが効果は保証します。ただ、私はこの金額以外には一円も戴きません。いわゆる寸志などは不用です。私は創造をしているのですから」

「前金でお支払いしましょうか」

「私はそのような主義です」

「しばらくお待ち下さい。準備してきます」

メイドは立ち上がりかけた。

「待ちなさい」とセールスマンが手で制した。「仕掛けをする部屋を案内してもらいますから一緒に行きます。それから配線もしますから屋根裏も見せて下さい。そうそう、その前にお客たちに会わせてもらえますかね」

「……どうぞ、こちらへ」

「午前中にはお客の三つの部屋にセットできるでしょう。それまでは誰も部屋に近づけないで下さい。あなたも」

セールスマンはメイドの顔をじっと見た。

「近づいてはいけません。没頭したいのです」

メイドは頷いた。セールスマンは立ち上がった。メイドがドアを開けた。二人は廊下に出た。

「幽霊が現れた時、私は驚く振りをしなければならないのでしょうか」

メイドは訊いた。

「必要ありません。真顔になって幽霊を見たお客たちの話を聞いて下さい」

「真っ先に騒がなくてもいいんですね」

「誰も知らないところで総てが解決するのです。ある人にとっては適切な解決の仕方ではないでしょうが、でも解決するのです。私は商売人ですから誰が得をするか損をするかは考えません。私を雇ってくれた人の味方というわけです」

先程は創造者と言ったじゃないですか。メイドは少し嫌な気がした。

「もう誰もじたばた出来ません。私の幽霊から逃れるなんて不可能です」

「よろしくお願いします」

メイドは小さく頭を下げた。

「ただ一つだけ言っておきたいのです」とセールスマンは一層声をひそめた。「私の幽霊の効果が強過ぎて、もし、お客が死んでも、私は責任を免れたいのです。この屋敷の裏の吸い込まれそうな暗い海が不気味なのですよ。波の音さえ囁きに聞こえるのですよ。あなたが一筆入れる必要はありません。口答でいいのです」

先程は後遺症はないって言ったじゃないですか。だが、メイドは頷いた。

廊下は紫色の絨毯が敷かれている。両側は木目が入った板壁が長く続いている。壁に取り付けられたライオンの頭像の口が大きく開き、水仙の花がさしこまれている。時々、壁灯の光に壁の奇妙な木目模様がくっきりと浮かび出た。スリッパの裏から冷気がしみこんだ。

メイドはドアの前に立ち止まりセールスマンを見た。セールスマンは声をひそめて言った。

「私の肩書きや身分を紹介してはいけません。その方が効果があるでしょう」

メイドは頷いた。

「名前だけを紹介して下さい。いずれにせよ、私は、この部屋を出るまで一言ものを言いません」

メイドはドアを開けた。幾種類もの花の香りがした。客たちはいっせいにセールスマンを見た。蛍光灯の明かりの下の顔色は一人残らず青白かった。客たちの顔の皮膚ははりつめてはいなかった。だが、目は幾分みひらかれ、唇は引き締まっていた。何かを探っている目。すぐさままめまぐるしく変化する目。唇。

「お名前だけ紹介しますね」

メイドは左腕を曲げたまま手の平を伸ばしセールスマンを見た。

「青沼さんです」

メイドはソファーに座っている二人の女と一人の男の方角に手の向きを変えた。

「右の方から国吉《くによし》さん、源河《げんか》さん、そして呉屋《ごや》さんです」

国吉と源河は重々しくゆっくりと頷いた。呉屋はメイドの早い口調にタイミングが狂ったのか、自分の足元をじっと見つめていた。瞬きが殆どなく、力のない目だが、疎の髪には油が塗られ、櫛も入っている。不精髭もなかった。コートの下には前ボタンがついたセーターを着け、ネクタイも締めている。だが、擦り合わせている手は赤黒く節くれだち、血管が浮き出ている。皺だらけだが、厚味があり、大きい。かすかに震えている。

広い部屋の床一面に敷き詰められた堅い板を覆う焦げ茶色は、火で焙った色だろうとセールスマンは思った。

革製のソファーの黒も鉢の土色も際立ち、寒々とした空気が床からたちあがってくる。だが、薄い桃色を含んだ白色の壁紙が壁や天井を覆い、天井に塡《はめ》込まれた数個の蛍光灯からはさわやかな暖気が降りてくる。天井は高かった。五十センチ四方くらいの枠の中が小さい空洞になっている。大きなシャンデリアを取り付けるつもりだったのだろうとセールスマンは思った。取り外した金具の跡がみえる。この部屋にはグランドピアノとか、何十万円もするステレオが置かれていても不釣合いではなかった。コーナーのサイドテーブルの上の大きな陶器の花瓶には温室栽培の菊や仏桑華がぎっしりと差し込まれている。

「どうぞ、お茶を」

低い微かに嗄れた声だった。黒く長い袖から出た手がテーブルの上の白い陶器の急須を指し示した。国吉は黒い木綿のワンピースを着け、ストッキングも黒かった。眼孔が盛りあがり、奥に少しへこんだような目は照明の色合いのせいか、黒目が妙に茶色がかっている。唇は薄く細長いが、しゃべりだすと大きく開きそうな気はする。パーマをかけた豊かな髪が細い顔をなお細くみせている。葬式の帰りに取るものも取りあえず、この屋敷に来たというわけではなかった。足元に小さいベーブがうずくまっている。メイドは佇んだまま殆ど身動きをせず、客たちに顔を向けている。源河の脂肪がのった顎は二重になり、威圧感があるが、唇は今にも泣き出しそうに弱々しい。目は一重瞼だが、大きかった。後ろにかきあげた髪がくねりながら肩に垂れている。源河はゆっくりと煙草を吸った。線香のような細長い薄紫色の煙が天井に上がっていった。煙草の先はじりじりと燃え、灰が溜まった。わずかにでも動かすと落ちる。仄か源河のフレアスカートの腹部に落ちると、何かが動き出しそうな予感がする。源河の手前のテーブルの上の灰皿はライオンが寝そべった形のクリスタルガラスだった。源河はあいた左手で灰皿を手に取り、灰を落とした。メイドは小さく溜息をついた。魚の鱗のように銀色に光るハンドバッグを膝の上に置いている源河は煙草をくわえたまま尻をずらした。小さい衣擦れの音がした。

「源河さん、煙草はよして下さいませんか」

国吉が源河に顔をわずかに向けた。

「こんなに広い部屋でしょう」

源河はたちのぼっていく煙を見つめる。

「ここの主人は病気なんですよ」

「主人の部屋には煙はいきませんよ。それより犬は不衛生じゃありませんか」

源河は煙草を吸い込むと、犬の方を一蔑しながら煙を吐き出した。

「私はこの子と寝起きしているんですよ。誰かさんのように男の人を渡り歩くわけじゃありません」

「あいつは……」と呉屋が俯いたまま、呟いた。酒に潰れたような声だが、よく聞こえた。「台風の翌日は木材やトタンがよく浜にあがった。あいつは十歳ぐらいのくせして、トタンを三枚も引っ張った。二メートルもあるやつを。跡が長い砂浜にどこまでもついた。風が不意に強くトタンに当たった。風があいつをひっくりかえそうとするんだが、あいつは足を踏ん張ってこらえていた」

こころなしか、呉屋の両足に力が入っているようだった。

「御主人様は病気なんです」とメイドが真直ぐ立ち尽くしたまま言った。「はっきり言います。人がいますと落ち着かないのです」

「落ち着かない?」と源河が顔を上げ、メイドを見た。それから煙草を灰皿にこすりつけた。

「私たちはここに居ますよ。寝室には一度お邪魔しましたから」

国吉が小犬の毛むくじゃらの背中を撫でた。

「御主人様は朝の散歩も夕方の散歩もなさらなくなりました」

メイドの目は強張っている。

「寒いからでしょう」と源河がすぐ言った。

「寒いからじゃありません」

「寒いからよ」

源河はソファーの背に身を凭せ掛けた。

「奇妙な目で見られたくないからです」

「誰の目が奇妙なの」

「お一人ずつの目は確かに何でもありません。……でも、こんなに沢山の目が集まると奇妙になるのです」

「奇妙なお考えね」

源河は口元を小さい笑いで歪めながら、国吉を見た。国吉は身動きしなかった。

「ウィスキーはないのかね」と呉屋が言った。

「置いてないんです。御主人が召し上がりませんから。前に申し上げた通りです」とメイドが言った。

「昔はよく飲んでいた」

「今は体がお弱りですから」

「客用もないのかね」

「お客さまはどなたもいらっしゃらないのです」

「御主人様は病気なんです」とメイドはきっぱりと言った。

呉屋は魔法瓶を摑み、湯呑みに湯を注いだ。頻に息を吹きかけながら、分厚いセーターのポケットから小瓶を取り出し赤い錠剤を二粒三粒手の平に載せた。セールスマンと目が合った。

「少し心臓が弱いんでね」

呉屋は湯呑みに口をつけた。熱すぎるのか慌てて湯呑みを置き、ソファーの背に凭れかかった。寒そうに身を少し屈めているせいか踏ん反り返っているようには見えなかった。

メイドはふと想像した。冷たい風が吹きすさぶ荒涼とした原野を三人の男女が一人残らず逃げまどう。地に這う蔓状の草に足をとられ倒れる国吉。潮をたっぷりと含んだ水にセットした自慢の髪がべとつき、泣きべそを通りこした恐怖の目を見開いている源河。指を震わしながら夢遊病者のように海岸の崖っ縁を歩く年老いた呉屋。暗く遠い空の隅々にまで張りつめている冷たい空気を風が揺り動かし、客たちの肌を小刻みに刺す。この部屋に幽霊を出現させるためにセールスマンはどのような細工をするのかしら。蛍光灯を消す……ソファーに腰掛けている見ず知らずの一人の人物が白くぼやけた光のように微かに浮かんでいる。じっと見つめる。不意に消える。誰もいない明るい蛍光灯の下でフォークやナイフが皿と軋む音がする。メイドは身震いがした。

「私たちは失礼します」

メイドはセールスマンに目で合図を送った。セールスマンは小さく頷いた。メイドから金を受けとったセールスマンは玄関の重厚なドアを開け、出ていった。

メイドは自分の部屋に座っている。蛍光灯の明かりが白すぎる。天井も壁も、床さえも白く見える。何時間も経過したような気がする。セールスマンはどのような幽霊を作るのかしら。人間の神経が堪えられる小さい恐怖にとどめて欲しいけど。……幽霊を指定すればよかった。おや、今の何だったのかしらと僅かに客を気懸かりにさせるだけでよかった。客たちの驚きようはどのようなものでしょう。心臓が麻痺する人はいないかしら。仕掛けさえ分かるのなら私一人でも解除できる。セールスマンには料金を払ったのだから文句はないはず……。米兵みたいな遊びよ。幽霊を利用したって便利な機械を利用するのと変わらないのよ。山高帽。蝶ネクタイ。素顔が分からないくらいの髭。無口。メイドはこのようなセールスマンを想像していた。セールスマンの身長は百七十五センチは下らず、背中の線がすっきりとし、腰も絞られ、姿勢が良いのはコートの上からでも透けて見えるようだった。一目見た時にメイドは彼はどうして幽霊のセールスマンなのかしらと訝し気に思った。〈客の前では医者か弁護士と紹介してよろしいでしょうか。できるだけ摩擦を避けたいのです〉とメイドはセールスマンに言いたいくらいだった。そのような風格が漂っていた。

ノックが聞こえた。セールスマンだった。

「終わりましたよ」

セールスマンの右手に薄い煤のような線がくっついている。

「洗面所に御案内しましょうか」

「なるべくお客にはもう顔を見せない方がいいでしょう。ちょっと失礼しますよ」

セールスマンは両手で二個のトランクを持ち上げ、部屋に入り、絨毯に座った。メイドはドアを閉めた。

「座って下さい」

セールスマンがメイドを見上げた。

「誰の姿にも見えるように絵は暈《ぼか》しておきました。男女の区別もつきませんが、人間らしくは見えます。音響も少し絞ってあります」

「怖い幽霊じゃないんですね」

「幽霊は怨霊だけじゃありません。好きな人間に会いたくなっても出てくるんです」

「……」

「逆に、人間は幽霊を見ると、人間を愛する心境になるんです」

「……」

「私は恐怖を売っていると言いましたが、愛も売っているんです。幼児の幽霊を心待ちにしている親も沢山いるんです。あなたは親や子の死体が怖いですか」

「……」

「私は昔、ショーをやっていた、と話しましたね」

メイドは頷いた。

「これはショーですよ、と断っても観客は幽霊の手品には真剣になるのです。今時あのような真剣な目は滅多に見られるもんじゃありません。ほんとに何ともいえない目で私を見つめるのです。私は妙な気持ちになりました。ショーじゃいけない。本物にしなくちゃいけないと思うようになったのです」

「……客たちはまちがいなく逃げ帰るのでしょうか」

「幽霊は悪人を追っ払う為だけに必要じゃないんです。善人が生きる為にも必要です。一人っ子の幼児を亡くした若い母親には週二回出す必要があるのです」

「……」

「人間は自分にいいように信じようとしますから、私も騙しているわけではないでしょう。自分が自分を騙しているんですよ。一人一人みんなが」

「……」

「私が本物の霊媒師になるように人々が造り上げたのです」

セールスマンはコートの襟を直した。

「だが、造り上げられたにしてもこのような商売はこれからは必要になってくるのです。なぜならば恐怖がないと人間は死ぬのが怖くなるからです。恐怖の為に死が紛れるといった方が分かりいいですかね」

恐怖は死に直結してしまうような気がメイドはする。

「平和になればなるほど私のような商売が必要になるのです」

息苦しいのか、セールスマンは鼠色のマフラーを外した。顎の線は女のように細かった。

「幽霊の後遺症はないんでしょうか」とメイドは訊いた。ふと、君は今まで何を聞いていたのかね、と反問されそうな気がした。

「しばらく続く人もいます」

「その人が犯罪を犯す恐れはありませんか」

「追跡調査はしていません」

「もしかすると人間を覚醒させることが人間を罪に追いやることになりませんか」

「じゃあ、どういう方法がありますか？」

珍しくセールスマンはメイドを睨んだ。「今の問題はお客たちに帰って貰うことでしょう」

「自分が見抜けないものに自分の運命や性格を変えられるなんて堪らない。しかも破滅の方に変えられるなんて……」

「幸福にも変えられます」

「でも、自分の意志が不明のまま幸福だなんて……」

「私はこの商売を自負しているのです。恐怖は人を優しくします。未来に起こるはずの恐怖を今、目の前に差し出されると人は悪をなしません。如何にして恐怖から逃れるかだけを考えます。優しくなるのです」

「……」

「私は長生きしますよ。向上欲がありますから。如何に誰にも見抜かれない幽霊を造るかが私の向上欲の源泉です。私の生活を張り詰めさせています。ただ、本物が羨むような本物らしい幽霊を造ったら、早死にしてしまうでしょうね。幽霊も嫉妬するでしょうから」

セールスマンは立ち上がった。窓際に寄り、外を見た。コートのポケットが膨れあがっている。メイドも立ち上がった。

「私はこの商売の後継者は育てたくはありません。もちろん現代の人間に有効だと信じています。だが、やはり歪だという思いが時々顔を覗かすのです。消化不良なのです。でも人間を救っているという自負は持ち続けているのです」

「……」

「善人こそ幽霊が必要なんです。この世を峻厳にしたい人こそ、人間を善の道に導きたい人こそ必要なんです。私はこれで帰りますが、もし一週間たっても効果が薄いようでしたら電話を下さい。強化しますから。効果が現れるまでに一週間は見込まないといかんでしょう。人間というものは疑り深いですからな」

セールスマンはトランクを持ち上げた。

「一つ、持ちます」

長い廊下を通った。誰にも会わなかった。

「タクシー呼びますか」とメイドは訊いた。

「いえ、車で来ました」

メイドは玄関のドアを開けた。

メイドはセールスマンの後ろ姿をしばらく見た。痩せた体だった。二個の大きなトランクが重た気だった。客たちは殺される理由があるのかしら。メイドはふとセールスマンを追いかけそうになった。排気音が消えた。

空は薄灰色の雲が覆っていた。焦げ茶色の冬枯れの細い枝がはっきりと見えた。雨が落ちる気配はなかった。

敷き詰められた砂利の生々しい白さが拡がり、一つ一つの形がくっきりと浮かび出ていた。


細い冬枯れの枝が風に小刻みに震えている。だが、どんよりと曇った昨日までの雲は薄い灰白色に変わっている。クワディーサーのゴワゴワと固まった幹に吸いついた水気に淡い日射しがあたり薄く光っている。

シチューやグリーンサラダがならんでいる。朝食にシチューは重すぎるのか誰も手をつけなかった。頑丈なつくりの木の椅子だが、軋む音がする。源河が足を揺すりながらティーをつぎ、飲んだ。居眠りをしていた呉屋がゆっくりと目を開け、傍らのメイドを見た。

「何が訊きたいかね……戦争かね」

「……」

「あいつとは戦友じゃない」

呉屋は上半身を椅子に凭せかけた。

「わしもあいつも戦争に行ったのに、あいつには天の恵みがあった」

「私ぐらいの年になりますとね」と呉屋の向かいの国吉が言った。メイドの方を向いているが視線は合わさなかった。「若い人には分からないでしょうけど、死がほんとに感じられるんですよ、ほんとに手の平にのせられるようにですね」

メイドは小さく頷いた。

「椅子の位置を少し変えたいとは思いませんかね。このように向かい合っているとまるでお見合いのようじゃないですか」と国吉の斜め向かいの源河が言った。「それに私は煙草が好きだから、食卓で煙草を嫌う上品な人の向かいは……」

源河の手前の灰皿には火が点いた煙草が置かれている。

「私は看病したいのです。家政婦さんは他人ですし……。あなたは平気なんですか」と国吉が言った。源河は天井を見た。

「私は叔父さんが鋸を使う時、よく板を支えてやりましたよ。昔ですけど、あの人は少し弱かったんですよ、左手が」と国吉が言った。老人を叔父さんと呼んでいる。「私の母のところにあの人が新妻を連れてきたんですよ。母の妹なんですよ。四十年も前になります。夏でした。今でも鮮やかに思い出せますよ」

源河は煙草を深く吸った。国吉は煙を避けるようにメイドの方に顔をそむけた。源河は煙を大きく吐き出した。

「若い頃からあの人は近所とのお付き合いは殆どなかったですね。奥さんがとても美しかったから、自分以外の男に……女にも近づけたくなかったというのがあの頃のもっぱらの噂でしたよ。私も母も一、二回しかその新妻とは会えなかったのですから」とメイドの方を向いたまま、しかし誰にともなく国吉が言った。「妙に印象に残っているのですけど、奥さんの長い髪の毛があの人の首筋に一本くっついていたのですよ。私はあの頃七歳ぐらいでしたが、子供心にもむずがゆくないかなあ、どうして気付かないのかしらと思ったものですよ」

誰も何も言わなかった。

「もっと強烈な記憶があります」と国吉は顔を上げ、天井と壁の境い目を見た。「あの人は奥さんに懸命に尽くしていた、と私は信じたいですね。若く凛々しい顔がたった何週間かでどす黒いような青い色になっていたんですから……あんなに綺麗だった人が、頬はこけ、澄んだ瞳もおちこんで」

源河は灰がついていない煙草を人差し指で忙し気につついている。国吉は続けた。

「滅多に泣かない人でしたのにね。庭の木立の陰から私はそっと見ましたよ……目を真っ赤に腫らしていましたよ。一晩中泣いていたのですね、きっと」

「つまりは立ち直れなかったんでしょう」と源河が言った。国吉と源河は目を合わさなかった。源河は呉屋に横顔を向けた。

「おたくが朝遅く大通りの歩道に倒れているのを見ましたよ。一週間程前でしたかね」

「それがどうかしたのかね」

「どうもしないけど、ただ、背広をきちんと着た大人が人通りの中に倒れていたから目につきましたよ」

呉屋は顔を上げた。壁灯の明かりが顔を照らし、微細な彫りが急に克明になった。

「死に際のあいつも死にやすくなるよ。わしが来たからな。わしも肩の荷がおりそうだ」

「……」

「わしはこの家の水が飲みたい……ここの水は変わっているよ、ウィスキーを割ると若返る」

国吉が低い食器棚を小さく指さした。食器棚の上にかすみ草の花が飾られている。

「できたら、その花は捨ててしまいたいのですよ。その花が咲く頃に気がふれた人がいるのですよ、昔……」

「いろいろ、あいつの悪いもんが探せたら気が楽だが、あいつはいいもんしか残してない。わしの頭には」と呉屋は国吉を見た。「あいつがもう死ぬなんて」

「主人の御機嫌はいかがなの?」

源河がメイドに声をかけた。少し強い声だった。メイドは源河の正面に立った。

「いつあなた方とお会いになるか約束できないそうです。気が向いたら不意にあのドアを開けるそうです」

メイドは食堂のドアを指さした。メイドの唇は震え、小さく歪んだ。

「御挨拶ね」

源河は天井や壁に目をやった。「何年も人がいなかった気配ね、この部屋は」

「あの人は亡くなったんじゃないでしょうね」と国吉が言った。メイドは無言のまま国吉を見た。

「わしゃ、毎日墓を造る心配しているのに、あいつは平気なんだな。おかしな奴だよ」と呉屋が言った。

「こんなに時間がたっぷりあるんですね。いつもはあっという間に夜が明けて日が暮れるのにね」と国吉が言った。

「あいつはわしを忘れたいのだろう」と呉屋が言った。「若い頃あいつが困っていた時も、何もしてやれなかったからな」

「この椅子は皮張りなんだね」と源河が言った。「触れるとひんやりするし……私たち用に特別においてあるのかしらね」

源河は小さく笑ったが、やはり声はたてなかった。

「コーヒーを入れ替えてもらえませんか?」と国吉がメイドに言った。「暖房がきいてなくて足元から底冷えがするんですよ」

メイドは立ち上がった。

「ヒーターはないんですか?　足元だけでも暖めたいんですけど。外は強い風なんでしょ」と国吉が訊いた。

メイドは首を横に振った。

「わしとあいつは台風のあとによく海に行った」と呉屋が言った。「死にかかった魚が浮いていた。浅瀬で身動きしないのもいた。まだ風は強かったな。砂が顔に当たって痛かったが、わしらは夢中で歩いた。あんなに大きい魚がわしらの小さい手の平で跳ねたんだ。十歳そこらだったかな」

「御主人様はお魚が好きですよ」

珍しくメイドが口をはさんだ。

「戦争が終わってからも魚はよく海面にあがった。悪戯好きの米兵が打ち込んだ爆弾で魚はショック死だ。わしもすぐには取りに行けなくてな、夜、月明かりの中で慌てて摑んだ時はずるっと肉が落ちたよ。そんなもんでも食った、わしは。あいつは食わなかっただろう」

誰も何も言わなかった。呉屋は続けた。

「この家の窓から、海を見たせいかな、よく水に囲まれる夢をみる。決まって溺れそうになるんだ。歯痒くなるよ」

メイドは国吉の前のテーブルにコーヒーポットを置き、ソファーに座った。

「あいつは戦争前は裁判官をやっていたな」と呉屋が言った。「捕虜収容所の金網は一日中大勢の人が通る配給所のすぐ前にあった。あいつは金網の近くで一日中井戸掘りをさせられていた。見せしめだな。重い鶴嘴を握ってしきりに肩で息をしていた。痩せ細ってな」

「どうして、古い話をもちだすんですかね」と源河が言った。

「古い話じゃ悪いのかね」

「……奥さんは？」とメイドが訊いた。「戦争で亡くなったんじゃないんですね」

「もっとずっと前ですよ」と国吉が言った。「色が白くて痩せていて体は悪いようだったけど、でも、寝込んでいたような覚えはないですよ。私は子供だったけど……亡くなったというのを急にきいたんですよ」

「根ほり葉ほり掘りおこさんでもいいだろう」と呉屋が言った。

メイドは早朝昨日のセールスマンに電話をかけた。まもなく昨日と同じ服装のセールスマンが来た。

二人は壁灯が点いていない薄暗い廊下を歩いた。庭の高木には風が鳴っていた。だが、この廊下は物音がしなかった。二人の足音がはっきり聞こえる。

「御主人様が譫言を言っているんです」

メイドはセールスマンを振り返った。

「何を？」

「泣き出すのを堪えているようです。深く俯せになっていたんです。顔が布団に埋まり、窒息するんじゃないかと私は気が気ではなかったんです。でも背中が大きく震えていました」

メイドは足を速めた。

「御主人様は何度も呻きながら身を捩りますので、私は慌てて水をお持ちしたんです。昨日、いえ今日の夜明けです。四時は過ぎていたかしら。でも、私は水を持ったまま突っ立っていました。何もいえなかったんです。お体に触れるのさえできませんでした。少しでも触れると御主人様の心臓が止まってしまいそうな気がしたんです。何故だかわからないけど、そういう気がしたんです。とても長いようだったけど、ほんの十何秒だったのかも知れません。御主人様の発作は、発作というのかしら、ぷつんと消えて身動きしなくなったんです。肩に掛けた毛布も動かないし、寝息も聞こえないんです」

障子の前にメイドは座った。障子の向こう側は薄暗かった。

「よろしいでしょうか」

「……電気を点けなさい」

嗄れていたが、妙に澄んで聴こえた。メイドは障子を開け、中に入った。電気が点いた。メイドはセールスマンを小さく手招いた。畳には、足音はたたない筈だが、メイドは足音を忍ばすように爪先を立てた。老人は横たわっていた。二重瞼の周りに皺が寄り、眼球を隠すように垂れていた。だが、若い頃は綺麗な目を二重瞼が縁どり浮き上がらせていただろうとセールスマンは感じた。涙ぐんでいるような潤いのある黒目がちの、しかし、沈み、陰鬱な目は何十年もの間何を見てきたのだろう。もしかすると熱の為にすっかり視力が衰えてしまったのかもしれないとセールスマンは思った。よく見ると老人の目は眉毛のところの骨の下にじっとしたまま何も見ていないようだった。痩せた手は静脈がはっきり透けてみえた。鼻筋が通っていた。細い髪は柔らかく後頭部に倒れていたが、却って額を広くみせ気品が漂った。

「御主人様は私に殆ど、要求しないのです」

メイドは老人を見据えた。「だけど一つだけ、匂いのきつい化粧はしないようにいつか言われたんです。あの白い花の匂いが消されるからです」

床の間の透明ガラスの花瓶にかすみ草が差し込まれている。仄かに香るような気がする。気のせいかもしれないとセールスマンは思った。天井から下がっている四角い木の枠の電灯の白い光を浴び、畳は新しい薄草色がぼうと光り、草いきれさえ微かに香る。

「御主人様はおっしゃらないけど……」とメイドは老人の顔を覗き込んだ。「昔、御主人様がお好きだった女の人がいつも栽培していた花なんです」

「空耳なんだろうか……」と老人が言った。「聞こえるんだよ。わしの声じゃない」

「空耳ですよ。御主人様」

「……見えるんだよ」

メイドは黙っている。セールスマンが訊いた。

「……何が見えるんですかな」

「見えそうなんだが……」

「……」

「見えそうなんだが、どうしても見えない」

老人は上半身を起こし、仄白い壁を向き、身動きしなくなった。誰かが身動きすると不意に老人が叫びそうな予感がした。二人は目を見合わせた。

「夢をみたよ」と老人が言った。

「……夢ですか」とメイドが言った。

「現実じゃないだろう。死んでしまったんだから」

「……」

「夢だよ」

「夢ですか」

「女房を連れに駆けていた」

「……夢ですよ、御主人様」

「夢ならいいが……」

「忘れて下さい。体によくありません」

「夢なら、崖から飛び降りるのを、わしが助けられた筈だ」

老人の顔色は乾ききった青白い色ではなく、仄かな赤味が射している。目はすっかり落ち窪んでいる。だが、瞼が腫れている。

「わしは何かを……確かなものを分かってはいる。だが、どうしても、あいつに、言えない」

「……」

「言えなかった」

「……」

「言おうとすると、すっかり忘れてしまう」

老人の目は微かに涙ぐんでいる。声の底には一種の張りがあり、頬もひどく痩せてはいないが、もう長くはなさそうだとセールスマンは思った。老人は青いパジャマを着ている。しかし、若々しくは見えず、ますます老齢が浮き立つ。

「執念深くなかったよ、昔から。……執念深いのかね、五十年たって、やっと現れたんだから」

老人は欠伸のような深い溜息をついた。

「わしが浮気でもしたら、あいつはわしを引きずり込んでくれたかな。あの頃は艦砲弾であいた深い水溜まりが幾つもあったが……」

「何十年も会わなかった人たちが急に何人も押し寄せてきたわけでしょう」とメイドが言った。「だから御主人様は何十年も前の奥様を思い出したんですよ。……あの客たちが幽霊なんですよ」

障子に薄明かりが浮かびあかっているような気がする。部屋に置物が少ないせいか、障子が高く、大きく見える。もう沢山です。幽霊のセットを外して下さい。メイドは叫びそうになった。

「おまえもやれるだけのことはやったんだ」と老人が言った。老人は誰も見てはいない。おまえというのは老人自身のようだ。「ただの人間なんだから、誰も責めないよ」

老人の頰のほんのりとした赤味は病気の熱のせいでも、もちろん寒風にあたったせいでもなく、恥ずかしがりやの青年になったためだとセールスマンは思った。

「あいつに何もかも言った。……昔と同じ夢をみたよ。力が抜けてしまった」

「御主人様」とメイドが正座したまま言った。「こちらのセールスマンが作った偽物なんです」

「目の色も、耳たぶの産毛もはっきり見える」

「幽霊のせいと決まったわけじゃないでしょう」とセールスマンが言った。

「でも、もういいんです」とメイドは老人の瘦せた胸元を見ながら言った。「私は目論見すぎたのです。成り行きに任せればよかったのです」

メイドはこの部屋に何故私を呼んだのだろう。セールスマンは考えた。老人が病死した際、保証人が必要なのだろうか。幽霊に殺されたと言いたいのだろうか。メイドが急に変わりすぎる。真っ先に幽霊を見たのはメイドのような気がする。

「たとえ御主人様が反対なさっても今夜は医者を呼びます」とメイドはセールスマンを見た。「どうか心配なさらないで下さい」

「屋敷を買い取った頃は、この辺にも同じようなものが残っていた……いつの世でも取り残される者はいるんだな」と老人は溜息をついた。「寝たままで失礼しましょうな」

老人は体を横たえた。セールスマンは老人の足元に座っている。だが、老人の顔はよく見えず、声が天井の裏から聞こえてくるような気がする。

「話をしている途中、戦争の夢をみた。あんなに強烈だったのに、死ぬ前は一瞬しか思い浮かばないんだな」

老人が何を言っているのか、セールスマンはよく分からなかった。戦争の話をする人間をセールスマンは訝しかった。狭い商店街の通りをゆっくり走る黒塗りの自動車の屋根のスピーカーが、が鳴りたてる軍歌を聞くとセールスマンは胸くそが悪くなるのだが、夜、部屋に籠り、静かに軍歌のＬＰを聞くと思わず涙が滲んでくる。

「大勢の足音が反響した」と老人が言った。「足音の奥の方から囁き声が聞こえた」

「取り外してもらいましょう」とメイドが声を密めずにセールスマンに言った。「病人ならずとも刺激が強すぎます」

「わしにも話し相手はいる」と老人が言った。言い切るような調子だった。メイドは唇を動かしかけたが、少し身を乗り出し、老人の顔を覗き込んだ。妙な顔色だった。青白いというよりは灰色がかった青さだった。目は殆ど動かなかった。

「厚着のほうがいいんじゃないですかな。パジャマの下からパッチを着てもらうとか」とセールスマンは声を密め、言った。

「私もそう申したんですけど、寒くはない、暑いくらいだとおっしゃるんです。唇は微かに震えていらっしゃったんですけど」

メイドはセールスマンを向かずに老人の顔を見つめている。

「……もう出て行きなさい」と老人の声がした。「わしは一眠りするよ」

メイドはしばらく黙っていたが、座ったまま一礼をした。

「おやすみなさい御主人様」

二人は部屋を出た。


廊下の薄茶色の壁に観葉植物が吊り下げられている。細い葉が静かに震えるように揺れている。二人の足がうわついている。

「今日の明け方までは血色も良く、目も輝いていたんですよ。でも何度も大きな溜息をつきました。廊下を少し歩いただけでひどい息切れがしたんです」

メイドが前方の壁灯を見ながら言った。

「廊下を歩いたんですか」

「廊下に出て窓を開けようとなさったんです。もちろん止めました、でもあの痩せた体にも私が思いもかけない力が籠っていました」

「……」

「やっと部屋にお連れしたんですけど、今度は欠伸のような呼吸を何度か繰り返す以外は死んだように寝てしまわれたんです。壁の方を向いておられたもんですから私は気が気ではありませんでした。一回か二回だったでしょうか、寝返りをうって私の方を向いたのは。目が開いていました。私は眼中になかったようですが、半ば哀願し半ば少年が恥じるような色が浮かんでいました」

メイドは立ち止まった。

「ほんとに妙な目でした。怯えているように瞬きもせずに私の励ましを聞いているんですが、でも、上の空のようでした。どこがどうというわけではありません。焦点も合ってはいるのですが、でも、どこか私を見てはいなかったのです」

「今日も目の回りには赤味がさしていましたな。寒気の火照りとは違いますな」

「もうこの寒さで遠い所に行かれるのかしらと私ならずとも思いました。でも……今日はほんとにほんのりと赤味がさしていましたね。目の縁は綺麗な若々しい色になっておいでてでしたね」

セールスマンは頷いた。メイドはゆっくりと歩き出した。

「御主人様は涙ぐむのですよ」とメイドが言った。「よく見ないと分からない程度なんですけど、私を見つめるもんですから私は思わず目を伏せたり、反らしたりするんですけど、でも確かにあの目は涙ぐんでいるんですよ」

「……」

「私もさっきのような不思議に生き生きとしている御主人様を見るのは初めてなんです。でもやはり異常なんです。私には分かるんです。もう私は客たちを追い払うのは怖いのです」

「……」

「このままじゃ御主人様は気が狂ってしまいます」

「だが、老人は一人で数十年も過ごしてきたんでしょう。老人が死にそうになったから何かを目当てに沢山の人が現れたんでしょう」

「御主人様はもう何にも執着がないんです」

二人は又立ち止まった。右と左、応接間や食堂の方向とメイドの部屋の方向に分かれた。

「遺言状はないんですか」とセールスマンが訊いた。

「ないと思います」

「老人は気がふれたのでしょうかね。何も執着がないようでしたら」

「昨日一瞬でしたが、私を見て不意に微笑みました。私はびっくりしてしまいました。でも目が柔和でしたから気は狂ってはいない筈です」

「私も今日、感じましたよ。物憂気の眼差しが急に目の奥できらめいたりしましたな」

「淋しいですね、冷たい顔ばっかりに囲まれて。私たちはみんな冷たい顔だった筈よ」

「……」

「あの人たちと御主人様、昔、啀《いが》み合っていたらしいんですけど。でも、みんなに看取られながら死んで欲しいですね」

二人はしばらく黙った。

「……少しお話があるんですけど、私の部屋に、よろしいでしょうか」とメイドが言った。


メイドは部屋の電気のスイッチを入れ、後ろ手でドアを閉めた。薄緑色の絨毯を踏むメイドの脹《ふく》よかな足を肌色のストッキングが固く締めつけている。メイドはドアの近くのサイドテーブルのすぐ脇に座った。セールスマンもスリッパを脱ぎ、メイドのように絨毯に座った。天井に嵌《はめ》込まれた白熱電球の真下だった。メイドの目元や髪が垂れた額に降り注ぐ微妙な弱い光の翳りができた。サイドテーブルの硝子にメイドの暗い顔が映った。サイドテーブルの上には大理石の灰皿と外国製のライターが置かれている。メイドは考えをまとめているのか、サイドテーブルを見つめているのかよく分からなかった。

「……御主人様は」とメイドが言った。「今年の春、あなたを呼んだのですよ。奥様に一言おっしゃりたかったのです。でも、あなたは失敗しました。奥様は現れませんでした。あんなにしょげかえった御主人様を私は初めて見ました。私はあの時、二日間も使いに出されて留守でしたが……」

「憶えています」

「奥様の声を聞くだけで良かったのです。でも、あなたは結局奥様の声を作り出せなかったのです。だから今日あなたは躍起に自説を述べていたのでしょう?」

「……今回は成功したといえますかな」

「失敗です。御主人様の部屋には幽霊を仕掛けませんでしたでしょう。……でも、御主人様は幽霊を見る運命だったのです。見せられたんじゃありません。見たのです。あなたの幽霊ではありません」

「亡くなった奥さんを見たのですな」

「御主人様は今本物を見ていらっしゃるのです。あの人たちに洗いざらい告白すれば安らかになるのです。五十年間も胸に支えていたのです」

「……どうして客たちに告白しなければならないのです」

「あの人たちが奥様の自殺の真相をしりたいというのは、うわべだけじゃなかったようなんです。もし遺産が目当てなら、自殺の有り様なんかしつこく訊くわけがありません。御主人様が心証を悪くするのは目にみえていますから」

「奥さんは不可解な亡くなり方を……」

「惨《いた》しい遺体だったそうです。目を背けない者はいなかったそうです。海岸の鋸歯の岩に何十メートルも上から飛び降りたそうですから」

「……でも、どうして客たちに告白しなければならないのです?」

「奥様のお兄さんが呉屋さんなのです。国吉さんのお母さんの妹さんが奥様なのです」

「……でも、あの人たちはもしかすると、老人に一言も追求していないんじゃないですか」

「一度会わせました。……もし何も追求しなかったにしても、突然何十年かぶりに訪ねて来たのです。御主人様が理由をお感じにならないわけはありません」

「どうして、あなたはお客たちが悪い人間だと私に言ったのですか」

「悪い人間だとは言いません」

「遺産が目当てだと言ったでしょう」

「遺産を狙うのと、五十年も昔の事件の口を割らすのと、どう違うというのです?」

「呉屋さんは国吉さんの叔父なんでしょう。冷淡のようでしたが……」

「国吉さんが奥様の自殺の真相を御主人様に訊いてくれるように何度も懇願したらしいのです。だけど呉屋さんは優柔不断だったんですね。でも、ここに呉屋さんを連れてきたのは国吉さんのようなんです」

「だが、一番呉屋さんが亡くなった奥さんに近いんでしょう? 除者にされているように感じましたが……どうして、押し黙っていたのでしょうかね」

「無念さは一番強いと思いますけど……仲のいい兄妹だったそうですから」

「……」

「でも、立派だと私は思います。普通なら悲惨な死なせ方をさせたんですから、お前はわしの妹を死なせたお陰で成功した、なんて怒鳴り込んでも可笑しくない筈ですから……呉屋さんはずっと定職がなかったようですから」

「老人は事業で成功したんですかな」

「終戦後は米軍と深く係わったようです」

「奥さんは何故、死んだのですかな。何故老人が原因なんですかな」

「……」

サイドテーブルの上の電話がセールスマンの目についた。ベルが鳴る、気がする。主人をほったらかすあなたたちは……とか、主人は死にましたよとか、誰のともない声が聞こえるような気がする。

「国吉さんの夫は二年前に亡くなられたそうです。でも、那覇のメインストリートに土地や建物を残したらしいのです。源河さんの話ですから真偽は定かじゃありませんけど」

「源河さんは老人とどういう関係なんですかな」とセールスマンは訊いた。

「メイドだったんです。今の屋敷を買い取る前、もう何年にもなりますが、嘉手納に住んでいた時の……」

「……」

「源河さんは子供もいませんし、入籍の事実もありません。ただ、今でも、御主人様を信じているというのです。国吉さんも、源河さんが御主人様を忘れてくれれば、もしかしたらこの屋敷に来るのを思いとどまったのかもしれません。……でも、やはり、違うでしょう。奥様は国吉さんをとっても可愛がってくれたのだそうです。国吉さんは奥様の不可解な死を子供の頃から思い詰めていたそうです」

「年寄りになっても思い詰めるものでしょうかね」

「それより、何より国吉さんのお母さんの遺言だったらしいのです。国吉さんのお母さんが御主人様を愛していたのです。だけど御主人様はその妹さんを愛してしまったのですね」

「真相を明かしてくれという遺言ですな」

「そうです」

「国吉さんのお母さんはいつごろ?」

「妹さんの自殺の数年後に亡くなりました」

「幼少の国吉さんに遺言を残したんですか」

「いえ、兄の呉屋さんにです」

「五十年近くになりますな」

「国吉さんも、母親にとりつかれて生きてきたんですね」

「御主人様が何も言わずに亡くなったら、国吉さんは余生を苦しむかもしれません」

二人はしばらく黙った。

「言っても、言わなくてもいいような気がするんですけど、私と御主人様はいわゆる男と女の関係はありません。御主人様は潔癖なのです。ですから、源河さんが愛人だったというのは信じられません。源河さんは何年住み込んでいたのか、誰が訊いても言わないのです」

「……」

「源河さんは御主人様に捨てられたと漏らしたけど、嘘です。関係がないのを捨てようがありません。御主人様は凡てが奥様だけです」

メイドは何かしら向きになっている。老人に捨てられたのはメイドじゃないだろうか。セールスマンは一瞬疑った。セールスマンの目は疑わし気な色を滲ませていたのか、メイドがすぐ言った。

「洋食が上手な人というのがメイド採用のただ一つの条件でした。でも御主人様は洋食は嫌いでした……奥様を思い出さない為に洋食を食べるようにしたらしいのです。この屋敷もわざわざ洋風を買い取ったのです」

「外国製の品物も……」

「五十年前にはなかった品々を買い揃えたのです」

メイドは老人の再婚相手になりたかったというセールスマンの疑いはしばらく消えなかった。メイドは老人に執拗に迫った。その時亡妻の話を聞かされた——。客が真相を知りたいという理由だけで五十年の沈黙を破る筈は……いや、死期が迫った老人なら……。

「老人は真相を話したんですな」とセールスマンが訊いた。

「私はそのまま亡くなって欲しかったのです。そうすれば、御主人様と奥様だけの秘密になってしまいます。あの世できっと御主人様は奥様に詫びるでしょう。いくら奥様の兄姉とはいえ、あの人たちに御主人様が詫びるのは、私は忍びないのです」

「……」

「でも、五十年間も御主人様とあの人たちが会わなかったというのは私の錯覚じゃなかったかと思ったりするんです。国吉さんと源河さんは、この屋敷に来る以前から顔見知りのようでしたから」

「客たちは老人を責めているのですか」

「責めるんでしたらこの五十年間に何度も責めていた筈です」

「真相を知りたいのですな」

「そうです」

「真相を知って今更どうするんです？　奥さんは亡くなられたし、老人もやがて亡くなるんでしょう？」

「御主人様があの人たちを呼んだのかもしれないのです。最初の日、源河さんが御主人様に呼ばれたと言っていました。でも、私は遺産相続の件だと直感しましたので、御主人様は重い病気だから、とできるだけ会わさないようにしてきたのです」

「真相って何なのです？」

「御主人様は真相をあの人たちに話したかったのです。胸に秘めたままでは死ねなかったのです。死んでしまえば奥様に謝罪できるなんて、ふと信じられなくなったのでしょうね。私だってそうです。あなたもそうではないですか？」

「……」

「御主人様は真相を客たちに知らせるべきかどうか最後まで迷っていたのです。いや、今も迷っているのです。だから私は幽霊を買う気になったのです。たとい、生きた人間に追い払われても客たちは又来るでしょう。だけど、幽霊に追い払われたらもう二度と来ません」

「……」

「御主人様は気が弱かったそうです。それが奥様を自殺に追いやったのだそうです。それだけしか御主人様は話しませんでした」

「……」

「奥様も昔、誰にも一言も漏らさなかったのです。傍目からはあの二人は、子供さんはいらっしゃらないのですけど、とても幸せに見えたらしいのです。だから、奥様の自殺の原因は誰にも分からないのです。御主人様はこの五十年間、何十回となく告白したかったのです。だけど奥様は誰にも一言も漏らさなかったのですから」

「……」

「たとえ奥様の自殺の誘因が御主人様にあるにしても、もう、充分償われているんじゃないでしょうか」

セールスマンは黙っている。

「やはり、亡くなる前に、奥様の身内の方に告白したほうがいいのでしょうか」

「……とにかく、会わせたほうがいいでしょう」

「ごめんなさい。私は一人ではどうしようもなかったんです」

「迷いましたね」

「私は御主人様が可哀想で堪らずに、あなたや幽霊を呼んだのです。あの人たちが遺産が目当てだったのなら、私は何も言いません。でも、静かに眠ろうとする御主人様を揺り起こしに来たのです。でも、もういいのです」

「……」

「私は国吉さんを呼んできます。今でもとても綺麗な優しい叔母が夢枕に現れるそうです」

「……」

「あとで幽霊のセットを取り外して下さいね」

メイドは立ちあがった。「私はあの人たちを御主人様の部屋に案内しますね」

「国吉さんは五日前に幽霊を、予約したんですよ。電話予約ですが……」

「……誰？」

「国吉さん」

「……」

「今日の午後二時に、この屋敷に来るように私は呼ばれているのです」

「……」

「何よりも不思議なのは、何故老人があんなにも多弁なのか、です。私も確かに驚きましたが、しかし、よく考えると、病人とは思えません」

「……」

「老人はあなたも追い払いたいんじゃないでしょうか」

「……」

「あなたたちは深い仲なんでしょう?」

「……でも、どうして私を……」

「老人は死を覚悟したのでしょうな。死ぬ時は奥さんと二人きりになりたいのでしょうな」

「……じゃあ、病気は嘘……」

「嘘でも演技でもありません。ただ、老人には奥さんの幽霊が見たかったのです」

「……やはり、奥様だけだったのですね」

青い女神

裸足が砂にくいこむ。俺はわざと水ぎわの柔らかい砂地を歩いた。背負った釣り具や麻袋の重さを感じない。阿旦の葉は女の乱れた黒い髪がまっすぐ立ち、きぃんと固まったようだ。淡い赤銅色に染まった本島が水平線に微かに盛りあがっている。輝きをなくした夕暮れの陽は本島の後から白いぼうとした半円をのぞかせたままじっとしている。鉛色の海面を濃い黄色の光の粒がまぶしている。何もかも変わりがない。一度でもいい。暗い海をさまよい、島の方角を見失ってしまいたい。だが、島中の人間たちが大騒ぎをする。しつこく捜索に来る。女たちは俺の目の前で泣きじゃくり、男たちは俺をこっぴどく叱りつける。俺の体は疲れていない。いつもそうだ。サバニの回りをめちゃくちゃに泳ぎ回っても、手（空手）をつかっても、喚きちらしても、何もかもすぐ強い風に吹き飛ばされる。釣り糸をはずす時の魚の感触。ぬるぬるとし、光り……俺は跳ねる魚を握り締め、荒々しく針を引き抜く。海面から何が出てくるのかという、中学卒業後、漁にでたての頃の胸の騒ぎはとうになくなっている。すでに二年になる。鮫でも出てこい。俺は日に一回はつぶやく。銛を内臓深く突き刺し、真っ赤な血を吹き出させ、海を染めてやる。

溺れた誰かが浜に引き上げられた、と思った。黒い人影が立ち尽くしている。急ぎ足になった。

「か、帰ったなあ」

一雄が俺を見た。顎をしゃくった清にい（兄）の目は夕陽の照り返しか、興奮の色が輝いている。日に焼けた固太りの顔は赤い絵の具を塗り重ねたように赤い。ただ、髭が濃く、唇の周辺は青黒い。毎朝、剃る。だが、帰漁の頃には無数の短い針のような髭が突き出てしまう。俺は荷を砂に降ろした。金属製のボートは金色に鈍く光っているが、実際は白い。俺は腰を曲げ、触れた。厚みはない。冷え冷えとしている。

「誰のかぁ」

俺は顔をあげた。

「我々に聞いてもわかるかっ」と明夫が言った。

「おまえにきいているんじゃないよっ」

俺は一雄を見た。

「ア、アメリカーもんじゃないかなぁ」

俺は舷側を引いてみた。動かない。艫を押した。精一杯の力を込めた。動いた。俺は背筋を伸ばし、手をはたいた。水ぎわから引きずられた跡がある。俺の足元の砂地には大潮の満潮でも水がこない。柔らかく、乾燥している。足首までもぐりこむ。砂地のすぐ先の、闇の溜まっている阿旦の茂みの中に誰かが息を殺しているような気がする。しかし、このボートに乗ってきた者は間違いなく帰る。だから、引き上げてある。舳先がへっこみ、錆びている。俺たちの裸足の跡とは違う足跡に気がついた。薄暗い砂にもぐりこんでいる大きな革靴の跡だ。一直線に阿旦林に続いている。隙間がある。隙間をくぐると薩摩芋畑に出る。薩摩芋畑の向こう側は防空壕が数箇所残っているムイ（森）だ。

「ムラ（村）にいったんかなぁ」と俺は言った。

「何しにムラにいくかあ?」

明夫が俺を見た。目の縁に黒いくまができ、腫れぼったい唇も紫色だ。上半身はムラ内でも裸だ。筋肉を自慢している。だが、貧弱だ。おまけに両肩を不自然に反りかえし手を振らず、少し前屈みに前方をじっと見たまま歩くんだ。ムランチュ（村人）を虐殺しにさ、と俺は皮肉を言いかけたが、馬鹿らしくなり黙った。

「あのサーチライト、強くなったような気がしないか、向こうの監獄のよう、一雄」と俺は言った。一雄も明夫も海の三里向こうの側、本島にある岬のアメリカ軍監獄の方向をじっと見た。いつもと変わりがないと俺は思う。俺たちは天候が悪い日や暗い時は監獄のサーチライトを灯台の代わりにしている。どうしたわけかあの監獄の金網は低く、上にバラ線（鉄条網）も張り巡らされていないいんだ。

「清にい、どうするかぁ」と明夫が清にいのように腕組みをし、顎をしゃくった。「みんな帰ってくるよ」

「年寄りや女を怖がらせてはならん」と清にいは強く言った。「隠そう」

「か、隠したら、アメリカ兵が帰れなくならんかぁ」と一雄が言った。

「おまえはアメリカ兵がきたというのに何もせんのか。アメリカ兵のなすがままにされるんかぁ」

明夫がにらんだ。一雄は目をそらせた。明夫は気合をかけボートの腹を蹴った。ききなれない音がした。手（空手）の急所蹴りだ。ボートはへっこまない。一雄はボートから櫂を一本取り出した。明夫も他の櫂を取り、空手の棒術のように突き出したり、振り回していたが、不意に、一雄が持っている櫂に力強く合わせた。重い音が響いた。清にいが一喝した。一雄はすぐ、明夫はゆっくりボートに櫂を入れた。

「はじめは誰がみつけたんかぁ」と俺は一雄に聞いた。

「お、俺が」

一雄の顔が強張った。

「たしかに何も入っていなかったんだなぁ」と明夫が同年のくせに威圧するように言った。

「い、い、いなかったよぅ。たしかどぅ」

「のぶこーもいなかったなぁ、たしかにぃ」

のぶこーは毎日何回も海辺をさまよう。雨の日でも、濡れながら雨をふくんだ砂とたわむれている。だが、のぶこーは海の夕日が好きなんだ。のぶこーは綺麗、綺麗とつぶやきながら、夕日をしきりに手招く。でも、のぶこーはすべての海辺をさまようわけじゃない。のぶこーが好きな海辺は何処か俺も、みんなも知っている。

「い、いなかったよう」

明夫は一雄がエンジンや無線をこっそり隠したと疑っている。

「おまえ、のぶこーに何もしなかったろうなぁ」

明夫は唇を少し歪め、俺を見た。

「いなかったというのに、どうしてできるんだっ」と俺は言った。

「当たりまえさぁ、何もしきれんさぁ、しかぼー（臆病）だのに」

明夫はまた笑った。

のぶこーはぼんやり海をみているだけだ、ずっと。人間も石か木にしか見えないだろう。ボートに乗っていた者にやられなかったか。粘っこい液がのぶこーの入れ墨をしているという股にくっついている……。

「隠そうぉ」と清にいが言った。「誰にも言うなよぅ。言ったら、承知しないぞぅ」


潮のうねりが盛りあがる。数十メートル先の黒い海面に小さい岩が突き出ている。波が薄白く砕け、広がる。目を凝らす。岩の割れ目にがっしりと狭まっている頭蓋骨を海水が洗う。一雄は砂に何やら書き、消し、また書いている。清にいは茶碗酒を喉におとし、広を見た。

「じゃあ、アメリカ兵は新美町から逃げてきたと言うんかぁ、おまえはぁ」

「新美町の女から逃げてきたというんかぁ」と明夫が吐き捨てるように言った。広は顎がはった顔を明夫に向けた。

「簡単に裏切るクレージー女さ。裏切られたアメリカ兵もいるさ。純なものも多いからな」

広の片言の英語はききなれない抑揚がさきほどから俺の鼻につく。オールバックの髪をポマードで固め、木の葉もようのアロハシャツを着け、フィリッピン人に似ている。

「のぶこーも新美にいたんだろう」と俺は言った。

「クレージーになるのはあたりまえさ。こんなシマの人間の神経がもつか」

一雄は砂のついた手をはたいた。蓋のあいた缶詰に砂が飛ばないか、俺は気になる。

「新美町で女たちが、ただ手を握らせ、キスさせるだけで稼げると思うか」と広が言った。

「じゃあ、やっぱりアメリカ兵はいい思いをしているんじゃないかぁ」と明夫が言った。浜の藪の小枝や葉が風に揺れ、ざわめく。俺は茶碗酒を口に含んだ。カンテラの明かりは薄暗い。隣に座っている一雄は砂に二本の指を突っ込み、ぐいぐいねじ込んでいる。明夫の五分刈り頭がこじんまりと星明かりに浮かび、一瞬黒人に見えた。清にいはあぐらをかき、じっと煙草をふかしている。本島の岬にあるアメリカ軍刑務所は騒がしくない。サイレンも鳴らない。サーチライトがいつもと変わらずゆっくりと回りながら海面を照らしている。広はどんぶりに手をのばし、くぶしみ（甲いか）をつかみ、口に入れ噛んだ。本島では大砲も戦車も砲弾も機関銃も、演習なのだが、実弾をぶっぱなすらしい。爽快になるだろうな。俺はふと思った。

「ハ、ハニーなるのは、こ、子供を何人も産んだ女じゃない？　四十すぎたぁ」と一雄が言った。俺は相槌をうった。

「じゃあ、のぶこーは何かっ」と明夫が酒瓶を片手に握ったまま一雄を見た。「おまえの姉ねえののぶこーは四十すぎてるかっ、子供産んだかっ」

「ほんとにアメリカハーニーだったんかなあ。見たもんいるかなぁ」と俺は言った。

「のぶこーか」と広が言った。「新美町には十七、八の女がうんざりするほどいるんだぜ。女優みたいな女がよ。少しの金さえだせば、オールナイトやりたいほうだいだよ」

「ああっ、おまえはゆうゆうとかえってきたんだからな。畜生」と明夫は勢いよく後ろに倒れた。両足を大きく開き、砂に寝た。

「アメリカ女はもっと凄いぜ。ブルーフィルムって知ってるか。女優みたいに綺麗なハイスクール生がな、ドックとな、犬さ、わかるだろ、大きな軍用犬とよ、いや、軍用犬とはちがうかな、ちょっと忘れたがな、その女がな、な、わかるだろ、じっくりな、それからな、わかるだろ」

「もう、やめれぇ」

明夫が叫び、寝たまま砂地を藪の方に転がった。広は二週間前に帰ってきた。俺たちの知らない新美町の女の話をし、男と女がからみあっている写真を何枚も見せた。明夫が写真をもう一度見せろと漁から帰ると毎日頼んだ。俺たちも明夫が言い出すのを待った。広はこんなのが見たいのかと俺たちの顔を見回し、焦らした。広は数日前、うるさいなと言いながら俺たちの目の前で写真を焼いた。今でも目を閉じると、写真の女たちが浮かぶ。時々、写真の女の顔がのぶこーの顔に重なったりする。のぶこーは一カ月前に帰ってきた。去年の春、中学を卒業したのぶこーは本島の繊維工場に就職した、と弟の一雄は俺に言っていたが、売春をしているというシマンチュ（島人）の噂もひっきりなしに俺の耳に入った。

「のぶこーも」と広が言った。「フラー（気がふれた）になったからプリティになったよ。俺な、いろんな女とよく遊んだがな、どんなだったと思う。顔がわからんぐらい厚化粧してよ、髪は乱れてよ、花札しているんだよ。壁中赤く塗り潰した小さい部屋でよ、ソファーにあぐらをかいたりしてよ鯖缶あけてよ。臭かったよ」

「なにがっ。なにが臭かったぁ」と清にいが言った。足元の酒瓶は砂に転がっている。湯飲み茶碗を強く握っている。「鯖？　おまえはイユ（魚）も臭いんかっ。臭いだろうな。捨てたんだからな、おまえは」

「捨てた？　別の仕事をしたんだ」

「じゃあ、捨てたんじゃないかっ」

「何倍も賭けられたんだ」

「捨てたんだ。言い訳するなっ」

「何が悪いんだ。金は送ったんだ」

「嘘つけっ。じゃあ、なんで、おまえのおばあは死んだんだっ」

「病気だったんだ。葬式には帰ったよ」

「葬式に帰れば、おばあはよろこぶかっ。自分だけいい思いしてぇ、あとはどうなってもいいんかっ。言い訳するなっ」

濁声だし、酔っているが、舌は不思議にもつれない。

「言い訳じゃないよ。俺はサバニもないし、畑も小さいし、お母がやるだけしかないし、だから、出んとならんよ」

「おまえの話はみんなでたらめだっ、でたらめは言うなっ」

清にいは酒瓶を振りあげた。広は顔に腕をかざし、上半身を後にのけぞらせた。水に落ちる音がした。沖の海鳴りが鳴りやまない。浜にうち寄せる水の音、岩に砕ける水の音、砂の表面を撫でる水の音、重い音が俺の耳に入った。広は胸を張り、清にいをにらみつけている。清にいが立ちあがった。足がふらついた。広の傍らに座った。酒瓶を探し、広にさしだした。

「おまえ、飲めぇ。俺がつぐのは飲めないかぁ」

肩におかれた清にいの手を広が振り払わないか、俺は気になる。広は湯飲み茶碗を酒瓶の口にあてた。酒は溢れた。清にいはすぐ重たげに立ちあがり、水際に歩いた。ぴちっと音がする。魚が跳ねている。白魚だろう。星が群れ固まり、黒い空間に突き刺さっている。ぼんやりと浮かび出たほの白い砂はずっとはずれの岬の方に延びている。入道雲は昼間から動かず、じっとしている。俺の周囲をせわしげに動いていた寄居虫を腕にはわせた。すぐ転がり落ちた。何度もはわせた。寄居虫たちのすみかの阿旦の木陰に仰むけに寝ている明夫の腹や首筋を寄居虫や蟹がはいずり回っている、にちがいない。蟹は滑り落ちない。明夫のランニングシャツはめくれている。へその穴に舟虫が卵を産みつける……ふと起こそうかとも思う。俺は寄居虫を静かにおき、小石を海に投げた。

「俺は帰るどぅ」

清にいは水際をムラの方角に歩き出した。足は不思議とふらついていない。「誰にも言うなよっ。言ったら、わかっているなっ」

「大声出すな」と寝そべったままの広がつぶやいた。「新美町に一回でも出た女は、もう牝豚さ」

一雄は砂を握ったり、積んだりしている。

「女たちはシマを出る時、必ずなくよぅ」と俺は言った。シマを出る女が必ず泣くかどうかは知らない。のぶこーは泣いていた。中学の卒業式の数日後、俺は酒を飲みに浜に行く途中、一雄の家に寄った。裏門の隅に立った。石垣の向こう側の福木の根元に、髪を三編みにしたのぶこーがしゃがんでいた。時々、しゃくりあげた。俺は声をかけるのを我慢した。浜に向かいながら何気ないふうに一雄に聞いた。のぶこーは本島の高校にいくんかあ。一雄は小さく首を振った。何も話したくないようだった。

頭が重い。ガジュマルの大木のひげは幾百幾千も垂れさがり、何本かは太くなり、地に潜り、根に変わっている。俺は地面に剝き出しになった根から立ちあがらない。一雄は約束を守ると信じた。だが、明夫は平気で裏切る。清にいは、今日の朝待機するという広の提案を知るまい。ところが、この公民館前広場に運びこまれたあのボートを彼らは囲んでいる。広だけがいない。

子供たちが、ガジュマルの若いひげと幹の切り口からにじみ出たねばりけの強い白い汁を練り合わせ、盛んに嚙みながら、俺の頭の上の枝から逆さにぶら下がっている。パナマ帽をかぶった三人のおじいが赤木の木陰のむしろに座っている。梅檀の枝に縄をくくりつけたブランコを女の子が漕いでいる。騒がしい熊蟬の声が俺の耳からふっと消えたりする。

朝、いつものように五時に目が覚めた。俺は決断できず、何十分も寝床に寝そべっていた。引き戸をあけたおじいの細い手は終始震えている。数年前、艦砲の破片が腰と背中にくいこみ、三年前から震えがひどくなり、網も編めなくなった。朝は青年会の集まりがあるんどぅ、海は昼間から。俺はぶっきらぼうに言い、うつぶせになった。二年前、シマにもこのような真っ白な布があるのか、と妙な気がした。しかし、あの白い布に包まれた木箱の中に骨が入っていたかどうかは知らない。お父もお母も拾えないぐらいに木っ端微塵になった。親たちが不発弾の火薬を抜き、サバニ漁をしていた事実は間違いない。俺は荒々しく寝返りをうった。雨戸の隙間からさしこんだ朝日に埃がうごめいていた。シャツの脇や首筋に汗がにじみ出、手で拭うとべとついた。俺は朝と夕、台所に立ち、女みたいに食べるものを煮ているんだ。上半身を起こした。

セーラー服を着けた二人の中学生が広場に来た。西側の隅の井戸にバケツをおいた。水を汲み、バケツに入れ、汚れ物をセメントの流し場にとりだし、スカートをまくしあげ、座った。柔らかそうな白い太股が見える。俺は目をそらせた。女たちと距離が近すぎる。あの井戸は戦前に掘られた。兵隊の骨が沈んでいる、という噂がある。今年は空梅雨だった。底が透けて見えるかもしれない。何日か後には女たちはムイガー（森の泉）にでかけるだろう。あの水はどのような干魃でも涸れない。ムイガーには青い女神がいるという。

見合い相手

1

U市役所第二庁舎の二階の社会教育部は小高い丘の上にあり、街の屋根屋根や盛りあがった水平線や濃い青い空や入道雲が見える。木の葉のような風にそよぐものが見えないせいか、何もかもが巨大な絵のように錯覚する。

午後一時、始業のベルが鳴り、由子は午前中の続きの「つるかめ学級」講座の資料作成を始めた。食後の満腹感と冷房の冷気に包まれ、眠気が漂った。由子は午後三時を午後の勤務時間の折り返し点と定めていた。午後五時の終了時間をめどにするととてつもなく長い時間に思われ、気が遠くなった。午後三時にコーヒーを沸かし、ゆっくりと時間をかけて飲むのが午後の勤務時間の唯一の快感だった。帰宅後のただひとつの快楽は深夜の二時間ドラマを見る事だった。部屋はこの職場と同じように寒いぐらいに冷房を効かせているのだが、由子は夜はいつも寝付かれなかった。年老いた父母は午後十時には寝入ったし、数年前まで様々な寝物語をしたただ一人の妹は本土の大手企業から派遣されてきた那覇支店駐在員と結婚し、大阪に住みつき、ここ数箇月電話も手紙もない。寝る前に電話をかけあい、近況や気持ちを吐露しあった三人の女友達も一人残らず結婚し、音沙汰もなくなった。

朝は平日も日曜日も午前五時には目覚める。両親のための朝食を作り、自分の弁当を詰める。朝食は食べないが、鍋の中の油が弾ける音や、煮物の醸し出す匂いは由子の気を引き締めた。弁当のおかずの配列を考える時も心が微かに躍った。弁当を詰め終わった後、必ずシャワーを浴びた。来月、八月、三十歳になる、とシャワーを浴びながら近ごろ由子は思う。ハリウッドのある有名な女優は醜く太っている自分の体を見るのが怖く、浴室のすべての鏡を取りはずした、という週刊誌の記事を思い起こしたりした。お湯をつかうと浴室を出たとたんに汗をかいてしまう。朝の水は冷たく、鳥肌がたったが水だけを浴びた。

由子は始業時間の半時間も前に職場に着いた。同僚は誰もいなかった。机を拭き、コーヒーを沸かす。このような行為を誰かに認められたいという気持ちは由子には毛頭ないが、八時半の始業時間ぎりぎりに駆け込んでくる二十三歳のB子や四十数歳のM子は由子を胡散臭げに見る。男子職員たちは由子の行為を誉めはしないが、B子やM子への無言のあてつけのために、由子に厭味や皮肉は言わない。ただ、昼食時間には男子職員たちとB子とM子は和気あいあいと笑いあいながら、乗用車に分乗し、外食に出掛ける。彼ら、彼女らが何を話題にしているのか、由子は知らない。由子は一人お茶を入れ、机の上に弁当をひろげ、ゆっくりと食べる。

2

「お電話です」

前の席のB子が言った。由子はうなずき、受話器を受け取った。

「覚えていらっしゃいますか？　＊＊安男です」

「……＊＊さん？」

「以前にお見合いをしていただいた者です」

電話口からの丁寧な、落ち着いた声が眠気を覚ますと同時に、逆に夢見ごこちにもした。これまでに四回見合いをした。だが、＊＊安男という名前は思いあたらない。

「思い出してくれましたか？」

「失礼ですが、何処でお見合いを……」

「名護へドライブをし、許田のドライブインに入り、あなたはカレーライスを注文しました。だが、ほとんど手をつけませんでした」

由子は緊張すると食事が喉を通らないし、また、外食の時はよくカレーライスを注文する。見合いをした相手と名護にドライブをした記憶もある。

「＊＊安男です。＊＊です」

「あの……私、＊＊由子ですが……いつ、お会いしたのでしょうか?」

「僕は日記を書く習慣があります。家に帰ればわかります」

電話の相手の男はきっぱりと言った。

「U市役所には、私と同姓が何人もいますが……」

「由子という名も何人もいますか? また、三年前に＊＊課にいたのはあなたでしょう?」

相手の声の調子が強くなった。聞き覚えのまったくない声だった。おちついた張りのある声。どちらかといえば高音。活力ある一流企業の、肩書きのある営業マンをほうふつさせる声。

「あなたは僕の存在を認めないのですね」

「いいえ」

由子は慌てた。

「僕を忘れるとはひどすぎますよ」

相手の声は笑いを含んだ。声の奥は笑ってはいなかった。声なんか信用できない。いつだったか、仕事上の用件だったが、細い、小さい声の電話を受け、数十分後、電話をかけた男性が由子の前に現れたのだが、たしかに生の声も電話の声と同じなのだが、ギラギラ光る、大きな目の、前頭部がまばらに禿げた、髭剃りあとの濃い、色黒の大男だった。

「思い出したでしょう?」と相手は柔らかく言う。だが、妙に押しが強い。いいえ、とは言えない。課長の机の前に立ち、何やら書類を見ながら、仕事の段取りを話し合っていた係長が自分の席に戻り、室内は急に静かになった。室内を歩く足音も、書類をめくる音も、ボールペンを走らせる音も消えた。もともと冷房の音は静かだし、誰もいつものようにワープロを打とうとはしない。課長の癖のお茶をすする音もたたない。

「今、沖縄市に住んでいるんですよ。今日は午後から仕事を休んできたんですよ」

「以前は何処に住んでいたんですか?」

「あなたと同じU市ですよ。一度、あなたの家までタクシーでお送りしましたよ」

どのような家でした? と聞きたかった。しかし、被疑者を誘導尋問するような気がし、ちゅうちょした。

由子の課には外線用の親機は、今、由子が使用している一本しかない。各机の上の子機につながない限り、外線から電話はかけられない。電話がつながらなくていらだっている人はいないかしら。外線に電話をかける場合は子機からでも可能なのだが、課長も係長も同僚も電話器に触れる気配はない。耳を澄ませている気配がする。ふと、課長と目が合い、互いに慌てて目をそらせたが、間のもてない、気まずい雰囲気が室内に漂い、由子は体を堅くした。

「三、四年前、**課にいたでしょう?」

「たしかにいました」

「**由子という女性が、**課にあなたのほかにいましたか?」

「……いいえ」

「じゃあ、やっぱり、あなただ」

誰と勘違いしているのかしら。由子は受話器を強く耳にあて、必死に思い出そうとした。由子には男友達も女友達も少なかった。ただ、世話好きの初老の女たちの目には、由子のひっこみじあんの性格が男の思い通りになる従順な女に映るのか、彼女たちを介し、四回の見合いの経験がある。お互いの親や、仲人を交えての、いわゆる正式なものではなく、紹介をした人から会う場所の連絡を受け、二人で食事をしたり、ドライブに出かけたり、というふうなものだった。何が嫌われたのか、由子もよくはわからないが、相手の男たちは二度目のデートの約束はしなかったし、この二年間由子は男性とデートをした事はないが、しかし、一度、見合いをした相手の声や名前をこのようにすっかり忘れるという事もあるのかしら。

お会いした時に私たちは何をしたのでしょう？　とか、あなたの顔や容姿の特徴は？　とか癖は？　とか、聞けば、あるいは、記憶をよびさます誘い水になるかもしれない。だが、彼がこのような質問にたとい返答したとしても、自分が会い、見、触れなければ何もわからない。

「ほんとにひどいなあ」と電話の相手はまた笑いを含ませながら言った。だが、やはり笑ってはいなかった。何かを聞くのが不意に怖くなった。

「……あの、今日は……」

「今、U市の市民会館から電話をしているんですが、入場券がないんです」

「入場券？」

「ここの事務所の職員は市役所の委託業者だそうです。主管課しかわからないというんです」

「どこですか？　主管課は」

「＊＊課です」

「……」

「何とか手に入りませんか」

「そうですね……私は別の課ですから……」

「＊＊課に知っている人はいませんか？」

何のイベントですか？　と聞くと、あなたに何の関係があるというのですか、と反問されそうな気がする。イベントの主管課が私の課だったのなら、と由子は思った。課長は融通のきく性格だから。私と見合いをした上原の課が主管課というのは一体何の符丁なのかしら。運命というものが私の非行動の性格をさらに試そうとしているのかしら。

「何時に始まるんですか？」

「夕方六時です」

今、午後二時になるかならないかの時間なのに、電話の相手の男は午後六時にしか始まらないイベントのために会場に現れている。券が手に入るかぐらいは電話でも充分問い合わせができるはずなのに……。何のイベントか聞けば、彼の趣味がわかるかもしれない。汗がにじみでるような感じになったり、冷気が皮膚に染み込み、ぶるっと震えるような感じになったりした。

「あの……私がこの課にいるという事をどのようにして……」

「ここの事務所の人に教えてもらいました」

ゆっくり歩いても数分の距離に市民会館はある。しかし、もし、彼がしきりに求めている相手が私でなかったら、彼はどのような表情をするのでしょう。何というのでしょう。穴があったら入りたくなるのは、彼ではなく、私にちがいない。だが、一度会わなければ、想像が妄想を呼び、区切りがつかない。もし、自分から市民会館に出向くのを拒否するのなら、「私はあなたの正体がわかりませんから、どうか、ここに顔を見せに来てください」と言うしかない。ひっこみじあんの性格の変革が私の日々の課題ではなかったかしら？　ただ、ひとこと、「では、これから参ります。市民会館のロビーでお待ちください」と言えばいい。言ってしまえば、私は約束を破れない性分だから、いやおうなしに行動を起こすはずだわ。ただ、市民会館に彼を尋ねるにせよ、彼を私の課に呼ぶにせよ、入場券を手にいれておかなければならない。

「主管課に知っている人がいますから、聞いてみます。また、お電話いただけないでしょうか？」

電話の相手は律儀な男性に違いない、と私は感じ、一言一言明瞭に言わざるをえなかった。送話口に口を近付け、できるだけ声を小さくした。しかし、小声というものはささやき声のように他人には聞こえなかったかしら。受話器もしっかりと耳にくっつけなければ、彼の声も周囲の同僚に聞こえてしまいそうな気がした。普段はよく席を立ち、湯沸かし室に入るB子が今日はやけに長く机におおいかぶさるように座っている、と私が感じるのは、私の気のせいかしら。

3

日頃は周囲をまったく気にもせず聞こえよがしに、かん高く笑いながら話す若いB子が男性から電話がかかってきた時、机の上に身を屈めるように筆記していた後ろ姿、私の電話口の相手を探っていた後ろ姿が、変に私に長電話を切らさなかった理由かもしれない、と由子はふと感じた。今なら、上原に話ができそうな気がした。

三年前、沖縄海洋博覧会記念公園に上原と一緒に行った時に買ったパルプ貝を加工したふうりんが自分の部屋の窓ぎわにぶら下がっているが、昼間、職場の強い冷房に慣れた皮膚には夜の風も生暖かく、汗がにじむから窓をしめきり冷房をかけた。ふうりんは微細にも動かなかった。上原はあの時、すでに私に愛想をつかしていたんだわ。由子は電話機を見つめながら思った。私はあの売店の中を色とりどりの幾種類ものふうりんを見つめ、手にふれながら、物欲しげに回ったのに、どれも何百円しかしなかったのに、彼は見て見ぬふりをしたのだから。

今、上原に内線電話をしたら、未練たらしい女だ、と勘繰られはしないかしら。いや、一回きりドライブをしただけなのだわ。三年間同じ市役所にいながら一言も交わした覚えがないのよ。いいえ、だからこそ、私が彼に電話をかけるというのは重みをもつのよ。私が電話をかけたら、よりをもどそうと私が考えている、と彼は戦《おのの》くかしら。いいえ、彼がどう考えようと、この三年間、彼は私の脳裏には現れなかった。職場が同じでなかったのなら存在さえ消えていた。ただ、どういうわけか、三年前の見合い（ドライブをしたのだが）ははっきりと思い浮かぶ。

上原は、あの日、沖縄海洋博覧会記念公園を数十分ほど由子と一緒に歩いた以外は、車を降りなかった。午前十時、待ち合わせ場所の薬局の前に私を迎え、国道五十八号線を一路名護市に北上した。私たちは長い間、座席に座ったままとぎれとぎれの話をし、昼食もドライブインに車を横づけにし、シートに座ったまま食べた。帰宅途中の夕日も隆起珊瑚礁の崖っ淵に停めた車の中から見た。

正体のわからない電話の相手は、私が無意識に忘れようとしていた上原を、すっかり私に思い起こさせた。たった一回きり見合いをしたにすぎないのに、上原は私に一本の電話もかけず、また姿を見せなかった。なのに、私から電話をかけるというのは何かしら。私の運命の流れなのかしら。もし、万が一、上原が私を誘ったらどうしよう。一度別れた男性とまた縁が生まれるというのは、深入りするきっかけになる、と何かに書いてあったけど、きっかけから、何かが始まるというのは私もわかる。幸せも不幸せも、愛情も憎悪も……憎悪が愛情に変わる場合もあれば、憎悪がより深く、救いようもなく強まる場合もある。

いいえ、上原には恋人がいる。私は三年前、上原と見合いをした二週間後、一人喫茶店に入った時、隅の席に座った上原が小さなテーブルから身を乗り出すように向かいの、私より数歳年下の女性と密やかに話しているのを見、一瞬、体が硬くなり、たたずんだ。ウエイトレスに声をかけられ、店を出た。上原が結婚したという噂は由子の耳には入っていない。あの女性とはまだ続いているのかしら。イベントの入場券を上原から手に入れてどうなるのかしら。彼はいやとは言わないでしょう。だけど、このイベントの券がきっかけになって独身の彼と独身の私に愛が芽生えるというのかしら。上原に電話の相手の正体不明の男を紹介したらどうなるの？　上原はもしかすると、私を男に縁のない女だと思っている？　あの男性は電話の声の調子から推測すると、少なくとも私の評価を下げるはずはないでしょう。

上原は最近係長になった。妙に他人を寄せつけないようになった、ような気がする。係長でも課長でもない平職員の私が、他の課の事業に口をはさんでいいのかしら。由子は自嘲気味に笑った。余分の入場券があるかないかを聞くだけなのに……しかし、私は知人（私はよくは知らないが）のために入場券を所望している。市役所の事務ではない。個人の依頼になる。

私はなんやかんやいつまでも考えるから行動ができない。上原は電話の相手のように知らない男性ではない。容姿も声も性格もはっきりと浮かぶ。人間は知らないから怖いのよ、知っている人間は怖くはないのよ。もしかすると、あの時、喫茶店の入り口に立っていた私を上原は見たのかもしれないわ。私を惨めに思っている上原の感情を今、電話をすれば払拭できるような気がする。惨めになるなら徹底的に惨めになりたいの。由子は処女だが、おりものの量が多く、血もまじっていたある時期に、産婦人科に行き、内診台に上り、羞恥心と恐怖心にめまいをおぼえながらおもいきり足を開いた、あの時の体験に似ていた。

「上原さんをお願いします」

電話口に出た女性に由子はすぐ言った。待っている間、「エリーゼのために」の曲が流れ、妙に長い感じがした。自分の名前を名乗らなければよかった、と悔いた。

「上原ですが」

「文化課の＊＊です」

「文化課の＊＊？」

「以前、経済課にいた＊＊由子です」

彼がしらばっくれるなら、あるいは、本当に忘れているのなら、すぐに電話を切ろうと由子は思った。

「ひさしぶりですね。お変わりありませんか」

含み笑いをしているような声だった。相変わらず一人ですか、に聞こえた。

「……はい」

「今の課は過ごしやすいですか？」

「えっ、ええ……」

「役所はどこの課も似たり寄ったりですよ」

「さっそくですが、今日は少しお願いが……」

「男は女から頼まれることとわれないもんですよ。また、そのような女がかわいいんですよ」

しかし、実際に言うと結局は断られそうな予感がした。私がこのように感じるのは、あの時、沖縄海洋博覧会記念公園までの数十キロの間ほとんど無口だったのに、今は冗舌であるせいかしら。三年ぶりの私の声が聞けたのを喜んでいる、のではないわ。直感でわかる。何かの意図のために、彼自身もしらない意図なのかもしれないが、無理にはしゃいでいるような気がする。

「何ですか?」

「今日の夕方六時からのイベントの券が欲しいんですが、市民会館の」

「イベントの券?」

「主管課でしょう?」

「あなたが欲しがっているのではないんですか」

「知人です」

「……あなたの顔をたてましょう。だが、正式ルートではないですから、くれぐれも内緒にしてくださいよ」

見合いの時にはほとんど黙っていたのに、このはしゃいでいるような声はどうしたのかしら。私の知人は独身の男性なんですよ、と言いたかった。

「どうも、ありがとうございます」

「ただ、私の課が主管だが、係が違う。また、電話してください。担当が外出しているんですよ」

4

あの電話の相手から電話がかかってくるまではトイレにさえ席をはずしてはいけない。私の代わりに電話をとった同僚は何を話すかわからないし、また、電話の相手の男性が何を話すか、も気になる。離婚するという噂が流れている三十代後半の女性も、若いB子も電話の呼び出し音に耳を傾けている、ような気がする。二時間も待たされるというのは合点がいかないわ。勿体振っている。たかが、入場券の交付ぐらい、担当の職員が不在でも係長や課長が判断すればいいに決まっている。何のための決裁権者なの。上原が私の立場なら、入場券をもらうために決して二時間なんて待ちはしないでしょう。電話の相手の男性も、たらい回しに激しく抗議する電話を主幹課の上原に入れ、男らしくきっぱりと諦めて欲しいわ。

電話の呼び出し音が鳴った。

「どうなりましたか?」と男性は言った。

「担当のかたが外出しているそうです。二時間後に戻ってきた時にしかわからないそうです」

「二時間待てば、道がひらけるんでしょうか」

「私にはわからないんですけど……」

「それ以外の方法はないんですね」

「別の方法を考えられたほうが……」

「どのような?」

「わかりませんけど……」

「二時間後に電話を入れてよろしいでしょうか」

「はい……」

「電話はどちらのほうに?」

「この電話でかまいません。担当から二時間後に私に電話が入るようになっていますから」

「お手数をかけます」

「……」

「では失礼します」

「あの、今、どちらからお電話を……」

「市民会館の玄関前の公衆電話です」

「あの、失礼ですが……」

「何でしょう」

「煙草をお吸いになりますか？」

「私ですか。私は吸いません」

「あの、猫はお好きですか？」

「猫ですか。猫は嫌いです。釣りが好きです。飼うより狩るのが好きのようです。将来は獣を狩る趣味に発展するかも知れませんね。農耕民族より狩猟民族の、いわゆる歴史時代以前の血をひいているんでしょうね」

電話口の向こうから流れるのが、音楽に似た甘いささやきに一瞬聞こえたりする。電話の相手の男性は電話を丁寧に切った。猫が好きだという男性と以前に見合いをした。彼の顔も癖も声もはっきりと思いだせる。電話口の相手が名乗った名前ではない。彼とも北部の名護市にドライブをした。……誰も釣りの話をしなかった。何十キロも美しい海、さまざまな魚も年中釣れるという海を、左手に見ながら北上したというのに……本当に電話の相手の男性は釣りが好きなのかしら。私が忘れたのかしら。

結婚詐欺というのは最近非常に巧妙になっているという。これはと思う相手にはあのてこのてを使い、接近してくるという。結婚適齢期を過ぎた、小金を貯め込んでいる、地方公務員の私をわなにはめようとしているのかしら。だけど、私みたいにだましにくい女も少ない。女は少しぐらいだましやすいのがかわいい。プロポーズにも少なからずだましの声や身振りや心が含まれている。日々の結婚生活にも多少のだましが忍び込んでいる。私も独身を厭がるのなら、だまされやすいようにならなければならない。……でも、あの人は私をだまそうとしているのではないわ。由子はサウナ風呂のように蒸し暑い市民会館前の公衆電話ボックスを思い浮かべた。

5

何度も電話が鳴った。だが、仕事に関した電話でしかない。室内は鳥肌がたつぐらいに冷房がよく効いている。頭は変に冴えているのだが、まぶたが重く、開くのがけだるい。由子は罫線の入った事務用紙にこれまでの見合いの相手や場所や季節などを思い付くままに書き出してみた。見合いをした三人の男性の中に電話の相手はまったく心当たりがなかった。由子は事務用紙を丸め、ごみ箱に入れ、電話の相手の男性を想像した。現実の人間の顔は浮かばなかった。テレビに映った男優の顔が浮かんだり、消えたりした。由子は日に四、五時間テレビを見た。特に、深夜の「女の犯罪ドラマ」シリーズが好きだった。

度忘れというもの、まったく突然の記憶の喪失というものは実際あるかもしれない。由子はふと思った。突然忘れたのなら、逆に突然、何気なく、何かの啓示のように思い出すのかもしれない。午後三時前になった。トイレは我慢できたが、日課のコーヒーを淹れないわけにはいかない。由子は席を立ち、湯沸かし室に入った。耳を澄ますと、湯沸かし室からも電話の呼び出し音は聞こえた。

由子は席につき、時間をかけ、ゆっくりとコーヒーを飲んだ。ちょうど約束の午後三時二十分に上原から内線電話がかかってきた。几帳面な性格の担当が係長の上原に申告した時間通りに帰ってきたのか、または、上原がすでに何十分も前に帰ってきていた担当者と調整ができていたのに、わざと今まで私に電話をしなかったのか。このようにうがった考えをする自分が由子は厭になった。この二時間由子は資料作成の仕事が手につかなかった。上原から電話が今にもかかってきそうな気がし、胸が騒ぎ、しだいにいらだちが高じてきた、せいかしら。

「券、確保できるそうです」と上原は上司の自分はまるでかかわりがないかのような口ぶりで言った。由子は、礼を言うのを忘れた。

「あなたがとりに来ますか？　その男性が来ますか？」と上原が少しなげやりのように言った。あなたが私の課まで来てください。このように言おうとする衝動が由子の中に一瞬わいた。

「誰が来たほうが券を受け取りやすいのでしょうか？」と言いながら、由子は見知らぬ電話の相手の男性を何故か上原に会わせたくなった。上原は私に来て欲しい、に違いない。

「できたら、あなたが……久し振りにお会いするのだから」

「ごめんなさい。私は手がはなせない仕事がありますから、知人の男性をよこします。よろしくお願いします」

由子は受話器を耳から離し、上原が受話器を置く音をたしかめ、受話器を置いた。

今度は電話の相手の男性からの電話を待った。長い時間待ったような感覚だったが、実際は数分後にかかってきた。

「券、手に入るそうです」

「お手数をかけました。僕があなたを訪ねればいいのでしょうか？　それとも、あなたが紹介する人を訪ねればいいのでしょうか？」

私の課までいらっしゃってください。由子はふと言いかけた。おたくのいる電話ボックスから僅か数分の距離ですから。

「＊＊課の上原という人を訪ねてください。できるだけ早めがいいかと思います」

電話の相手の男性は礼を言い、電話を切った。心理学の本には潜在的に忘れたがっている事柄を忘れる、と書いてあったように記憶しているが、私はその見合いの相手の男性を忘れたがっていたのかしら。何のために忘れようとしたのかしら。日ごろはブラックコーヒーを飲んだ後は妙に心が軽くなるのだが、今日は心苦しい気がする。

半時間は過ぎただろうか。内線電話が鳴った。上原からだった。

「今、あなたの知人がみえていましたよ。券二枚差し上げました」

「……そうですか。どうも、ありがとうございました」

二枚、何故、二枚なのかしら、と由子は思った。

「あなたも人がわるいな。あなたがご一緒だと知っていれば、なんやかんや二時間も担当職員を待つ必要はなかったんですよ」

「……」

「私があなたに券を届けましたよ」

「私は一緒じゃないんです」と由子ははっきりと言った。少し声がうわずった。「私も一枚とばかり思っていました」

「ご一緒じゃなかったんですか」

もしかすると、券二枚というのは、私を誘うつもりなのかしら。誰かが、私が知っている人が一から十までしくんだ芝居じゃないかしら。

「何のイベントですか」と由子は思いきって、しかし、何気ないふうに聞いた。＊＊課は市民祭りや緑化運動など各種のイベントをさかんに催している。この真夏のイベントとは一体何なのかしら。

「本当に知らなかったんですか。……市民祭りのミスハイビスカスコンテストの一次予選ですよ。非公開です。関係者しか入れません」

由子は、背中に急に冷や水をかけられたような気がした。電話の相手の男性が美人コンテストの入場券を手に入れるためにあのように懸命になっていたとは信じられない。どういう男性でしたか。由子は聞きかけたが、不意にまったく聞く気をなくした。平日、仕事を休み、美人コンテストの予選会を見に来るとは普通ではないような気がした。パリには猫の美顔コンテストがあるという。電話の相手の見知らぬ男性もこのようなコンテストを見るために仕事を休み、開演の何時間も前から会場に現れるというのなら、とてもほほえましいのに、と由子はぼんやりと思った。

6

私と電話の相手の彼とは話し足りなかった。このまま何もかもがすんでしまうのはあまりにもあっけない。入場券を手に入れた後、彼は時間をかけ、静かに、詳細に、私にささやきかけそうな気がする。だから、彼は電話でも充分に明かせる身分を隠したに違いない。男女の仲というのはこのようなものなんだわ。平然とデスクにつき、何事もなく、人生を送っているようにみえる同僚たちも、男と女の微妙な、複雑な、かつ危険な渦中にいないともかぎらないのよ。

西に傾きだした夏の長い日差しがガラス窓からさしこみ、黄金色の光が由子の机に伸び、彼女の顔を神々しく包んだ。午後五時十分前になった。公務員の仕事の終了時間を彼は知らないのかしら。由子は課長の席に寄り、残業願いを提出した。課長は理由欄を一瞥し、すぐ印鑑を押した。午後五時になった。女子職員たちはベルが鳴り終わらないうちに帰った。誰も残業をしませんようにと願いながら由子は周囲を見回した。課長や男子職員は十分ばかり雑談をしていたが、まもなく飲み屋の話をしながら出ていった。

出勤前に毎朝シャワーを浴びる習慣がある。通勤の自動車の中も勤務室の中も強い冷房がかかっている。私は汗をかいていない。口紅を引きなおせば、退庁後、誰に会ってもかまわない。「私は券を手に入れたいのです」という電話の相手の声が「私はあなたを手に入れたいのです」と耳の奥から蘇ったりし、彼は以前にもこの市に住んでいたというし、ただ券だけが目的なら、他にも知人はいるにちがいないのだから、わざわざ私に電話を入れる理由がない、などと自分に言い聞かせた。

残業の時は午後五時過ぎに軽い食事をとるのが普通だが、変に空腹感はなかったし、一時も席を外したくなかった。市民会館に行きたかった。もう既に客の入場は済み、まもなく、開演でしょう。残りの一枚の券は誰のためのものだったのでしょうか。恋人？　奥さん？　私はやってもやらなくてもいい残業を一体何時までやるつもりなのかしら。電話がかかってきて欲しい。「間違いでした。人違いでした。間違い電話でした」と言って欲しい。そうしたら、私はどんなにか気持ちが晴れるでしょうか。でも、びっくり箱のような気もする。極限まで私を迷わし、ある瞬間にすべてを明かし、私をびっくりさせる。

仕事が手につかず、比較的夢中になれそうな計算業務を始めた。だが、結果が間違っているような気がし、帳簿への記載は鉛筆書きにした。明日、同じ計算をやり直そうと思った。しだいに更けた夜の闇がガラス窓の向こう側に迫ると、室内の蛍光灯が急に明るくなった。私は何故帰ろうとしないのかしら。私の部屋の冷房は、一人のせいか、アルミサッシの密封された窓のせいか、弱冷にしたが、寒いぐらいに冷える。毎晩、熱いココアを飲み、寝る。……家に慌てて帰って何になるというのでしょう。家族三人の夕食を作り、テレビを見、入浴し、熱いココアを飲み、寝る……。訳のわからない過去を思い起こそうとすると、記憶が鮮やかな過去まで嘘だったような気がしてくる。

外側に闇の張り付いたガラス窓に由子の顔が浮かんだ。小さなあやつり人形のような顔だった。午後九時を過ぎた。由子は机の上の書類をかたづけ、立ちあがった。昼間、同僚たちは、電話の私たちのやりとりをどのように思ったのかしら？　男と女の別れ話みたいにきこえなかったかしら。由子はふとほくそ笑みながら庁舎の玄関を出た。警備員が敬礼をしたが、由子は気づかなかった。スーパーに寄り、ビールを買おうかしら、由子は構内のアスファルト道路を歩きながら考えた。何度か同僚たちとビールを飲んだ。だが、自分で買い、自宅で一人だけで飲んだ、という体験はまだない。広い職員第二駐車場には、由子の軽乗用車だけが真ん中あたりにぽつんと停まっていた。二十四時間営業のファーストフード店のドライブスルーに寄ろう。由子はエンジンをかけながら思った。軽乗用車は夜の広い駐車場を横切り、道路に出た。もしかすると、と由子はふと思った。家のほうに電話がかかってくるかもしれない。私と見合いをしたというのでしたら、私の自宅の電話番号も控えている可能性が高い。由子はアクセルを強く踏みこんだ。

ヤシ蟹酒

泥酔した翌朝は一時間の年休を取り、九時半に出勤していたのだが、年休をパソコン処理するシステムが導入された後は面倒臭くなり登庁時間に間に合わせた。

朝一時間休めば、少なくとも頭痛と吐き気は軽減するのだが、と思いながら靖一は髭を剃り、頭を洗った。

中学生の頃、靖一は髪が縮れ、色が黒く、大きなギョロ目だったからか、リッキーという黒人プロレスラーのあだ名をつけられた。あだ名が潜在意識に指令を出したのか、他校の生徒との喧嘩の時、リッキーの得意技の頭突きをかました。相手はたいてい頭をかかえ、しゃがみこみ、泣いたが、靖一もたんこぶができたり、出血したりした。しかし、懲りずに次の喧嘩も武器にした。

酔いの残った頭を洗うのは億劫だったが、娘の由貴が下着も毎日きちんと洗い、ワイシャツもズボンもきれいにアイロンをかけてくれるのだから、身綺麗にしなければならないと思った。

村役場の一階ロビーでは「暮らしの税金展」が開かれていた。無料税金相談コーナーのほか、税を分かりやすく説明したパネルが展示されていた。泡盛にいくら税がかかっているかをピーアールする利き酒コーナーも設けられていた。同じ庶務課の髪の長い若い女性が「泡盛大好きの靖一さんも出てみたら？　全部当てたら賞品の泡盛で飲み会をしましょうよ、ね」としつこく言った。彼女は靖一の高校の後輩と十三年前に職場結婚をした。子供が生まれたら仕事を辞めると毎年言っているが、まだ生まれず、最近は「私はおばあさんになるまで働くのかしらね」などと自嘲気味に言ったりする。

靖一はあと三年したら定年の六十歳になる。高校卒業後、村役場の採用試験に落ちた。翌年は試験一カ月前に外出できないように両眉を剃り落とし、がむしゃらに勉強に励み、合格した。

昨夜のヤシ蟹酒がまだ残っている、茹でた蟹のように赤い顔をした靖一は盛んに参加を促す彼女を無視したが、テープカットがすみ、一段落ついた村長に呼ばれた。靖一は否応なく利き酒に挑戦せざるをえなくなった。靖一より一歳年下の村長の色白の丸い顔やぱっちりした黒目がちの目は昔と変わっていなかった。村長は小さい頃よく素裸のまま遊んでいた。小学一年生の時、おもらしをしてしまい、着替えさせていたおばあさん先生の手をすりぬけ、廊下や運動場を駆け回り、全校生徒の喝采を浴びた。あの日以来、小便小僧というあだ名を靖一は今でもひそかに使っている。

四種類の酒が準備されている。銘柄ではなく度数当てをするのだが、麻痺している靖一の舌はふたつ間違えた。「この人は酒税をたくさん払っていますよ」と村長が傍らの税務署長に言った。税務署長はわけのわからない顔をしたが、「いつもありがとうございます」と靖一に頭を下げた。「しかし、度数がわからんとはどういうことですかね。飲みすぎの場合もこうなりますかね」と村長に聞かれた税務署長は「お酒は飲みすぎにならなければ、とても健康にいいですよ。納税者が税の主人公ですよ」と言った。「いつも飲んでいるのに、間違うなんて」「もっと慎重に舌にころがすように吟味すればよかったのに」などと応援に来ていた職場の女性たちは靖一をなじった。盛んに靖一に参加を促した髪の長い若い女がふざけ半分に挑み、全部当てた。「五時に一緒に飲もう」と同僚達が騒いだが、彼女は「これは最近できたボーイフレンドにプレゼントします」ときっぱり言った。本気とも冗談ともつかなかった。

彼女は終業時間の五時にすぐ村役場を出た。靖一はなじみの居酒屋「養生」に向かいながら、度数を間違えたのは、いつもヤシ蟹酒ばかり飲んでいるせいだろうかと考えた。

靖一は職場の忘年会や歓送迎会は理由をつけ、欠席するが、毎日仕事帰りに「養生」に通っている。

「養生」は以前は繁盛していたが、大通りの左右にできた本土のチェーン店の飲み屋に客を奪われた。チェーン店は若いホステスやウェートレスをこの村から募集したが、集まらず、本土出身の女子大生が働いている。

チェーン店のホステスたちに色香をふりまかれ、酔い潰れ、路地に寝ている男たちを靖一は村役場に出勤する時よく見かける。前の晩、チェーン店のホステスがタクシーに乗せようとするが、駄々をこね、ついにボーイに小便臭い路地に引っ張っていかれた男たちだ。

靖一はカウンターに座った。黒いミニのワンピースを着た若い女性が一人カウンターの隅に座り、赤紫色のすもも酒を飲んでいる。今年古希を迎えた店の主人三郎は靖一がキープしてある大きなヤシ蟹を浸けた広口の瓶からグラスに泡盛をくみ、靖一の前に置き、雲丹の軍艦巻を十個ほど作った。

泡盛数十銘柄に浸けられた、沖縄各地の体にいいという植物や動物のほとんどがカウンターの後ろの棚にずらりと並べられている。

靖一は雲丹の軍艦巻を食べ、ヤシ蟹酒を飲んだ。「他のも食わんと体によくないぞ」と主人は言い、深皿に盛ったハーブサラダを出した。しかし、靖一は見向きもしなかった。ヤシ蟹酒を飲む時は雲丹の軍艦巻以外は口にしなかった。

主人は太り、顔もひどく赤らんでいたが、五年前に心筋梗塞の手術をした後は、別人かと思うほど痩せた。頬がこけ、口や歯が大きく見える。太っていた頃より口数も半分に減った。手術後は本来の泡盛ではなく、必ず何かを浸けた泡盛を客に出した。同じ頃「やる気が失せたから、退職したい」と相談した靖一に元気が出るという「ヤシ蟹酒と雲丹」を勧め、「人並みに定年まで頑張れ」と励ました。靖一は最初はヤシ蟹酒も雲丹も口になじまなかったが、しぶしぶ飲んだり食べたりしているうちに、いつのまにか中毒になってしまった。ねじり鉢巻きをし、胸元に大きく「養生」と縫い込んだ白い上着を着ている主人が体調がなかなか手術前に戻らない自分自身を元気づけようと、店の奥にある古いジュークボックスをかけた。

「別のお店にスタンダードなお酒を飲みに行かない?」

カウンターの隅にいた女が静かに言い、煙草の煙を靖一の首筋に吐きかけた。靖一はこの女と一緒に行きたいのか、行きたくないのか、よくわからなかった。女は靖一の前の灰皿に煙草をもみ消し、トイレに立った。

「気をつけろよ」と主人が言った。「俺の弟の店であの女が夜中まで男と酒を浴びるように飲んでいたのを見たよ。相手はいつもちがう男だ」

トイレから出てきた女が靖一の背後に立った。

「どうなの」

クラッとする香水の匂いがした。

「俺はこれから蟹を獲りに……」

「蟹を獲りに?」

女は怪訝そうに靖一の顔を覗き込んだ。頬を女の長い髪がかすった。

「蟹によろしくね。おいくら?」

女は勘定をすませ、出ていった。ほっそりした、長い、白い足が靖一の目に焼きついた。

「飲む時は娘さんと一緒がいいんじゃないかね。悪い女も近づかないよ」と主人がグラスのウッチン（ウコン）茶を飲みながら言った。

「どうかな三郎さん。いつだったか娘の由貴がスナックに迎えに来たら、俺に若い女がいるという噂がたったよ」

「近頃はこの村にも余所者が多くなったからな」

主人はいろいろな「薬酒」をためしたが、自分の体には一番ウッチンが合うと信じ、しょっちゅうウッチンの粉をグラスの白湯に溶かし、飲んでいる。てあたりしだいに使うからほとんどのグラスが黄色味がかっている。主人の舌も黄色く染まっている。

主人は野菜や豆腐のチャンプルーにもラードを使う。店中に脂の臭いがたちこめる。植物油が体にいいと言われている昨今、珍しかった。ある日、靖一が何気ないふうに聞いたら、「ラードが体に悪いと言うのは迷信だ。戦前はウァーアンダー（豚の脂）と呼び、重宝がられた」と力説した。

靖一はヤシ蟹酒をコップ六杯ほど飲んだ。顔色が青白くなってきた。

「近いうちに離島に渡って、大きいヤシ蟹を獲ってくるから、新鮮なヤシ蟹酒を作ってくださいよ、三郎さん」と靖一は言ったが、呂律が回らなかった。

「ヤシ蟹も娘さんもお前を待っているよ」

主人は靖一の肩をたたいた。

野草採り

　薄い雲間から陽が差し、肌寒い風が吹いている。池城理髪店の脇にある寒緋桜は二カ月前の成人式の頃は緋色の花が満開だったが、今は新緑がゆれている。

　義文《よしふみ》夫婦の木造二階建ての理髪店は中通りに面している。この辺りには雑貨店や食堂が何軒もあり、賑わっていたが、畑や原野だった所に区画整理されたニュータウンができたために今は閑散としている。ニュータウンには全国チェーンのしゃれた理髪店が進出し、最新のヘアスタイルの研修を受けた若い理容師が溌剌と働いている。義文は、客が来ない日は一日中、父から譲り受けた重厚な椅子に座り、ぼんやりと鏡に映る自分の姿を見ている。

　ある日、フラダンスに夢中になっている、義文より一歳年上のユリが「西盛島の理容師が辞めたので、村長が代わりをさがしている。理容室と設備、住居は村が無料提供し、月給も二十万見込める」という話を義文の女房の華子に持ってきた。頭を始終、本島にいる恋人に占領された若い理容師は頻繁に客の髪を虎刈りにしたという。五十四歳の義文は歳をとればとるほど都会の方が何か住みやすいと考え、未だに躊躇している。

　二日ぶりに年代物の椅子に客が目を閉じ、座っている。義文は客の一平老人の肩をマッサージしながら鏡を見た。自分の髪や眉毛に白いものが混じり、手の甲には細かい皺や老斑ができている。最近疲れを覚えるのは、毎日飲む酒がずっと体に残っているせいだろうかとふと思った。

　一平老人が顔を上げ、鏡の中の義文を見た。

「義文、散髪はおまえより華子のほうが上手だ」

一平老人は、髪を切るために老人ホームから抜けてきている。

義文は定休の月曜日には特別養護老人ホームに散髪のボランティアに出かけている。山の上の老人ホームに入所している一平老人は東京帰りの若いボランティアの理容師に一度切らせたが、河童のようなヘアスタイルになり、ひと月ほど部屋の中でも外でもタオルをかぶり、過ごした。

店の前に赤い乗用車が止まり、裾に白いフリルのついた、青いワンピースを着た、ユリが入ってきた。本名は悦子だが、フラダンスを始めた数年前からユリというハイカラな名をつけ、他人にもユリと呼ぶように強要している。

「華子さんは?」

ユリはたびたび華子とおしゃべりをしに理髪店を訪れたが、客が激減した頃から、華子は毎日のように外出している。

「一平さんの散髪は後ろと横だけだから時間はかからないでしょう? 義文」

ユリは一平老人の禿げた前頭部に手をおいた。

「だが、なぜか料金は安くならない」と一平老人は頭をふり、言った。

「手順は一緒だからね。はい、終り」

義文は一平老人の首からタオルを取り、肩をはたいたが、一平老人は椅子から降りなかった。

ユリは待合の長椅子に座り、言った。

「華子さんを野草採りに誘いに来たんだけど……華子さーん」

ユリは内階段に寄り、大きい声を出した。

「出かけているよ」と義文が白いタオルやケープを片付けながら言った。「女房は野草には関心がないよ。なにより日焼けを恐がっている」

ユリの一人娘は東京の医科大学にいる。高齢出産だった娘がゆくゆく公務員医師になり、コツコツ貯蓄をし、開業後、悠悠自適な生活を享受できる頃はたぶん自分は七十五歳ぐらいになっているだろうと考え、今、体作りに夢中になっている。フラダンスに汗を流したり、野草を食べたりしている。

最近、りんごダイエットや飲尿法などは下火になったが、ツワブキが人気を集めている。ツワブキは高血圧やガンに効くという噂がまたたくまに広がり、海岸や山道添いのツワブキというツワブキが茎から折られた。連日、町の市場に並んだツワブキは、売れ残る野菜や果物を尻目に午前中の早い時間に売り切れた。

薬草講座も人気があり、特に中高年の女性は昼間からカルチャーセンターや公民館に殺到している。各地に薬草園が誕生し、ホテルのレストランも急遽、薬膳料理をメニューに加えた。

「おまえでも流行に迷わされるんだな。朝から馬鹿みたいに腰だけ振っていると思っていたのに」

一平老人が散髪用の椅子に座ったまま言った。

「野草採りを提案したのは真一郎よ」

ユリは義文の横に立ち、言った。

ユリたち中学の同窓生は毎年、卒業式のシーズンに集まり、数十年前を懐かしんでいる。だが、病院の婦長だった同窓生が去年の夏に、暮れにはやくざ組織に入っていた同窓生が亡くなったため、今年は取り止めになった。しかし、真一郎がこぢんまりと何かできないものかとユリに相談し、野草採りが話題にのぼった。同窓生たちは「子供っぽい」「乙女チック」と相手にしなかった。

「華子さんに電話してみて、義文」とユリが言った。義文はしぶしぶ入り口のカラーボックスの上の受話器を取った。書道教室にいる華子は、部屋の掃除や模様替えをするから、あなた、行ってらっしゃい、と言った。

「そう、だめ？　なら義文、一緒にどうかしら？　お酒の十倍は楽しめるわ。今日は金曜日だから、来週の月曜日」とユリが義文に言った。

「酒は笑いながら飲んでいるから害はないよ」

「毎晩わけもなく笑いながら晩酌するのは気味悪いわよ」

野草には関心はないが、動物を食べるのは無慈悲だという、妙な感情が時々生じる義文は、わけのわからないまま「行ってみよう」と言った。来週のボランティアの散髪は女房に頼もうと思った。

「よかった。弁当は華子さんに作ってもらわなくてもいいわよ。私が薬草弁当を注文するから」と口を開きかけた義文にユリが言った。

「真一郎が薬草弁当のファンなのよ」

「わしが老人ホームにいる隙に、近所の真一郎はわしの家に飲み屋の若い女を連れ込んでいる」

一平老人が椅子から下り、義文の隣に座った。

「一平さん、真一郎の心には亡くした奥さんしかいないのよ」

「心には死んだ女房がいても、現実には生きた女の傍らにいる」

「一平さん、噂はすぐ広まるから、責任をもってものを言わないとたいへんよ」

「……真一郎は毎月のように旅行に出ているんだろう?」と義文が言った。

真一郎は二十数年間、家と村役場を往復した反動か、勧奨退職した三年前から頻繁に旅行に出かけている。几帳面な性格はなかなか抜けず、旅行先でもネクタイを締め、スーツを着ている。髪が少しでも伸びると旅先でも散髪屋を探す。二カ月前は頭の周りを思い切り刈り上げられたまま東南アジアから帰ってきた。或る部族の髪型にされたと愚痴りながら義文に整髪を頼んだ。

「義文、散髪代はつけにしておけ。年金が入ったら払う」

一平老人はアルミサッシの戸を開け、出ていった。


二階の居間のソファーにもたれ、テレビを見ていた義文に一平老人から、真一郎の彼女の店に飲みに行こう、郵便局前の石のベンチにいるから迎えに来いという電話がかかってきた。まだ夕食のしたくをしていないから、行ってらっしゃいと華子は言う。

義文はタクシーに一平老人を乗せた。一平老人は義文に真一郎の話をした。

真一郎は、恋心を抱いた飲み屋のママが早朝ジョギングをしているのを知り、いつしかフラフラと一緒に走るようになったという。しかし、何日も経たないうちに「運動は性に合わない。薬草弁当がいい」と昼も夜も薬草弁当を食べるようになった。飲み屋のママは昼間は薬草の弁当屋をやっているという。

十五分ほど後、タクシーはなだらかな坂を下った。昔は大きな料亭や民謡酒場を松林が取り囲んだ風情のある特飲街だったが、今は廃屋や空き地の間に十軒ほどの平屋の小さい飲み屋が、惨めさをカムフラージュするかのように真っ赤な大きなネオンを灯している。

一軒の店に入った。七脚ばかりのカウンター席しかなく、ママ以外はホステスも客もいなかった。一平老人はスツールに座った。

一平老人が義文の肩をたたきながらママに紹介した。若く、目鼻立ちの整ったママは普段着のような緑色のワンピースに白いエプロンをかけ、髪も無造作に束ねている。小柄だが、表情は生き生きとし、動作も機敏に見えた。

義文はビールを注文した。

「うちは薬草酒だけよ」とママが笑みを浮かべた。「まだビールに漬けた薬草はないわ」

カウンターの後ろの棚には酒に漬けられたウコンやウイキョウなどの大きな広口瓶がぎっしり並べられている。薬草のイメージなのか、壁もカウンターも緑色をしている。義文はふとカウンターの上の花瓶に生けられた寒緋桜を見た。

「一平さんからのプレゼントよ」とママが言った。「昼間、弁当屋に持って来たの」

義文は自分の理髪店の脇の寒緋桜の枝が折られていたのを思い出した。

「散髪屋も飲み屋も全国チェーンが増えたが、ママの店はつぶれないよ。ライバルがいないからな」と一平老人が義文に言った。

「一平さんは最低月に二回はニンニク酒を飲みに来るのよ」とママが言った。「義文さん、あなた、血色が悪いから時々来ないといけないわね。ニンニクかヨモギがいいわ」

「ママ、こいつは大酒飲みだよ」と一平老人が言った。

ママは棚から下ろした広口の瓶に柄杓をつっこみ、グラスに注いだ黄色い液体を義文に手渡した。

「味わいながら飲んでね。ウコン酒よ」

「気持ちよく酔っ払おうと思ってここに来たらまちがいだよ」と一平老人がグラスの薬草酒をなめながら言った。「三、四杯飲んだら気持ちが悪くなる」

「義文さんは何か健康法があるの?」とママが義文に聞いた。

「俺の体に合うのは梅干しかな」

義文は梅干しの効能は今だに知らないが、子供の頃から、よくしゃぶり、種を舌にのせ、転がした。

「梅干しなんか酸っぱくて、皺だらけの顔になるだけだ」と一平老人が言った。「だが、ママ、ジュゴンの肉だけは確かに効果がある」

「一平さん、食べたの?」

「食べた後は狂ってしまって、部下の若い女を月夜に追っかけたよ。男になったと感じた」

「若い女を追っかけた話は何度も聞いたわ。セールスをやっていた昔の話でしょう? つまみ、忘れていたわ。ちょっと待ってね」

ママは縄暖簾をくぐり、カウンターの奥に消えた。

「昼間の弁当屋の残りをフライパンで炒めるだけだ」と一平老人が言った。

すぐ油の弾ける音がした。店の中が煙たくなった。少し焦げた何種類かの薬草のてんぷらを持ってきたママは「食べて」と義文の前に置き、小さいてんぷらをつまみ、息をふきかけながら口に入れた。

「何でも薬、薬したら、体が弱くなるよ、ママ」と一平老人が言った。「わしが子供の頃は腹を満たすために鮒を獲ったんだ。煎じ薬のためじゃない。そんな余裕なんかなかった」

一平老人は、鮒が逃れようと必死に跳ねる感触がまだ手に残っていると言いながら、両手を握ったり、自分の頬を撫でたりした。

「とにかくパチンコが一番だ」と一平老人が言った。「勝つ時も負ける時もある。人生と同じだ」

「だけど、一平さんの人生は負けっぱなしなんですって。私にしつこいぐらい言うのよ」

「ママ、秘密と言っただろう」

一平老人は憤慨し、一気に薬草酒を飲んだ。

「義文、楽しめ。体の細胞が生き返る」

「しかし、実際はなかなか楽しみが……」

「楽しんでいたら、わしも政治家や大会社の社長のように第一線でいい思いしている。こんな変な酒なんか飲んでいない」

「真一郎さんが近いうち、野草をいっぱい持ってきてくれるそうだから、それもお酒に漬けて、ご賞味願いますから、楽しみにしていてね」とママが言った。

「ママは若いから、普通の飲み屋をしたら、もっと儲かるのに」

義文がグラスの薬草酒を飲み干し、言った。

「うちは月に三日連続でフリーになるの。この三日間は炊事や洗濯も一切夫まかせよ」

「……ママは結婚していたのか」と一平老人が驚いたように聞いた。ママはうなずいた。

「なぜわしに今まで言わなかったんだ」

「一平さんが聞かなかったからよ」

「……禿げに効く薬草酒はないか」

「禿げは男の勲章よ。薬草酒は悪いものを治すものよ。禿げは悪いものじゃないから、治らないわ」

一平老人は立ち上がり、財布から一万円を取り出した。金を持っているなら昼間の散髪料金も払えばいいのにと義文は思った。

弱い陽が差している。だいぶ風は弱く、暖かくなっている。

月曜日の午前十時きっかりに白い乗用車が近づいてきた。義文は郵便局前の石のベンチから立ち上った。真一郎が運転し、助手席に赤いフレアースカートをはいたユリが座っている。

「真一郎は私が念を押したのにビニール袋も鋏もヘラも何も持ってきていないのよ」とユリが窓から首を出し、義文に言った。「ネクタイしめて来たのよ。義文は野球帽とスニーカーだから、正解ね」

義文は首をのばし真一郎の足元を見た。黒い革靴をはいている。

真一郎が軽く警笛を鳴らした。鳥打ち帽をかぶった一平老人が住宅に挟まれた路地から出てきた。義文は後部座席に乗り込んだ。

「ユリ、おまえのかっこうはなんだ」と義文の隣に座った一平老人がすぐ言った。

「私はハワイのフラダンス大会に出場するのが夢よ」

「おまえの夢なんか聞いていないよ」

「野草を採った後、広い野原で踊るのよ」

「ハワイに行く頃にはおまえの腰や背中は曲がっているよ」

ユリは振り向き、一平老人の鳥打ち帽をとり、禿げた頭をたたいた。ピチッと小気味よい音がした。

「私は腰が曲がらないようにフラダンスを踊って、野草を食べているのよ」

乗用車は街中を走っている。

真一郎が微笑みながらユリに言った。

「四人も乗っているから、クーラーかけようか」

「だめよ。自然の風が一番よ。窓を閉めたら、外の風景がはっきり見えないわ」

ユリは家々の庭に咲いた赤や紫のツツジに見惚れている。

「昔は庭に花なんか植えなかったよ。カラシナやサツマイモを植えた」と一平老人が言った。

「ごめんなさい、みなさん。薬草弁当はないわ。ママがちょうどフリーの日で弁当屋も薬草酒の店も閉めて、どこかに行ってしまったらしいの」

「どこに行ったんだ」と一平老人が怒ったように聞いた。

「夫もわからないらしいわ」

乗用車は小さなガソリンスタンドに寄り、ガソリンを満タンにした。ユリは休憩室の売店から菓子パンと緑茶のペットボトルを買ってきた。

発進後まもなく、ユリは菓子パンと緑茶を配った。

乗用車は海沿いの道を走った。

リゾートホテルの教会から出てきたオープンカーとすれちがった。花嫁はウェディングドレスを着け、頭にシルバーのティアラをのせている。

「わしは一切、冠婚葬祭はしないよ」と一平老人が誰にともなく言った。「わしは独り身だからな。生きるのも一人、死ぬのも一人だ。誰の世話にもならん」

「老人ホームの世話になっているじゃないの」とユリが言った。一平老人がユリの後頭部を睨んだ。「さっきの花婿はトドみたいに太っていたね」と真一郎が笑みを浮かべ、話題を変えた。

「真一郎は笑いながらじゃないと話ができないんだ」と一平老人が義文に言った。「葬式の時も笑いながら話すんだ」

「遺族も参列者も日頃の真一郎を知っているから、場違いの感じはしないんですよね」と義文は言った。

真一郎は運転をしながら三人に巧みにA４の用紙を二枚ずつ手渡した。新聞に掲載された真一郎のコラムが拡大コピーされている。義文は「薬草が私を蘇らせた」という見出しのコピーを斜め読みした。私は生まれつき虚弱体質だったが、いろいろな薬草酒を根気よくのむうちに、昼間は疲れず、夜はよく眠れるようになったなどと書かれている。二枚目には、五年後は還暦だが、還暦をのりきったら後二十年は大丈夫だなどと一種の「健康哲学」を述べている。

「いろいろな薬草酒と書いたから、読者からどんな薬草かという問い合わせが新聞社に来たらしいよ」と真一郎が自慢げに言った。

真一郎は子供の頃から丈夫な体をしていた、と義文は思う。ほとんどの運動能力に長けていたが、鉄棒は得意中の得意だった。よく、徹底的に「大車輪」を練習し、ふらつきながら家に帰った。

「健康になったというのは君の話か」と義文は真一郎に聞いた。

「僕は元々健康だよ。これはママの体験だよ。だが、還暦云々は僕だ」

「薬草酒を商売にしている人の体験はどうもね」とユリが振り返り、義文に言った。

「だが、若々しい感じがしたよ」

「まだ二十代でしょう？　何もしなくても十分若いわよ」

「おまえ、ママにプレゼントするつもりで、野草採りをユリに提案したんだろう？」と一平老人が真一郎に言った。

「たしかにママと約束はしたけど、自分のベランダに植えようと思っているんですよ」

「ヒントを与えたのは私よ。去年、同窓生が二人亡くなったから、私たちの体には何が必要か考えてみたのよ。ママとは関係ないわ。真一郎にはいつも亡くなった奥さんがいるのよ」

「女房は死んだのに、自分は薬草弁当や薬草酒を食べたり飲んだりして長生きしようとするのはおかしい」

「馬鹿じゃないの、一平さんは。何を言っているの。言葉には気をつけてよ」

「自分だけしょっちゅう旅行して。生きている間に一緒に行けばよかったじゃないか」

「真一郎は奥さんと一緒に行きたかったのよ。だけど、真面目な公務員で、休みをとらなかったのよ。風来坊にはわからないわ」

「一平おじさんこそ、ママの店でニンニク酒を飲んで、精力をつけて、老人ホームに帰って、どうするつもりですか」といくぶん憤慨した真一郎が言った。

「精力がついたら老人ホームには戻らないよ。もったいない」

「とにかく一平おじさん、変な噂はたてないでくださいよ。僕は薬草弁当を食べて、薬草酒を飲んでいるだけだから」

「どうかな？」

一平老人は義文に向いた。「夫がいるとママから聞いて、わしはカマキリに食われる夢を見たよ」

妻の死後、仕事も手につかなくなった真一郎が再び気力を取り戻したのは、薬草弁当や薬草酒ではなく、ママの存在そのものじゃないだろうか、と義文は思った。

「真一郎、おまえはしょっちゅう旅行に出て、ベランダの鉢植えを枯らすというじゃないか。せっかく薬草の育て方を教えたのに、とママがむくれていたよ」と一平老人が言った。

「僕は一人暮らしだから」

「なら、誰かに頼めばいいじゃないか」

「水やりを頼むのは心苦しいから」

「じゃあ、旅行なんか行くな」

「一平さんがなんやかんや言わなくてもいいじゃない。だけど、真一郎」とユリが、ハンドルを強く握り、じっと前を見ている真一郎に言った。「鉢植えの薬草は薬効が落ちているわ。ホルモン注射で太らされた家畜と同じよ」

「自然の意志に反している」と一平老人がポツリと言った。

「僕はもう、二泊以上の旅行は止しているよ」と真一郎が言った。

真一郎は旅行中に枯れた鉢の植物を捨てるのだが、数日後には残った土にいろいろな植物が芽吹いているという。信じられない気持ちになり、土に愛着が生じたという。

「土の力だね、人を回復させるのは」と真一郎が言った。「この話も新聞の読書欄に投稿するよ」

「おまえはわしが知らないママの話をよく知っているな」と一平老人が真一郎に言った。「生意気なママだ。わしがせっかくあげた格言を店に貼りもしないくせに」

一平老人は義文の肩をたたいた。「格言には百もの言葉がふくまれているんだ」

真一郎はユリが言うとおり県道から村道に曲がった。道幅は少し狭くなったが、舗装されているアスファルトは県道より新しかった。

何種類もの野草が一面に生えているとユリがいう野原をめざし、乗用車は村道を走った。

「あの一本松を右に曲がって」とユリは身を乗り出し、真一郎に言った。「そうそう、そして、まっすぐ進んで。所々灌木が生えている野原よ」

真一郎は周りを見回しながら、まっすぐ乗用車を進めた。

「坂を下りて」とユリは言いながら目をキョロキョロさせた。乗用車は坂を降りきった。

「止めて」とユリが言った。

住宅街の入り口付近に乗用車は止まった。二階建の似た住宅が何十軒も並んでいる。

助手席から降りたユリは唖然とした。三人も外に出た。

「野原がなくなっているわ……」とユリが力なく言った。

「いったい、いつ来たんだ」と一平老人がユリに聞いた。

「去年の今頃」

「たった一年でこんなに家が建つか?」

「まちがいないわ。あの一本松が目印よ。ちゃんと坂もあるし」

「真一郎、その辺を走らせてみろ」と一平老人が言い、全員、乗用車に乗り込んだ。

乗用車は、灌木や雑木を切り開くようにのびているアスファルト道路を方々に走った。

「野原らしいのは見当たらないな」と義文が言った。

「だから、さっきの家がたくさん建っていた所よ」とユリが憤懣やる方ないというふうに言った。

道路の脇に「自然が満喫できるマイホーム」「一戸建販売中」などと書かれた大きい看板が立っている。

「……もっと遠い所に行きましょう。家がない所に」とユリが誰にともなく言い、真一郎に行き先を告げた。

乗用車は国道に戻り、北に向かった。

「薬草園は増えているのに、野草の野原は消えているのね」とユリが独り言のように言いながら、振り向いた。

「義文さん、あなた、白髪が急に増えたわね。野草をしっかり食べないといけないわ。私が調理法を教えてあげるからね」

「義文は大酒飲みだからな」と一平老人が言った。

「俺はいくら飲んでも顔が赤くならないから、癌にならないらしいよ。散髪屋仲間の稔がテレビで見たと言っていた」と義文はユリに言った。「アセトなんとかいう発癌物質を無害化する酵素を俺は持っているようだ」

「義文は酒飲みの散髪屋の話を信用して飲み続けるつもりなの」

「あの稔は胃を大手術したよ」と一平老人が脇から言った。

ママの店の薬草酒を飲んだ夜は、不思議と晩酌が進まなかった。もしかすると毎晩薬草酒を飲めば、禁酒できるのではないだろうかと義文は思った。

「一平さん、老人ホームでは髪を切らさないんですってね」とユリが言った。

「あそこで切らせたら大変だ。みんな老人カットにされる。顔までふけこんでしまう。髪型は大事だ」

「義文さんに切らせたら、いつまでも若いわよ」

「わしの髪は年々減るから、義文の所に行く回数も減ったよ」

「髪を切らなくても、おしゃべりに来たらいいですよ」と義文が一平老人に言った。

「おしゃべりに？　おまえは何もしゃべらないじゃないか」と一平老人が言った。「おまえのおやじは口が早かったが、散髪も早かった。待っている客もいないのに、下痢をこらえているように、髭も慌ただしく剃って、髪も鍋みたいにゴシゴシ洗ったよ」

「でも、義文さんの腕はお父さん以上よ。一平さん、義文さんに切らせたら、銀座やハワイに行っても恥かかないわよ」とユリが言った。

「義文の散髪は眠くてかなわんよ」

昔は貧乏の客が多く、散髪代に野菜を持ってきた。野菜のない人は野草を届けた。

乗用車は走り続けた。義文は横を見た。一平老人は首を曲げ、寝ている。


義文が小学生の頃、くたびれた背広を着たセールスマンの一平が義文の父親の理髪店にふらりと入ってきた。「少し休ませてくれ」と言い、待合の長椅子に座った。漫画を見ていた義文は一平の顔を盗み見た。一平は客の髪を切っている義文の父親に「料亭の女たちは化粧品や装飾品をおもしろいように買うよ。女たちが払うわけじゃない。わかるだろう？　女の前ではどの旦那衆も見栄をはりあっているんだ」と言い、唇を歪めた。

「義文のお店に一平さんの格言が掛かっているわよね」

ユリの声に義文は顔を上げた。

「一平さんは散髪に来るたびに持ってくる。店が狭いから前のは持ち帰るんだ。最近はやらなくなったが。……客集めのような格言もあるよ。細胞でできた髪は血の通った散髪屋で、とか」

「人生は坂の上り下り」と一平老人が目を開け、言った。「何もかも逆転また逆転。栄えた屋敷も消滅。下男が大地主。できる人の子もできない。心配はいらない」

「ママの店にも貼ったの？　一平さん」とユリが聞いた。

「貼らさないというんだ」

「飲み屋で格言なんか見たくないわよね」

「あそこは飲み屋じゃない。変わり者しか入らん」

「一平さん、義文の店の格言をはずして、私が書いたフラダンスの歌詞を掛けてもいいかしら？　ハワイの大きな写真に書いたのよ」とユリは一平老人に言った。俺の店なのに、と義文は思った。ユリは振り返り、義文を見た。

「義文、どうかしら？」

「小さい店だからいろいろ貼るのは、どうかな」

「考えてね」とユリは姿勢を戻した。「真一郎、ラジオ消して」

真一郎は、静かに流れていたクラシック音楽を消した。

「私が作った歌があるけど、聞く？」

ユリは足元の赤いバッグからテープを取り出し、カーラジオの下のデッキにセットした。フラダンスの歌が流れた。ユリが歌っている。ふつうのゆったりしたフラダンスの曲調とは違っている。

歌詞がはっきりせず、声は甲高く、叫んでいるように聞こえる。

「止めろ」と一平老人が言った。「鶏が首を絞められている」

ユリは聞こえないふりをした。ようやく一番が終わり、ユリはテープを止め、取り出した。

義文は以前、ユリが作詩作曲したテープをもらっていたから、さほど驚かなかったが、一平老人と真一郎は目を白黒させている。客に聞かせるようにとテープと小さいカセットデッキを置いていったのだが、客は「首がむず痒くなる歌なんかもういい。テレビに代えてくれ」と言った。捨てるに捨てられず、今は華子とおしゃべりに来るユリに「どう？　聞いている？」と言われたら、かけている。

「つらかった日々も楽しかった日々も全部歌にしたわ」とユリはしみじみと言った。

「誰かに歌わせたら、どうかな」と一平老人が言った。

「自分の気持ちを歌っているのに、他人が歌うと違和感があるわ。だから、あなたたちにも教えないのよ」

「人間は自分の気持ちを素直に出すべきだが、おまえのは」

一平老人の言葉をユリがさえぎった。

「私が健康に気を配るのは、百五歳で死ぬまでフラダンスがしたいからよ。それに、そこそこの美貌とスタイルを維持したいのよ」

交差点の信号が青になったが、真一郎はなかなか発進させず、後続のダンプカーに警笛を鳴らされた。

次の信号では赤なのに、真一郎は三叉路に突っ込んだ。

「危ないじゃないの、真一郎」

ユリが怒った。

「こいつはやっぱり飲まさないといかんな」

一平老人が白いジャンパーの内ポケットから黄色の液体の入った小さいペットボトルを取り出し、ふたを開けた。ものすごい臭いが車内に充満した。

「何、これ、信じられない」

ユリが顔をしかめた。

「ニンニクのようだ」と義文が言った。

「なんで野草採りにニンニクなんか持ってくるのよ。ふた閉めてよ」

「一杯飲め、運転が楽になるから」

一平老人が真一郎の口許にペットボトルを突き付けた。

「運転ならどこまでもだいじょうぶですよ」

「とにかく飲め。ママに持たされたんだ。ユリ、紙コップ」

ユリは鼻をつまみながらビニール袋から紙コップを取り出し、一平老人に渡した。真一郎は紙コップの底が見えるぐらいの液体を一気に飲み、顔を歪めた。

「窓、ぜんぶ開けて」とユリが叫ぶように言った。一平老人はペットボトルにふたをした。強い風が車内を通り抜けた。

「ニンニクだけではない。あと二、三何かが入っている」と一平老人は平然と言い、ペットボトルをジャンパーの内ポケットに押し入れた。

丸い山々は生まれたばかりの柔らかい薄緑や光り輝く鮮やかな緑の葉におおわれている。

車道沿いの雑草も繁茂している。

「腹、へったな」と後部座席の一平老人が言った。

「薬草弁当、前もって注文していたらよかったのに」と真一郎が助手席のユリに言った。「そしたら、ママもちゃんと作ってから休みをとったはずだ」

「何日も前に作った弁当なんか食べられないわよ」とユリが言った。「止めて。あの小さい農道が案外穴場よ」

真一郎は乗用車を道の脇に止め、ドアを開けた。

薄い雲の隙間から弱い陽が差し、ここちよい風がしきりに吹いている。

「きれいな空気ね。おいしいわ」

ユリは目の前に広がっている、いろいろな葉野菜の畑を見ながら深呼吸をした。「みんなも吸って。こんな気持ちいい空気はめったに吸えないわよ」

義文たちも思い思いに両手を上げ、深く息を吸い込んだ。

「農道には野草が生えているのよ。きっとあるわ」

ユリを先頭に、人一人が通れる、細い農道に下りた。真一郎はいつのまにか革靴も靴下も脱いでいる。白い春霞が周りの風景に降っていると義文は感じた。

農道の十字路にさしかかった時、ユリが言った。

「みんな、分かれて、探しましょう。たくさんある所を見つけたら、声をかけてね」

四人は分かれた。

義文は足元にタンポポを見つけた。だが、黄色い花や緑色の葉が変に白くなっている。義文はしゃがんだ。白い粉が降りかかっている。周りの葉野菜にもたっぷりかかっている。

「ユリ。おーい」と一握りの草をふりながら一平老人がユリを呼んだ。「農薬がかかっているが、いいのか」

「だめよ。危険よ。こっちもよ。義文の所は」

ユリは叫ぶように、二十メートルほど先の義文に聞いた。

「真っ白だ。ヨモギもタンポポも」と義文は大きな声を出した。「真一郎の所はどうだ」

必死に腰を屈めながら探していた真一郎は顔を上げ、元気なく首をふった。

義文は東側の土手を見た。土手の向こう側は雑木もなく、野原になっていると思い、ユリに「あそこに行ってみようか。農薬は飛んでいないだろう」と言った。一平老人は「腹がへった。帰ろう」と言いながら来た道を戻りかけた。

「一平さん、ここにもタンポポがあるから、あの土手にはもっとたくさんあるわよ。行きましょう」

ユリは赤いフレアースカートをひるがえしながら、小走りに農道を駈けた。

四人は土手に上がった。一人残らず立ち尽くした。広い野原の大半が、台風や旱魃のあとのように焦茶色になっている。

「除草剤だ。徹底しているな」と一平老人が言った。

腰の力が抜けた四人は土手にもたれ、寝そべった。

まもなく真一郎が立ち上がり、身を屈めたまま、野原を歩き回った。真一郎は野草採りを提案したてまえ、なにがなんでも探し出すつもりなんだと義文は思った。

「ここも畑になるんだな。野草はますます追い払われるな」と義文が誰にともなく言った。

「真一郎、ママに持っていく野草はあきらめろ。何事もあきらめが肝心だ。ここには何もない」と一平老人が言った。真一郎はうつむいている。

「ママへの土産が気になるなら、帰りに薬草農園に寄って、買えばいいだろう」

一平老人が真一郎の顔を覗き込んだ。真一郎は顔を上げ、微笑みながら言った。

「なかったと正直に言うよ」

「正直が一番だ。わしが証人になる」

一平老人はユリに向いた。「真一郎がわしの留守の家にママと入りこんでいるというのは嘘だ。ちょっと探りを入れてみたんだ」

「探りなんか入れないでよ。大変よ。そんな話はおおごとになるのよ」

真一郎が唯一のライバルだと信じていたのに、ママにはちゃんと亭主がいると知り、一平老人はもうどうでもよくなったんだろうと義文は思った。

「ママに亭主がいるとわかったから、もう薬草酒は飲みに行かないのかい、一平さん」

一平老人と真一郎が言い争いにならないように義文は話を少しずらせた。

「夫とニンニク酒は別だ。これからも精力が弱くなったら、ちゃんと行く」

一平老人は真一郎を見た。「生きる気力が出るなら、いろいろやるべきだ。相手がたとえ亭主がいるママでもな、な、真一郎」

「一平さん、何言っているの。大変よ」

ユリが一平老人を睨んだ。

「わしの本音だ。この年だから、本音で生きている」

「素晴らしい格言をいくつも書いている一平さんらしくないわ」

「……そうかな。格言を作るのはわしの生きがいだが」

四人は目を閉じ、仰向けに寝た。義文は目を開け、空を見上げた。こんなにゆったりと空を見たのはいつ以来だろうか。

「腹がへったな」

一平老人が上半身を起こした。義文も真一郎も座った。ユリが立ち上がった。

「みんな元気出してよ。フラダンスを踊らない？　踊りましょうよ。教えてあげるから」

ユリは一平老人の手を引っ張った。

「わしはいい。よし、じゃあ手拍子でもうつよ」

ユリは一平老人の手を離した。義文も真一郎も首を横にふった。

「草が枯れていて、踊りやすいわ。でこぼこも少ないし」

ユリは小型のデッキを赤いバッグから取り出し、笑みを浮かべた。ユリが作詞作曲した歌が大きく流れた。

ユリは手を横に広げ、歌に合わせ、巧みに踊った。ユリの赤いフレアースカートが義文の目にしみた。

手振りは軽やかだが、下半身は妙にどっしりしているように義文は感じた。

「女ってもんはよく動くもんだな」と一平老人が膝を抱えている義文に言った。

「周りがぱっと明るくなりましたね」

一平老人は真一郎に向いた。

「真一郎、ママは毎朝ジョギングをやっているんだろう？」

「出先でもちゃんと走っているらしいですよ」

「ユリは薬草酒も飲まないのに、よく踊れるもんだな。義文」

「体中の細胞が喜んでいるのかな、一平さんがよく言うように」

一平老人は鳥打ち帽を脱いだ。

「禿げに風を当てるのもいいもんだ。新婚の花嫁が踊っているみたいだな」と一平老人が手拍子をとりながら言った。

「今度は弁当を持って来ましょう、一平おじさん」

真一郎が言った。

「こんなにしゃべったのは久しぶりだな。老人ホームではみんな押し黙って、わしの話を聞く気があるのか、ないのかわからんから、話す気にもなれんのだ」

薄い光の下、踊り続けるユリの首筋に汗が流れている。ユリの足元から時々バッタが飛び立ち、ユリの頭上を蝶が飛び回っている。

宝箱

1

海面から斜めに突き出た沈没船のマストの周りを数羽の海鳥が飛んでいる。

七月のある日の朝、盛太郎たち四人は、本島の八キロほど西にあるM島の小さい桟橋から慶吉の舟に乗り込んだ。

勲がエンジンをかけた。工場の煙突のように大砲が空に向いている沈没船や、横腹にうねりがぶつかり、白い波頭がたっている沈没船を横目に舟は宝船に向った。

盛太郎は少年の頃、たえず母親や近所の大人たちから「沈没船には幽霊がうようよしている。絶対近づくな」と言われたが、母親の目を盗み、毎日のように桟橋の近くの沈没船に泳ぎ渡った。

傾いた沈没船に座り、仲間と幽霊話に夢中になった。首や手足のない米兵の話は恐くなかったが、赤ん坊が乳房に吸い付いた女の幽霊の話が出た時は、盛太郎は戦争中に母親の乳が出ず死んだ妹を思い出した。

日差しが強く、海面は細かい金属片を敷き詰めたようにギラギラ光っている。

「波が穏やかだから、引き上げられそうですね」

盛太郎が四十前の、背は低いが、上半身ががっしりした慶吉に言った。

「わしは右の耳は聞こえないから、左の耳に話せ。……四人そろったんだ。今日は絶対引き上げる」

馬力の弱い舟は波に漂うようにゆっくり進んでいるが、慶吉はエンジンの音や強い潮風に打ち消されないように声を張り上げた。

慶吉はパラオの海に潜った時、ダイナマイト事故に遭い、意識を失い、海面に浮いた。気がついたら右耳が聞こえなくなっていたという。

「こんなに大声を出して」と日頃口数の少ない勲が顔を背けるように言った。

「浩市、何をぼんやりしている。二人の女に顎をなでられているような顔をして」と慶吉が大声を出した。

「女の色香にふぬけになったのか、浩市」と慶吉は三歳年下の浩市に言いたいほうだい言う。「盛太郎、おまえはもう二十歳だろう？　わしにはよくわからんが、おまえはわかるか？　二人の女の匂いはちがうそうだ。浩市は毎日花園にいるんだ」

浩市と同年だが、女に縁のない、独身の勲が黙ったまま浩市を見た。勲の右目の上から縦にみみずばれが走っている。戦傷なのだが、島の女たちは「沈んだ船に近づくと、あんな顔になるよ」と子供を脅している。

「花園なんかじゃないよ」と浩市が珍しく口答えした。

浩市は戦時中、南洋にいたが、M島が全滅したという話を信じ、恋人の現地の女を連れ帰った。しかし、女房は生きていた。今は二人の女に気を遣いながら生活をしている。

「わしはイバラの藪の中だ。蜂の巣だ」

慶吉は終戦直後、方々の避難先から帰ってきた家族四所帯十三人と、八年もたつのに未だ一緒にいる。

「今日はワクワクしますね」と盛太郎は誰にともなく言った。

「ほんとにあるんだろうな」と勲が盛太郎に言った。

「宝の箱をちゃんと見つけてありますよ。ね、慶吉さん」

数日前、慶吉が仲間三人を浜の一本松に呼び集め、「ダイナマイトが残り少なくなったから、そろそろ母艦の横っぱらに大砲を撃ち込んで、巨額な戦利品を奪わないか」と宝船に潜り、宝を引き上げる話を持ちかけた。

米軍の沈没船には金塊、金の延べ棒、ダイヤモンドなどが積まれていると慶吉は睨んでいた。潜水技術のない、島の漁師たちは爆破せずに外せる沈没船の金属類しか取ってこなかった。

戦前、何年か外国の海に潜っていた慶吉は、「大金持ちの米国は、何事もどんぶり勘定だから、ほったらかしているんだ」「米軍の船は日本軍の何倍も爆弾を積んでいるから、スクラップ業者は怯えて手をつけないんだ」と断定した。

二週間前、慶吉が舟から酸素を送り、潜水服を着た盛太郎が大きい懐中電灯を照らし、宝船の横腹から中に入った。何カ所も被弾の痕があり、日本軍のとはちがう鍋や食器が散乱していた。盛太郎は気をつけ、ゆっくり泳いだ。まもなく壁に倒れかかった不思議な金属の箱を見つけた。海藻や貝はくっついていなかった。周りに爆弾はなかった。一メートル四方の箱の中は確認できなかった。金庫のような分厚い感触はなく、強く押したら、少し動いた。壁を爆破すれば引き上げは十分可能だと判断した。

浜から二百メートルほど沖に盛太郎たちが「宝船」と名付けた米軍の艦船は沈んでいる。一帯は珊瑚礁の囲いがなく、潮の流れも速く、泳ぎが得意な者でもすぐさらわれてしまう。撃沈された時、米兵は全滅したのだろうかとふと盛太郎は思った。敵味方入り乱れ飛行機も飛びかい、船どうしも戦い、島から大砲も撃っていたと島の老人たちはいう。しかし、二週間前、潜った時には船のどこにも人骨はなかった。

アンカーを下ろした舟に勲と浩市が残り、盛太郎と慶吉は潜水服を点検し、慶吉が密輸したダイナマイトを抱え、潜った。色とりどりの熱帯魚が近寄ってきた。水は澄んでいるが、流れが速く、作業は容易ではなかった。二人は何とかダイナマイトを仕掛けた。慶吉が慎重に最終確認した。勲たちは二人を引き上げ、舟を遠ざけた。

爆破の直後、ふつうの波とはちがう、大きい不思議な水の壁が、轟音と共に急速に舟に迫ってきた。四人は舟のへりにしがみついた。横向きになった、大小の魚が浮かび上がり、青い海面にただよった。

盛太郎と慶吉はまた潜った。開いた穴から宝船の中に入り、互いに身振り手振りを繰り返しながら船底の金属の箱にロープをくくりつけ、金棒を差し込み、四苦八苦しながら船の外に転がした。舟に戻り、密輸した巻き取り機を回し、ロープを巻いた。ギーギーと音がたち、舟は大きく傾いた。透き通った水中から白っぽい金属の箱がゆっくり浮かび上がってきた。

密輸品の中古のエンジンは音の大きいわりに馬力がなく、操舵のうまい勲も苦労しながら舟を進めている。しかし、「これは戦利品だ。やっと米軍にひとあわふかせられる」と満足気に言った。

勲はいつもの桟橋ではなく、平たい石のある入江に舟を着けた。四人は金属の箱のロープに金棒を差し、岩場の先の小さい砂浜に運んだ。

八年も沈んでいたとは思えないくらい、黄色味がかった白色の箱は陽に輝いている。体がくたくたになった四人は、ひとまず白い砂に落ちたアダンの黒い影に座り込んだ。盛太郎は金属の箱の中に宝がギューギュー詰めになっている予感がし、胸が高鳴った。

勲がバールを差し込もうとしたが、まったく隙間がなかった。四人は代わる代わる角にハンマーや石を強く振り下ろした。半時間ほどかかり、ようやく蓋を壊した。四人は一斉に覗き込んだ。1、5、10、20、50、100と数字が記された紙束が積み重ねられている。厳重な箱なのに、紙束は濡れていた。盛太郎は腰の力が抜け、細かい砂に尻餅をついた。

「おもちゃか?」

浩市が顔を上げた。

目を見開いていた慶吉が「これはアメリカの金だ。ドルだ」と叫んだ。

「使えるのか?」

勲が慶吉に聞いた。

「台湾との密貿易では、日用品と砲弾の薬莢の物々交換をしたが、今は使っているかもしれない」

慶吉が一人一人の顔を見回し、言った。盛太郎は箱の中のドル札を手に取り、裏返しながら、じっくり見た。

「わしは何度も見たことがある。とにかく使える」

慶吉は興奮している。

「同じ金でも金や銀の硬貨がよかったな」と勲が盛太郎に言った。

「金や銀の硬貨だったら、米軍がとっくに引き上げているよ。紙幣は何度でも印刷できるから、ほったらかしたんだ」と慶吉が言った。

「あの宝船はドルをどこに運ぶつもりだったんですかね」と盛太郎が慶吉に聞いた。

「真新しい札ではないから、たぶん米兵の給料だろう」

今はやけに慶吉の耳はよく聞こえるようだと盛太郎は思った。

「給料をもらって、戦争をするというのは、いかにも米軍らしいな」と勲が言った。

盛太郎が舟から麻袋を四つ持ってきた。四人は札束の数字を確かめながら、一束ずつ袋に入れた。

「自分はもういいよ」と浩市が言った。

「おもちゃじゃないよ、浩市」と慶吉が言った。

「いや、これだけでいいよ、自分は。残りは三等分してくれ」

浩市は袋の口を結わえた。

「本人がいいというなら、まあ、いいだろう。じゃあ、浩市、見張りを頼むよ」と慶吉が言った。

浩市は浜の土手の方に歩いていった。残りの袋にドルの束を分配し終えた慶吉が浩市を手招いた。

「米軍が取りに来ないかな」と浩市が不安気に慶吉に聞いた。

「八年間も海底にほったらかしていたんだ。今頃騒ぎだしたら、わしがただじゃすまさん」

「だけど、どう使うんですか」と盛太郎が聞いた。

「わしが本島に行った時、聞いてくるよ」

舟に爆破した鉄クズを積み込んだ上、四人も乗り込み、波の荒い海峡を本島に渡るのは危険だから、毎回慶吉に任せている。慶吉は待ち受けたスクラップ業者をおだてながら、鉄クズを売りさばいている。

「これは金だ。わしがいいと言うまでは家族にも絶対秘密だぞ。いいな。よし、箱は埋めよう」

慶吉が三人の顔を見ながら念を押した。浩市は見張りに立った。

つるはしを舟から降ろし、盛太郎と勲は交代しながら雑草の茂った土手の近くのやわらかい土を掘った。盛太郎はびっしょりかいた汗も気にならず、顔を赤らめ、大きい目をギラギラ輝かせている。

「犬が掘り起こすものでもないが、上に雑草を植えておけ。すぐおおわれてわからなくなるよ」と脇から慶吉が言った。

浩市が「四人が同じ袋を担いでいるのを見られたらなんだから。……自分たちは歩いて帰るよ」と慶吉に言った。慶吉は「何をビクビクしているんだ」と睨んだが、一人舟に乗り、エンジンをかけ、桟橋の方に進めた。浩市は土手に上り、埃っぽい一本道を見渡し、「誰もいない」と盛太郎に言った。

三人は歩きだした。陽が照りつけ、担いだ麻袋の黒い影が白い道にくっきりと落ちている。サツマイモや人参の畑にも誰もいなかった。三叉路にさしかかった。浩市が足を止め、「三人が仲良く袋を担いでいたら、島民に怪しまれるから、別れよう」と言った。盛太郎は袋を担ぎなおし、わざと一番集落に遠い道を歩いた。

2

フクギやガジュマルの防風林に挟まれた集落の小道に歌や太鼓の音が駆け回っている。路地の奥にトタンが錆びた盛太郎の小さい家が見えてきた。庭の葉野菜を踏まないように通り、家の中に入った。

母親はせいいっぱい身だしなみを整え、婦人会の素人民謡を聞きに、集落の外れにある公民館に出かけたのだろうと盛太郎は思った。盛太郎は湿ったドル束をゆっくりめくった。ゴザをまるめ、床板を三枚はずし、暗い土の上にドルの詰まった麻袋をていねいに寝かせた。

床を元どおりになおし、水をガブ飲みした。ありあわせの物をつまみ、ゴザに寝そべった。草花をゆらしながら庭から入ってくる風は涼しいが、体はほてっている。

坊主頭の、痩せた色黒の少年が庭から顔を出した。

「わしの家に来いと盛太郎に伝えるように慶吉おじさんに言われました」

少年は棒読みのように言った。

「何だろうなあ。今すぐ?」と盛太郎は聞いた。少年は大きくうなずいた。盛太郎は少年に黒砂糖をあげた。


ゴロ石を積んだ石垣や、ユウナやバナナの大きい葉が昼下がりの、うだるような陽を吸い込んでいる。

茅ぶき家の雨戸は開け放たれている。慶吉は縁側に座り、煙管《きせる》をくわえている。

「ここに座れ」と慶吉が言った。

日陰になった縁側には、お茶と胡麻菓子が置かれている。

「飲め」と慶吉が言った。盛太郎は胡麻菓子をかじり、お茶を飲んだ。

「誰もいないんですか」と盛太郎が聞いた。大所帯なのに一人もいないというのは珍しかった。慶吉は左の耳を向けた。盛太郎は繰り返し言った。

「みんな民謡大会に出かけている。こんな静かな昼はめったにないよ。天国だ」と慶吉は言い、煙管を煙草盆にたたいた。

盛太郎は家の中を見回した。だいぶ散らかっている。俺の家より一間多いぐらいの狭い家に四家族、十三人住んでいるというのはたいへんだろうと盛太郎は思った。

「血判書はどうかな。盛太郎」

「血判書って、何か誓いを交わす時の?」

「互いに誓わなければならないようだ」

「何を?」

「わしは浜の浩市の様子を見ていたら、血判書が思い浮かんだんだ」

慶吉は子供のカバンから画用紙とクレヨンを取り出し、盛太郎に渡した。

「四か条、考えた。いいかね? 一、ドルは勝手に使わない。二、B円(米軍票)に勝手に替えない。三、誰にも秘密にする。四、違反したら、ドルを全部没収する。どうかね? 悪くないだろう? じゃあ、書いてくれ」

盛太郎は慶吉の言うとおり丁寧に書いた。盛太郎から受け取った画用紙の隅に、慶吉は自分の名前を書いた。

「戦前は商売相手とよく作ったよ」

慶吉はナイフの先を親指に突き刺し、滲んだ血を自分の名前の下に押した。盛太郎も同じように名前を書き、血判を押した。

「浩市と勲には明日、押させる」

慶吉は血判書を陽にかざした。


夕方、公民館から汗を拭きながら帰ってきた母親が、緑色のランニングシャツを着け、部屋に寝そべっている盛太郎の顔の側にソーセージを置いた。

「繁子からもらったのよ。あんた、慶吉の家に行ったんでしょう? 繁子が、出てくるのを見たって」

「……」

「慶吉はあんたの父さんに育てられたのに、恩を忘れて、あんたを危険な爆破の仕事に引きずり込んで」

預金を楽しんでいるはずなのに、と盛太郎は思った。慶吉からもらう、大工の月給に匹敵するB円を盛太郎はいつも母親に渡している。母親はすぐ農協の支所に預けに出かける。母親は印鑑を入れた小さい袋を首にかけ、いつも持ち歩いている。通帳の数字を見るのを殊の外楽しみにしている。

「あんたの父さんは戦前、木偶の坊の慶吉にオーストラリアの木曜島で真珠貝採りを教えたのよ。大きな潜水服に空気を送り込んで」

「他に仕事がないから、しょうがないじゃないか」

「盛太郎、いい？　ダイナマイトをしかけたら、誰よりも早く、できるだけ遠くに逃げるのよ」

盛太郎は上半身を起こし、ソーセージを食べた。

「うちが男だったら、あんたにこんなダイナマイトの仕事は絶対させないんだけどね」

「大丈夫だよ」

「島には基地がないから、米軍は魚雷も未だに撤去してないのよ。沈没船の中にはたくさんの不発弾があるらしいよ」

「心配性だな」

「うちは大きい音がするたびに、ドキドキして、家を飛び出すのよ」

爆死事故の時は島中が大騒動になり、派出所の巡査も腰を上げた。だが、ふだんは爆破作業を黙認している。しかし、盛太郎たちは「ようやく巡洋艦撃沈」「次は戦艦攻撃」などと仲間うちだけの隠語を作り、巡査に気づかれないように仕事をしている。

盛太郎はソーセージを食べるのをやめ、母親の話から耳をふさぐように横になり、目を閉じた。

3

濡れたドル札に浩市は妻や愛人とアイロンをかけた。昼間から蚊帳の中にいる三人を不思議そうに見ていた隣の中年の女に、愛人はつい「海に浮いていたのよ。一生食べるものや着るものには不自由しないのよ」としゃべってしまった。

浩市たちがドル札にアイロンをかけた翌日から島民の間に「札は浮く。いや沈む」「遠くに流される。いやグルグルと同じ所に漂っている」などと言い合いが始まり、方々の海岸に連日くりだした。子供たちは学校帰り、カバンを持ったまま親兄弟のいる海岸に向った。M島に一人しかいない巡査も「蟹は札のインクの匂いが大好きだ。蟹が引きずり込んだ」と信じ、海岸の蟹の穴という穴に細い棒を突っ込んでいる。太った島の総班長は昼間はどっしりと構え、札探しに誘われても笑い飛ばし、公民館から出ようともしないが、夜中ひそかに松明をかざし、海岸を歩き回っている。

盛太郎の母親が「札ひろい」から帰ってきた。夕食の準備を始めた母親に盛太郎は「噂にすぎないよ。おふくろまで踊らされるとは情けないよ」と言った。

「でも、浩市さんの隣のおばさんは浮かんでいるのを見たんだってよ」と母親は葱を刻みながら言った。

「拾ったのかい」

「流れが速くて、拾えなかったんだって」

「そのおばさんが噂の張本人だな。どんな札だったんだ?」

「お金はB円に決まっているでしょう」

札がドルだとはまだ島民は知らないようだと盛太郎は思った。

「とにかく札の噂は信じるなよ」

「札を拾うより貝を拾って、お汁にすればよかったかね」と母親が卵を焼きながら言った。

女たちは夕食用のタコ取りや貝ひろいをやめ、札を捜し回っている。

盛太郎は立ち上がり、庭に出た。

盛太郎は桟橋の近くの、漁師が天候を見る崖に登った。潮の流れが速い、宝船のマストの近くに二隻の小さい漁船が木の葉のように揺れながら、浮かんでいる。浜を見下ろした。女たちがうつむいたままソロソロと波打ち際を歩いている。桟橋に慶吉がいる。数人の男女と何やら話をしている。

盛太郎は崖を降り、走った。盛太郎は息をきらしながら慶吉に近づいた。

「わしの舟が沖に浮いていたのを見た漁師が、わしら四人が宝物のお札を引き上げたと言っているようなんだ。盛太郎」

「……」

「何度も言うが、わしらはスクラップを取るために、沈没船を爆破しただけだ。な、盛太郎」

「いつもの仕事ですよ」

盛太郎は変に胸を張り、人々を見回した。

「俺は漁の帰りにも、漁の最中にも、札はないかと珊瑚の間や海面を探しているよ」と痩せた青年漁師が言った。

「そんなものは絶対ないよ。まじめに魚を獲れ」と慶吉が言った。

「わしにもし価値のある札なるものが入ったら、十二人の家族にひもじい思いはさせないよ。わしも大好きな酒を惜しみながらチビリチビリ飲んだりはしないよ。若い女がいっぱいいる本島の飲み屋にくりだすよ。馬鹿らしい噂話はするな。帰ろう、盛太郎」

慶吉は盛太郎に顎をしゃくった。

二人は、黙っているが目の光が鋭い人々をかきわけ、家屋が密集している集落の方に歩いた。

「今、本島にドルの話を聞きに行くのはまずいな。とにかく、嘘をつき通せ」と慶吉が前方を見つめたまま声を圧し殺し、言った。

「ずっとですか?」

「浩市が浮いているのを拾ったと派出所に届け出た」

盛太郎は驚いた。

「浩市さんがドルを持って派出所に？」

「箱ごと引き上げたとは言ってないが、早く血判を押させればよかったよ。だが、わしらはもう会わないでおこう」

十字路にさしかかった。二人は別れた。

4

慶吉はもう会わないでおこうと言ったはずなのに、翌日の朝、盛太郎を浜の一本松に呼び出した。一本松や岩の黒い影が小さく砂に落ちている。二人は風が巻いている一本松の下に座った。

「巡査が動きだした。わしは三郎にとりあえずB円を握らせたよ」

帽子を深くかぶった慶吉が言った。盛太郎は驚いた。

「巡査が捜査を？」

「犬のように嗅ぎ回っている」

「……巡査の下働きを自主的にしている三郎に金を握らせたのはまずかったんじゃないですか」

「三郎は民間人だから、賄賂慣れした者とちがって、一回で満足するよ。わしが若い頃、しごいた奴だからな。いいじゃないか。日給もないだろうし。……わしも巡査の動きがわかるから」

「三郎は手柄を焦って、慶吉さんが自分に金を握らせた、怪しい、と巡査に報告しませんかね」

「いや、あいつは体が馬鹿でかいだけだ。計算はできんよ」

「計算のできない人間はむしろ危険ですよ。自分でもわからないうちに、大きなボロを出しますよ」

「まあ、心配するな。計算といえば、あの巡査は変に鼻が利くから、用心せんといかんな。昔から計算がうまかったが巡査になった今でも計算で動いている」

戦前、村役場の書記をしていた男だが、終戦直後、治安維持のための巡査になった。

「計算高いのは気をつけないといけないですよ」と盛太郎は言った。

「あいつはドルを一枚でも見つけたら重要証拠になると考えているようだ」

「三郎なんかにやらないで、最初から巡査に賄賂をやればよかったですね」

「賄賂と言うな。くそ暑い中、形だけの捜査だ。心配するな。だが、米軍が入ってくると、やっかいだ。わしは本島で何度も見ているが、奴らは人間じゃない」

汗や香水のまじった体臭は独特だし、青とも灰色とも判じがたい目の色のせいか、形相が作り物に見えるという。今日のような炎天下でも長袖の軍服を着け、長ズボンの裾を長靴につっこんでいる。頭が煮えたぎっている。発作的に何をするかわからないという。

「巡査になら言い訳も通用するが、彼らに捕まったら言葉も通じないし、ひどい拷問を受ける」

「自分の国の沈没船だし、自分の国の紙幣なのに、なぜ引き上げないんですかね。もしかしたら偽札ですか」

「本物にまちがいない」

「浩市さんは真相を白状しませんかね」

「二、三日様子をみて、わしが強く説教するよ」

慶吉は立ち上がり、尻の砂をはたいた。

「万が一の場合は浩市が派出所に届けた分だけ、わしらも届けよう。残りだけでもだいぶあるだろう。まあ、万が一もないがな」

慶吉は盛太郎の痩せた肩をたたいた。

巡査と三郎は海岸の切り立った岩場や、広い砂浜を隈無く探している。二人は昼食後、今度は小舟から身をのりだし、環礁の中の海藻や、色とりどりの珊瑚を覗き込んでいる。

慶吉と別れた盛太郎は家に帰るのをやめ、崖に続く曲がりくねった小道を上がり、低い雑木をかきわけ、下を見渡した。巡査と三郎の乗った小舟は宝船の近くにアンカーを下ろしているが、速い潮に少しずつ流されている。巡査と三郎はとうとうあきらめ、桟橋に引き上げた。

翌日、巡査はいりくんだ路地に入り、家々を回り、聞き込みを始めた。しかし、現実離れした噂しか聞き出せなかった。

夕方、帰宅途中の巡査が、盛太郎の家にもやって来た。盛太郎は巡査の顔色をうかがいながら「はい」「いいえ」と答え、後は黙っていたが、母親はお茶と、人参と大根の漬物を出し、もてなした。結局、巡査は札云々はしたが、ドルやB円の話はしなかった。

まもなく、島民の何人かが勝手に「巡査協力隊」を結成した。

毎朝九時に老若男女から成る協力隊は公民館に集合し、四、五人ずつに分かれ、島の方々に散った。一部のグループは巡査と三郎の後ろからついてまわった。

昼食後、盛太郎は何気ないふうに協力隊を話題にした。

「島民が積極的に捜査に協力するというのは珍しいな」

「協力隊はドルを見つけたら、巡査からいくらかもらえるらしいよ。お札というのはアメリカのドルだったんだね」と袖なしのワンピースを着た母親は、お茶を飲みながら言った。

ついに島民はドルだとわかったんだ。だが、盛太郎は平静を装った。

「おふくろもまさか協力隊に……」

母親は首を横にふった。

盛太郎は帽子をかぶり、庭から外に出た。

外から戻ってきた母親は、日傘をたたみ、戸口に座った。

「あんた、どこに行っていたの?」

「崖。昼は誰も来ないから気持ちがいい」

「うちは派出所に行ってきたよ」

「派出所?」

寝そべっていた盛太郎は思わず上半身を起こした。

「あれから巡査が呼びに来たのよ」

「どうして、おふくろが……」

「慶吉さんや浩市さんの家族もみんな呼ばれたのよ。こんなに暑いのに」

「何かしゃべった?」と盛太郎は何気ないふうに聞いた。

「女たちの甲高いおしゃべりが飛びかって、取り調べの巡査も眉をひそめていたよ」

「尋問されたのかい?」

「誰もドルを見ていないから、みんな笑い飛ばして帰ってきたよ」

盛太郎は変に唇を歪め、笑った。

「慶吉さんの奥さんは赤ん坊に乳をふくませながら、苛立って答えていたよ。巡査は苦虫をかみつぶしていたけど」

母親は草履を脱ぎ、中に入った。

三時間ほど後、太った繁子が庭から入ってきた。

「盛太郎、うち今、派出所から帰ってきたの。スクラップ回収業だから怪しんでいるのよ。ねえさん、いる?」

野菜に水やりをしていた盛太郎は母親を呼んだ。母親はエプロンで手を拭きながら台所から出てきた。

繁子は「盛太郎さんの家はうちらより慎ましく暮らしているわ。もしドルがあるなら白米もろくに食べないような生活はしませんよ、と言っておきましたよ」と盛太郎をチラチラ見ながら母親に話した。

「うちらは毎日ちゃんと白米を食べているよ、繁子」

母親は少し口をとがらせた。

「巡査を手玉にとっただけよ、ねえさん」

「あんた、スクラップ回収をして、だいぶため込んでいるんじゃないの？」

「肉親を全部失った女に何ができるのよ」

「そうだったよね。あんたは一人よね」

「巡査がしつこいのよ。慶吉さんや盛太郎さんを恨んでいるみたい」

「慶吉よ。昔、書記だった頃、巡査は慶吉に何かにつけ苛められていたでしょう？　だからよ」

「じゃあ、執念深い巡査の捜査は慶吉へのしかえしなの？」

「まちがいないよ」

「ドルなんて持っていないわよね」

「そうよ。なんでうちの盛太郎が」

二人の女はなおしゃべり続けた。

5

翌日の昼間、慶吉に呼び出された盛太郎は飛ばされそうになる麦藁帽子を押さえながら砂浜の一本松に向った。ドル拾いの人や舟は見当たらなかった。潮の香りを深く吸い込み、顔を上げた。陽に目がくらんだ。

約束の時間にはまだ間があったが、同じように首にタオルをかけ、円錐形の帽子を深くかぶった三人が一本松の近くの岩陰に隠れるように座っていた。陽なたの砂は乾ききっているが、足元の水分を含んだ砂はひんやりしている。動いているヤドカリに勲が小石を投げた。ヤドカリはピタッと止まり、殻に頭を引っ込めた。海風は強く吹いているが、妙に静まり返っている。慶吉は帽子を取り、風に飛ばされないように小石を置いた。

「誰もいないだろうな、盛太郎。音がしたようだが」と浩市が言った。

「枝が風でこすれあっているだけですよ」と盛太郎は言った。

「慶吉、米軍は犯罪者を椅子に縛り付けて、高圧電流で黒焦げにするというのはほんとうかね」

浩市が慶吉の顔を覗き込んだ。

「もとはといえば浩市、おまえのせいで、ドル、ドルと島中騒いでいるんだ。どうするんだ」

浩市はうなだれた。

「おまえは戦争でも命を惜しまなかったのに、一体どうしたんだ。死刑を恐がるとは」と勲が浩市に言った。

「君の目は何だ?」

浩市が勲を見た。

「うるさい島民を、俺は避けたいんだ」

勲は黒い眼帯を右目に当てている。

「眼帯の効果はありますかね」

盛太郎が勲に聞いた。

「かえって注目を浴びているよ」

「浩市、宝船から引き上げたとは口が裂けても言うな」と慶吉が言った。「場合によってはおまえの残ったドルをわしが預かったほうがいいかもしれんな」

「……じつは少し繁子の煙草と交換してしまったんだ」と浩市はうつむいたまま言った。

一昨日、妻と愛人のリリィーの留守を見計らい、あねさんかぶりをした繁子が浩市の家に来たという。

四十代の太った繁子は浩市に火をつけた煙草をくわえさせ、言葉巧みに話を進め、前掛けのポケットから米国製の煙草を一個取り出し、とうとう浩市の口を割らせたという。

「ドルをネコババしたら、米軍に死刑にされると繁子が言っていた」と浩市が言った。

「浩市、おまえがこれ以上しでかさないうちに何とかしなければならんな」と慶吉が言った。「繁子は米軍や巡査には訴えないよ。ドルが本島のどこかでは使えると知っているはずだからな。あいつは警戒しなければならない。目ざといし、地獄耳だ。あいつに比べると巡査や三郎や島の男たちはぼんくらだ」

「繁子には言葉を慎重に選ばなければなりませんね」

繁子は俺たち仲間の家を一軒一軒回っているんだ、と思いながら盛太郎は言い、「愛人はドルの価値を知っていたんですね」と浩市の顔を見た。

「知っていた。最近、毎晩猫なで声で、心配で眠れない自分を安心させている」

「愛人はおまえよりドルが心配なんだよ。ドル束と煙草一個を交換する人間だからな」と慶吉が言った。

「煙草と交換した話はリリィーにはしていないよ」

「女房はどうなんだ？」

「リリィーが女房に家も造り替えられる、何でも買えると教えていた。急に妻とリリィーは仲がよくなった。蚊帳の中で自分をはさんで川の字になって寝ているよ」

「何が川の字だ」と勲が舌打ちした。

「別々にドルを持つのはよくなかったのかな。全部慶吉さんに預けて、時期をみて、分配したほうがよかったんじゃないですかね」と盛太郎が慶吉に言った。

「とにかく、ほとぼりがさめるまでじっとしていよう。いいか、今は使えなくても金は金だ。金は人を選ばない。米兵でもおまえたちでも誰でも使える。わしがマイトを手に入れたら、また爆破作業を始めよう。何もしないと疑われるからな」

「繁子がウロウロしているのが気になりますね」

「色気では誰も惑わされないだろうが、言葉が巧いからな。あいつの話を聞いて、涙を流さない男はいないそうだ。もし近づいてきても耳をかさないで、突っぱねろよ」

四人は少し雑談をしたが、以前のように盛り上がらず、まもなく立ち上がり、別れた。


盛太郎は卓袱台の上の団扇をとり、ゴザに横たわり、首筋をあおいだ。

トタン屋根が直射日光を吸い込み、部屋の中にも熱がこもっている。海水に体を浸しに行こうかどうしようか迷っているうちに子供の頃、父親に聞かされた、日本人の大金持ちが経営していたという南洋の大きな船舶会社の話を思い出した。設備の整った立派な船をもつのが父親の夢ではなかっただろうか。いずれは船主になり、船員を何十人も雇おう。「一体いつになったらドルが使えるんだ。俺は莫大なドルを持っている」と叫びかけた盛太郎は体を起こし、大きくため息をついた。卓袱台の急須をとり、湯呑みにぬるくなったお茶を注いだ。

浩市が巡査にドルのつまった宝箱の話をしないか、やけに気になった盛太郎は庭に出た。母親は井戸端に座り、洗濯をしている。

「爆破の仕事はもう止したの?」

いつもは爆破の仕事はやめて欲しい口振りなのに、母親はタライの洗濯板に盛太郎の上着をこすりつけながら聞いた。

「いや、ちゃんとやるよ」

爆破の仕事はもう止そうと盛太郎は思った。莫大なドルを残したまま死ぬわけにはいかない。慶吉たちも爆破の仕事を止めたいと思っているにちがいない。しかし、四人が一度に止めたら巡査や島の人は怪しむだろう。

「浩市とは会っていないのね」

母親は立ち上がり、背中をのばした。「おかしいのよ。これまでめったに浩市の家に行く人はいなかったのに……」

「……」

「何かと理由をつけて、訪ねてくるらしいのよ」

「そんなに大量のドルを拾ったのかな」

「あんたの仲間はほんとにどうなっているの？……勲よ。急に汚れた服を着けて、石ころだらけの畑を耕しているのよ」

「どうしたんだろうな」

盛太郎は家の中に入り、中柱に背中をもたせかけた。


二時間ほど後、缶詰を買いに出かけていた母親が帰ってきた。母親はコーラとオレンジジュースを卓袱台に置いた。盛太郎は黙ったままぬるいコーラを飲んだ。

「父さんの潜水仲間だった、あの池のある家のおじさんね、知っているでしょう？　高血圧で倒れて、奥さんがずっと下の世話をしたのに、動けるようになったら、前々からの浮気相手と一緒になるって出ていったそうよ」

「ひどい男だ」

「盛太郎、あんた、ドルを持っているの？　あんたの息子さんももしかしたら持っていないかねえと浩市の奥さんが言っていたけど、あるなら、旦那に逃げられた奥さんにあげたら？　父さんも喜ぶよ」

「おやじの仲間だったのは男のほうだろう？　ドルなんか持っていないよ。買物に行って、くだらないことを聞いてきて」

「……あんたの仲間の浩市、寝床で、奥さんとリリィーが足を一本ずつマッサージして寝かそうとするけど、何かに怯えて、朝まで目が開いているんだって」

「妻と愛人と同じ屋根の下で生活したら、男なら誰でも眠れなくなるよ」

「お世話になった公民館勤めのおじさんね、不発弾で足の指を吹っ飛ばされたんだって。本島の病院に行きたいんだけど、子沢山だから、お金がないらしいのよ」

「ほんとにドルなんかないんだ。どうしたんだよ、一体」

「盛太郎、うちは、あんたの妹を戦争でひもじい思いをさせて、死なせてしまったのよ。人助けをすると、あんたの妹や父さんもあの世で大きい顔ができるのよ」

母親は黙り込んだ。盛太郎はコーラを飲み干した。母親が口を開いた。

「……繁子よ」

太った繁子が庭先の木陰から顔を出し、盛太郎を手招いた。盛太郎は庭に下りた。繁子が目配せし、二人は庭から通りに出た。

「ドルはあなたが持っていてもずっと使い途はないわよ。どこで使っても捕まるのよ」

繁子は白い丸い帽子をとり、首筋をあおぎながら言った。

「煙草のような子供騙しの物ではなく……繁子なら例えばB円と交換できるのかい」

繁子は盛太郎の目を見つめ、小さく笑い、うなずいた。

「うちはあなたの味方よ。だけどB円には交換できないわ」

「ハワイ帰りの人ならB円と交換してくれないかな」

「無理よ。危険よ」

「あんたたち、何の話をしているの」

母親が近づいてきた。

「なんでもないわ、ねえさん。女と男の内緒話よ」

繁子は手を横に振った。「なんでもないよ」と盛太郎が言った。母親は振り返りながら庭に入った。

繁子は持っている紙袋からチーズ、バター、菓子、ジャムなどを一つ一つ出し、薄笑いをした。

「ドルで買ってきたのよ。ドルを預けたら、うちが買ってきてあげるわよ。これの十倍ぐらい。母親孝行にもなるのよ」

「ドルがあるか、ないかわからないよ」

「嘘をついてももうだめよ」

「ほんとにわからないんだ」

「何がわからないのよ」

「俺は何をするか……」

「何に使うかという意味?」

繁子の話を聞いたら男はみんな涙を流すと慶吉が言っていたが、頭にくるだけだと思い、盛太郎は庭に入った。

6

翌日の昼前、海風が弱く、団扇の風も生暖かかった。寝そべっている盛太郎の目に、天井にへばりついた大きい蛾が焼き付いた。ついさっき見た、ダイナマイトの爆発と同時に自分の腕や足がもがきながら海面に上がっていく白昼の夢が生々しく残っている。

庭先の防風林から聞こえていた蟬の鳴き声がやんだ。水玉模様のワンピースを着た母親が庭の野菜畑を横切り、戸口に座った。

「浩市のドルはほんとは米軍の沈没船からとったんだね。沈没船のドルの額と合わないらしいのよ」

「なぜ、わかったんだ？」

盛太郎は母親の目を見つめた。

「あの巡査が米軍に照会したのよ」

「どうなったんだ？」

「おまえが持ってきたドルは微々たる額だ。正直に話せ、と巡査は浩市を脅したらしいのよ」

「浩市さんは何と？」

「海に浮いていたのはこれで全部ですって。巡査と三郎は仲間を割り出そうとしているみたいよ」

「仲間なんかいるはずはないよ」と盛太郎は強く言った。

「額も合わないし、今まで島中の人が海岸を捜し回っても、ないから、仲間と山分けしたんじゃないかと巡査は睨んでいるのよ」

「俺たちは船を爆破する時だけの仲間だ」

「とにかく食事にしようね」

母親は中に入り、昼食の支度を始めた。盛太郎はおちつかなくなり、立ち上がり、下駄をはいた。開襟シャツを着た浩市が庭から入ってきた。ほとんど飲めないのに、酒の三合瓶を持っている。浩市に気づき、母親が手を拭きながら顔を出した。

「浩市、あんた、巡査に追及されたんだってね」

「盛太郎に大事な話があるんだ」と浩市が言った。ここ何日かの間に浩市の頬の肉は落ち、目はくぼんでいる。

「昼ご飯、食べてよ、浩市。今すぐ、炊くから。あんた、ろくに食べていないんじゃないの」

「自分は食べてきた」

浩市は、母親を追い払うように手を振りながら戸口に座った。「どこか散歩でもしてこいよ」と盛太郎が母親に言った。母親は浩市にお茶を出し、変におとなしく出ていった。

「ほんとに昼飯は済ませましたか」と盛太郎は聞いた。

「食欲なんかない。とにかく、飲め」

浩市はお茶を庭にこぼし、湯呑みに酒を注いだ。盛太郎はイカの缶詰を開けた。

「慶吉はうるさいし、勲はネチネチと嫉妬深いから。おまえの所に来たんだ」

「よく来てくれましたよ」

「リリィーは俺に見切りをつけた。ドルとリリィーは消えた」

前の晩、こんな苦しい思いをするくらいなら残りのドルを全部派出所に持っていくと言ったら、今日の朝、リリィーはいなくなっていたという。蚊帳を吊し、一緒に一生懸命アイロンもかけたのに、まさかドルを持ち逃げされるとは夢にも思わなかったという。

「慶吉さんには話したんですか」

「君以外には会う気もしない。ドルが全部消えてみると、今までの辻褄合わせが何だったんだと馬鹿らしくなるよ。……もともと自分のドルじゃなかったからな」

浩市は酒をラッパ飲みし、咳き込み、よろめきながら小さい野菜畑を横切り、道に出ていった。

7

朝、母親が公民館に噂話をしに出かけた後、「親子ラジオ」から流れる夏休み特番の童謡をぼんやり聞いていた盛太郎に、何日も前から盛太郎を尾行している三郎が「午後一時に出頭するように」と言いにきた。

盛太郎は一人昼食を済ませ、一時少し前に家を出た。石垣の角から出てきた勲が、俺にも声がかかったと言う。左右に大きい石柱が立っている校門をくぐった。木造赤瓦ぶきの細長い小・中学校の教室は四つある。狭い教室だが、窓は大きく、外から鳥の声や、涼しい風が吹き込んでくる。

一人一人尋問された時、四人は黙秘した。巡査はごうをにやした。ふとした会話から綻びが出ると考えた巡査は、四人を一教室に集めた。

昨日よりも目がくぼんでいる浩市は、隣の慶吉からずっと視線を逸らしている。四人の向かいにふんぞり返るように座った巡査と三郎は扇風機の風を自分たちだけに当てている。

「隠し持っているんだろう？　なんなら徹底的に家捜ししてもいいんだぞ」

髭剃りあとが青黒い、角張った顔の三郎が、慶吉にB円を握らされた弱みをつかれないように怒鳴った。

「あなたたち四人が、米軍の沈没船の周りを漕ぎ回っていたのを見た者は何人もいますよ」

三郎は五分刈り頭をゴリゴリかきながら言った。

「みんな使いたくて、うずうずしているだろうが、使ったらただちに投獄するぞ。今提出するなら目をつぶろう。どうかね？」

前頭部の禿げた、小太りの巡査が椅子から立ち上がり、一人一人の顔を見回しながら言った。

「あるなら、とっくに持ってきているよ」

慶吉が小さい椅子に背中を深くもたせかけ、言った。

「鉄の箱に入れて、井戸の底に沈めた」とこの教室に入る前、盛太郎に耳打ちした慶吉は「見つけられるものなら、見つけてみろ」と相手をなめてかかっている。慶吉はタオルを腰のバンドから抜きとり、開襟シャツを広げ、首筋の汗をふいた。巡査は浩市を集中的に尋問した。浩市は平然としている。

「このままじゃ本島から警察官が大勢派遣されてくる。私の顔を潰す気か、君たちは」

巡査が机をたたいた。四人は顔を背けた。巡査は慶吉を睨んだ。

「そう睨むな。ドルを見つけたら本島の警官には渡さないよ。まっさきにおまえの所に届ける。昔、おまえを世話したからな」

「私を怒らす気かね」

巡査は椅子を後ろに倒し、立ち上がった。慶吉は巡査の赤らんだ顔を睨み返した。巡査は米国製の煙草を口にくわえ、教室から出ていった。三郎はどこか気まずそうに黙ったまま、四人の様子をうかがっている。まもなく煙草を吸い終えた巡査が戻ってきた。

「米軍は来ないんですかね」と盛太郎が巡査に聞いた。

「米軍が来るようになったら、君たち四人はもうおしまいだ。私のように温情的な取り調べは決してしないからな」

巡査は三郎に急須を持ってこさせたが、自分だけお茶を飲み、息を吹き返したかのようにまた尋問を始めた。

「知らない」を貫き通せば、なんとかなる。辛抱だ、と盛太郎は自分に言い聞かせ、豪華船を思い浮かべた。

結局、誰もハカず、巡査は四人を帰した。

8

四人が巡査の尋問を受けた三日後の正午前、盛太郎はバラ線（有刺鉄線）を張り巡らした野菜畑の脇のセンダンの前を通った。水の入った桶と柄杓を前に母親と繁子が妙に押し黙まり、座っている。

麦藁帽子をかぶった母親が木陰から立ち上がり、盛太郎に足早に近づいてきた。髪を後ろに束ねた繁子も母親の後からついてきた。

「今さっき、慶吉さんが全部ハイタのよ。巡査が勲や浩市の所に向っているわ」と繁子がすぐ言った。盛太郎は繁子の目を見つめた。

「慶吉さんが？　嘘だろう」

「暑いから、ここに入って」と母親が言った。三人は木陰に立った。繁子が盛太郎に煙草を一本差し出し、火をつけた。

「慶吉さんはドルを全部没収されたわよ。まもなく巡査がここにも来るわよ」

「なぜ慶吉さんがハイタんだ。信じられない。俺は煙草は吸わない」

盛太郎が返した煙草を繁子は口にくわえたが、すぐ指にはさんだ。

「盛太郎、知っている？　浩市の奥さんが慶吉の家にのりこんだらしいのよ」

繁子は詳しく話した。

浩市は妻に、自分は仲間より少なくドルを受け取ったと話したという。妻は慶吉に、分け前が少なかった分を何とかできないかと言いにきたという。

「盛太郎はあの三人と無関係よ。ドルは持っていないよ」

母親が繁子の腕をゆすった。

「ねえさんは黙っていて」

繁子は吸いかけの煙草を地面に投げ、盛太郎を見つめた。

「面倒だから、盛太郎の家に火をつけて、家捜しするとおちつかない島民もいるのよ、盛太郎」

「……」

「今はっきり言わないと、息子さんは本島から来た警官に締めあげられて、痛い目にあうのよ、ねえさん」

繁子は母親の手を振りほどいた。

「慶吉さんは巡査の拷問にあっているそうよ。警官はすぐここにも来るわ」

繁子は大きい胸を盛太郎に迫り出すように言った。

「拷問？　あの巡査が？」

「米軍の圧力がかかって、本島から警官たちがやってきたから、巡査も焦って、鬼になったのよ」

「米軍の圧力？　そんなに急に？」

「あなたも急いで」

「俺は何も……」

「まだそんなこと言っているの。あなたたち爆破仲間は拷問にかけられるのよ。ひどい拷問よ。逆さ吊りにされて水に頭を突っ込まれたり、爪を一枚ずつ剝がされたり……決して耐えられないわ」

「どこからそんな……いろいろと」

「うちは千里眼よ」

繁子が盛太郎の肩をたたいた。

「もともと島の巡査は素朴だけど、米軍が来たら、一緒に獰猛になるのよ。もうどんな言い訳も通用しないわ」

「……米軍も来るのかい」

「まだ盛太郎の耳には入っていないの？」

「……」

「米軍がどんな重い処罰をあなたたちに加えるか、島の巡査もわからなくて、不気味がっているそうよ。盛太郎、逃げなさい。ドルさえ残せば、誰も追わないわよ。ね」

「繁子、うちの盛太郎はどうなるの？」

繁子と盛太郎の顔を交互に見ていた母親が繁子の手を握り締めた。

「恐ろしい目にあわされるわ、ねえさん」

母親は今度は盛太郎にしがみついた。繁子が盛太郎の背中を押した。

「逃げて、盛太郎」

「逃げる？」

盛太郎は冷静な判断ができなかった。

「米軍がここに来る前に本島に渡って」と繁子が言った。「ドルは残して。肉親を殺した米軍にドルを返すのは馬鹿をみるわよ。そう思わない？　盛太郎」

「ドルは持っていくのか」

「さっきから何聞いているのよ、あなたは。ドルを持って逃げたら、一生涯米軍と警察に追われるのよ」

「米軍は……今頃捜査するくらいなら、なんでもっと早く宝船を自分たちで引き上げなかったんだ」

「何をぐちっているの？　ドルはうちが隠しておくわ。米軍も警察もうちの家は調べないから」

「しかし」

「盛太郎は台湾に渡ったとうちが巡査に言っておくから、本島の警察も米軍もあなたを捜そうとはしないわよ」

「あんた、持っているの？　って、うちが何回も聞いたでしょう？　母一人、子一人なのに隠し立てをして。うちがいくらおしゃべり好きでも……」と母親が盛太郎に言った。「巡査も島の人だから、島民を相手に鬼にはならないよ。盛太郎、お金は使ったの？」

「いや、手付かずのままだ」

「だったら、あんたに罪はないよ。すぐ出頭したら情けもかけられるよ」

「ねえさん」と繁子が母親の手を握った。

「あんたは黙っていて」と母親は繁子の手を振り払った。

「盛太郎、あんたが取ってきたお金をいいことに使ったとしても、あそこがネコババ盛太郎の家だと代々話題にされるのよ」

「……」

「小さい島だから、永久に犯罪者扱いよ」

「ねえさん、そんなことじゃないわ」繁子が口をはさんだ。

「盛太郎、繁子の話に惑わされないでよ。一からダイバーでやりなおしなさい。あんたは若いし」

「逃げなさい。ほとぼりが冷めるまで」と繁子が叫ぶように盛太郎に言った。

「あんたは黙っていなさい。これは親子の問題だから」

「派出所に行ってくるよ」と盛太郎は言った。

「盛太郎、後悔するよ」と繁子が言った。

「おふくろもここにいろよ。俺はドルを取ってくる」

母親はセンダンの根元に座った。

盛太郎はジリジリする真昼の陽の下、海風に吹かれながら家に向った。

村長と娘

人口千人達成の祝賀会とイベントを抱き合わせ、村起しの起爆剤にしようと村長は何年も前から考えているが、人口は徐々に減っている。現在七百六十人だが、「むしろ人口五百人タッセイを祝ったらどうかね」と皮肉る村民もいる。

村にはパチンコ店や映画館やボーリング場もないから若者は定着しないと村長は思う。しかし、このような娯楽施設は進出してきて欲しくないと考えている。

野菜ジュース売りが大きいクーラーボックスを小さい車輪のついた車に乗せ、押している。ギィーギィーという摩擦音が近づいてくる。またか、朝っぱらからと村長は思う。しかし、最近はこの音を聞かなければ、一日の仕事が始まらないような気がする。

毎朝九時、村長室に現れる野菜ジュース売りの四十代の女は決まったように青いエプロンをし、サンバイザーをかぶっている。

「おはようございます。お元気ですか。健康ジュースです」と女は目を輝かせ、声を張り上げる。

二カ月前、職場帰りの、二十五歳の一人娘が数種類の野菜の入ったジュースを家に持ってきた。「血行がよくなる」とか「体調が整えられる」などと言いながらジュースを村長に飲ませた。かすかにゴーヤーやフーチバー（よもぎ）の香りがするが、得体の知れない味に顔をしかめた。

痩せこけた五十代の村長の健康を気遣った娘は、フレッシュジュースを「毎朝、村長室に届けるように」と野菜ジュース売りの女に頼んだ。

村長は女と相談し、今はレモンの入った人参ジュースを飲んでいる。フーチバーなどと比べ、飲みやすいが、独身の四十代の女が村長室だけに毎朝持ってくるというのはどうなんだろうか、と首を傾げている。

帰宅後、何度か「自分で店で買って飲むから」と娘に言ったが、娘は首を横に振り、「ちゃんと飲んでよ。配達の良子姉さんがお世話するからね」と村長の目を見つめた、

恋人のいる娘はひそかに私の再婚相手をさがしていると村長は思う。村の女は町の高校を卒業後も村に帰らず、就職し、結婚してしまう。娘も結婚したら町にいくだろう。

現職の間になんとか村起しをしなければならないと村長は思う。古い城跡や王家の墓などのある他の市町村をいつも羨んでいる。

村の方々に記念植樹をし、石像を立てるために故人、海外の生存者を問わず村出身の偉人を探しだす作業に着手させた。

新聞に載る村の話題も見逃さないようにしている。那覇の女子中学生たちが車にひかれた子猫を助け、全校生徒から寄付を募り、手術代を工面したというのに、この村の中学生はマングースを罠にかけたり、畑に穴を掘り、猪を落としたりしている。穴に落ちた猪は珍しいのか、二度ほど新聞記事になったが……村長は美談を求めている。

娘は隣の八十歳の一人暮らしの老女が飼っている十数羽の鶏の卵を集め、竹のバスケットに入れ、小さい個人経営の店や、卵の好きな親戚などに売り歩いている。お礼に卵を何個かもらってくる。

娘は目玉焼きを作り、テーブルに置きながら、「良子姉さんは四十八歳だけど、まだ独身よ。お父さんを尊敬しているんですって」とか「出戻ってきたナオミさんはお父さんのファンですって」などと村長の顔をじっと見つめたまま言う。村長は無関心を装っていたが、出戻りを私にすすめるとは、といささか憤慨した。

学業はともかくスポーツの沖縄一が一つでもあればと村長は願っているが、小中学校のクラブの数は少なく、入部している者も真剣に練習をせず、ほとんど予選敗退している。

年中ほとんどの生徒たちは山や海にくりだし、かけまわったり、潜ったりしている。水泳が速くなりそうだし、マラソンが強くなりそうだが、いずれも市町村対抗の競技会では村長はいつも最下位から順位を数えている。

村長はマラソンか駅伝を誘致し、村起しをしようと那覇に出向き、「陸連」の幹部に陳情したが、村道は狭く、舗装されていない上に、上り下りが多く、ランナーの膝をこわすと断られた。

何年か前、キャンプ場を建設しようと議会に図ったが、否決された。建設をあてこんだ土木建設業者はひどく落胆した。期待をもたせた村長に憤怒やるかたなく、次は落選させてやると息巻く業者も少なからずいた。

村民を公民館に集め、近隣市町村の嫌がっている葬祭場の誘致計画を話したが、葬祭場のまわりに人間が住めるかと激しく抗議を受けた。「葬祭場建設によって落ちる金を本来の村起しに使う」と真剣な討議を求めたが、ますます村民のひんしゅくを買った。

ある年、コンサートや絵の展示などが可能な多目的ホールが議会や村民の喧々諤々の末、ようやく予算化され、ついに完成したが、ふたを開けたら若者の利用者がなく、たちまち閑古鳥が鳴いた。

村外の人の使用は有料と決めたが、ほとんど利用者がなく、しまいには光熱費だけの実費負担に変更したが、老人会だけしか使用しなかった。

老人たちが日頃練習している琉球舞踊や太極拳、エアロビクス、ウクレレ、手話、ヨガ、大正琴、詩吟などの大会はよく開かれた。しかし、一般の観客は見当らず、出演者の孫や曾孫だけが神妙な顔をしたり、退屈のあまり場内を駆け回ったり、寝転んだりした。

選挙が近づいた。

村長は個人的に村内にある老人ホームの清掃を行なった。一人娘を誘ったが、票目当てのボランティアは嫌と参加しなかった。しかし、村長は「娘は本土に出張に行っていて、私の手伝いができない」と嘘をついた。「職員は室内だけで精一杯で、庭までは手がまわらない。村長さんの献身はとてもありがたい」と髪をきっちり七・三に分けた所長は馬鹿丁寧に言った。

村役場の昼休みは省エネのために電灯が消える。明るい窓辺の椅子に座り、村長は娘の作った弁当を取り出し、花柄のハンカチを開いた。二段になった弁当箱の下にはご飯と梅干し、上には小さいてんぷらや葉野菜の胡麻あえなどが詰まっている。

こんにゃくをかみながら、ふと顔を上げた。開いたドアの向こうに立っている女が、目が合ったとたん、まっすぐ近づいてきた。村長の知らない、三十前後の女は紺のスーツに白いブラウスを着ている。顔は細長く、髪は短く、利発そうだと村長は感じ、いささか胸が躍った。

「英治さんですね」と女は村長の名前を言った。村長は大きくうなずいた。「半時間ほど近くの喫茶店にご一緒しませんか」と単刀直入に言う。

娘がよこしたにちがいないと村長は思った。何気なく見合いをさせているんだ。弁当を半分以上残したまま蓋をし、立ち上がった。

村役場の道向かいの食堂に入った。奥の席に女は進み、観葉植物の鉢の脇に村長を座らせた。漫画を読んでいた村役場の職員たちが村長たちをチラッチラッと見た。

女は「私がおごります」と言い、村長の好みも聞かずにホットコーヒーを二つ注文した。

女は名刺を差し出した。「生命保険外交員〇〇」と記されている。娘は何を考えているのだろうと村長は思った。私がセールスをする女と性格が合わないのはわかっているだろう。

女はパンフレットをカバンから取り出し、保険の説明を始めた。村長は驚いた。小さい計算機を押し、数字を何度も村長の顔の前に示した。女は「ご家族は？　お一人？」と聞く。「………娘が一人」「成人ですか」。

村長はうなずいた。「あなたが亡くなったら娘さんにこれだけ入ります」と計算機の数字を見せる。「入院したら一日にこれだけおります」と女は計算機を突き出し、矢継ぎ早に話した。

村長は「午後の仕事が始まるから」と立ち上がりかけた。女は村長の手に手を重ねた。「村長室に戻ってからでいいですから、これに記入して、印鑑を押していて下さい。鉛筆でかこんである箇所だけでいいですから」

村長は書類を受け取らないように両手をズボンのポケットに入れ、レジの方に歩いた。女は追ってきた。コーヒー代はどうしようか、村長は迷ったが、一人分払った。「自分の分は払ったから」と言い、女に名刺を返した。

選挙告示前のある日の終業後、村長は残業をしている職員を激励した。

女房や子供が寝た頃を見計らい、帰宅するという職員もいる。この男は朝、始業時間の一時間も前に出勤するらしく、仕事はできないが、課長のうけはいいという。

二十時に終業する営業マンの恋人が迎えに来るのを毎日同僚の女たちとおしゃべりをしながら待っている若い女子職員がいる。「村長、若い保険外交員に手を出したらしいわよ」「隣町のホテルに連れ込んだんだってね」「今回の村長選はまちがいなく落ちるわね」などという女子職員たちの噂話は村長の耳には入らなかった。

村長はこの職員たちに店から買ってきたアンパンを配り、夕食を準備し、待っている娘の元に帰った。

司会業

小学生の頃、私は痩せていた。太りたいと願っていたのは、同級生の大女に恐怖を抱いていたからだろうか。彼女は時々不機嫌になった。私より痩せた男子もいるのに、どういうわけか、大きい石を持ち上げ、歯をむき出し、よろけながら私に迫ってきた。自主性がなく、ひどく消極的な私は彼女の鼻についたのだろうか。彼女は六年生の時、小湾《こわん》島から転校し、太りたいという私の願望は消えた。

成長期の一人っ子の私に母親は「餅を食べたなら体を動かしなさい」「ジュースとケーキを食べたなら頭を使いなさい」と口癖のように言った。

運動も勉強も億劫がったせいか、太りだし、沖縄本島の私立高校に入学した頃には顔も体も赤みがかりパンパンにはってしまった。頬が盛り上がり、目や口が小さくなった。

同じ高校に入学した幼なじみが何かのはずみに、石を持ち上げた大女を話題にした。別の高校の家政科にいるという。

「君も睨まれていたのか？　僕だけじゃなかったんだ」と私は言った。

「石を投げつけられたか？」

「いや、だが形相が恐ろしかったな」

「あの大女はタラタラした男子を毛嫌いしていたんだ」

「今も石や砲丸で男子を脅したりしてないだろうな」

「スラリとした体型に変わって、物静かな女になっていたよ」

痩せていた、この男子も大女に睨まれていたが、一大決心し、苦手な運動に精を出し、難を逃れたという。もしまだあの女子が狂暴でも、もはやでかい体格になった私には手が出せないだろう。

高校を卒業した私はさらに太り、数年前大相撲に「君臨」した海竜関に容姿が瓜二つになった。海竜関は百キロほどしかなく、相撲取りとしては小柄だったが、多彩な技を持ち、二場所連続小結の座を守った。大銀杏が誇らしげに見えた。この小さい小湾島の人々は「我が郷土が生んだ英雄だ」と亡くなった今も熱狂している。海竜関の生家、産湯を汲んだ小さい泉、少年の頃テッポーの稽古をした松の木、大人たちを投げ飛ばした砂浜。このような所に自治会事務所は説明を記した看板を立てた。海竜関は肥満に起因した病気に罹り、相撲界を引退し、東京の病院に入院したが、島に凱旋も果たせず、昨年三十歳の誕生日の翌日、亡くなった。

海竜関が引退した後、海竜関と私は容姿が一卵性双生児のようだという噂がたち、ほどなく島中に広まった。私は相撲の体験があるどころか、相撲の「す」の字すら知らないし、行動力や情熱に雲泥の差があるが、迷信深い人は、海竜関の生まれ変わりだと言い出す始末だった。

最初、自治会長に催しの際の「司会業」を打診された時は断った。司会は台詞を棒読みするだけだから至極簡単だという。しかし、小結に在位していた海竜関の「姿」をしなければならないという条件がついていた。近い将来大銀杏を結う代金、化粧まわしの購入費などすべての経費を自治会が負担するという。

「二十歳になったんだから生来の物臭をなんとかしなければならないんじゃないか」

海竜関と同級生だった自治会長はしつこかった。

「卒業して二年も家でブラブラして、おふくろさんも毎晩心の中で泣いているよ」

「じゃあ、まわしの下に海水パンツをはく条件で……」

自治会長の強い押しにしぶしぶ承諾した後も、髷を結った、ただ太っただけの自分の姿を想像し、悩んだ。見せ物、晒し者になるような気がし、顔が火照ったり青ざめたりした。引き受けた手前一度だけやりとげようと思った。自治会長は「予行演習をしよう。たとえ失敗してもあの二人なら愛敬で済まされるよ」と言った。

とうとう大工と家事手伝いの女の結婚式に私は初登場した。髷を結い、化粧まわしをし、堂々とかつ恭しく登場、「小結の海竜関です」と言ったとたん、拍手喝采が沸き起り、指笛が鳴った。私はひどく驚いた。ただ手元の進行表を読み上げ、挨拶をする人や十八番を披露する出演者たちを紹介しただけなのに、このように盛り上がるとは……。気恥ずかしさや迷いは吹き飛んだ。妙に自信が湧いた。式の終了後、式場の出入口に並び、人々から祝福され、お礼を述べている新郎新婦は唖然とした。人々は新郎新婦の元から離れ、私を取り囲んだ。若い女や子供たちはサインを求めた。

島の様々な式典や祝賀会の司会の依頼が次々と舞い込み、私は変に有頂天になった。何の努力の必要もない上、金も入り、人々に称賛されるというのは信じがたかった。ときおり夢見心地になった。

島にはベテランの司会者もいた。しかし、私の登場後、声がかからなくなったからか今まで以上に芸を研いた。人の物真似や機関銃の音の真似などもマスターしようと涙ぐましい努力をした。

ピエロのような仕種をしなくても体格で勝負できる私は何と幸せだろうか。この前例のない司会業に私は疑問を感じなくなった。芸を研く努力は一切しなかった。

ある日、島一番大きい雑貨店の主人が「犬を連れたほうが真の海竜関に迫る」と黒い中型の犬を私にプレゼントした。海竜関は巡業中も必ず犬を散歩させていたという。犬は愛らしく、立派な顔立ちをしていた。すぐ私になついたし、艶やかな毛並みはどこの会場や式場に出しても恥ずかしくなかったが、私はいつもたっぷり餌を食べさせ、留守番をさせた。

月夜の下、民謡大会の司会をした。物悲しい島の歌が続いたが、私はさほど感慨はわかず、淡々と歌い手を紹介した。不美人も歌っている時はなぜか美人に見えた。

人気の上昇と比例し、若い女性に目がいくようになった。しかし、自分の巨体が気になり、声はかけられなかった。

島興しの事業を考えていた小湾島支所は多大な予算を投入し、真夏の昼間、海岸にステージを組み、美人コンテストを開催した。島外にも出場者の募集を呼びかけていた。後から後から垢抜けした都会風の綺麗な水着姿の女性たちが出てきた。司会を任された私はいささか気持ちがたかぶった。単に出場者を紹介するだけではなく何か観客がハッとする、気のきいた言葉を口にしたかった。だが、普段努力をしていないせいか何も思い浮かばず、いつものように手元の原稿を読み上げた。私は自分の体型や化粧まわし姿がひどく気になり、痩せなければならないと思った。

舞台のそでにいる自治会の進行係が、痩せてはいるが全身に筋肉のついた女性に顎をしゃくりながら言った。太っていた彼女は彼氏のためにボディービルを始めたという。「筋肉ムキムキになった彼女の体を彼氏は恐がり、逃げたんだ」と進行係は言った。しかし、彼女は彼氏が逃げた後も日々変化する自分の体に陶酔し、黙々とボディービルを続けているという。

にわか予想屋になった水着やアロハシャツ姿の観客たちは配布された出場者名簿に点数を記入し、誰が優勝するか賭けを始めた。緊張と暑さのせいか、スラリと一番長身の出場者がめまいを起こし、倒れた。舞台裏の私の近くに寝かされた。この倒れた女に同情票も入ったのか、ミス南十字星に選出された。

ボディービルの女はさほど美人ではないが、精進魂が評価されたのか、予想外の票を集め、二位のミス珊瑚に決まった。三位のミス星砂は色白の美人だった。島の女は一人も入らなかったが、島の人から特に不満は出なかった。

私は先程から体つきに劣等感を覚えていたが、かぶりを振り、私の人気は三人のミスに匹敵すると自分に言い聞かせた。生年祝いや結婚式などと異なり、私に向けられる拍手は激減した。私の司会より、斜にかまえ、ニコッと笑う彼女たちに絶大な拍手が送られた。

やはり痩せよう。海竜関の司会がこようが、こなかろうがどうでもいいと思った。食べる量を減らし、散歩しよう。

だが相変わらず式典、催物、宴の司会が終ると多くの人から「海竜関によく似ている。みんなとても喜んでいる」「大成功だ」とねぎらわれ、褒めたたえられ、ご馳走をふるまわれた。私は気分が高揚し、全部平らげた。食後は必ず酒を勧められた。コップに注がれたら、55度の強い酒でも一息に飲んだ。喉がカッと焼け、激しくむせた。自主性に乏しく他人の言いなりになってしまう子供の頃の癖がまだ抜けていなかった。

「海竜関が好きだったこのお菓子、自分なりに工夫して作ったのよ」「ステーキを焼いたよ。海竜関は大好物だったよ。めしあがって」などと差し入れも後をたたなかった。

しばらく不気味な気配が続いていた心臓や腎臓に明らかな症状が出た。緊急ではなかったが本島の医院に入院し、精密検査と治療をせざるを得なくなった。血糖、血圧、中性脂肪、コレステロールの数値が異常に高く、若い医者は「食べ過ぎと運動不足が大きな一因です」と私の体を見回しながら言った。

島の人々は自分たちが執拗に食べさせ、飲ませた料理や酒が私の病気の原因だと知っているだろうかと思った。しかし、食べに食べ、飲みに飲んだのは私だ、無理遣り口をこじ開け、押し込まれたわけじゃないんだと思いなおした。

愛犬をあずけた親戚から「獣医に診せたら、糖尿病の他に胃をひどくやられていた」と電話がかかってきた。つなぎっぱなしが凄いストレスになったという。

コンクリート造りの三階建ての医院は二階が女性、三階が男性の病室になり、一階の東側が談話室になっている。午後四時すぎ、私は談話室の引き戸を開けた。痩せた小柄な老女は針金が二本上に伸びた小さいヘルメットのような物を頭にのせている。老女の他に六十代の女、中年の女、若い女が長椅子に座っている。引き返そうとした私を小太りの中年の女が立ち上がり「待って」と呼び止めた。

「入って。遠慮しないで。あんた、今日でもう三日目でしょう？　この宇宙人のアンテナ、病気の治療に効果があるのよ」

中年の女が、八十歳になるという老女のアンテナに軽く触れた。

私は老女の脇に座った。老女は清潔好きなのか、少しのぞいた髪に櫛を入れ、入院患者なのにワンピースに糊をパリッときかせている。

「入院していい勉強になったよ。命を儲けたから幸せよ」と老女は言った。

命を儲けた？　九死に一生を得たのだろうかと私は思った。

中年の女が「幸せよね、おばあさん」と言った。

「あなたはどんな勉強をしたの？」と老女は私に聞いた。

勉強？　私は何も言えなかった。

「家の庭で倒れているのを、この孫娘が発見して、救急車でここに運ばれたそうだけど、今も何がどうなっているのか、わからなくて、会話がトンチンカンよ、ね」

中年の女が遠慮なく言った。

「周りは毎日笑いに包まれています」と髪をソバージュにした、美人とは言えない二十代の孫娘が言った。

「あなたの一生はどうでした？」と老女は私の目を見つめ、聞いた。

老女の目は真剣だが、クスクス笑いが周りから生じた。

「いい一生でした」と思わず答えたが、私はこの二十年間何を為したのか、わからなかった。

「悔いは残りませんか？」と老女はさらに聞いた。

「急に言われても、少し考えないと……」

私は妙にドギマギした。

「すぐ出てこないようではいけませんよ」と老女は少し怒ったように言った。

「孫娘さんは倒れているおばあさんを見て、これまでの人生で一番驚いたんだって」と中年の女が言った。

「痛い痛い」

しゃがれ声が聞こえた。

私は振り返った。頬がこけ、目の大きい六十代の女が腹部をさすっている。

「うちは子供を産みすぎて、下半身が弱っているのよ」

六十代の女が変に目をぎらつかせ、私に言った。若い男の私が聞いてはいけないような話なのではと思ったが、「大丈夫ですか?」と言った。

「大丈夫よ。病気じゃないんだから」

通りかかった若い女性看護師が顔を覗かせ、誰にともなく「いつもと変わりませんか」と言った。

「よくなっているよ。病院でよくならないで、どこでよくなるんだね」

六十代の女が舌打ちした。

「もしもし」と老女が看護師に言った。「はい」と看護師は顔を向けた。

「目薬が欲しいけど、注文していいかね?」

「先生に伝えておきます。お薬は注文しなくても必要なら先生が出しますからね」

六十代の女は銀色の杖を持っているが、チョコチョコと足早に看護師の後を追いかけていった。

「先生は若いのよ。よく言えば修業中、悪く言えば、うちらの体で実験しているのよ」と老女が言った。

「お父さん先生が去年亡くなってね」と中年の女が言った。

「人は一生修業なのよ、あなた」と老女は私に言った。

「あなたは何を修業しているの?」

老女は私を見つめた。妙に見つめる癖があると思った。

「修業というのは……」

私は言葉を濁した。

「あの杖を持ったおばあさんね」

老女の孫娘が話題を変え、私に言った。

「病院に入院させて。もう生きてはいけないから死なせて、と家族に駄々をこねたらしいの。あのおばあさん、病院は死に場所と考えているのよ」

「そのわりには元気があったな」

「病院は生きる所よ。私、点滴を射ったら、白髪が黒くなってきたよ」と老女が言った。

「そろそろ夕食ですね」と孫娘が言った。

私は三階の病室に入った。引き戸の傍のベッドに腕枕をしていた親分肌の角張った顔の老人が「挨拶は?」と言った。

入院した日も同じように注意された。あの日以来ちゃんと挨拶してきたはずだが、またかと私はいささか頭にきた。

「挨拶をしないと、有る事無い事言われますよ」

親分肌の老人のベッドに座っている、保育所勤めの優しい目をした青年が言った。

「それではお世話になりますけど、よろしくどうぞ」と私はふてくされながら言った。

司会業に就いた後、私はさまざまな人から挨拶をされるようになった。自ら挨拶したのはこの三日間だけではないだろうか。

親分肌の老人は起き、あぐらをかいた。

「頭は?」

親分肌の老人はギョロギョロ目を動かし私を見た。

「えっ?」

「顎を上げたまま挨拶か?」

私はうなずくように頭を軽く下げた。

「挨拶は慣れていないので」と私は優しい目をした青年に言った。

「挨拶は社会人の基本ですよ」

立派な体格の私が吹けば飛ぶような細い老人の言いなりになるとは……。チヤホヤされる司会業に早く戻りたいと思った。

「おまえもわしの舎弟になれそうだから、いい歌を聞かせよう」

海洋や珊瑚礁や砂浜に住む生物たちが支配者のクジラ（将来の親分肌の老人自身だという）の百十歳の祝いのために役目をこなす様子を淡々と妙な節回しをつけ、歌い上げた。

ウツボは門番、ダボハゼは司会進行、熱帯魚はクラシックダンス係、タコは交通整理、カニは……と一気に十数種の生物を紹介した。

「いつも誰かに聞かせていますよ。生物の習性をうまくとらえているんですよ」と優しい目をした青年が言った。

「おまえどんな役だ?」と親分肌の老人が少し息を弾ませながら私に聞いた。

「私の役?」

司会はダボハゼだというが、しょっちゅう口をパクパクさせているからだろうか。

「豚やトドも海岸にいますかね?」と肥満体の私は自嘲気味に言った。

「なぜ神聖な海に豚がいるんだ」

親分肌の老人は気分を害した。

「ダボハゼも神聖?」

「海の生物は自由自在だから、全部神聖ですよ」と優しい目をした青年が言った。

「おまえのベッドは一番奥だ」と親分肌の老人が言った。わかっていると言いかけたが、口をつぐんだ。窮屈な入院着を脱ぎ、ランニングシャツとパンツのままベッドに横たわり、腹にシーツをかけた。

自分のベッドから降りた松田が私のベッドの脇に簡易椅子を引き寄せ、座った。この松田という同室の男はひどく瘦せている。中年のようだが、何かの拍子に表情が老人や若者に見えたりする。

「俺の名前は覚えたかね？」

どういうわけか松田は名前を売りたがっていると私は入院初日に感じた。

「松田さんでしょう？　絶対忘れませんよ」と私は少し皮肉をこめ、言った。

「あの老人は毎朝、長生きさせてくれとベッドの上で拝んでいるよ。何をするために長生きしたいのか、近いうちに聞いてみよう」と松田は言った。男としては今でも長生きの方だが、と私は思った。

親分肌の老人が「おまえたちの話は気絶していても聞こえる」と言いながら近づいてきた。優しい目をした青年が「地獄耳なんですよ」と私に言った。

「わしは八十五になる。健康のコツを聞きたいかね？　聞きたいようだから教えてやろう」

誰も何も言わないのに、親分肌の老人は話し続けた。

「一日に七回のうがいと乾布摩擦と規則正しい生活と誇り高い魂をもつことだ。わしは神武天皇のように百十歳まで生きる」

「神武天皇は今のところ伝説上の人物ですよ」と優しい目をした青年が私にささやいた。

「家ではひっきりなしに口が動いていたけど、入院したらおとなしくなると思ったら、変わらないわね」

いつのまにか病室に入ってきた五十代のチリチリパーマの女が言った。親分肌の老人の娘だという彼女は昨日も一昨日も面会時間に関係なく見舞いに来ていた。

「どこも痛くもないのに、わしはここに入れられているんだ」と親分肌の老人が私に言った。娘は親分肌の老人の手を引っ張り、ベッドに連れ戻した。

「この四女はこんなだが、本当はやさしいよ。女房とは大違いだ。わしのために踊ってくれるんだよ」

親分肌の老人の声がしきられたカーテンの内側から聞こえた。

翌日の午後、親分肌の老人の周りが騒がしくなった。食後ウトウトしていた私は起き上がり、彼のベッドに近づいた。優しい目をした青年はどこに行ったのか、いなかった。

「先生も驚いていたわよ。数値的にはもっと弱っていてもおかしくないが、こんなに生き生きしているのは八十五歳の生年祝いを楽しみにしているからだろうって」と親分肌の老人の娘が松田に言った。

「八十五の祝いの年だよ」とベッドの上に座った親分肌の老人が妙にしみじみと私に言った。

沖縄では古希、喜寿、白寿などの他に、数え年の七十三、八十五、九十七歳も祝う風習がある。

「日に三回も電話をしてくるのよ、盛大な祝いにしようって」と娘が言った。

「よほど楽しみにしているんですね」と私は言った。

「どこで手に入れたのか、こんなものも持っているのよ」

娘は新聞の切り抜きの写真を私に手渡した。

八十五歳生年祝いと書かれた横断幕がトラックの車体に取り付けられている。幕の縁取りに色とりどりの紙製の花や鎖が飾られている。荷台の、ピンクの鮮やかな着物を着た照れ臭そうな老女を囲み、数人の女が手を上げ、踊っている。老女の顔は赤ん坊のように柔和に見える。

「このような祝いにしてくれって、何度も念を押すのよ」

「わしとアレがデュエットしたテープがたんすの引き出しにあるから、会場ではずっと流すんだよ」と親分肌の老人が娘に言った。私は、昨日聞かされたような歌を流すのだろうかと思いながら「アレって?」と娘に聞いた。

「妻よ」

「愛人だとコトだよ」と松田が私に言った。「あんたの職業は?」

「……司会を」

「司会? あなた喜劇人?」と娘が聞いた。

「いや、ただの……」

ささやいた。

「この老人が亡くなったら誰もかぶらなくなるんじゃないかね？　寝るたびに目に入るからな」と松田が私に
「引出物はフトンにしろ。わしの名前を大きく入れて」と親分肌の老人が娘に言った。

「司会は笑わして、場をにぎわさないとダメよ」

「長寿をあやかる人もいるんじゃないかな……」

「いまどき数え八十五歳は大っぴらに長寿とは言えないよ」

「司会は誰にするか、決めたか？」と親分肌の老人が娘に言った。私は思わず親分肌の老人を見た。

「テレビの民謡歌合戦の司会をやっているおどけた男がいいよ。髭面はナマズみたいだが、漫才師のように口上がうまいから」と親分肌の老人が言った。

「二年前、母の八十五歳の余興にこの松田さんを呼んだのよ」と娘が言った。

私は驚いた。「あなたも司会を？」と松田に聞いた。

「芝居よ。小ぢんまりした」と娘が言った。芝居芸人だったのかと私は思った。

「年末に借金取りが来る話だったの。ドタバタで笑いもあったけど、祝いの席には不向きだったわ。二十万円もしたのに」と娘は不服そうに言った。

「丘の一本松の近くに住んでいる太郎にも招待状、出したかね」と親分肌の老人が娘に言った。

「あの人は三十三年忌も終わったのよ」

「そうだったかな。生きているような気がするが……」

「あなたが司会をしたら客は爆笑する？　客を幸せにできる？」と娘がだしぬけに聞いた。私は首を横にふった。「並の司会者なのか？」と松田が聞いた。

私は海竜関に似ていると言おうと口を開きかけたが、三人とも海竜関をほとんど知らないだろうし、知っていても関心はないだろうと思った。

一階の談話室の長椅子に座っている松田が、自販機から缶コーヒーを取り出した私に声をかけた。彼の側に腰をおろした。

「あと一個出しますか?」

「いらないが、君、缶コーヒーは太るよ」

「松田さんは皮と骨のように痩せているけど、栄養失調ですか?」

「食うモノも食わず、寝る間も惜しんで稽古に励んできたからな。病気というより過労だな。だが同業者はみんな研鑽している。とにかく今は病院で休憩しているんだ」

何の努力もせずに司会業をしている私は後ろめたさを感じた。

「独身ですか?」と私は唐突に聞いた。

「毎晩子供を寝かしつけてから、妻が民謡ショーに出ているよ」

「松田さんは仙人のような風貌だから、独身と思っていました。芝居をするんですよね」

「各地に巡業に出かけている。離島にも渡っているよ。俺の家系には代々役者の血が流れている。長い間滞っていたが、俺が蘇生させた。とにかく、この血がいつも俺を駆り立てるんだ」

「どのような芝居をうつんですか?」

「いろいろやるよ」

松田は妖術使いの盗賊が特に好きだという。あっという間に床下や大箱の中から現われたり消えたりする魔術に離島の純朴な人々は常に驚嘆するという。

「奥さんは民謡ショーだけ? 芝居も?」

「妻は悲劇の女が十八番だ」

女の子ばかり生み、姑に意地悪をされる女や、身分の違う男との恋仲を引き裂かれる村娘を演じる時、妻は嘘泣きではなく、真から涙を流すという。

「すごい演技力ですね。女は元来役者に向いているんですかね」

「稽古すれば誰でもある程度向くようになるよ」

「……」

「君、もう芝居の中にしか美しい女心はないよ。涙をこらえて人知れず好きな男を見送るような……」

「現実の女はそのようなことはしないいんですか?」

松田は妻とギクシャクしているのだろうかと、ふと思った。

「見たことがないよ。君はあるかね?」

私は缶コーヒーを一口飲んだ。

「島の人たちは本当に純真だよ」

観客は一人残らず感動に身をうち震わせ、腹の底から笑い、しみじみ泣くという。

芝居が最高潮に盛り上がった時、数年間杖なしでは歩けなかった老女が、舞台に上がり、歓喜の踊りを舞ったという。

「君、観客の力が我々の人生に活気を蘇らせるんだ。役者の俺を癒すんだ」

「……」

「同時に役者は人々に希望や、喜び、興奮を与える最も崇高な仕事なんだ」

私は松田の話に吸い込まれた。

「役者は命を賭けて使命を全うしなければならないんだ」

「稽古はたいへんですか?」

「人の心を癒す芝居を即興でできるようにならなければ稽古をしたとはいえないよ」

「……」

「寝食を忘れて打ち込まなければ、この境地に達し得ないよ」

「肝心なのは稽古なんだ……」と私は独り言のように言った。

「稽古を毎日続ければ一生朽ちないよ」

松田は若い頃、二枚目の役を演じたという。年を重ね、容姿が人並みに衰えたが、今も人気が落ちないのは二枚目に甘んぜず日々徹底的に研いた芸のおかげだという。

「芸は肉体と違って、永遠だ」

「このような体格の私でも？」

「芸は容姿とは関係ない」

「お二人さん、そろそろ部屋にもどる時間ですよ」

若い看護師の声がした。


治療と摂取量を厳格に抑えた食生活が功を奏し、体重が二週間前の入院時より十キロ落ち、三日後の退院が決まった。生活のためにひとまず司会業に戻らなければならないだろうと思いながら、消灯時間の少し前、無糖の缶コーヒーを買いに談話室の自販機に向かった。痩せた小柄な老女が一人談話室にいた。頭に宇宙人のヘルメットのような物をのせていないせいか、虫の居所が悪いのか、変に目をギラつかせ、私にくってかかった。

「あんたは毎日たっぷり餌を与えられて、太った白豚よ」

私は一瞬何も言えなかった。

「……白豚とは何ですか」

「相撲取りの真似事をして食べさせられ、また真似をして、食べさせられて」

「誰がそんなことを？」

「誰でもいいのよ」

「僕は二十年間他人にとやかく言われたことは一度もないんだ」

「なぜあんなに太ったのか、わかる？　食べるから太るんじゃないのよ。何も考えず何もしないから太るのよ」

「……」

「白豚を見てごらんなさい。何かしている？　何か考えている？」

懐中電灯を持った若い女性看護師がやってきた。

「そろそろ就寝時間ですよ。病室に戻って」

「この人に白豚ではなく人間になりなさいって教えていたんですよ」

私は癪にさわったが、何も言わず、何も買わず病室に引き返した。

夜中に目が覚めた。

子供の頃、巡業の芝居を何度か見た。近くの空き地に短い草が生え、昆虫が棲んでいた。定期的にやってくる劇団はこの空き地にテントを張り、舞台を組み立てた。出し物は剣劇だった。私はテント裏に忍び込み、剣豪役の役者と友達になった。

あの頃、学校を卒業したら役者になろうと思ったが、なぜ「海竜関」になったのだろうか。

同室の松田も親分肌の老人も優しい目をした男も眠っている。誰かの安らかな寝息が聞こえる。彼らは彼らなりにちゃんと「自分自身」を生きているのだろうかとふと考えた。するといきなり人という存在が切なく、いとおしくなった。私は小湾島出身の有名人になりすまし、ただ棒読みの司会をし、年を重ねていくのだろうか。身震いした。努力を積み、本当の自分を引き摺り出し、全エネルギーを発揮しなければ生きているとは言えないのではないだろうか。

夜は白々と明けた。朝食後、松田が私を低い樹木に囲まれた中庭に誘った。松田はすでに知っているはずだが、「退院が決まったそうだな？」と聞いた。

「明後日です」

「命というものは放っておいたら自ら生きようとはしないよ」

私はよく意味がわからなかったが、うなずいた。

私たちは木製のベンチに座った。

「俺の巡業に参加しないかね?」

「私は役者になるんですか?」

少しトンチンカンの質問をした。

「脇役だが」

私は司会業と決別するつもりだが、なぜか「人気司会者の私が脇役……」と言った。

「最初から主役の人間は世界のどこにもいないよ」

「……」

「血の滲む稽古の結果として主役は誕生するんだ」

「松田さんの芝居を見にくる人はいるんですか?」

失礼な質問をしてしまったと思った。

「前に言わなかったかな? 特に離島の人は首を長くして俺を待っている」

豊年祭などの年中行事の際、公民館の前広場に舞台を造り、今か今かと待っているという。

「雲をつかむような話だから退院後によく考えて返事をします」

「それでもいいが、俺はいつまでもここにいるわけじゃないからな」

松田は立ち上がり、病室に戻った。

役者……血の滲む稽古……給料は……。太ったらまた海竜関とそっくりになり、司会業に復帰できる。収入も確保できる。しかし、また入院せざるをえなくなる。

病室に向かった。廊下の壁にかけられた鏡の前に立った。体が引き締まり、痩せていた子供の頃の面影が漂っている。

予定どおり退院し、小湾島に帰った。久しぶりに母の手料理を食べ、横になったとたん、玄関のチャイムが鳴った。

「お見舞いの人たちよ。二時頃来ると自治会長が言っていたの」と母が言った。私は玄関を開けた。

自治会長の姿はなく、小学生の長女が小さい花束を手渡し、「退院おめでとうございます。早く司会をしてください」と言った。大人たちは私を不満そうにジロジロ見た。

「なぜこんなに痩せたんだ」と初老の痩せた男が私に言った。

「痩せないと治りが遅くて……」

「デブと病気は関係ないよ」

「医者はあると言っています」

私は少しむきになった。

「医者にもいろいろいる。なぜ気にする？」

「これをたっぷり食べて」

中年の太った女が白い脂がたっぷりついた豚肉を私に差し出した。私は首を横にふった。胃が小さくなったのか、海竜関に似てはいけないと潜在的に思っているのか、カロリーの高い食物は体が受けつけなくなっている。

太った女は母を呼んだ。顔を出した母に女は豚肉を手渡した。自治会長が来た。

「俺が話をつけるよ」

自治会長は人々の顔を見回しながら玄関に入り、戸を閉めた。応接間の卓袱台につき、母が出したインスタントコーヒーを飲んだ。

「男どうしの話があるから」と自治会長は母に言った。

「よろしくお願いしますね。いいように計らってくださいね」

母はすぐ出ていった。

「ブラックか。砂糖もミルクもたっぷりいれたほうがいいよ」

「ブラックのほうが……」

「君は入院中に、たくさんの拍手、喝采を忘れてしまったのか？」

「えっ？」

「チャンスはものにしないと一生後悔するよ。偉大な海竜関と瓜二つの人間は日本のどこにもいないよ」

「……」

「今は海竜関と似ていないよ。それでもいいのか。君の唯一の取り柄は海竜関に似ているところだよ。食って食って、食いまくって少なくともあと十キロは太れ」

私はどう答えていいのか分からず、黙っていた。

「普通の相撲取りのように百五十キロになれとは言わんよ。小柄な海竜関に似ろと言っているんだ」

「……」

「君はさっそく司会の準備をしなければならないよ」

身寄りのない老夫婦の米寿祝いを自治会が資金援助をし、一カ月後に開催するが、司会は「海竜関」に決定したという。

「今日退院してきたばかりなのに、いつそんな決定を？」

「俺がここに来る前に決めてきた」

「勝手に？」

「早く太らないと間に合わないよ。痩せるから今日以降スポーツも肉体労働もしないようにしろよ」

「医者はスポーツを勧めているけど……」

「男にとって仕事がないことほどつらいことはないよ。こんな簡単な仕事が他にあるかな？　みんな汗水流して、朝早くから夜遅くまで働いて、やっと飯が食える仕事をしているんだ」

「……」

「君はただ太るだけで、ありがたい仕事に戻れるんだよ。……司会がない時は海竜関の生家で案内係の仕事を世話するよ」

「……」

「言いたいことは以上だ。とにかくオオイチョウが結えるように髪は切るなよ。いいな。また連絡するよ」

自治会長は立ち上がった。

たしかに無職は大変だと思った。……司会業を自分なりに創意工夫したらどうだろうか。だが、創意工夫すると海竜関ではなくなると、自治会長は反対するのではないだろうか。

人並みに恋もしたいのだが……相撲取りは結婚できるだろうが、私は相撲取りではないんだ。相撲の技を何一つかけられない私は海竜関の真似をやめたとたん、女に一生振り向かれないのではないだろうか。

急に頭にきた。誰もが「太れ、太れ」と言うが、太ったために病気になったんだ。コレステロールや血圧の薬を今も飲み続けているんだ。「君たちが食べさせ、飲ませたから入院したんだ」と叫びたくなった。

しかし……病気の本当の原因は太ったからではなく、生きがいがない、晒し者の人形になったからではないだろうか。私は私だ。海竜関が嫌いだから否定するのではなく、海竜関になりたくないんだ。いくら似ていようが、私は私だし、海竜関の兄弟でも親戚でもないんだ。相撲取りは強くなるために必死に食べ、太り、驚くくらい厳しい稽古に耐えているという。相撲のとれない私が、偉大な海竜関になれるはずはないんだ。

海竜関は小兵だが強かったから人気が出たんだ。風貌にではなく力に、ひいては懸命な稽古、努力に人々は魅了されたのだ。

いくら海竜関に似ていようが、私の銅像が建てられるわけはないだろう。むしろ人は誰にも似ないほうが個性を発揮できるのではないだろうか。有名人の真似より自分自身の錬磨に価値があるのではないだろうか。

目を閉じた。教室の黒板の脇に「努力目標」と大書されていた。小学生の頃は痩せていた。痩せていても同い年の大女に大きな石を投げつけられなかった。たぶん私の内面の何かが容姿ににじみ出ていたんだ。

芝居も他人を演じているが、何の努力もせず、食べ、ただ真似をしているだけではないはずだ。本物の自分を出しているはずだ。しかし、私に役者がつとまるだろうか。反射神経は鈍いし……棒読みする司会業とは異なり台詞も覚えなければいけないし……。

司会業は「私」なのに「海竜関」の名前しかポスターには載らないし、観客も「私」に「よっ海竜関」と声をかける。役者は違う。ちゃんと私の名前が出る。

他人に似るために太るのではなく、芝居の稽古のエネルギーを出すために大いに太ろう。飛び立つための鍛錬の場と考えよう。

私は病院に電話をかけ、松田を電話口に出してくれるように頼んだ。

「入団する気になったかね?」

開口一番松田は言った。

「はい。体を投げ出すつもりで頑張ります」

「これで一人前の男になれるよ。例の老人だが、どこまで長生きできるか、自分を試していると言っていたよ」

「親分格の老人ですね。だから節目の祝いを大きくしたいんですかね」

「娘は一期一会だと言って、父の八十五の祝いには同室のみんなを招待すると言っているよ」

「退院した者には縁はないですね」

「もし娘が祝いの余興に俺の劇団を呼ぶなら、君も出すよ。短いコントだから簡単だ。しかし稽古はきついよ」

「娘は私に司会できる？　と聞いていましたが……」

「君には司会は無理だよ。口先一つで笑いをとらなければいけないからな。機知が大事なんだ」

「娘は、母の八十五の余興は失敗だったと言っていたが、今回も依頼を？」

「まだない。だから例えばの話だ。一刻も早く病院に入団の契約に来いよ」

松田は電話を切った。

契約？　劇団に何人いるのか、稽古場はどこにあるのか、給料はもらえるのか、いろいろと聞くべきだったのでは？

司会業は海竜関のように太り、台詞を棒読みすれば誰の言いなりにならなくてもいいのだが、芝居の仕事はああしろこうしろと命令されるだろう。

海竜関になった私が登場するたびに母は拍手を送った。私が見せ物になっているとは毛頭考えず、誇りに思っている。

しかし、私は私自身を生きよう。海竜関と手を切ったら、自治会長を筆頭に島の人々は間髪を入れずに私を無視するようになるだろう。

先々を考えると身も心もがんじがらめになるから、とにかく一歩を踏み出そう。

自治会長に電話をかけ、司会業をきっぱりと断った。

慰霊の日記念マラソン

1

国家は――むろん市町村を通してだが――マラソン大会は「地域興し」「寿命を延ばす」などとスローガンを並べている。しかし、古今東西このような美辞麗句を使わなかった戦争があっただろうか。

我が県民は「健康のため、親睦のため、平和のため」にマラソンを走り、理性がすっかり曖昧模糊になっている。国家はますます虫酸が走るような美辞麗句を喧伝し、着々と戦争に突き進んでいる。

なぎなた、剣道、レスリング、ボクシング、馬術、円盤投げ、砲がん投げ、槍投げ、弓道、射撃等全て国家、官憲、戦争と深く結びついているが、競技人口やファン層を洞察した場合、マラソンの右に出る「国家戦略」があるだろうか。

戦争推進派の首長のいる市町村ほど盛んにマラソン大会を開催している。このような市町村には国から莫大な「マラソン予算」が投入されている。

全県各地に多発するマラソン大会の回数と、日増しに大きくなる戦争の足音に抗う動きは、完全に比例している。

人々が反国家、反戦のデモ、集会を起こす予兆があると、即刻行政は数万人規模のマラソン大会を「機動」させる。

方々にマラソン大会を告げる横断幕や立て看板が設置され、ポスターが貼られ、家々にチラシが配られる。

市町村の広報誌の一面に載り、マスコミも大きく取り上げる。

マラソン大会は断然冬に多かったが、今では季節を問わず一年中開催されている。真夏のマラソンは地獄の釜茹での刑とどこも違わないと俺は思う。しかし、俺も冬だけなどと選別せずに真夏も走っている。

俺は全てのマラソンに参加している。極端に言えば、一週間前にAマラソンに出たばかりだが、今日はBマラソンを走っている。

一年前だったか、スタートライトマラソンという夜中にスタートする大会もあったが、夜中は、戦時中逃げ惑った人々のイメージが色濃く出る、と主催者は気づき、二回目以降の開催を取り止めた。

マラソンコースはどこの主催者も戦跡、自衛隊基地、米軍基地が絶対目につかないコースを選定している。

俺が「マラソンは国策だ。戦争や米軍基地問題から人々の目を逸らすために、また人々が反権力のエネルギーをためこまないように国や県や市町村が巧妙に仕組んだ戦略だ」と声高に人々に伝えられないのはなぜだろうか。

なぜ俺はマラソンを走りに走り、時々ふと「反戦」を思い浮かべる脳を麻痺させるのだろうか。

俺も以前何度か内部の不条理な自分を殺そうと考え、マラソン参加の抽選にもれますようにと強く祈った。だが、いつも何の因果か、どの大会も当選した。もっとも最近は主催者が大会の規模を無制限に拡大し、希望者は一人残らず参加させている。

何度か、頭や体を消耗させずに真剣に「戦争」を考えようと決心し、朝から座禅を組み、じっとしたが、頭がクリアになりかけると、体がムズムズしだし、走りたいという衝動をどうしても抑え切れなくなり、翌日の、家から七〇キロも離れた北部の村役場主催のマラソン大会に参加したりした。

マラソンのなんたるかを知らず、髪のおしゃれを楽しんでいる老若の男たちを余所に俺は何年も前から五分刈り頭にしている。男は遅かれ早かれ国家に坊主頭を強要され、日の丸の鉢巻きをさせられる。俺は国家の「誘い水」や「走り使い」になる気は全くないが、どう足掻いても流れには逆らえないとわかっている。

マラソン大会が近づくと人々は日頃の政治的不満や不安や改革の意気込みが全く消え、マラソンの順位や完走のさまや、沿道のあたたかい声援に感涙を流す自分を想像し、何もかも手放すというか、手につかなくなる。

町役場勤めの俺はマラソン大会の度に年休をとる。大会の前後三、四日は年休を行使する。俺は毎年一年分の年休を六月の末頃には使い果たすのだが、行政のトップや議長は魂胆を隠し、(俺は知っているが)文句は言わず、「しめしめ」という薄笑いを浮かべ、すぐ年休届けに印鑑を押す。

ちなみに七月以降は減給されながらマラソン大会に参加している。

2

町役場は家から四キロほど離れているが、俺は登庁も退庁も車は使わず、着替えを入れたリュックを背負い、走っている。

母親だけは一人息子の俺に「走らないで」と懇願する。「あなたのような虚弱な男の子が苛酷なマラソンを走るのは無理よ。体も心もだめになるよ」と余所の目や耳を気にしながら言い聞かせる。

背が低く、痩せ細り、生まれついての「運動音痴」の俺がなぜマラソンだけは走るようになったのだろうか。小学生の頃から夏場冬場関係なく週に一回朝から二〇キロを走る授業があり、走りに走らされたせいだと自分では思っている。

俺は時々ふと目覚めたように「走ってはいけない。現実をしっかり考え、把握し、認識し、人道的行動をしなければならない」と自分に言い聞かせるのだが、いつも頭がすぐぼんやりし、気づいた時にはいつもどこかを走っている。

一日何キロ、とノルマを課しているわけではないが、頭が足や心臓に「走れ」と指令を出す。指令には抗えず、豪雨の日も強風の日も一日も欠かさずに走っている。

つまりは国家が俺の頭に指令を出しているのだが、せめて一つくらい抵抗できないか、考えてはいる。

だが、何も思い浮かばず、ランナーではなく、応援する側に回ったら気が楽になるだろうかと思ったりする。

俺は全てのランナーのように「勝って。絶対負けないで」という沿道の声援に充足感を覚え、人生の虚しさを払拭しているのだろうか。ただ権力の思うがままに、機械のように走っているだけだが、沿道の人々には俺が国家の英雄に映るのだろうか。

俺は走っている最中、よく恍惚感を覚える。人々の声援と恍惚感が俺の背中を押している。しかし、この二つなら俺はマラソンから脱出できる。

絶対脱出できない理由がある。

何度も言うが、国家権力は子供の頃から俺をがっしりと縛っている。俺は見た目には自主的に走っているが、頭では「実は戦争を考えないように操縦されている」とわかっている。わかっているのだが、毎日、ぶったおれるくらい走らなければ気がすまなくなっている。

いつしか距離が長くなり、気づいたら最近は毎日四二、一九五キロも走っている。

俺は時々、自分が大きな流れに身を任せ、死に場所を求めているような、何とも言えない恐怖に襲われる。

このような心理状態の時には、マラソン大会の翌日、新聞の数ページに掲載されるランナーの細かい名前が戦死通告書に見える。護郷、護国のために命を散らした人たちの名前に見える。

3

夜、学校の運動場、役場の体育施設、外灯が照らしだした公園には驚くくらいのランナーがいる。

俺はマラソン大会ならともかく練習の時にも、大勢のランナーと共に走る、などはどうしても我慢できず、公園や運動場ではなく、人気のない、淋しい夜道を走っている。

毎晩違う夜道を走っているのだが、なぜかどこも風景が、どこがどうと自分でもよくはわからないのだが、似ているような、ずっと昔に見たような気がする。

満月の今日はいつのまにか、祖母が生前話した戦争中の風景とよく似た道にさしかかっている。

左右に墓地が広がっている。琉球王国時代の古い墓も多く、俺は勝手に「死者の谷」と名づけている。しかし、この不気味なネーミングを公言したら、すぐさまこの場所に大規模なマンションやショッピングセンターを建設しようとしている業者の脅迫を受けるだろう。場合によってはこの業者と結託している政治家が町長に強要し、町役場職員の俺を（理由は何とでも付け）懲戒免職にするだろう。

満月の妙に青っぽい明かりの落ちた道の真ん中に、髪を頭のてっぺんに饅頭のように丸めた老女が座り込み、怯えている。「夫が来たんだよ、死んだはずなのに」と俺の顔を見上げた。老女は何を訴えたかったのか気にはなったが……俺の祖母ではなかったからか……このようなエゴイズムも俺の胸をかきむしるのだが……走りすぎた。

いつもはどのコースも木々が夜風に揺れる音しかしないが、今夜は人の声が聞こえる。

赤ん坊が泣きやまず、おかっぱ頭の四歳くらいの女の子が恐ろしく無言のまま必死にあやしている。母親はどうしたのだろう、と気がかりだったが、立ち止まらなかった。

独特なシナ帽をかぶった中国人と子山羊が小走りに俺の前を走っている。中国人は子山羊の首にかけた荒縄を片手に握り、テンビン棒を担いでいる。テンビン棒の左の籠から蒸かしたような芋と黒砂糖のかたまり、右の籠からトートーメー（位牌）が顔を出している。中国人ではなく沖縄人が変装しているのだろうか。俺はこの男を追い越した。

カーン、カーンという音が響いている。お坊さんたちが道端に座り込み、棺桶を作っている。あの世へのお土産なのか、芭蕉布の着物を着た女たちが完成した棺桶に紙銭を入れている。近くに家が一軒もなく、亡くなった人が辺りに横たわっているわけでもないのに……縁起でもないと俺は注意しようとしたが、かぶりを振り、走り続けた。

最初は、白っぽい道の両脇に整然と立ち並んだ少女たちが練習中の俺を応援していると思った。しかし、少女たちは声援どころか、囁き声も発せず、黙りこくっている。一人残らず三つ編みの頭に白い鉢巻きをし、竹槍を持っている。

六月二三日の慰霊の日を「記念」した第一回A市マラソン大会が新設され、一週間後に開催される。沖縄戦終結と関係があるのか、少女たちは今では全く見かけないもんぺをはいている。俺は数えきれないくらい淋しい夜道を……今夜のような満月が照らしだす道も走ったが、このような不思議な光景にはただの一度も遭遇しなかった。

マラソン大会の時は少女たちの黄色い声援が聞こえるのだが……この少女たちは、ただどこか一点を見つめ、じっと立っている。三三回忌もずっと前に終わったのに……終戦七〇年にもなるのに……俺はぼんやりと思った。まだ立っているのか……。立ち止まろうとスピードを少し落としたが、走り続けた。

走りながらふと顔だけを振り向け、少女たちを見た。

一人の少女の、なぜか妙にくっきりと見えた綺麗な唇が動いた。「走らないで」という細い声が俺の耳に入った。俺はさらにスピードを落とした。三〇メートルは進んだだろうか。体ごと振り向いたら少女たちは消えていた。俺はスピードを上げた。

少女たちは「慰霊の日記念マラソンをやめさせて」と俺に訴えていたのだ。俺はこの可哀相な少女たちのただ一つの願いを叶えてあげなくてもいいのだろうか。

4

幾重にも重なり、盛り上がった入道雲は自らの重さに耐えきれず低い空にずれ落ちている。

金属の破片に似た太陽の光がギラギラ光り、時々爆弾の閃光のように俺の目に飛び込んでくる。

厳粛な慰霊の日はどこに行ってしまったのだろうか。慰霊の日記念マラソン大会に集まった、無数のランナーや、見物や応援の人々は静かに黙禱や焼香をせず、はしゃぎにはしゃいでいる。A市以外の市町村はちゃんと慰霊の日の式典が執り行われますようにと俺は密かに祈った。

どうも俺には全市町村が急速にA市を真似始めるように思える。

「マラソンが反戦運動を消す、戦争を始動させる」という俺の洞察は間違っていなかった。終戦、というより敗戦をカムフラージュするためにマラソン大会を開催するA市の意図は、俺にはわかりすぎるくらいにわかる。

今日は平日だが、学校は休校になり、教師も生徒も全員マラソンの応援や運営に動員されている。校長が教師たちを訓導し、何人もの女教師が生徒たちに日の丸の小旗と鉢巻きを配っている。

俺がこれまでに走ったどのマラソン大会でも、開催市町村から交通規制の依頼を受けた屈強な男たちが必要以上に要所要所に配置されていた。

俺はいつも常に走りながらじっくりと見たが、警官なのか、官憲なのか、軍人なのか、区別がつかなかった。どの大会だったか忘れたが、一人の男が、俺の何かが不審だったのか、俺をジロッと見た。俺は勇気を振り絞り、目を逸らさなかった。

六月二三日の今日は真夏のような暑さなのに……分厚い兎の着ぐるみを着たランナー、肌にピッタシくっついた黒いタイツ姿のランナー、女装したランナー、テレビの子供番組に登場するキャラクターの扮装をしたランナー……ああ、大の男がこのようにふざけていいのだろうか。

俺はこの大会でも白いランニングシャツと長めの白い半ズボンを着ている。戦前のランナーのように素朴だが、今の奇抜なユニフォームが大勢を占める中では逆に目立つ。

俺の「存在価値」は非常に貴重だ。俺はこの空恐ろしいマラソンの真実を声高に叫ぶ義務がある。

スターターの号砲が鳴った瞬間、俺も無数のランナーも弾かれたように走りだした。

無数のランナーが同じゴールをめざし、一目散に走っている。

俺は吐き気がする。

「君たちは走るたびに頭を真っ黒というか、真っ白というか、思考を完全に塗り潰されるんだ」「君たちが一歩前に走るたびに戦争は一歩現実になるんだ」と大声を出したい衝動に駆られる。

俺だけでも彼らと反対の方向に走らなければならないと真剣に思ったが、足は前に進んでいる。

あの夜の一人の少女の哀願する目が俺の脳裏から消えず、この瞬間も俺に「走らないで、反戦を叫んで」と訴えている。

ランナーは足を止め、沿道の人々も冷静沈着になり、共にじっくりとマラソンと国家の関係を見抜いてくれと強く思う。「目覚めよ、目覚めよ、目覚めよ」と俺は繰り返し、内心言った。

俺はマラソンの本質をわかっていながらなぜ走るのだろうか。なぜ人々に真実を叫ばないのだろうか。

俺の真実の叫びと人々の洗脳かつ扇動された真実をおおい隠す熱狂とは全く違う。

沿道の人々は水を差し出す。ランナーたちは何日も水を求め、逃避行していたかのように、必死に受け取り、一気に飲み干す。

沿道の人々は日の丸の小旗を振り、歓喜の声を響かせている。

無邪気な子供たちの絶叫に似た声援が俺の耳に飛び込んでくる。

日の丸の小旗は急激に増え、ゴール近くでは全ての人が何もかも忘れたかのように盛んに打ち振っている。

いつの間にか提灯を手にした人たちも出現している。教科書に載っていた、戦時中の戦勝提灯行列の写真とよく似ている。

クッションがいい靴は、ほとんど音をたてず、アスファルト道路は足音を吸収するはずなのだが、無数のランナーたちは靴の音をどこまでもどこまでも響かせ、走っている。

掌編

潮干狩り

電柱線の補修工事に本島から来た数人の電気工以外の宿泊者は私と、その母娘だけだった。私はその母親や娘と話したいとは思わなかった。だが、なぜか気にかかった。その母娘が帰る日に私も帰ろう。私は自分に言い聞かせた。私は三日前に来た。私より一週間も前からその母娘は投宿していた。

漁船を改造した船だった。十人しか乗れなかった。波が騒ぎ大きく揺れた。ひっきりなしにしぶきがかかった。私は気にならなかった。船が沈んでもよかった。

生まれてはじめて愛しあった男だった。秋の校内フォークダンス大会の夜だった。私はあの時高校一年生だった。私は断った。だけど彼は強引だった。高校三年生の秋彼は新しい恋人ができたと堂々と言った。私は受験勉強に熱中した。大学には合格したが、ほとんど講義を欠席している。今年の正月T岬で私は初日の出を拝んだ。彼も来ていた。恋人と一緒だった。二人とも紺の手袋をしていた。寒くはなかった。なぜ紺の手袋をしているのかしら。私はあの時なぜか妙に思った。

隆起珊瑚礁にわずかな土がのっかり、疎らな草木が生えていた。小さい島だった。砂浜も港も小さかった。観光客も滅多にこなかった。私は一日目の夜に島の崖から海に飛び込むかも知れないと船の上で感じ、怯えた。

島には民宿が一軒あった。料理はまちがいなくラードで炒めたものだった。臭いが強く少量を食べてもすぐ満腹感が生じた。

「欲しくないわ、お母さん」

娘は小声で言った。母親を潤んだ目で見つめていた。

「わがままを言っちゃいけません」

母親は食べ続けた。だが、箸で摘む時、一瞬とまどうようだった。夕食には毎日サザエの味噌和えが出た。民宿の老主人が近くの環礁から毎日獲ってくるものだった。母親はサザエだけは食べなかった。親指の二本ほどの大きさがある肉塊を気味悪がっているようだった。

「ごちそうさま」

娘は怒ったように言った。しかし、箸はきちんと揃えていた。

「廊下はゆっくり歩かなきゃだめですよ」

母親の声は柔らかかった。娘は忍び足になった。だが、階段をかけ上り二階の部屋に戻った。母も娘も流暢な標準語を使った。本土の都会の人のようだった。母親は三十五、六歳にみえた。顔色は青白かったが、目は大きく二重瞼だった。もしかしたら、この島の出身の女かも知れない。しかし、小学二年生ぐらいの娘は明らかに本土の人だった。まっすぐな髪は柔らかく、窓から差し込む光が当たると茶色の光沢がでた。白い頬には紅色がにじんでいた。白い指も滑らかだった。母親はくすんだ紺のスカートと茶色の丸首セーターを着ているせいか、「奥様」という感じはしなかった。娘の赤いスカートからはみ出た真直の足は長く、白い靴下も汚れていなかった。良家の娘に見えた。母娘ではないのかしらと私は思った。だが目は似ていた。透きとおるような黒目がちの目だった。

四日目は日曜日だった。私は二階の部屋の窓にほほづえをつき、海をみていた。この島のどこに、このようにたくさんの人がいたのだろう。青藻が光っている浅瀬にも、波が白く砕ける環礁にも人はいる。農道でも集落内の道でも人には滅多に出会わなかった。人は私を避けたのかしら。坂道が多いから人はあまり出歩かないのかしら。いや、私が人を避けたんだわ。私も昨日潮干刈りをした。誰もいなかった。夕暮れ時だった。小さな水溜まりの鋸歯のような岩の隙間に二枚貝を見つけた。水は澄んでいた。貝の、白と薄紫色の横縞がはっきりとみえた。私は水に手をつっこんだ。冷たかった。貝を摑みあげた。黒っぽい肉片がぬるぬると動き、殻の中に入り込んだ。生きていた。急に可愛想になった。慌てて水に戻した。

貝を探しながら黒い人影は動いているはずだわ。だが、黒い人影はこの窓からは何キロメートルも離れている。しかも、海岸は何の目印もない。だから誰も動いているようには見えない。あの母娘は潮干刈りに来たのかしら。私はなぜか心が和んだ。

私も小学生の頃は近所の友達と潮干刈りに行った。陽に炙られながら海まで一時間近くも歩いたが、誰も不平は言わなかった。貝は決まって少ししか探せなかった。だが、冷たい水に手をつっこむだけでもみんな胸が高鳴った。或る時、私は海胆を踏んでしまった。草履が狭かった。かかとに棘が刺さった。帰りは片足はつま先だてて歩いた。しかし、私は友だちとはしゃいだ。

私は窓にほほづえをついたまま海を見つづけた。ふと一人の人間が動いているのが分った。はっきりとわかる。走っている。一人じゃない。二人、三人……。数人が一緒に走っている。環礁の方からも砂地の方からも走り寄ってくる。同じ方向に向っている。人だかりができている方向だわ。島の人たちが「猪の牙」と呼ぶ海に突き出た崖っぷちの下の水溜まりの方向だわ。「猪の牙」の下は干潮の時でも深々とした水をたたえ、水の色も濃い青なのよ。私もきのうの明け方、「猪の牙」に登った。崖下の水は沼のように静かだった。思い切って飛び込みたかった。寒いと一言いい残すだけですぐに意識を失いそうだった。少しももがかずに暗い底に引きずり込まれそうだった。

窓の下から二人の中年の婦人が戸惑いながら出て来た。一人は民宿のおばさんだった。

「どうしたの、おばさん」

私は声をかけた。

「死んだんですよ。泊まっている女と子供らしいの」

民宿のおばさんの声はうわずっている。目は忙しく動く。私は立ち上った。何かを聞きたい。だが、解らない。焦る。民宿のおばさんは動揺しているのか、もう一人と手をつないだまま海岸の方に駆けて行った、歩幅は小さく、おかしな駆け足だった。私は廊下を急ぎ足で歩きながら、ふと母娘の部屋を見た。黄ばんだ障子がきれいに閉まっている。私は階段をかけ降りた。浜におりる小さい下り坂で二人を追い抜いた。民宿のおばさんが何か声をかけた。耳に入らなかった。息苦しくなってきた。民宿の下駄を脱ぎすてた。裸足が砂に喰い込む。妙に足の裏が心地よい。あの母親の淋しげな微笑みが浮かぶ。娘が駆け回る姿が浮かぶ。「お一人ですか」と母親が笑みを浮かべながら私に聞いたのは昨日の夕方だったんだわ。弱々しい声だった。一人でも二人でもよろしいじゃございませんか。私はあの時言いかけたが、口をつぐんだ。母親の目はいつもよりもうるんでいた。私ははいと言った。少し声がうわずった。母親は小さい会釈を残し、娘の手を引いて共同売店を出た。娘は豆チョコの袋を握りしめていた。

母娘は昨日の夜死んだらしい。今日の朝私が長い間覗いた水の底に母親も娘も漂っていたんだわ。私の衝動を消したのはこの母娘かも知れない。溺死体は白く膨れあがると聞いていた。だが、この母娘は普段よりも灰色っぽい皮膚になっていた。母親も娘も目も口も閉じ、断末魔の苦しみは残していなかった。ただ、娘のきれいな指がなにかをかきむしったかのように曲がっていた。

私は民宿に向かって歩いた。海は静かだった。波の動きも、珊瑚の色も、柔かい砂浜も変らなかった。生暖かい風がふいに冷たくなった。急に家に帰りたくなった。

「お一人ですか」のただの一言が耳に残っている。「はい」と答えてほんとに良かった。私は大きく溜息をついた。

冬のオレンジ

終戦まもない冬でした。艦砲弾の大小の穴が家からさほど遠くないところでも口を開けていました。防空壕やガマ（自然の洞窟）の奥には戦死者の骨もありました。収骨のために潜った人が崩れた岩の下敷きになったという話も私の耳に入りました。戦時中、沖縄本島中部を爆発音に耳をふさぎながら逃げ回った私と母は丘の中腹の陰に身を隠した瞬間、生き埋めになりました。私は必死に土をかき分け、顔を出しました。もがいていた一本の手を私が引っ張ると母が土の中から姿を現しました。土の量があと少し多かったら十四歳の私、三十五歳の母の寿命はこの時、尽きていたはずです。しかし、各地の人々は空腹をしのげるものが親指ほどの薩摩芋ぐらいしかない中、収骨に精を出しました。戦没者を弔わなければ自分たちが生き残った意味がないと思ったのです。

毎日のように数人の米兵が私たちの集落内の警備や巡回をしていました。ある日の夕方、一人の中年に見える米兵が軍服の上着やズボンのポケットからオレンジを三個取り出し、私に与えようとしました。私は受け取りませんでした。なおもすすめました。つややかな橙色の塊が薄い闇を跳ね返していました。私はどういうわけか、戦死した父の仏前に供えるように、とこの米兵は言っているような気がしました。戦時中敵国の人を殺した罪を悔いているかのようなどこかもの悲しい目でした。アメリカにも亡くなった人に果物をお供えする習慣があるのでしょうか。私はぼうとしたままオレンジを受け取りました。

母は去年の秋、病死しました。土葬してもらった母の愛用したつげの櫛を仏壇に供えています。母の仏前に三個のオレンジを置き、手を合わせているうちに私の眼前に父母の優しい顔が現れました。

位牌になった母が「香ばしくて、美味しそう。あなたも食べて」と私に言いましたが、私は「お父さんと一緒に食べる」と言いました。私の耳に仏壇から母の声が聞こえたような気がしたのです。供える果物もお菓子も花もない時代でした。敵だった米兵からもらったオレンジを父は喜ぶかしら、とふと思いました。「お父さんにお供えに行くの？　大丈夫なの？　とても美味しそうだから、遠いけど、持って行ってね。気を付けてね」と母が言いました。一個は母の仏前に、二個は父の眠るお墓に供え、一緒に食べましょう。米兵からもらったオレンジですが、どうしてもお供えしたいのです。オレンジは夕焼けの太陽のような輝きを放っているようなんです。

戦時中、飛び交う砲弾の中、戦死した人を埋め、印に石を置いたという話が私の耳にも入っています。木のわきに埋めたという話もあります。終戦後、遺骨を拾いに行ったら目印の石も砕け、木も跡形もなくなっていたようです。多くの人が埋めたとおぼしい場所から拾った小石をそれぞれの墓や仏壇に安置したと言います。

沖縄には昔から御嶽《ウタキ》という、崖の下や大木の根元や岬の岩などに香炉や石を置いただけの、しかしどこか奥の深い霊場を廻り、拝みをする習慣があります。このような御嶽の近くに土の塚のような無縁仏の墓が造られました。遺骨が拾えない人もかなりいました。私の父が戦死した場所は、一緒に逃避行をした人たちに聞き回り、ようやくわかりました。父も無縁仏の墓の一つに納骨されているとあの人たちは言いました。糸満の摩文仁の丘にほど近いところです。

背丈が高く、気骨のある父でした。喩え無縁墓の中の骨の一かけらになっていても父と会える喜びは何ともいえません。男子に見えるように兵隊帽を深くかぶり、寒いからモンペを着け、肩掛け布袋を持っていこうと思いました。

畑（らしくない畑ですが）にいる人に尋ねながら私は二里先の目的地をめざし歩き続けました。土を耕したときに出てきたのでしょうか、私の目には遺骨の一部に見える石が畑のわきにもありました。

近くの岩も遠くの岩も崩れ、白っぽい風景が続いていました。木には葉も枝もありません。焼け焦げた幹だけが立っていました。日はぼんやりとし、静かでした。だだっ広い道でした。足元の岩盤が露呈していました。小石が無数に転がっていました。道のわきの小さい御嶽に石の香炉があります。米軍の火炎放射を受けたのか、戦前から拝みに来た人々が線香やウチカビ（あの世のお金の黄色い紙）を燃やしたのか、香炉には黒い煤のようなものがこびりついていました。見る影もなく破壊された亀甲墓もありました。人々は敵から逃げ、大きな亀甲墓に入り、恐怖や絶望を紛らすように先祖の遺骨と語り合ったといいます。先祖に見守られ、無事に生き延びた人々もいますが、先祖もろとも木っ端みじんに吹き飛ばされた人々もいます。

よく見るところどころに寒そうな雑草が生えています。琉球石灰岩を敷いた戦前からの道でしょうか。白い道に風が吹くと埃が舞い上がります。地面の冷たさが体中にしみます。時々、風に乗った何かの音が聞こえました。人が泣いているのでしょうか。

夕闇が垂れ込めていました。いちだんと寒さがしみてきました。最初何かを頭に載せていると思ったのですが、背丈が高い男の人でした。私は用心深く歩き続けました。周りを見回しました。逃げ道を探したのでしょうか。一面の原野でした。男の人はふらふらと、どことなく親し気に私に向かってきました。ふいに軍歌を歌いだしました。聞き覚えのある声でした。元気いっぱい歌っていますが、哀愁が感じられました。鉄兜がすっぽりと頭にはまっていました。顎ひもがしっかりと結ばれています。軍服をきちんと着ていました。几帳面な父のようでした。夕闇のせいだけではないのですが、体や顔の輪郭はぼやけています。なんとなく淋しい、また懐かしがっている表情に見えました。私は父とおぼしき男の人を見つめ、微笑み、オレンジの皮をむきました。男の人は私に顔を向けましたが、首を小さく横に振りました。私はオレンジを一個差し出しました。香ばしい香りが漂いました。一房一房が張り詰めていました。私は男の人に与えようとしましたが。男の人は受け取りません。私に微笑み、小さくうなずきました。私はオレンジを半分に割りました。男の人は私が幼いころよく聞いた童謡を歌いながら歩きだしました。父が眠っているという無縁墓とは反対の方向です。掠れた、細い声でした。「お父さん」と私は男の人の背中に声をかけました。男の人は振り返りませんでした。背中を曲げ、心持ちよろけながら遠ざかっていきました。全身に闇がくっついていましたが、歌声はまだ聞こえてきます。ああ、お父さんはあの無縁墓にはいないんだわ。私は胸が締め付けられました。しかし、徐々に父はどこかに生きているような気がしてきました。

少年の闘牛

少年が足元だけをみている間にも、一トンもの物体をもちあげ、たたきつけるという首の力は一瞬も手抜きをしなかった。いいしれぬ戦意か、死にもの狂いの力を出しているせいか、顔の血が流れ込んだのか、真栄田号の大きな白目が赤く変色している。伊良皆トゥガイーの顔も返り血か、相手牛の角や頭突きにやられたのか、血糊がみえる。伊良皆トゥガイーの足、真栄田号の足、八肢は弱々しいと少年は思った。このような重量体を支えるには、このような必死の戦いをするにはいかにも細すぎる。一頭につき六本の足が似合いだ。六本だと小まわりはきかないが……。何分すぎたのか、少年は知らないが、長い戦いだったような気がする。大衆がどよめいた。少年ははっとした。急に激しく四本の足が土を蹴った。別の四本の足はもつれそうになりながら逃げた。追撃した四本の足がやっと止まった。逃げた足も止まった。アナウンスがスピーカーから流れた。勝負時間十六分二十秒、東、伊良皆トゥガイーの腹取りの勝ち。

伊良皆トゥガイーの飼い主たちが数名飛びだした。両角に賞品の手ぬぐいを巻く。背に勝利者ガウンをおおう。牛を囲み、勝ちどきをあげながらカチャーシーを舞う。舞いながら牛の腹や顔を軽くたたき、撫でる。楽器は一切ない。交互に手をたたきながらリズムをとる。ウリ、ウリ、ウリ。老若男女の入り混じった声。勝ちどきもリズムをとる声とごっちゃになる。型が厳粛ではない、自由奔放な舞い。だが、手首の動きにはきわだった特徴がある。面白い時には思わず口元がほころぶ、それと同じような舞い。昼下りのうだった世界では音のない動きは得てして幻想めいてくる。だが、この舞いは明らかに「現実」だ。黒い人影の群れ。響く歌。掛け声。口笛。はっきりとした手の動き、身のこなし。二人の初老の男が柵をくぐり土俵の舞いに加わった。

二人ともパナマ帽をまっすぐかぶり、小柄で、一見気弱そうだった。勝利牛は退場しはじめた。負けた牛はすでに退場している。勝った牛は勝利を鼻にかけている様子は微塵もない。うつ向きかげんに澄んだ目をして、引きあげる。背後から陶酔した人々がついていく。舞いながら……。

「俺は、きのうから何も寝てないよ」

青年は口をあまりあけずに元気のない低い声を出した。まるで僕が悪いようじゃないかと少年は思った。

「お前らの牛番するって、ずっと立ちっぱなしよ」

青年は少年をみた。昨夜は月あかりが白くふくらんでいた。屋根も木も電柱もぼうと浮きあがり、身じろぎしなかった。少年は文字は見えないとも思ったが北原白秋の詩集をズボンの後ポケットにつっ込み、屋根に登っていた。牛小屋の軒下にゴザを敷き、青年は三郎ヤッチー(兄貴)と豚肉料理を食べながら、泡盛を飲みかわしていた。あんな調子じゃ酒を飲んでいるのか、牛の番をしているのかわからないじゃないかと少年は思った。だが、口には出さなかった。

「露はかからなかった?」

少年は今、聞いた。

「われらは戦わんからなあ、牛を濡らさなければいいさ」

「牛にいたずらするのはほんとにいるの」

「いるさ。大変だよ。腹をこわすようなもんを食わしたりよ、牛の鼻をしたたか棒で殴ったりとかよ、いろんなのをするよ」

「大変だなあ」

「この間の石川カキヤーな」

青年は少年を見た。「あの牛が敗けたわけわかるか」

少年は首を振った。青年は黙った。もったいぶっているようだ。時間がたつにつれ、青年の術中にはまる。

少年はすぐ、わざと不思議そうに青年の顔をのぞきこんだ。

「わからんよ。何よ。兄さんはわかるの」

「わからんか……あれはな、綱持ちが相手にわからんようにな、石川カキヤーの目にごみ入れたからだよ」

「え、大変だなあ」

少年は大袈裟に驚いてみせた。

「あんなたくさんの人前であんなことができるんだね」

「勝つためには何でもするさ」

「それで誰も怒らなかったの」

「誰にもわからんようにやるからな」

「見たのは兄さん一人だけ？」

「そうかも知れんな。綱ゆるめるまねしてよ、すぐかけたからな」

「……兄さんはそれで。怒ったの」

少年は躊躇したが言った。きかないでもわかるような気がした。

「怒ってもどうなるもんでもないからな。自分の牛でもないしな。わざわざ喧嘩するのは馬鹿さ」

思ったとおりだった。

「おまえの家は、闘牛のたびに人が多く集まるなあ」

青年は話題を変えた。

「山原からも離島からも来るからね」

少年も前の話題にもどす気はなかった。

「みんな泊まるんだろ。年寄りとか女達が多くてな、俺たち、若いのは家にはいれんよ」

「……………」

「おまえたちの、あの牛は夜、泣くなあ」

「早く戦いたくて、それで泣くんだ」

少年は気がきいたことを言ったつもりだったが、青年は平然としている。

なんだ、なにも知らんのか。黒岩号に持ち牛をすすんであてる飼い主はいない。黒岩号は対戦相手が欲しくて夜泣きしている。物乞いをしているようなもの悲しげな声は隣りの集落まで轟き、牛だけじゃなく、豚や山羊や馬や鶏や、野性の動物までもちぢみこませるのだ。誰でも知っている常識だ。真面目にこたえる気にもなれない。

「毎晩泣くんか?」

「昨日の夜はいいほうだよ。ヒーッヒーッしてよ、どこからも聞えるよ。僕はうるさくて寝れないよ」

うるさくてしかたがないのは事実だ。だが、少年の父は逆に安眠できるという。

青年は黒岩号をみながら、つぶやく。

「ほんとにいい牛だな」

少年の父は今まで何度も牛を取り替えた。勝ち星より黒星がはるかに多い牛ばかりだった。黒岩号は父がやっとみつけた悲願の牛だ。

「あの牛はおまえのお父が買ってくる前は何していたかわかるか」

青年は少年を見た。少年は知っていた。少年は特に牛には関心がなかった。だが、夕食の時には、よく牛の話題がのぼった。少年は知らず知らずのうちに博識になった。

黒岩号に関しては、父は人がくるたびに、また、母や祖母に繰り返し聞かせているので、少年も自信がある。青年は本当は知らないのではないだろうか。少年は怪しんだ。ふと、意地悪っ気が出た。首を横に振った。だが気がひけた。青年の顔をまともにみなかった。

「それもわからんか、北大東で木材運搬してたんだよ」

青年は知っていた。ためさなければよかった。少年は悔いた。

「そういえば、そのようなこと言ってたみたいよ」

少年はすぐ、あいづちをうった。

「何で運んできたか知ってるか」

少年は素直にこたえた。

「軍の船だろ」

「あのフェアバンクスわかるな」

少年はうなずく。

「あれが、ただで貸してな、だから、おまえのお父は運搬賃は何もかかってないよ」

「………」

「あれから、おまえのお父もアメリカ兵と話もするようになったんだからな」

「……いいアメリカ兵だね」

「おまえのお父は今じゃアメリカ兵とフレンドになってるからなあ。珍しいもんだよ。フェアバンクスのおかげだな……高等弁務官でも闘牛見にくるからなあ」

「兄さんも一緒じゃなかったの?」

「何は?」

「船に乗ったのは」

「だったよ。宮城の玄盛知ってるな?」

青年はのってくる。少年はうなずく。

「あれが船あやつれるからな。あれも一緒よ」

「………」

「おまえのお父は金持ちだからなあ」

皮肉だ。少年は感じた。父はこの青年たちに手間代をけちったのだろうか。蟻が足にはっている。少年は人指し指でおもいきりはじきとばした。潰すと、蟻の体液が足の汗に混じり、べっとりとひっつく気がした。早くあの松に登ろう。少年は思った。

「おまえのお父は牛には金を惜しまんな」

「……………」

十メートルほど離れた土手に啓三叔父がいる。小柄だが目元はひきしまっている。何か言ってくれよ。少年は願った。啓三叔父は軟らかい草に座ったまま、牛から目を離さない。

「大きい田も、大きい畑も持ってるよな」

「……………」

「おまえのお父は毎日、牛ばかりみているな。畑も田圃もお母がしてるな。金があるわけだよ」

だけど、黒岩号が強いからいいじゃないか。少年はいいたい。だが、黒岩号はおまえの家の飼い牛であって、おまえではないだろうといいかえされそうな気がする。おまえは何をしているんだ、と詰問される恐れがある。勘繰りすぎだ。青年は理屈っぽくはないんだ。少年はあの松に登りたい。フェアバンクスさんのそばがいい。

「お母がしっかりしてるから、家庭ももってるようなもんだよ。おまえのお母はよく働くからなあ」

何を偉らぶっているんだ。年は四歳しか違わないのに。第一、兄さんも牛が好きじゃないか。父の気持ちを少しはわかってもいいだろう。だが、言えない。なぜ、この隣り集落の青年は自分の家のなかみまで知っているんだ。これじゃ家の中でもうっかり何もいえないじゃないか。

「……まったくいい牛だなあ」

青年は黒岩号をみつめたまま、溜息まじりにいった。独り言かも知れない。

「おまえのお父が夢中になるのもわかるな」

青年は少年に顔を向けた。少年は戸惑った。

「自分は食べんでも、牛になら米も豆腐も卵も鶏も何もかも食わすようだな」

「……」

「そうじゃないか。おまえのお父のことよ」

少年はうなずいた。

「だから、あんなに大きくなったんだな。あれは買ってきたころは、骨に皮が張ってよ、みられたもんじゃなかったよ」

牛にもっと関心をもっておくんだった。少年は悔いた。なら、青年に敗けずに話せたのに。特に黒岩号に関して他人がよりよく知っているのは嫌だ。

「きのうの夜も酒飲んで、足ぶらぶらしながら牛、見にきていたよ……。おまえのお父よ」

「そうだったね」

父は牛小屋にきた。あの時、少年は家の屋根から降り、垣根の石垣にまたがって月をみていた。昼間の入道雲も薄白く残っていた。少年の家の赤瓦屋根にのっかっている魔よけの獅子が本物のようにみえた。石垣は高く、防風林の福木が密生する北西側以外はみわたせる。だが、人頭大の自然のままの石を積みあげただけだ。座りごこちは悪い。三線の騒がしい音。民謡を歌う素人の声。手拍子。大声の話し声、笑い声。軟らかい静かな月夜の下界には不似合いだった。少年は詩もうまく暗誦できなかった。少年は何度も牛小屋をみた。あの牛のせいだ。忌々しく思った。なぜ別の少年たちと違って自分は闘牛に興味がないのだろう。少年はよく思った。なぜ〈闘い〉が好きではないのか。しかし、闘牛見物は毎回欠かさない。仲間たちと何の気はなしに見に行く。

黒岩号をもっと間近からみたい。少年は思った。よく手入れされた細かい毛並みがびっしりと全身をおおっている。黒い艶が出ている。首すじに幾つかの渦巻があり、精悍さがひきたつ。縮れ毛にもみえる。さしずめ人間なら黒人兵だ。少年はふと思ったが慌ててうち消した。あれは僕の牛だ。僕の強い牛だ。少年たちがよく互いに後頭部の渦を探し、たぶん迷信だが「たーちまちゃーはうーまく（二つ巻いている男は強い）」と言い合うのは牛にもあてはまるのか。アナウンスが松の枝にくくりつけられているスピーカーから流れた。体重千百キロ、頭から尻までの体長は三メートル余。胸垂《シバシ》は地上すれすれまで垂れている。長さ四十一センチの角は鋭いカーブになり、相手の眉間にそのまま突きささる形になっている。教科書の写真でみた戦国武将の兜と似ている。少年は思った。あの兜は牛の角をヒントにしたのかも知れない。戦う武器は角だけで万全だ。はかり知れない力だ。無敗、無敵。少年は、しかし、この史上最大、最強の牛が自分のものだという実感がない。この牛は少年が牛小屋に入ると、人見知りするのか、声をだして騒ぎたてる。重心が下がった太い四肢をこころちひろげ、大地に踏んばっているこの牛と、フェアバンクスさんは誰が、力が強いのか、一時期真剣に考えた。牛が強いんだ。今は疑わない。身近かにも強いモノはいる、黒岩号は新聞の地方版に三度も紹介された。その時は急に自分が偉くなったように少年は感じた。素手では誰も牛にはかなわない。だが、アメリカ人はピストルを持っている。フェアバンクスさんもきっと持っているはずだ。いかに、ひきしまった肉が全身に盛りあがった牛でも弾が貫通して、平気でおれるわけはない。弾丸の威力は大人たちから聞いた。しかし、怪しくもある。少年は十三年前の戦争の古い弾を十三個持っている。ピストルの弾といえば、せいぜい大人の小指大ほどしかない。あんなもので牛を倒せるなんて怪しい。十数発うち込んでも牛はビクともしそうにない。ただ、目だけは容易に弾が貫通し牛は死んでしまうかも知れない。目は黒く澄み、うるおっている。しかし、やはり、この牛よりフェアバンクスさんがやさしい。少年は思う。牛は牛でしかない。人情味はフェアバンクスさんには勝てない。だから、と少年は変にこじつける。マサコねえねえもハーニー（オンリー）になったんだ。

　相手牛を待ちあぐねて、ゆっくりと左右に大きく体を振り、動き回る黒岩号に、つきそいの人や闘牛士はすっぽりと隠れてしまう。蟻が汗ばんでいる背中に入った。少年は身の毛がたった。しかし、Cの二番、決勝前の一番、大関同志のこの戦いが終ってから、フェアバンクスさんの背後の松に登ろう。

陳列

全国研究集会の、私が参加を割り当てられた分科会では「女子の三十歳定年の職種」のテーマも討議された。十人ちかくの老若の女性が代わる代わる立ち、女性が被っている社会的差別を撤回するよう糾弾する声に、また頻繁に拍手をする音に私はめまいを覚えた。

午前十一時の小憩時間に会場のビルの外にでた。空は晴れていた。航空券に記されているフライト時間は明朝の十時二十分だが、今日の昼が無理なら夜に変更しよう、と私は思う。急に喉の渇きを覚えた。清涼飲料水の自動販売機が目につく。だが、街頭に面している。人目にさらされながら飲むのは気がひける。喫茶店を探しながら、向かいから自分にぶつかるように足早に歩いてくる都会の人間たちをどう避けようか、しょっちゅう考えた。喫茶店は大きな透明のガラスがはめ込まれ、内部がはっきり見える。恋人のような男女が身をのりだすようにストローをくわえていたり、足を組み、煙草をふかしている中年の女が相手の男に深刻そうに何か言ったりしている。私は何軒かの喫茶店を通りすぎた。窓のない、薄暗い喫茶店を探した。私の傍らの片道三車線の道路を自動車が頻繁に走り去った。私はビルとビルにはさまれた通りに曲がった。

数人の通行人が奇麗に磨かれた、大きな一枚ガラスのショーウィンドウの前に立ち止まっている。買い物籠をぶら下げた主婦の口は大きく開いている。背広を着たセールスマンふうの中年男性はくいいるようにじっと見ている。制服姿の若い二人のＯＬは肩をすりよせ何かささやきあっている。彼女らが立っている位置はショーウィンドウから離れている。一瞬、奇妙なマネキン人形だと思った。人形が太り気味の少女の服を着ている、と思った。十六、七歳の生きている二人の少女だった。この二人の少女と一体のマネキン人形は横に並び、正面の通りを向き、立っていた。滑らかな肌、豊かに伸びた手足、細い指のマネキン人形は高級な洋服を着、顎をあげ、足も斜め前後に開き、胸をはっていた。少女たちの着ているブラウスやスカートが地味に見えた。ショーウィンドウの奥の店内には高価な布地の、微妙な色合い、斬新なデザインの洋服が飾られ、並べられていた。少女二人は両手両足を揃え、こころもち前屈みになり、伏し目がちに立っていた。

縦二〇センチ、横五〇センチほどの白い厚紙の両端に紐を通したプラカードを少女達は首からぶらさげていた。黒々と書かれた太いマジックインキの文字は達筆だった。「私はこの店で万引きをしました」と「私もこの店で万引きをしました」という楷書の文字が人々の頭ごしにはっきりと読めた。

この婦人用高級ブティックの向かいの高いビルが真昼の陽を遮断し、よく磨かれたショーウィンドウは光の反射もなく、ガラスをはめ込まれているような気がしなかった。少女たちは台から飛び下り、私の顔のすぐ真ん前に進み出てきそうな気がする。少女たちの太目の足は短かった。隣に立っているマネキン人形のようにヒールを履いて欲しい、と私は思う。洋服を着け、ストッキングを履き、しかし、ヒールを履かずに立っているというのは何故かおかしかった。少女二人の容貌はよく似ている。二重まぶたの目が大きく、まつげも長く、浅黒い顔に少しふきでものが残っている。喉の渇きがひどくなった。今、声を出すと悲鳴になりそうな気がする。いつの間にか、私の後にも人垣ができている。しかし、ショーウィンドウをノックしようとする者も、店に入ろうとする者もいなかった。

私の前には何人かの人が立っているが、長身の私には少女たちの姿がはっきり見える。少女たちは一メートルほど横に離れ、立っているが、互いに寄り添おうとするかのように、背の低い体をこころもち互いに向け、うなだれている。浅黒い顔は色を失っているが、目の縁は泣いたのか、恥じらいの色なのか、妙に赤っぽかった。身動きすると目立つと思っているのか、二人は隣のマネキン人形のようにじっとしている。だが、薄く赤い口紅をぬった唇は微かに震え、目はおちつかなかった。不意に目をあげると、私と視線が合いそうな予感がする。

少女たちが何故人々の方を向いているのか、私は不思議に感じた。何故、顔を背けたり、背中を向けたりしないのか。私は立ち尽くしている女性たちをかきわけ、左側に寄った。店内の右袖、白いカーテンの陰に人影が見えた。長袖シャツの一番上のボタンを首を締めつけるかのようにかけている三十歳前後の男、長い髪に奇麗な櫛目のはいった男が、二人の少女を見ていた。

この、カーテンの陰にいる男は服装も容姿も上品に見える。店内も上品なセンスがゆきとどいている。少女たちは体が硬直しているのか、直立したまま動かなかった。ショールームは狭く、また天井も低く、二人の少女とマネキンはガラスの箱に入った人形のように錯覚する。この少女たちは何故こうも妙なのだろうか。悔い、恥じらう、この時の表情。私はこのような女性の表情を初めて見た、ような気がする。死ぬ時までの何十年かの間、二度と見られないような気がする。

私は去年の年末年始休暇の時、東北地方の観光ツアーに出かけた。昼食後、日本海の荒波と奇岩を見ながら、海岸沿いを歩いた。マネキン人形が白い波に漂っていた。ストライプの入ったワンピースを着、豊かな黒髪のかつらもかぶっていたが、まちがいなく人形だった。観光バスの窓から二台のパトカーが見えた。崖の縁に停まり、サイレンは鳴っていなかったが、屋根の赤いライトが点滅していた。人間だったのだろうか。私は妙な感覚に襲われた。まもなく観光バスは出発したが、私は長い間、ガイドの案内にもうわのそらだった。

あの時襲われた感覚が今も生じている、ような気がする。この二人の少女が木物のマネキン人形のような気がしたりする。だが、今はあの時と違い、何故か腹がたつ。見知らぬ都市の、見知らぬ店の、見知らぬ男が、見知らぬ少女たちを、見知らぬ人たちの眼前に陳列している、だけではないか。私が何を怒らなければならないのだろう。だが、何故このように人々が集まっているのに、誰一人として店長に文句を言おうとしないのか、訳がわからない。陳列の決定を誰がくだしたんだ。この法治国家の爛熟した時代に店長一人だけの独断が、二人の思春期の少女たちの運命を決定していいのか。

ショーウィンドウの内側にはガラスの囲いはない。少女たちは閉じこめられているのではない。だが、私はこの群れから抜け出し、警察に電話をすべきではないだろうか。白昼、思春期の少女に犯罪人のプラカードを首からかけさせ、群衆の前に陳列する行為が何らかの犯罪にならないわけがない。だが、私の足は硬くなり、動かない。私の頭に妄想が生じた。二人の少女はうつむいたまま陳列台から降りた。

少女たちは顔をあげ、ショーウィンドウのすぐ前を横切った。一人の少女が不意に私を見た。彼女は小さく笑った。群衆は黙った。少女たちは通行人をかきわけるように歩いた。群衆がざわめきだした。私の足がふらりと動いた。少女たちは、一人はかかとの高い、赤いヒール、もう一人は黒い、やはりかかとの高いヒールを履いている。私の足はしだいに遅れ、少女たちは巧みに通行人の間をぬけ、いつの間にか消えた。

凧

元旦の朝、少年は一人で集落はずれの崖に凧を揚げに行った。風はなかったが、寒かった。空は青く澄んでいた。昭和三十二年の冬は寒い日が続いていた。十二月十四日の昼すぎには数年ぶりに霰が降った。少年の借家の古いトタン葺きの屋根に大きな麻袋いっぱいの豆腐豆がはじける音がした。

井戸端に座り洗いものをしていた母がまっさきに気づいた。

「和坊、霰だよ、早く」

母は珍しくはしゃいだ。少年は一瞬きょとんとしたが、慌てて外に出た。霰は少年の顔にもはじけ、家主の井戸のコンクリートでもはじけ、差し出した母の右手の平でもはじけ、母に手をひかれた妹の小さい頭にもはじけた。少年は笑い、母も笑った。

少年は母の毛糸の首巻きをしていた。首がとても温かかった。母はとっくりの服はもっていなかった。母は年始回りはしないだろう。親戚や知人はいないから。

少年はふと気になった。もし、級友が家に来たらどうしよう、おせち料理も三人分の天ぷらとかまぼこと豆腐を揚げただけだし、買った餅も三人分しかなかった。この崖に凧を揚げに来たんだ。級友たちには家も見せたくなかった。屋根のトタンも錆だらけだし、壁の板も虫食いがひどく、わずかな家具もみんな古かった。だから、僕は、と少年は凧を股にはさみ、糸を調整しながら思った。

この凧は大晦日の夜に作った。級友たちは二、三週間も前から除夜の鐘をラジオで聞くと言った。少年の家にラジオはなかった。華やかな番組を聞きながら級友たちがはしゃいでいる、と思うのは辛かった。気を紛らわしたかった。だから、少年は不器用だが、凧を作った。骨組みの竹をうまく削れないと重くて凧がうまく揚がらないのだ。誰にも手伝ってもらえなかった。

母は始終何か手仕事をしているし、妹はまだ二歳だ。凧に妹が喜びそうなアメリカ製人形のクレヨン画を描いた。妹の人形をタンスの引き出しの把手に吊し、写生をした。

自分にくれるものと勘違いした妹は、ずっと少年のそばにくっついていた。少年はどのあたりから凧を揚げようか、迷った。石ころが多いし、かなり助走しなければならなかった。級友に見つかりにくい所が絶対条件だ。学級の工作棚にあったセメダインをひそかにポケットに突っ込んできたんだ。正月休みが終わったら、棚に戻そうと思っている。誰かに気付かれないだろうか。気付かれたらどうしたらいいのだろう。

竹に紙がうまくくっつかないのは盗んだセメダインを使ったせいだろうか。いや、アメリカ製の紙をくっつけたのが悪かったんだ。アメリカハウジングエリアの塵捨て場にあった紙は厚く、ツルツルしているし、色も鮮やかなんだが……。妹に鶴を折ってあげたいが、折り方は半分しかわからないんだ。父がいたらなあ。少年は思う。何もかも教えてもらえるのに。三年前、少年が五歳の時、父は病死した、と母は言った。少年は五歳の時の記憶がわずかに残っているが、父はいない。父は三年前に死んだのに、なぜ二歳の妹がいるのか、母は少年に隠している。

少年は凧をかかげ助走しようとした。ふと、長い雑草の生えた坂道を見た。母が登ってきた。妹を抱いている。母は艶のあるまっすぐの黒い髪を後ろに丸くゆわえていた。櫛目の跡がわからなかった。母の髪がこのように綺麗だとは少年は今まで気付かなかった。

「和坊、美佐子を遊ばせてね。かあちゃん出掛けなければならないから。いいね、少し遊んだら、家に帰るんだよ、寒いから。いいね、もう和坊は一人前の男だから、ね。美佐子を可愛がるのよ」

僕も行きたいと少年は言いたかった。だが、言えなかった。母が僕に何か頼むのは大切な用事があるからだ。母はしょっちゅう仕事をしている。外に出るのも何かの仕事のためなんだ。母は何度も念をおし、妹に頬ずりをしてから足早に坂道をおりたが、何度も振り返った。何かあるのだろうか、少年はふと胸騒ぎがしたが、まもなく気にしなくなった。

少年は妹を見つめた。溜息をついた。誰も遊んでくれないのか、このような可愛い子なのに。妹は古着の行商人から買った綿入りのチャンチャンコを着ている。しかし、綿はすぼみ、花柄模様もくすんだ赤に変色している。ほのかに赤い頬に洟たれ汁が乾き、白い線になっている。少年は餅を新聞紙に包み、ポケットに突っ込んできていた。

妹に食べさせたかった。しかし、出来なかった。九時頃になると、この崖に凧を揚げにくる子供たちもいるかもしれないのだ。晴れ着を着け、正月菓子やお年玉をバッグの中に持っているに違いないのだ。妹のもの欲しげな目を見たくない。金持ちの子供たちが何かを食べ始めたら、妹にポケットの中の餅を食べさせるんだ。妹はバッグや羽子板を今でも無邪気に欲しがるが、なだめすかせば、まもなく忘れる。しかし、来年の正月には、妹も他の子供と自分をはっきりと比べるだろう。僕は羽子板やバッグなど作れないのだ。少年は妹の手を握りながら思う。毎日練習したら、器用になれるだろうか。羽子板もバッグも来年までには作れるようになるだろうか。

立派な凧が買える金をいつも持ち歩いている義治は手先も器用だ。義治が作った凧は空高く揚がるんだ。空高く揚がっている僕の凧を妹に見せたい。少年は凧を掲げ走った。だが、いくら走っても、凧はくるくる回り、激しく落ちる。新聞紙をつなぎ合わせた尻尾を少し千切った。揚がってくれ。少年は強く願いながら走った。寒風が頬にあたる。セーターの脇の下が汗で濡れている。少し揚がった。が、ぐらっと傾いたかと思うと、急に回転をはじめ、地面にぶつかった。何度も試みるが、どうしても凧は揚がらなかった。風がないせいだ、と少年は思った。崖っぷちを走ってみよう。少年は崖の縁に寄った。突き出た石や蔓状の草が多かった。頼りない足どりの妹が走ってついてくる。ここは危ない、と少年は思った。どうしようか、少年は迷った。少年は妹を抱き、岩蔭に座った。目の前の雑草が、ふいの風にぶるぶるとふるえた。座ったままでも崖の下の道が見えた。

妹の年頃の女の子を抱いた母親が歩いている。女の子は真新しい晴れ着を着け、髪には大きなリボンを飾っている。母親も少年の母よりずっと若々しく、笑顔も美しかった。少年は足元の小石を蹴っ飛ばし下に落としたかった。だが、女の子の晴れ着には小さな汚れもなかった。爪ほどの土くれさえ落とすのは気が引けた。

女の子の父親がポマードをぬった髪を乱し、激しく怒る気がした。少年は父に怒られた経験がなかった。だから、とても怖かった。少年は空を見上げた。凧が透けるような青く高い空に身動きせずに揚がってくれたらなあ、と少年は思う。揚がったら、清々しい気持ちになれるのに。少年は妹の髪を撫でた。家に帰ろう。尻尾と、絡み合った糸を取付け直そう。今度こそ青空高く揚がる凧をつくろう。

緑色のバトン

古い校舎の天井や壁には剝離やひびが生じていた。分厚い板床は佳輝の足の裏をひんやりとさせ、心地よかった。頑丈な窓からは島に一つしかない小さい山が見えた。

「貴重な文化財を保存しよう」という運動も起きたが、「生徒の頭にコンクリートの塊が落下しないうちに」と教育委員会は建て替えを決定した。

いつもは秋にある体育祭が、グラウンドにプレハブ教室を造ったり、建築資材を置くために使えなくなるから、七月の始めに計画されていた。一部の父兄から「時季が暑すぎる」と抗議が出たが、学校側は無視した。


梅雨が続いた。小学一年の佳輝は母の桃枝が体育祭のために買ってきた新しい運動靴を机の上に置いた。

梅雨が明けるのを待ち兼ねていた桃枝は佳輝の夏布団を珊瑚石灰岩の石垣の上に干した。連日、強い日差しが照りつけた。桃枝は毎日、佳輝の布団を干した。

「あんた、昨日も同じ物を干していたんじゃないの?」

隣の老女がゲッキツの生根ごしに言った。

「佳輝がこの太陽の香りに包まれて、楽しい夢を見ると思うと干したくなるのよ」

干し終わった桃枝は縁側に座った。

勝手に入ってきた老女は扇風機の首振りを止め、桃枝に風をあてた。

「わかるよ。あんたはまだ若いのに……夫運がないんだね。だけど、あの人は財産をたくさん残したんだから、あんたがめそめそする理由はないでしょう?」

半年前、桃枝の夫は心臓麻痺を起こし、あっけなく死去した。細身で色白だが、丈夫だった桃枝はしだいに体調を崩した。

「お互い小学校の頃の初恋の相手だったのよ。おばあさん」

「そうだってね。佳輝はいつも飛び跳ねているから、あんたも元気を出しなさいよ」


公民館前の広場には誰もいなかった。いつもはゲートボールに打ち込んでいる十数人の老人たちは、南部地区ゲートボール大会に参加するために朝から那覇に渡っていた。

昼食をすませた佳輝たちは広場に集まり、草野球を始めた。

佳輝が打ったボールはサードに転がった。佳輝は土埃を舞い上げながら懸命に走り、ヒットにした。

「佳輝、おまえの足の速さは、母親ゆずりだよ。おまえの母親は結婚前、短距離の南部代表だったそうだ」

一塁コーチをしている小学六年生のサールー(猿)が言った。佳輝は初耳だったが、ただ小さくうなずいた。

サードを守っている小学五年生の目にごみが入り、タイムがかかった。佳輝は野球帽をとり、ひたいの汗を拭いた。

サールーはファーストを守っている同年生に言った。

「おまえ、隣の字の、小一の浩次と親戚だってな」

「ああ」

「去年、那覇から引っ越してきた時は、あの浩次は女みたいに色が白かったよな」

「お土産に冷凍ピザと、ドライアイスが詰められた冷凍肉を貰ったよ」

「肉は貴重だよ。この島も昔は牛も豚もたくさん飼っていたらしいけど」

サールーは佳輝に向いた。「佳輝、おまえは体育祭のバトンリレーの選手に決まりだよ。近づいてから中学三年生たちが決めるんだが……」

「勝手だよな、サールー」

ファーストを守っている少年が言った。「学年別に全員走らせて、一位を選手にすればいいのに」

「何十年も前から、このようにして決めてきたらしいから、いいさ。ちゃんと足の速いのを日頃から見ているよ」

「サールーも選手になるんだろう?」

「サールー、サールーと言うな。ちゃんと名前を言え。僕は君より足が遅いか?」

公民館の窓ガラスが反射している。

試合が再開された。少年たちの黒い影が赤土に短く落ちている。

「佳輝、ピッチャーが投球したら、盗塁しろ」

サールーがわざとピッチャーやキャッチャーに聞こえるように大声を出した。

佳輝はピッチャーが投球した後、セカンドに走った。キャッチャーが立ち上がり、送球したが、完全にセーフだった。

老人たちは午後三時すぎに港に着いた。十六チーム中、十位だという成績に不満足なのか、八人の老人は家には帰らず、ユニフォーム姿のまま公民館前にやってきた。

老人たちは勝負のついていない佳輝たち全員を追い払った。


この島には七つの字があり、体育祭の最後に行なわれる各字対抗の学年別バトンリレーは毎年島の人たちを熱狂させた。

佳輝は字赤嶺の小学一年生の代表に選ばれた。よくはわからなかったが、胸が高鳴った。学校の行き帰りもランドセルを背負ったまま駆けた。授業中はよく居眠りをした。

公民館前の広場は練習にむいていたが、長袖を着け、頰かぶりの上にクバ笠や麦藁帽子をかぶった老人たちが朝から占拠し、いつまでも帰らなかった。

「おまえたちは家でテレビでも見ていろ」とか「おまえたちがいたらゲートボールに集中できない」と佳輝たち選手を追い払った。

サールーが「島中が体育祭のバトンリレーに熱中するのに、のんびりゲートボールなんかして」と聞こえよがしに言いながら、佳輝たちを字の外れの松林に囲まれた広場に連れていった。

佳輝たち字赤嶺の学年代表は放課後や休日、練習に出掛けた。佳輝はいつも遊ぶ悟とも遊ばず、速く走る練習に打ち込んだ。

悟はよく見物に来た。佳輝は悟を尻目に胸を張り、広場を息の続くかぎり、何周も走った。体の大きい悟への漠然とした優越感もあったが、彼らの代表だという責任感が強かった。

「テーゲー（いいかげん）」に物事を片付けられない性格のため、体育祭が近づくにつれ、佳輝は緊張し、選手にならなかったなら悟とのんびり、心の底から遊べたのにと悔やんだりした。

連日、灼熱の陽が松にも少しひび割れた広場の赤い土にも佳輝たちの頭上にも照りつけた。海風が吹く公民館前の広場とは違い、暑かった。準備体操を始めたとたん汗が吹き出た。

他の字の選手たちは放課後、小学校や中学校のグラウンドを縦横に駆け回っていた。佳輝たちの間からもある日「グラウンドにしよう」という案が出たが、サールーが秘密練習をすると言い張り、変更はしなかった。

佳輝たちはサールーが秘密練習だという、ありふれたコーナーの曲がり方やバトンタッチの練習を繰り返した。代々伝わる公民館の備品の緑色のバトンは佳輝の手には少し大きすぎたが、重くはなかった。

サールーは木登りが得意だから松に囲まれた広場を選んだにちがいないと佳輝は思った。サールーはまたのあだ名をクルーサールー（色が黒い猿）と呼ばれていた。

サールーはうるさいぐらいに佳輝の練習のコーチをした。早くどこかに行ってくれと思った。しかし、佳輝はひそかにサールーを尊敬していた。サールーは下にハブのいそうな雑草が生い茂った大木の細い枝にも平然と登った。

サールーは佳輝と広場を並走しながら、「僕のライバルは東京に行った。佳輝も覚えているだろう？　一緒に港に行っただろう？　もう僕の一人舞台だ」と言った。

三カ月ほど前の春休み、どうしたわけか佳輝はサールーに誘われ、彼の「ライバル」を見送りに行った。

「あいつは小学校に入った時から僕のライバルだったよ」とサールーは妙に懐かしそうに言った。

「宇浜川代表の小学一年生はスパイクを履いているよ。サー……」と佳輝は言った。

ある日、遅い時間に校庭を横切った佳輝は、特注のスパイクを履き、スタートの練習をしている浩次を見た。驚いた。浩次は足が速かった。ライバルと言える相手は浩次だけだと佳輝は考えた。他の選手にはどんなに調子が悪くても負ける気はしなかった。

「スパイクを履くのは禁止のはずだ」とサールーは言った。

広場の隅の松の木陰では数人の青年たちが応援練習をしている。胸に響く大太鼓の音や声をからした応援歌を聞き、佳輝は絶対に負けられないと自分に言い聞かせた。


授業が終わるのを待ち構えていた中学生たちは放課後、青年の運転する軽トラックに乗り込み、山羊を買いに農家に出掛けた。

誰も一昔前の青年たちのように山羊を屠れないから、買ってきた山羊を専門の肉屋に運び込んだ。

体育祭の前日の夕方、公民館前の広場には大鍋がセットされ、山羊汁が炊かれた。中年婦人たちが使い捨ての器に大鍋からたっぷりと身や汁をよそい、女子中学生たちが公民館の中のテーブルに運んだ。

こんなに暑いのになぜ山羊汁なんだ。港のレストランにあるフライドチキンやハンバーグの方がいいのにと佳輝は思ったが、女たちの至れり尽くせりの行為に妙に感激した。

字赤嶺の代表選手は、小学生も中学生も男子も女子も汗をかきながら、息を吹き掛け、脂身も赤肉も、脂がたっぷりと浮いた汁も何度もおかわりをした。

テーブルの後ろでは山羊汁を食べ終えた少女たちが色紙を細かく切り、バトンリレーが優勝した時にまく花吹雪を作っている。

脂に酔ったのか、顔を真っ赤にした中学生が「優勝旗は赤嶺に必ず持ってくるぞ」と叫び、勝ちどきをあげた。みんな肩を組み合い、「赤嶺選手が向かう所、敵なし」という意味合いの歌を合唱した。

佳輝はトップランナーの自分が一位にならなかったらたいへんだという危機感を抱いた。公民館の隅々まで山羊の独特の臭いがたち込めた。山羊汁を食べれない佳輝にサールーが近づいてきた。

「佳輝、食べろ。馬のような力が出るぞ。僕は小さかったが、ハブに咬まれたお父を診療所まで背負って行ったんだ。運よく山羊汁を食べていたからな」

「どこで食べたの?」

「疑うのか。お父は昼飯を食べ終わってから砂糖黍の残りを刈ろうとして、ハブにやられたんだ」

佳輝は脂のついた肉を飲み込み、汁を飲んだ。吐き気がした。汗が吹き出た。チューハイを飲んだサールーはたちまち顔が赤くなった。

「酒を飲んだら、お母さんに叱られるよ」と佳輝は思わず言った。サールーの太った母親は大鍋の山羊汁をかき回している。

「大きな声を出すな」

ライバルの浩次はビタミン剤も飲んでいるという噂が佳輝の耳に入っていたが、サールーには何も言わなかった。

佳輝はとうとう山羊の強い臭いに我慢できなくなり、外に出た。

気持ちのいい夜風が広場を吹き抜けている。いつのまにか外灯がポッと点り、大鍋の乗っているガスコンロの火がはっきりと赤く見える。

クラスでは先生に履きなれた靴で参加をする、夜更かしはしない、暴飲暴食に気をつけるようにと体育祭の注意をされた。

しかし、体育祭の朝、佳輝はスパイクを履いてくるかも知れない浩次に対抗し、新しい靴を履いた。桃枝は靴擦れしないように厚めの靴下を履かせた。風邪気味の桃枝はほほ笑みながら「すぐ応援に行くからね」と佳輝を送り出した。

八時、字赤嶺の選手は最後の種目のバトンリレーに着る緑のランニング姿のまま青年たちに公民館前に集合させられた。

「青年たちに感謝しないといけないよ。彼らは今日五時に起きて、優勝するように大太鼓を打ち鳴らしながら字中を歩いてきたんだ」とサールーが佳輝に言った。佳輝も知っていた。青年たちは檄を飛ばし、木刀や六尺棒や大きな旗を声を張り上げながら振り回した。

このような必勝儀式が終わった後、中学三年生の「キョウツケ」「マーレーミギ」「足踏み始め」「前進」の号令に従い、佳輝たちは出発した。中学生や青年は照れ臭いのか、威厳を示すためか、公民館の中に入っていった。

佳輝たちはサールーを先頭に縦に一列になり、できるだけ大きな道を行進した。

人通りが多くなった。サールーが歌うように言った。青年団に何十年も前から歌い継がれている「いざ戦わんかな、時来る。赤嶺選手の走るのは手、足見えない、飛ぶ鳥」という妙な歌を合唱しながら進んだ。佳輝は音痴だったが、力強く歌った。

日差しが強まり、目がくらんだ。すでに巨大な白い入道雲が行く手に立ち現れている。

グラウンドを取り囲むようにテントがずらっと立っている。赤い土に黒い影が落ち、眩しい白いラインがのびている。

島の人たちが集まる機会は体育祭以外ほとんどなかった。島外から島出身者が応援にやってきている。本部席のテントのテーブルには賞品が置かれている。副賞に今時珍しいが、教育長が提供したニスを塗ったほら貝や、校長が提供したガラスケースに入った赤い枝珊瑚も並んでいる。

本部席から離れた字赤嶺と書かれたテントの中に桃枝がいた。緑色のランニングを体操着に着替え、全体体操に向かう佳輝に「頑張ってね」と桃枝は手をふった。

佳輝は字対抗リレーのトップランナーの自信があふれていた。ふいに浩次に負けないか不安になったりしたが、午後三時頃のスタート開始が待ち遠しかった。

ようやく午前の種目が終わり、昼食時間になった。佳輝は桃枝のいるテントに戻った。桃枝はまだ熱があるのか、目がトロンとしている。

友人の悟が佳輝を誘いに来た。桃枝は「行ってらっしゃい」とやさしく笑った。

佳輝は桃枝が作った、驚くほど大きい車海老やおにぎりや、うずらの卵の串揚げなどを、フルーツの絵のある使い捨ての弁当箱に詰め、古い校舎に走った。

スピーカーからは胸を躍らせる音楽がひっきりなしに流れていた。

二人は満腹になった。小学一年生の遊戯や競技は午前中で終わっていた。うかれていた佳輝は素足になり、悟から貰ったミニマンゴーをかじりながら教室の中を走り回った。机から机に飛んだり、椅子から椅子に飛んだりした。

突然、佳輝の左足に激痛が走った。剝がれ落ちた壁板から突き出た錆びた五寸釘をしたたかに踏みつけていた。痛みをこらえ、釘から足を抜き、しゃがみ込み、足の裏を見た。血がにじみ出た。佳輝は夢のような気がした。「何でもない」と自分に言い聞かせた。

ところが悟はひどく狼狽した。「ナー、デージ、ナトーサ（もう、たいへんなことになったよ）」と騒いだ。佳輝の顔が急に青ざめた。悟は弾かれたように逃げた。

救護テントに行くと包帯を巻かれてしまう。先生にバトンリレーの出場を禁止されたらたいへんだ、と思い、佳輝は誰にも何も言わなかった。傷は深く、出血はさほどなかった。唯一の目撃者の悟はどこにも見当たらなかった。

食後、青年たちは朝が早かったからか、テントの陰で思い思いに寝ている。風が止まり、ひどく暑くなった。すべての種目が終わり、各字対抗の学年別バトンリレーの時間になった。

指笛や拍手喝采が方々から聞こえる。いつのまにか起きだした青年たちは大太鼓を打ち鳴らしたが、朝、得意げに披露した木刀や六尺棒の乱舞はしなかった。

小学二年生は二百メートル先にいる。佳輝がバトンを渡す選手は緑色のランニングシャツに、緑色の鉢巻きをしているからすぐわかった。佳輝はにじんだ手の汗をズボンで拭い、スタートラインに着いた。浩次は、やはり違反だったのかスパイクは履いていなかった。佳輝は胸が高鳴り、足の痛みも感じなくなった。

スタートの直前、静まり返った。佳輝は頭の中が真っ白になったが、ダッシュがよく浩次と先頭に出た。数メートル後ろの五人の選手をさらに引き離した。

ところが、コーナーにさしかかった時、佳輝と浩次はよりラインよりに曲がろうと争い、佳輝は怪我をした左足を踏まれた。ひるんだ隙に三位の選手と肩がぶつかり、バトンを落としてしまった。

おまけに落ちたバトンを後続の選手が蹴っ飛ばした。佳輝は「デージ、ナトーン（たいへんなことになった）」と内心叫びながら、フィールドの中を転がっているバトンを拾い、コースに戻った。

最後尾の選手が十メートほど先を走っていた。佳輝は死に物狂いに走り、二人の選手を抜き、緑のランニングシャツに大きく赤嶺のAのマークが書かれた二年生にバトンを渡した。

うつむいていた佳輝はふと顔を上げた。一位の浩次はバトンを二年生に渡した後も興奮したように走り続けている。

佳輝は歓声や指笛や大太鼓やマーチの音楽から逃れるように一人、古い校舎の陰に隠れた。

近くにある池は生徒が溺れないように底にたくさんの小石が敷かれていた。大きくなった鯉は浅瀬は窮屈だといわんばかりに水面から顔を出していた。

どれぐらいたっただろうか、やけに遠くからぼんやりとした佳輝の頭に今までの軽快な音楽とはガラリと変わり、すべての終了を知らせるアナウンスが繰り返し聞こえた。

しかし、しょぼくれた佳輝は、薄暗くなった校舎の軒下に寝そべっていた。このまま朝を迎えようと思った。

頭の上に何かが立っている気配がした。佳輝は目を開けた。ランニングシャツにAのマークのあるサールーが佳輝を見下ろしていた。サールーの顔はビールを飲んだかのように赤かった。

佳輝は顔を背けた。サールーは笑い、「赤嶺が優勝したよ」と言い、佳輝の手を引っ張った。佳輝は照れ笑いをしながら起き上がった。

サールーは佳輝の心中を察しているかのように何も言わずに歩いた。涙ぐんだ佳輝も黙ったままグラウンドに向かった。

窯の絵

平和通り商店街を抜けた辺りから壺屋のゆるいカーブの道が現われる。道に沿うようにイヌビワにおおわれたブロック塀もかすかに曲線を描いている。赤瓦の屋根や陶器店の傍らに目を見開き、口を開けた小さいシーサーが座り、T字路のつきあたりには魔除けの石敢當が立っている。石垣の内側から常緑樹が枝をのばしている。

十年ほど前、一九七五年頃、傾斜に乗っかるように造られた登り窯は妙に歪んでいた。小学生の洋一は写生大会に麦藁帽子を尻に敷き、一心にこの登り窯を描いた。赤瓦や漆喰や石の柱が強い陽射しを吸い取った。けたたましい蟬の声も耳に入らなかった。

登り窯の近くに生えたガジュマルの大木がうまく描けず、幹は大きな水瓶に似た形になり、葉は茶わんのように丸っこくなった。だが、登り窯も太陽も丸みを帯びていたからか、担任は「バランスがいい。重量感がある」と誉め、那覇地区図画コンクールに出した。

洋一は高校に合格し、美術クラブに入部した。やたらと指導者風をふかせる部長が洋一たち新入生に、林檎、コーラ、ビールを二時間以内に描くよう命じた。洋一は半時間もたたないうちに描き上げた。部長は他の新入部員を教室から出し、「おまえがトップだ」と言いながら洋一に生温いコーラを飲ませ、林檎を食べさせた。

壺屋通りの少し奥にある、木造瓦葺きの電気店の二階に洋一と父親は住んでいる。二階の洋一の部屋の出窓には父親のブーゲンビリアの鉢が数個置かれている。

電気店の経営がおもわしくなく、洋一は大学に進学せず夜、絵筆を握った。洋一の父親の店は年に一、二台親戚が洗濯機などを買う以外、大型製品は売れなかった。注文の電話がかかってくると、乾電池でも届けた。一人暮らしの老女の家に切れた電球を取り替えにも出かけた。

遠くの客から修理を依頼された時は病弱の父親に代わり、洋一が軽トラックを運転した。しかし、技術のない洋一は修理を手伝えなかった。修理を終えた父親はぐったりした。

「どんどん新しい機種が出てくる。死に物狂いに研鑽しなければ修理どころかセットさえできなくなる。自分の頭や手はおいつかなくなっている」と父親は嘆いた。しかし、洋一に「おまえが研修を受けてくるか」とは言わなかった。父親は店に最新のコンピューター制御の電気製品を置けるのだろうかと洋一は考えた。運転資金は？　来客は？　しかし、店を閉めようとは言えなかった。長年、販売と修理一筋に生きてきた父親の生きがいを奪ってしまうような気がした。

洋一はとにかく修理の技術を覚えなければならないと自分に言い聞かせた。しかし、毎日悶々とし、いつしか絵筆が握れなくなった。だが、いつでも描けるように毎日ベレー帽をかぶり、鉛筆、木炭、イーゼル、ランプ、飛行機のプラモデル、フランス人形、枯れたサンニン（月桃）の実などをていねいに拭いた。

何日か後、突然、洋一は食肉工場から買ってきた山羊の頭を裏庭に埋めた。数カ月後に掘り出し、洗い、漂白しようと考えた。題材の頭蓋骨が出来上がるまでは電気製品の技術を学ぼうと決めた。しかし、数日間懸命に専門書を読んだが、全く身につかなかった。

ある日、洋一と父親は南部の漁村にいる親戚に注文の洗濯機を届けた。父親は洗濯機を設置し終え、親戚の老人と談笑を始めた。洋一は近くの海岸に下りた。砂浜を歩きながら、知らず知らず画材を探していた。大きな巻き貝の殻を取り、じっくり見た。

父親はときおり目が宙を泳ぐ洋一をひどく心配し、洋一の幼い頃から遊び相手をしてくれた、洋一より十歳年上の哲雄の工房に電話をかけ「絵を描く様子はないのにベレー帽などかぶって、変だ。風貌なんかまったく気にしなかったのに、おかしい」などと話した。

還暦祝いの一輪挿しを三十個も特注した洋一の父親に感謝している哲雄は、翌日さっそく訪ねてきた。

哲雄は自作の嘉瓶《ユシビン》に入れた泡盛を洋一に飲ませ、芸術論を説き聞かせた。

「絵と電気屋のふたまたかけるな。おまえには絵しかない」

「しかし、生活が……」

「おまえの生活なんか知らん。俺はおまえの絵にしか興味はない」と哲雄は怒ったように言った。

洋一は酔いが回り、まもなく眠ってしまった。

数日後、廊下にワイン色のワンピースを着た、小太りの若い女と哲雄が立っている。哲雄が洋一に耳打ちした。「ヌードモデルに五時間、俺が雇った。とりあえずじっくり眺めて、それから一気に描け」

「いつまでたっても筆は動きませんよ」

「金はもう渡したんだ」

「哲雄さんがモデルにしたら?」

「俺は陶芸だから、彼女を焼くわけにはいかん」

「とにかくモデルはいりません」

哲雄と女は階段を下りていった。

数分後、「女は金は返さないそうだ」と言いながら哲雄が部屋に入ってきた。

「おまえは何を探しているんだ」と哲雄が椅子に座り、言った。

「インスピレーションを……山羊の頭蓋骨とか」

哲雄は腕を組み、考え込んだ。

翌日から洋一は海岸から持ち帰った巻き貝を描き始めた。やる気をしぼりだし、四苦八苦しながら五日目にようやく仕上げた。洋一は「絵が描けた」と哲雄に連絡した。

哲雄は飛んできた。しかし、苦虫を嚙み潰したように絵を見つめ、「魂が入っていない。おまえが心底描きたいものじゃない」と厳しく批評した。

数週間後、哲雄から「俺の窯に来てくれ」という電話がかかってきた。

一九七〇年代、壺屋の周りに新しく住みついた人たちは窯から出る真っ黒い煙に騒ぎだし、抗議運動を起こした。登り窯に強くこだわった哲雄はヤンバル（本島北部）に登り窯を造り、引っ越した。

洋一の軽トラックはパイナップル畑にはさまれた赤土の農道を進み、曲がりくねった雑木林の中の山道に上がった。ようやく哲雄の登り窯に着いた。「俺の窯は不法建築だ。煙を出してもいい所だが、近く壊さなければならない」と哲雄は言った。

洋一が聞かないのに、哲雄は「俺はジョーヤチ（上焼き）を中心にアラヤチ（荒焼き）も焼いている、土と火が命だ。窯入れは何度やってもむつかしい」などと一気にしゃべった。

「一緒に焼こう。準備はしてある。俺は壺屋に帰りたいが、もっと北に行く。近頃よく壺屋で生まれて、壺屋で死んだ父親を思い出すよ」

ヤチムンヤー（陶工の家）から聞こえる蹴ろくろの音、土で作ったメンコ、カーミスーブ（器造り勝負）の楽しみ、商品のズーシガーミ（厨子瓶）を頭に乗せている女たち。父親はこのような話を幼い哲雄によく聞かせたという。

哲雄は窯に泡盛をかけ、火を入れた。火が洋一に迫り、またたくまに汗が吹き出た。汗は首から胸に、ひたいから目に流れ落ちた。

いつのまにか日が暮れた。洋一は窯から離れた。星が高い空に光っている。山の晩秋の夜風の中からゴーッという火の燃えるもの凄い音だけが聞こえた。洋一は窯の火が燃え盛っている三日間、哲雄と一緒に寝ずの番をした。

壺屋に帰った洋一は今は使われていない登り窯に向かった。かまぼこ形の、所々崩れた窯が息絶え絶えに傾斜にしがみつくように横たわっている。屋根には赤瓦が葺かれている。白い石の柱の脇に素焼きの壺が転がっている。ガジュマルの根が積まれた素焼きの破片を抱いている。

洋一は一気に描き上げ、哲雄を呼び、見せた。興奮した哲雄は「素晴らしい登り窯だ。俺の父親はこの窯で焼いたんだ」と洋一の手を握った。洋一は体が小さくふるえた。

哲雄は顔を上気させながら帰った。

「洋一にはやっぱり絵だな」

父親が黒砂糖をなめながら言った。

「久しぶりに夢中になったよ」

「電気店は閉めればいい。この辺りは観光客も来るから一階を土産物屋にでも貸せばいい」

父親は部屋を出ていった。洋一は窓ぎわに座り、雲一つない空を眺めた。

コイン

雨は昼となく夜となく降り続いている。飲み屋街の消えたネオンから雨粒がしきりに落ちている。午前九時。満雄《みつお》はキャバレー「モンロー」の従業員出入り口から中に入った。

会社からモンローに派遣されていた満雄は、会社が倒産した後も、日頃の仕事ぶりを認めたマスターに引き止められ、広いフロアの清掃を続けている。トイレやシャワー室やホステスのロッカールームはマスターの親《しん》戚《せき》のハルおばあが任されている。二人は開店時間を除けば、いつ掃除をしても構わなかった。

三十歳の満雄は五年前に結婚した同い年の奈津美《なつみ》との間に子供はいなかった。毎月給料をスーパー勤めの奈津美に渡し、一万円をもらっている。賭け事もせず、外では酒も飲まず、煙草も吸わない満雄にこれ以上の小遣いは必要なかった。

満雄は店内の電灯とクーラーをつけた。だらだらと降っている雨の鬱陶《うっとう》しさが払拭《ふっしょく》された。

満雄はジーパンとTシャツの上に大きい灰色のエプロンをかけ、フロアを這《は》い、コインを探し始めた。アルコールのにおいが染み付いた絨毯《じゅうたん》に靴の土、女の長い髪の毛、ビール瓶の蓋などが落ちている。

すぐ大きな黒いシートの下から五百円玉を見つけた。客がホステスに煙草を買わした時のつり銭だろうか。壁灯の赤い薄明かりの下、ロック音楽にのり、しきりに飛び跳ねた時、フロアに転がったのだろうか。

百円玉を二個見つけた。紙幣は客にわからないようにホステスがそっと拾っているんだろう。

エプロンをとった。五百円玉一個、百円玉六個、五十円玉三個をカウンターに並べた。一日の総額は二千円が関の山だが、満雄はコイン拾いを密《ひそ》かに楽しんでいる。

テーブルやカウンターの瓶やグラスを片付け、フロアに掃除機をかけはじめた。またコインが見つかるかもしれないと神経を集中しているせいか、疲れを覚えなかった。

店のシャワーを浴びた。昼食は近くのスーパーから買ってきた食材を店の奥のキッチンで調理し、食べた。

二時五分にハルおばあが来たが、満雄とほとんど話もせずにトイレ掃除を始めた。満雄はグラスを洗った。

午後五時きっかりに雨傘をたたみながら四十代の太った、チョビ髭《ひげ》のマスターが入ってきた。満雄は「お早うございます」と頭を下げた。満雄の仕事ぶりを十分知っているマスターはチェックもせずに「ごくろうさん」と声をかけた。

満雄はマスターと話しているハルおばあを残し、雨傘をさし、店の外に出た。

六月末、梅雨が明けた。まだ強い日差しの残る夕方、仕事を終えた満雄は飲み屋街の外にある家に帰った。

扇風機の風にあたりながら二人の女が西瓜《すいか》を食べている。

「あなた、洋子が持ってきてくれたの。結婚式のお側付きをしてくれた洋子よ。覚えているでしょう?」

アロハシャツ姿の奈津美が言った。洋子は満雄を見つめ、ほほ笑んだ。ヘアバンドをしているからか、太り気味の丸い顔がひときわ大きく見える。

「お久しぶりです。だんなさまがいない間に女二人でおしゃべりしていました。お仕事おつかれさま」

ノースリーブの花柄のワンピースを着た洋子が言った。

「西瓜食べない?」と奈津美が言った。

「飯にするよ」

満雄は着替えをすませ、部屋から出てきた。女二人は仲良く台所に立っている。

満雄の家の二キロほど先の支社に転勤になった洋子は仕事帰りに寄ったという。しかし、満雄の家は洋子のアパートとは逆方向にある。

洋子は仕事帰りにたびたび満雄の家に遊びに来た。遠慮なく夕飯を食べ、談笑し、帰った。

ある日、満雄が玄関の引き戸を開けると「お帰りなさい」と食卓を拭《ふ》いていた洋子が元気な声をかけ、立ち上がってきた。どうなっているんだと満雄はとまどった。台所から出てきた奈津美が満雄の顔を見た。

洋子はたわいない話を何時間もあきずにした。

背丈は人並み以上あるが、清掃業務のせいか、背中が少し曲がり、見栄えのしない俺に興味をもつ女はいないと奈津美は考えているのだろうか。

数日後、洋子はスーパーから買ったコロッケを持ち、満雄の家に夕飯を食べに来た。スーパーに寄れるなら、まっすぐアパートに帰れるはずなのにと満雄は思ったが、奈津美はほほ笑みながら味噌《みそ》汁や野菜サラダを食卓に運んだ。この夜は風が心地よかった。風鈴がひんぱんに鳴っていた。蚊取り線香の煙も流れた。

「どんな親友にも恋人を紹介してはいけないと母親に言われたけど、結婚五年にもなるし、独身の洋子を警戒することもないわよね」と部屋に入ってきた奈津美が満雄に耳打ちした。

二人は洋子のいる居間に戻った。

奈津美が「この辺りは赤いネオンが多くて、洋子も恐いでしょうから、あなた、バス停まで送っていく？今日は遅いから」と満雄に聞いた。「私のような超美人は襲われないでしょうけど、万が一のためにお願いします」と洋子はおどけるように言った。「洋子はぽっちゃりしているから男が目をつけるわよ」と奈津美が言った。「昼は暑くて、家に閉じこもっている者も夜になるとどっと出てくるからな」と満雄は無理に笑い、玄関の鍵《かぎ》をポケットに入れた。

この日以来、洋子が来るたびに満雄がバス停に送るようになった。

洋子を送った満雄が珍しく遅く帰ってきた。奈津美は「どうしたの?」と聞いた。「バスが事故に巻き込まれたらしく、長い時間来なかったんだ」と満雄は言った。

「彼女は一人で帰ってもホステスにスカウトされないが、ホストクラブの呼び込みに引っ張られるそうだ」と満雄はさもおかしそうに笑った。

「これからは日曜日の昼、遊びに来るように言っておくわ」

「いつも来る時は仕事帰りだろう？　わざわざ日曜日に出てくるかな。掃除や洗濯もあるんだろう？」

満雄は自分の部屋に入った。バスを待っている時「満雄さん、赤ちゃん欲しくない？」と言った洋子の声が耳の奥から蘇《よみがえ》った。

満雄は拾ったコインを密《ひそ》かに銀行に預けていた。ある日、二万円を引き出し、洋子にシルバーのブローチをプレゼントした。洋子と深い仲になった日以来、今日もコインがたくさん見つかりますようにと、独り言を言うようになった。トイレやホステスのロッカールームにもコインが落ちているはずだが、ハルおばあのエリアには立ち入らなかった。

満雄は昼食に作った料理を密閉容器に詰め、洋子のアパートに届けた。昼食を摂《と》りにきた洋子は満雄を待ちわびていた。ショートパンツに着替えた洋子の白い、肉付きのいい太股《ふともも》が、ドアを開けた満雄の目に飛び込んだ。薄いブラウスから胸が透けて見えた。満雄の顔は上気した。洋子の肌はやわらかく、じっとりと汗ばんでいた。激しくセックスをし、満雄はふらつきながらモンローに戻り、シャワーを浴びた。

出勤してきたマスターに挨拶《あいさつ》をし、店を出た。まだ太陽の日差しは強く、満雄はクラッとめまいがした。冷や汗がにじんできた。

十月に入り、ひんやりとした秋風が吹いたが、満雄は相変わらずモンローのクーラーをつけ、掃除機をかけた。

家の近くの木々の葉は色褪《あ》せていた。奈津美は紺のカーディガンと長い木綿のスカートを着け、厚めの靴下をはいている。奈津美の妊娠がわかった時、満雄は諸手《もろて》を挙げ、小躍りしたが、一カ月前に洋子が自分の子を宿したのを知っていたから内心ひどく戸惑った。

奈津美が洋子にも報《しら》せた。

「今、三カ月よ」

「おめでとう、奈津美」

二人は自然分娩《ぶんべん》、水中出産、自宅出産などの話に夢中になった。

「洋子は赤ちゃんが生まれたら、手伝ってくれるそうよ」

受話器を置いた奈津美は満雄に言った。

数日後、やわらかい日差しが落ちた食卓の上には、洋子に買ってきてもらったという「初めての妊娠」や「二人で育児」の本が置かれていた。しかし、この日を境に洋子は姿を現わさなくなった。

満雄は厚めのジャンパーの衿《えり》をたて、モンローに出かけた。

日が暮れはじめるのが早くなった。

電気炬燵《ごたつ》に奈津美は足を入れている。

「洋子がずっと来ないわ。あなたに何か言っていた?」

「いや、別に」

「もし間違いだったら夫婦関係が壊れると思って、口にしなかったのよ。だけど、胸に押し込めていたら、頭がおかしくなりそうな気がするの」

風が雨戸をたたいている。

「前に私の知らないハンカチがあなたのズボンのポケットから出てきたの。気にはなっていたの」

「……」

「三日前の昼間、あなたの家によく来る女の人と満雄さんが何度かホテルクィーンに入るのを見たって、隣近所のおばさんたちが私の耳に入れたのよ」

洋子のお腹が確実に膨らんでくる。いくら繕っても言い逃れはできないと満雄は観念し、白状した。

奈津美は「なぜ洋子なの。私、堕《お》ろすわ」と満雄を睨《にら》み、洋子に電話をかけた。

洋子は奈津美の文句を吐き出させると、「あんたは五年ものほほんと生活して、満雄さんの本心をわかっていたの？」と逆に食ってかかった。

「じゃあ、あなたはわかるの？　私たちには五年の歴史があるのよ」

「時間じゃないよ」

「だからってあなたが誘惑していい理由になるの？」

二人はなおも言い合った。

四日後、洋子に促された満雄は、洋子の妊娠を奈津美に告げた。

「私だけだと思っていたのに、洋子も妊娠していたなんて。しかも私より早く……」

「……」

「洋子の小太りの体も私のようにくびれがなくなったように感じてはいたわ、洋子をお産の相談相手にと考えていた私はとんだ笑い者ね。あなた、よくもしでかしてくれたわね」

「……」

奈津美は満雄の耳や髪を強く引っ張った。満雄は奈津美のなすがままにさせながら「お腹の赤ちゃんに悪いよ。生まれてから思い切り暴れてくれ」と言った。「暴れたくて、暴れているわけじゃないわ」と奈津美は満雄に平手打ちをくらわし、両手で顔をおおい、泣きだした。

奈津美はふいに顔を上げた。

「赤ちゃんのケープを編んでいたのよ」

奈津美は食卓の上の毛糸玉を払い除《の》けた。床に転がり、毛糸が長くのびた。

朝早く目覚めた満雄はすぐ奈津美を探したが、姿はなかった。食卓に「実家に帰ります」というメモが置かれていた。満雄は気持ちがおちつかないままモンローに出勤した。何もかも忘れようとフロアを這いずり回った。

見つけたコインをテーブルに置き、シートにへたりこんだ。テーブルの上の瓶にウィスキーが残っていた。

今まで空だろうが、半分残っていようが、酒瓶は勝手口に片付けていたが、発作的にラッパ飲みをした。喉《のど》や胃に染みた。残っている酒瓶を何本も探しだし、全部飲み干した。足が立たなくなった。掃除をしなければ首になってしまうと思いながら意識を失った。

午後二時すぎにハルおばあに背中を叩《たた》かれた。満雄はふらつきながらフロアに掃除機をかけた。

いつもの時間に出勤してきたマスターは「飲んだな」と鼻をつまんだまま言った。「滞りなくやりました」と満雄が言うと、特に強く言わずに帰した。

飲み屋街を吹き抜ける北風の中、ばか騒ぎをしながら人々が歩き回っていた。

満雄はいつものように暖房設備のない冷え冷えとしたモンローのフロアを念入りに掃除した。マスターの「首だ」という声が耳の奥から聞こえたが、自分を抑えきれずに今日も残り物の酒を飲んだ。

誘われるままに何度もホテルクィーンに行ったが、洋子の胎《はら》んだ子は俺の子だろうか。洋子は面相もプロポーションもよくないが、ほんとに他の男は手をつけなかったのだろうか。

クリスマス商戦もたけなわになり、方々に大売り出し、大安売りのノボリが風にはためいている。並木には色とりどりの小さいイルミネーションが点滅している。

モンローから帰ってきた満雄を、実家から戻ってきていた奈津美がすぐ食卓の前に座らせた。

「新しい年まで持ち越すのは嫌だから、判を押して」

長い毛糸のマフラーを二重に巻いた、風邪気味の奈津美が離婚届を食卓に広げた。

「あなたが新しい年とともに、洋子と新しい生活を始めるのは、もっと嫌だけど」

「……子供は？」

「私一人の子よ。あなたとはもう何の関わりもないからね」

満雄は黙ったままサインをし、印鑑を押した。

「私が役所に出すわ。モンローの給料は私の口座に振り込んでね、今後五年間。慰謝料よ。この家は元々私の物だから。あなたの荷物はまとめたから、持っていって」

外は寒風が吹き荒《すさ》んでいた。ネオンの下にたむろしている、冬休みに入ったばかりの小学生を満雄はわけもなく睨《にら》みつけた。

洋子のアパートに向った。去年の今頃は、生クリームがたっぷりのったクリスマスケーキを奈津美と笑いながら食べたなと満雄はぼんやり思った。

年が明けた。「今年はおめでたい年だから」と洋子は満雄にアパートの部屋の前に門松を立てさせた。

洋子は晴れ着姿の芸能人たちがはしゃいでいるテレビを蜜柑《みかん》を食べながら見ている。焼き餅《もち》の香ばしいかおりが部屋に満ちている。

洋子が俺に「結婚して」と言わないのは、俺がキャバレーの清掃人だからだろうか、給料が奈津美の口座に行くからだろうか。満雄はガスコンロにのせた網の餅を引っ繰り返しながら考えた。夏には二人の女が俺の子を生むが、どの子を俺はいとおしく思うだろうか。

一月三日にモンローの正月休みは終り、四日からオープンした。五日の朝、出勤の準備をしていた満雄に、洋子が「あんた、今日お店を抜け出して、役所で婚姻届をもらってきてね。入籍だけすませて、式は赤ちゃんが生まれてからね」と言った。小さめのマタニティードレスを着ているせいか、洋子の腹部は一段と目立っている。

モンローの入口には大きい門松が立っている。前夜、だいぶ客が入ったらしく、テーブルやカウンターの上が散らかっていた。コインが何個も落ちている予感がした。しかし、二人の赤ん坊が生まれてくるというのに新年早々フロアを這い回るのはプライドが傷つく気がした。

店のシャワーを浴び、午後一時すぎに婚姻届を取りに役所に出かけた。

店に戻ると、急に身震いがし、残った酒瓶を探し、中身を喉に流し込んだ。

数日後の午後八時すぎ、モンローからアパートに電話がかかってきた。何かを少し話し、洋子は憤慨したように電話を切った。

洋子は「今、店の女から電話があったよ」と一言言い、じっと満雄の顔を見た。

「なんて?」

「誰からだと思う?」

満雄は首を横にふった。

「何の話だったと思う?」

「……焦《じ》らさないで、早く言えよ」

「あんた、浮気しているんじゃない?」

わけがわからない上、口下手な満雄はろくに反論もできなかった。

「あの女。明日から三日間、店を閉めるので、掃除は休み明けにしてって。マスターの伝言だって」

満雄はモンローのダイヤルを回し、先程電話をかけてきたホステスを呼び出し、話の内容を確認した後、「これから家には電話をしないように」と頼んだ。ホステスは「あんな嫉妬《しっと》深い女は初めてよ。しがない男なんかには関心がないと伝えてよ。電話も絶対しないからね」とすぐ電話を切った。

満雄はホステスの話を洋子に伝え、「変に勘繰らないように」と言った。「ホステスなんかに嫉妬はしないわよ」と洋子はフンと顔を背けた。

しかし、洋子は「ちゃんと店にいるわね、あんた」「今一緒にいるのはハルおばあだけ?」と頻繁にモンローに電話をかけてきた。満雄は頭にきたが、うまく説得できず、苛立《いらだ》ちを紛らわすために残り物の酒を一気に飲んだ。

正月に金を使いすぎたのか、モンローの客は激減した。

白いマフラーを首からたらしたマスターが「もう明日から来なくていいよ」と満雄に言った。「絶対仕事中に酒なんか飲みません。一生懸命働きます」と満雄は懇願したが、マスターは「経費節減で、ハルおばあにフロアも任すよ。今月分は一週間後にハルおばあに届けさせるから」とすげなく言った。

満雄は長い時間、街中をふらついたが、並木道沿いにある電話ボックスから、奈津美の実家の番号を押した。

「おまえのほうが良かったよ。だけど絶対別れてもらえない。俺の人生はおまえで終ったよ。生きる屍《しかばね》だ」

「こんなに早くあなたが後悔するなんて、意外だわ」

「お腹の子は元気か？」

「前にも言ったでしょう。私の子よ」

「そうか……じゃあな」

満雄は電話を切った。

洋子にプレゼントしたのが、まちがいだった。満雄は電話ボックスのドアを開けながらつぶやいた。コインなんか預金しないで、奈津美に全部渡せばよかったんだ。

サンニンの蕾

1

昭和三十三年の正月が終わり、数日後にムーチー（鬼餅の行事）が迫っていた、放課後、則昭たちは胸を弾ませ、草刈り鎌を軽く振りながら野や丘にムーチーガーサ（月桃の葉）を採りに行った。

空はどんよりと曇り、空気は乾き、強い北風が吹いていた。カサカサに乾燥し、色褪せた雑草や雑木の葉が寒風に激しく騒いだ。このような草木の間に瑞々しく、なめらかな緑色のムーチーガーサが群生していた。

生気が漲ったカーサ（葉）の根元に鎌を一振りするとスパッと切れた。不思議な寂寥感が漂うが、この瞬間の感触は何ともいえず、則昭は唐突に、祖母が言った「ムーチーは力餅」という言葉を思い出した。

カーサの感触、香り、色はどういうわけか女生徒の肌を連想させ、則昭は一瞬、夢見心地になった。

毎年、ほとんどの家が子供の歳の数だけ段々に結わえたムーチーを柱や鴨居に吊した。去年、則昭の遊び仲間の家は兄弟が多く、かなりの数を吊した。一人っ子の則昭はただの十個しか吊せず、妙に淋しかった。則昭は祖母や母親に提案し、今年は祖母と母親の分も吊す約束をした。

肩かけの布かばんから帳面と鉛筆を取り出し、自分と母親と祖母の歳を足した。十一、三十八、祖母ははっきりしないが、だいたい七十……合計百十九枚。小さいカーサだと一個のムーチーを包むのに二枚必要だから、だいたい百六十枚……去年は何枚採ったのか、覚えていないが、十分だろう。

祖母の分は天井から吊しても床に着きそうだと思った。ため息をついた。僕もいつかは何十個も吊すようになるだろうが、非常に遠い先のように思えた。

入れ歯をしている祖母は僕より五十九個も多く吊すが、せいぜい数個しか食べないだろう。僕は十一個しか吊さないが、何日かかけ三十個は食べる。母親は好物ではないのか、去年もほとんど食べなかった。

仲間は兄弟たちと別の場所にカーサを採りに行っている。僕の家は僕一人の肩にかかっている。しかし、小柄の上、運動神経の鈍い則昭は仲間たちに高い所や奥にある立派なカーサをことごとく採られてしまった。

則昭たちは帰路についた。則昭より一年上の小学六年生の太郎が隣の満田集落の美少女の話を始めた。大阪から転校してきた美少女と同じクラスだという太郎は、とても自慢げに話す。父親が社長だという少女は仕立てた服を着け、髪は毎日洗い、艶々しているという。

「だが、ちぶる（頭）は悪いだろう?」と則昭と同年の真吉が言った。

「転校して来たばかりだから、ちぶるがいいかどうかはわからん」と太郎が言った。

「チュラカーギー（美人）はちぶるは悪いと決まっているよ」「ちぶるが悪くても、ちら（顔）が良ければいいよ」

二人は大笑いした。

おとなしい僕は休み時間もほとんど教室の外に出ないからか、小さい学校なのに美少女に気づかなかった。転校生は全体朝礼の時紹介されるはずだが……なぜ僕はおぼえていないのだろうか。則昭は太郎に少女の名前を聞いた。「陽子」だという。太郎はしきりに少女を「安和小のウカミ（御神）」と表現した。しかし、太郎は日頃から何事も大きく話す癖がある。

則昭は太郎たちと別れた後も家に帰らず、カーサを探した。野球帽は飛びそうになり、半ズボンから出た足は冷たくなっている。幾つかの丘や山に入ったが、百六十枚のカーサは容易には採れなかった。裂けたり、部分的に枯れたカーサしか残っていなかった。冬の太陽はすぐ沈み、無数の木の葉が影絵になったが、凝らした則昭の目にはムーチーガーサが見分けられた。明日、母親と祖母がムーチーを作る。男は約束を守らなければならないんだ。祖母の七十枚は多すぎると愚痴ったらダメだ。枚数が多ければ多いほどいいんだ。

家に着いた。

「たくさん採ってきたね、偉いね」と祖母に誉められた。

ふと、ひからびたように艶のない祖母の手や顔が則昭の目に留まった。則昭が三歳の時、父親は亡くなった。母親は働きに出るようになり、いつも帰りは遅かった。ほとんど祖母が則昭のめんどうをみた。学校を出ていない祖母は、幼かった則昭に巳、丑、寅……の十二支しか教えなかったが、「うちは若い頃は安和の楊貴妃と噂されたんだよ。楊貴妃、知っているかね？　中国一の美人だよ。王様が夢中になって、国を滅ぼしたんだよ」と自慢した。

祖母が美しかったという話は誰もしなかった。母親は祖母の一人娘だが、容姿は遺伝しなかったのか、仲間の母親たちよりむしろ劣っている。母親も二十歳の頃は美しかっただろうか、などと則昭はぼんやり思った。

祖母は去年、死にかけた。則昭はカーサをはがしながら、祖母のムーチーの食べ方がぎこちないと思った。次の瞬間、ウーウーとうめき声がした。とんできた母親が祖母の背中を強くたたいた。則昭は祖母の口に手を突っ込んだ。ようやくムーチーが入れ歯と一緒に出てきた。ゆっくりひきちぎり、食べていたが、入れ歯が動いた拍子に口元のムーチーが一気に喉の中に入ってしまった、と祖母は顔を真っ赤にし、涙を流しながら言った。恐怖からもうムーチーが食べられなくなると則昭は思ったが、祖母は半時間後にはまたちぎりながらムーチーを食べ出した。

一昨年は輪ゴム事故が起きた。母親は小さい会社に勤めているが、臨時雇いのせいか、朝早く出かけ、夜にしか帰れなかった。母親はムーチーを包んだカーサに輪ゴムをかけ、手間を省いた。蒸し上がったムーチーは一つ残らずゴム臭くなり、溶けたゴムがムーチーに染み込んだのか、味がおかしくなった。母親は則昭に謝った。祖母は険しい目付きをしたが、一緒に作った「共犯」だからか、何も言わず、不貞腐れた。

いつもの年、ムーチーを食べ飽きた頃、則昭たちはムーチーを持ち寄り、交換した。自分の家のムーチーには食傷気味だったが、仲間のムーチーは不思議と美味しかった。
この年は、「まーさぬ（美味しくて）全部食べてしまった」と嘘をつき、ムーチー交換に加わらなかった。

2

翌日の昼すぎ、則昭は一人草刈り鎌と麻袋を持ち、カーサを採りに出かけた、仲間たちはもはや採る必要はないという。夕方いよいよムーチーを作る、則昭は少し緊張しながら小川の近くの小高い丘に向かった。この丘も見事な葉はすでに刈りとられていた。二枚ならムーチーが包めると思い、小さめのカーサをてあたりしだいに採った。

隣の満田集落にある、二個のお碗を伏せた形の双子山が思い浮かんだ。あそこなら立派なカーサが見つかるだろう。則昭は足を速めた。満田の少年たちが採ったのか、双子山にもめぼしいカーサはなく、小さいカーサを十数枚刈った。

寒さに震えながら家路を急いだ。なぜかいつもはほとんど通らない、遠回りの道を選んでしまった。

左側にサツマ芋や大根の畑、右側に土手が続いている。土手の雑木を押し退けるようにこんもりと茂ったサンニンが姿を見せた。大きいカーサがありますようにと願いながら近づいた。サンニンの群生の向こうに三人の少女がいた。則昭はとっさに雑木の蔭に身を隠した。三人とも草刈り鎌ではなく、小さい包丁を持っている。

少女がカーサを採りに来るのは珍しいと思いながら目を凝らした。二人は則昭と同じ集落の六年生の多恵子と久代だが、もう一人は全く知らなかった。だが、噂の美少女・陽子だと察した。オカッパを少し長くした黒髪が寒風に乱れ、美少女の白い顔にかかる。やわらかそうな頬が赤く染まっている。葡萄色の襟巻をし、痩せ形なのに、どことなくふっくらした体に紺のセーターを着け、裾が風にはためく黒いスカートの下にやはり黒い靴下と靴をはいている。すらりと長い、白い足は寒さに耐えているように見えた。時々白っぽい下着が見えた。冬のぼんやりした大気の中に、美少女の歯並びのいい白い歯が浮かび出ている。美少女は口数は少ないが、声は透き通り、言葉は非常に洗練されている。

かつて全校生徒の中にこのような美しい少女がいただろうか。則昭はため息をついた。

小学一年、二年、三年、四年、五年と毎学年違う女生徒に恋をしたが、この女生徒たちが急激に潮が引くように則昭の胸の中から消えた。

一瞬、美少女はサンニンの茂みの中から今し方生まれ出た、この世の者ではないような気がした。幼なじみの多恵子と久代の姿や笑い声が現実に引き戻した。

則昭は少し冷静になった。

多恵子の歯は少し褐色がかり、久代は前歯が一本欠けている。二人とも連日曇天なのに、夏の日焼けが残っているのか、浅黒い色をしている。足は二人とも赤ん坊の頃、母親が背中におぶり、何時間も畑仕事をしたからか、たくましいO脚になっている。

この辺りは安和集落と満田集落の境になっている。多恵子たちが美少女の集落に行ったのだろうか。美少女が僕たちの集落に来たのだろうか。

美少女の両親は沖縄出身だが、大阪生まれの美少女は今年の正月に初めて沖縄に来たという。美少女たち六年生のコンクリート二階建ての教室は北側にあり、則昭たち五年生の赤瓦ぶき木造の校舎は南側にある。間に運動場が広がっている。

三人は則昭に背中を向けた。

多恵子も久代も編目の揃わない毛糸の襟巻きをしている。太郎が以前言っていた、冬休みの宿題の襟巻きにちがいないと則昭は思った。

美少女の手提げ袋には十枚くらいのカーサが入っている。ムーチーを作るには少なすぎる。則昭は自分が今日採った上等のカーサを何枚かあげようと思った。だが、足が動かず、声も出なかった。

大阪から来たばかりだからムーチーもわずかしか作らないのだろうか。どうかムーチーの味が美少女の口にあいますようにと則昭は願った。

三人の少女はしゃべり、笑いながらサンニンの茂みから去っていった。

則昭は雑木の茂みから出た。美少女たちがたたずんでいた場所にほのかに美少女の香りが残っているように錯覚し、則昭は大きく身震いした。

美少女に傷がなく、張りのある、大きな濃緑のカーサではなく、美しい苔をあげよう。五月か六月には一斉にサンニンは苔をつける。則昭は去年の梅雨の頃を思い出した。乳白色の苔ができたサンニンの茂みの脇を通った則昭に多恵子と久代が笑いかけた。二人は苔を口の中に入れ、飽きずに転がしていた。

カーサより苔の方が美少女には似合う。しかし、カーサなら割りと平気だが、花の苔を差し出すのは気恥ずかしいような気がする。

則昭は美少女たちとは反対方向の安和集落の方に歩きだした。

美少女の家族はムーチーの作り方を知っているだろうか。作り方は簡単だから、隣近所のおばさんから習ったら美少女でもすぐ作れるだろう。

多恵子や久代の茅葺きの家の前を通った。二人と急に親しくなりたくなった。

則昭は石垣に囲まれた赤瓦屋根の自分の家に着いた。薄暗い居間にいる祖母が、朝見た時より何歳も歳をとっているような気がした。則昭はカーサの入った麻袋を床に置いた。祖母は則昭を誉め、入れ歯が嚙み合わないのか、口をモグモグさせながらカーサを台所に運んだ。

人はわからないうちに歳をとり、変わっていくんだと則昭は考えた。あの美少女が明日の朝、祖母のような姿になっていたら、幽霊より恐ろしいと思った。

美少女には歳をとって欲しくなかった。ムーチーを毎年増やし、七十枚も吊すようにはなって欲しくなかった。家中にムーチーの香ばしい匂いが満ちた。則昭は蒸したてを三個立て続けに食べた。

寝床に就いた。両手いっぱいのムーチーを堂々と美少女に差し出した。受け取った美少女は、何ともいえない笑みを浮かべ、則昭を見つめた。想像をめぐらし眠れなかった。

僕は十一個、美少女は十二個ムーチーを吊す。美少女の家はムーチーを少ししか作らないはずだから、今年は仲間と交換せずに美少女にあげよう。

サンニンの苔を口にふくんだ美少女の白い頬がふくらんだり、すぼんだりするたびに、白く、微かに赤みがかった苔が形のいい唇から出たり、引っ込んだりした。舌をたくみに動かし、歯にはさみ、微妙な音を出し、遊んでいる。

隣に寝ている祖母が「ムーチーがたまって、眠れないのかね」と声をかけた。則昭は「眠れる」と少しぶっきらぼうに言った。

3

翌日の日曜日、朝早くから則昭は丁寧にムーチーを一個ずつ結びつけ、自分の分、母親の分、祖母の分を仏間の鴨居から吊した。案の定、祖母のムーチーは床に長々と這った。

外から何やら声がした。則昭は家の前の通りに出た。太郎が駆け回っている。

「しじゃん（死んだ）、しじゃん」と太郎が言った。

太郎の後ろを走っている真吉が「あの、ちゅら（綺麗な）いなぐ（女）だ」と則昭に言った。

美少女は昨日の夜、できたてのムーチーを喉につまらせ、死んだという。美少女の近所の人の話では、美少女の顔は赤紫に膨れ上がり、目は白目をむいていたという。

「ゆくさー（嘘つき）」と則昭は叫んだ。太郎たちが驚いたように則昭を見た。

則昭は太郎たちに背中を向け、歩きだした。「ちら（顔）が変わっていたそうだ」「苦しかったんだな」「鬼のように口を大きく開けて、うめいていたそうだ」と太郎たちが集まってきた人たちに言う声が耳に飛び込み、則昭は振り返り、「嘘を言うな」と大声を出した。

あのほほ笑みを浮かべた白い顔が苦しく歪むなど想像できなかった。死んだのなら、綺麗な顔のまま、静かに死んだんだと則昭は自分に言い聞かせた。

歩き続けているうちに突然、美少女の凄い形相が浮かんだ。頭を何度も強く振ったが、断末魔のような死に顔が則昭に迫った。

太郎が則昭を追い越しざま、「美少女の家に行ってみないか」と声をかけた。則昭は首を振り、立ち止まった。太郎たちは満田集落の方に駆けていった。

美少女の家はわずかなムーチーしか作らなかったはずだが……なのに喉につまらせるとは……生まれて初めてのムーチーだったんだ。食べ慣れていなかったんだ。祖母のようにちぎりながら食べる方法を知らなかったんだ。

三日が過ぎた。則昭の足は美少女の家のある満田集落に向かっていた。集落の境の、あのサンニンの茂みに来た時、何とも言えない気持ちになり、立ち尽くし、まもなく引き返した。

美少女はまちがいなく死んでしまったと思った。だが、実感が湧かなかった。ムーチーが喉を通らなかった。

則昭の祖母も美少女の死を耳にしていたが、カーサを綺麗にはがし、入れ歯を苦にせず巧みに固くなったムーチーを食べた。

祖母はこれからも吊すムーチーの数は一つ一つ増えていくだろう。美少女の家族は毎年十二個のムーチーを吊すのだろうか。……たぶんもうムーチーを作らないだろう。来年、僕のムーチーは十二個になり、美少女と並ぶ……再来年は追い越す……。美少女が十二歳のままになってしまったのは、歳をとらないようにと、いつか僕が願ったせいだろうか。

僕が毎年歳の分、吊したら美少女が「何歳」になったか、すぐわかる。しかし、吊す気になるだろうか。

若い、瑞々しいカーサをスパッと切った瞬間、なぜ何ともいえない寂寥感を覚えたのか、則昭はおぼろげながらわかるような気がする。

へんしんの術

あっというまに消えなければ忍者とは言えなかった。

小学高学年の孝太と次郎は正体不明の少女の気配を感じるとすばやく木や石垣にのぼり、身をひそめ、胸をたかならせた。

数日後、ハイビスカスの生垣にかくれた次郎は（顔のわきに赤い花が咲いていたせいか）少女に見つかってしまった。少女と視線をあわせた数秒間、次郎は変に生きたここちがしなかった。少女にみやぶられた「身をかくす術」は二人とも使う気をなくした。

巻物を口にくわえ、両手の人さし指をあわせ、呪文をとなえた瞬間、煙がたちのぼり、大きなガマガエルや大蛇に変身する……。少年雑誌にのっている、この術を使うのはむつかしかったが、孝太も次郎も得意の術をもっていた。

とくに孝太の術は大がかりだった。台所からズボンのポケットにたいりょうに入れてきた「目つぶし」の灰をむやみやたらにまいた。風にのり、孝太のみならず次郎の顔にもかかり、へいこうした。

孝太のスイトンの術には次郎も少女も目をみはった。孝太は近くの川にもぐり、竹の筒を水面に出し、呼吸した。かすかに見える水中の孝太は中腰になり、大きくあごをあげ、ひどく苦しげだった。次郎も少女も心配したが、息をつめ、じっと見つづけた。

スイトンの術にみりょうされたのか、いつのまにか、すっと仲間にくわわった少女は「忍者は笛を吹くのよ」と言いながら熱したひばしを竹におしつけ、たくみに穴をあけ、笛をつくった。「孝太君、次郎君、ふしぎな笛よ。パパーパッ、ピピーピッ、ププープッ、パピプッポ」などと口ずさんでは、笛を吹き、また口ずさんだ。

次郎は短い棒を口にくわえ、わけのわからない呪文をとなえ、高い石垣からむこうがわに飛びおりる術を少女にひれきした。この術は着地の瞬間に足や上体をふわりと折りまげなければ衝撃がのうてんをちょくげきする。少女のてまえ、孝太がまけじと次郎のまねをしたが、着地に失敗し、うめいた。

翌日、孝太は昨日の失敗をばんかいしようと「地面に耳をくっつけろ。敵の足音を聞け」と命じた。少年雑誌の中の忍者がやっていたという。次郎と少女は十字路、路地、一本道の地面に耳をくっつけた。「聞こえるか？　ぼくにはいつでもどこでも聞こえる」と孝太はつったったまま言った。ブルドーザーの音ならともかく人の足音なんか聞こえるはずはないと次郎は思った。音はむしろ、地面から耳をはなした時にはっきり聞こえた。

ある日「映画や少年雑誌の忍者はかならず悪者をやっつけ、姫ぎみを助けだす」と孝太が言った。少女を姫ぎみにしようとしたが、男子中学生くらいに大柄な少女を悪党からすくいだすというのは孝太も次郎もどこか不自然に思えた。孝太はふと思いついたように少女に大きい棒を頭上にかざし、自分たちの後ろからついてくるように言った。孝太は「少女を姫ぎみではなく、怪力の女忍者にした」と次郎にささやいた。鬼が金棒を持っているような少女の姿はどこかこっけいだが、かわいそうだと次郎は思った。

次郎はふろしきふくめんをしようと孝太に言った。

翌日、三人は家からもちだした（少女の家がどこなのか孝太も次郎もしらないが）ふろしきを三角におり、頭からすっぽりかぶり、目だけを出し、顔をおおった。白い歯や赤みがかった唇がなんとも表現できないくらいに美しい少女にふくめんをさせるのはもったいないと次郎は思った。

次郎は幼少のころから自分がなにかに変われるふくめんが大好きだった。敵に正体がばれないように、あるいは敵をいかくするためにふくめんをすると孝太は言ったが、次郎はふくめんをすると安心感と勇気がわいた。

心は目にあらわれるというが、ふろしきふくめんから出た、ふだんおとなしい少女の目に自信にみちた豊かな表情がうかんでいた。

三人は毎日のようにふろしきふくめんをした。

男子中学生に「ふくめんは正義のヒーローか、悪党のおやぶんか、一人だけがするもんだ」と笑われたが、三人はへいぜんと無視した。ふろしきの色にあわせ、孝太は「かいけつ白ずきん」、少女は「かいけつ黒ずきん」をなのった。赤っぽいふろしきふくめんをした次郎に孝太が「赤ずきん」とめいめいした。「女みたいだ」といやがった次郎に少女が「じゃあ、あずき色ずきんはどう?」とていあんした。次郎は内心ふまんだったが、すぐうなずいた。

真夏の真っ昼間、ふくめんの内側に熱がこもった。三人は目元を赤らめ、汗をながし、のぼせ、軽いめまいをおぼえながらチャンバラをした。てきとうに引き分けにもちこんだ。すぐ、ふくめんをはずし、風の通る木陰にすわり、口をあけ、息をととのえながら涼をとった。

ふろしきふくめんは簡単だったが、三人とも自分いがいの顔形には化けられなかった。

セルロイド製の少年剣士や姫ぎみの面を買ってきた。時々、三人は面をこうかんし、かぶった。

孝太は面づくりにぼっとうした。うすいベニア板に穴をあけ、口と鼻をだしたが、はなおのないげたを顔におしつけているように見え、仮面のもつ迫力や不可思議さがまったくなかった。このぶざまな面を孝太もじきにつけなくなった。

夏休みも残り少なくなった。

急に少女があらわれなくなり、孝太と次郎も家にこもり、宿題にせいを出した。

十年後、孝太と次郎は目をうたがった。手足が長く、色も白いが、まちがいなく、あの時の少女だった。銀幕の女優になっていた。姫ぎみではなかったが、きらびやかな洋服を風になびかせ、なんともいえない笑みを浮かべていた。

初出

短編

「牛を見ないハーニー」（青春と読書　1982年）
「盗まれたタクシー」（青い海　1983年）
「闘牛場のハーニー」（沖縄公論　1983年）
「大阪病」（青い海　1983年）
「告げ口」（青い海　1984年）
「マッサージ師」（新沖縄文学　1985年）
「水棲動物」（季刊おきなわ　1986年）
「訪問販売」（新沖縄文学　1986年）
「青い女神」（月刊カルチュア　1988年）
「見合い相手」（うらそえ文芸　1998年）
「ヤシ蟹酒」（うらそえ文芸　2002年）
「野草採り」（明日の友　2003年）
「宝箱」（世界　2004年）
「村長と娘」（文化の窓　2005年）
「金網の穴」（群像　2007年）
「司会業」（明日の友　2008年）
「松明綱引き」（文學界　2014年）
「慰霊の日記念マラソン」（越境広場　2015年）

掌編

「潮干狩り」（沖縄パシフィックプレス　1983年）
「冬のオレンジ」（沖縄パシフィックプレス　1983年）
「少年の闘牛」（沖縄パシフィックプレス　1984年）
「陳列」（読売新聞　1988年）
「凧」（沖縄パシフィックプレス　1983年）
「緑色のバトン」（読書風景　2002年）
「窯の絵」（一枚の繪　2004年）
「コイン」（野生時代　2004年）
「サンニンの莟」（文化の窓　2012年）
「へんしんの術」（詩とファンタジー　2015年）

本コレクション収録にあたり、初出から改稿しました。

決意と行動による「文学的星座」

八重洋一郎（詩人）

ここに短編、掌編合わせて二十七の作品がある。周到に編集されていて、著者の執筆意図がよく伝わり、その目次を見るだけで楽しくなる。それでは読者としてはどのように読めばこれらの作品をよく玩味できるであろうか。

これには古代ギリシャ南部の丘陵地帯にあったアルカディアの牧人たちが夜空に煌めく星々を眺め、自分たちの生活の節目や希望や記憶のよすがにしようと「星座」を考えだしたその方法が極めて親しい参考となるだろう。言わば短編集を文学的星空と考え、文学的星座を織り成そうというわけである。「短編」とは、様々の情報を一ヶ所に集めそれを高速で回転させて新情報を創り出す「集積回路」になぞらえることができる文学的形式である。短いが故に色々な問題の集中度は高く、その訴求力も強くなる。これは著者又吉の文学方法とも良く一致する。彼はかねがね浦添市のある一点を中心とする半径二キロメートルの円の範囲内に戦後沖縄の状況は凝縮されているから、その円内の出来事を克明に描写すればよいと発言している。すなわち彼の作品が長編であってもその方法は短編的であり、むしろ短編に彼の文学的特徴がよく表れている。

さて、この二十七編を、星座を綴っていく方法で探求してみよう。

第一群。「松明綱引き」「牛を見ないハーニー」「闘牛場のハーニー」「盗まれたタクシー」。ここでは沖縄の民衆生活が扱われている。「松明綱引き」は沖縄の各村落の生き生きとした有様が活写されている。そして最も顕著な特徴は、若い素っ裸の女性が南北五人づつ小太鼓をたたきながら、戸板に乗った男女の隊列を誘導している場面である。これは一見、著者の読者へのサービスとも思われるが、実はこれはある歴史的事実の現代における象徴化、あるいはパロディーなのである。すなわち「女性は戦いの先駆け《イナグヤイクサヌサチバイ》」と言って、戦いが始まる前に、元気のいい呪女《ノロ》が頭には野草の冠《かんむり》をかぶり全身裸になることによって霊力を高め、長い細い布切《ヒレ》を打ち振って敵を呪詛するためにモーレツに踊り狂うのである。（八重山のオヤケアカハチの乱を討伐するため尚真王が派遣した軍船団の最前列の船上で躍り狂って征服軍を鼓舞した久米島の君南風《チンベエ》が有名）。著者はなにげない描写の中にも、このような事実をしのび込ませ作品を活性化する。続いて「牛を見ないハーニー」「闘牛場のハーニー」にも一工夫が施される。ハーニーとは蜜月《ハニムーン》の蜜《ハーニー》のことであり、たとえば女が相手の男を色仕掛けでだまし（こんな強烈なものではないと思うが）、金銭をねだるというあまり上等ではない関係であっても、男女二人はお互いに蜜《ハーニー》の関係を演ずるのである。闘牛場に行っても牛を見ないで、もっぱら甘えと疑似保護者となって時間を過す。

それを松の木の上から少年がいちいち見ているという何とも言えない沖縄の生活事情、純真な少年の心に世間という毒がしのび込む様がよく捉えられている。「盗まれたタクシー」は最後の一行がなんともおかしい。この間《ま》の抜《ぬ》けたおかしさも沖縄人独得の姿なのである。――タクシィーを盗まれたと騒いでいた盛吉が実はタクシー窃盗常習犯であることが彼の妻の次のような一言であきらかになる。「また、盗んできたんだね。また、入院しなくちゃいけないんだね。」読み返すたびにおかしさが倍増する。

第二群。「見合い相手」「冬のオレンジ」「野草採り」「ヤシ蟹酒」「コイン」「村長と娘」。これは第一群の少しゅるんだ形。「見合い相手」は市役所勤めの独身の女性が突然外部からかかってきた、見合をしたことがあると称する男性からの電話に少しばかり心が動揺する話――心がゆらぐということは日頃の勤務生活に不満が積もっているわけで、その市役所における女性の毎日が少々皮肉っぽくユーモラスに描かれる。著者は若い頃に浦添市役所に勤務したこともあり、このあたりを書く時は大いに楽しんだであろう。それが自ずとその軽快な筆致に表れている。「冬のオレンジ」は、十四歳の時、沖縄戦で爆風に飛ばされ生き埋めになった経験を持つ女性の話。ある日の夕方、中年の米兵からオレンジをもらってしまい、アメリカにも亡くなった人に果物をお供えする習慣があるのかと、いぶかしく思いながらも、両親の霊前にそのオレンジをお供えするまでのなりゆきが当時の風景を織りまぜながら、とぼけた文体で語られる。かんじんの父親の霊は、幼い頃の聞きおぼえのある声を残しながら次第に遠ざかっていくが、父はどこかに生きているという思いも強くなる。著者は、霊が行き交うというあり得ない話も愛情込めて筆にする。「野草採り」「ヤシ蟹酒」は沖縄のひまのある老人や少しばかり余裕のある女性や貧乏な青年たちが、色々取り合わせて語られるが、「格言」好きとか、薬草マニア(?)とか、ヤシ蟹酒を工夫してつくったとか、一般民衆の生活ぶりをからかい気味の文で描いているが、作者のその底には暖かい感情が流れている。例えばヤシ蟹酒を飲む時は必ず雲丹の軍艦巻きを食べる精一の様子とか、ウッチンを浸けた泡盛を飲んでいるうちに手先まで黄色くなった酒場の主人など、だらしのない(?)生き生きとした姿が目に見えるようだ。沖縄民衆の楽天的風景である。「村長と娘」ではこの小さな村をいかにして賑やかな街にするかを日夜考えている村長とまるで村長の付添人、保護者であるかのようにふるまう二十五歳の娘が登場し、その姿を少しつき放したように描くが、その裏には著者のやさしい気配《きくば》りも感じられる。村長選挙が近づき「今度の選挙ではきっと落選するわね」と気楽に村長の悪口をたたいている女子職員たちに大きなアンパンを買ってきてその超過勤務を激励する村長は、夕食を準備し待っている娘の元に帰るのである。「コイン」ではキャバレー〝モンロー〟で客が帰った後の清掃を仕事としている満雄がソファの下や、〝じゅうたん〟の中に客が落としたコインを探し、それを少しずつ貯めることを楽しみにし、あるキッカケから、それを妻の奈津美の友人洋子にプレゼントし、とうとうそれが恋愛関係にまで進み、奈津美との家庭生活は崩壊し(もちろん奈津美と洋子は仲違いするが)、両方の女性が同時に妊娠してしまい、その事件(?)の処理に困惑した主人公? 盛雄が今度はコインではなく客の残したウィスキーを飲むようになり、キャバレーを解雇され、奈津美からも絶縁され、「洋子にプレゼントしたのが、まちがいだった。……コインなんか預金しないで、奈津美に全部渡せばよかったんだ」と後悔する話で、著者はおそらくこんな間抜けな話も起こっているんだと、生活の風景を報告したかったのだと思われる。

第三群は「潮干狩り」「大阪病」「告げ口」「マッサージ師」「訪問販売」「水棲動物」から成っており、この第四巻の中心部分を示している。第四巻の中心主題が集中しているのだ。読者もよく注意して読んでいただきたい。まず「潮干狩り」。大学入試には合格したが、実際にはまだ一度も講義には出席していない女子学生の話す話が綴られている。その女子学生はチョット神経質になった状態で小さな隆起珊瑚にわずかな土が乗っかっているような島へ旅行している。そしてそこで出会った母娘が自殺してしまう。この事件はこの「群」の予言的役割を果たしている。この群に出てくる人物たちは少しづつノイローゼが昂じて行き、それにつれて感受感覚が鋭くなり、いろいろなことを常識とは少し違った風に感じ、考える。著者はこの微妙な変化を微妙な描写を重ねながらうまく捉えている。この一番初めに出てくる「潮干狩り」も、この群に登場する人物たちの〝これからどうなっていくだろう〟という心や身体の変化を、短い文章の中に典型化していて著者の観察眼に感心させられる。高校生の時すでに失恋を経験していたこの女子学生は小学校の時の潮干狩りを思い出しながら、鋸歯のような岩の隙間に二枚貝をみつけたりしているうちに、母娘の溺死体に出会ってしまうのである。続いて「大阪病」。知らないうちに発熱とともに顔や身体のあちこちに赤い発疹が浮かんできて、それがやがて体中《からだじゅう》に広がり、いのちを危険にさらす「大阪病」をめぐる話。突然市役所にその大阪病の徴候を顔いちめんにうかべた女性が侵入（?）してきて周囲の人たちがあわただしく騒ぎたてる。まるで現在のコロナ騒ぎを思わせる。この状況の中で少し嫉妬深い女房が夫の最近の行動を一人語りする。いろいろ嫉妬する女房の眼から見た夫のふるまいが、その思い込みの気持ちから語られるが、最後は夫にくっついた女房が、夫の目の下のほうに、赤い鮮やかな、しかし、ほんとに小さな斑点を発見する。じっと見ていると、しだいにぼけ、消えていくようにも見える。これは言い換えれば「嫉妬病」なのではないか。次は「告げ口」。少しヒステリックで被害妄想気味の女性が、夫と二人で住んでいる自分たちのアパートの向かいのアパートに住んでいる安座間さんという女性から、一日おきにかかってくる電話によって夫についての様々なことを「告げ口」されてだんだん精神に落着《おちつき》がなくなり、夫との関係を初めとして生活の基本的信頼や事物との信頼関係を失い、その女性（妻）が熱を帯びたように語る話が本当のことなのか、そうでないのか、読者は探ることができずただその女性の心理的変化を確実に認めることが出来る。彼女は出会う人の目がおそろしく、一種の被害妄想、対人恐怖症に陥《おちい》って、取りとめのないことを語り続けるが、その語る姿はいよいよ鮮明となる。これはいったいどういうことなのか、彼女は大通りの真ん中でワンピースも下着も脱ぎすて、「米兵だって人間ですから、気は狂うのです。」と捨てゼリフを吐くのであるが、このセリフの意味を考えるうちに多くの時間を費やしてしまった。いつかあらためて熟考しようと考えている。読者の皆さんもぜひ真剣に考えていただきたい。これは著者が読者へのサービスとして（?）の謎なのである。この奇怪な雰囲気が次の「マッサージ師」へも続く。このあたり著者は全力を挙げて想像力をふりしぼったに違いない。案の定、描かれる人間関係は複雑化していく。少しのからかい半分の雰囲気を残しながらも最後は自殺めいた事故が起こり、作品は次のような言葉で閉じられる。……運命。ああ、やはり運命だろうか。マッサージ師もあの女の人も何の悪行もないように私は思う。……

「訪問販売」。あるお屋敷のメイドさんから注文があり、訪問販売者はお屋敷を訪ね、自分の商品の特徴を縷々《るる》述べる。その商品はなんと様々な幽霊であり、その効能や幽霊を出す仕掛けの説明をするのである。メイドさんは屋敷の老主人に言われて四人の知人を招待し、その知人たちを歓迎するために幽霊という商品でもてなすわけだが、この作品にはもう一つ仕掛けがあって招待者それぞれが屋敷の老主人に関係のある幽霊たちなのだ。その様々な仕掛けに解説者である私は話のあらすじ、老主人と幽霊たちとの関係などをすべて忘れたほどである。著者の奇想、才能に驚くばかりだ。あらためて小説の内容を思い出してみても、その内容よりはその形式（仕掛け）が圧倒的に面白い。我々読者はそれを正直に楽しめばいいのだ。

さて次は私（解説者）が最も感心した「水棲動物」。これまで重ねられた作品によって登場人物も読者も日常生活からかなり「異化」されているに違いない。著者は念入りに計算しつつ読者の心をあやつり、ついにここまで誘導してきたのだ。この作品では若い男女の結婚生活と子供の誕生についての不思議で奇怪《きっかい》なイメージが次々に綴り出され、語り手は、著者によって充分に準備された心理状態にある新婚の女性である。「沼を覚えていますす」というさりげない言葉から話は始まる。続いて次のように「赤茶けた泥水と油が混じり、うごめいている、ぼやけた映像でした」「妊娠の最中に蛇の夢を見ると蛇女が生まれると聞きます」と妖しい言葉が次々と綴られる。これらのイメージは静かに綴り返され、若妻は次第に不思議、妖しい、奇怪な出来事を語り始める。……若い妻である女性がかなりヒステリックな調子で様々なイメージを語るわけだが、それらはすべて生命《いのち》の「無気味さ」の暗喩となっている。例えば「子宮の奥の始原のかなた」という決定的な言葉が書きつけられ、自分の夫の髭を「原始の沼をふちどるように生えていた水草」などと形容する。この章全体が、水・沼・ぬらぬら・ぬめり、などと言う感覚で満たされ、その生命《いのち》の「無気味さ」を、「水棲動物」と言わざるを得なくなるのである。誕生した赤んぼを「水棲動物」として造形した著者の直観力は鋭い。そしてその赤んぼはとうとうその赤んぼの父親である彼女の夫をパクパク食べてしまう。この場面などまさしく親子関係の見事な象徴となっている。著者はこのようなどす黒い場面などをいつものように〝ひょうひょう〟としたユーモアの中で綴るのである。その赤んぼの描写と、その若い母親の（彼女は初産《ういざん》）恐怖のまざった母親心理の表現など、そして生命《いのち》の実態を「水棲動物」と捉えた直観力など見事なものだと思う。読者は生命についてのこのようなイメージに接し、考え込まざるを得なくなるであろう。そしてイメージとは発見であり、認識であり、文学というものの意義をあらためて感ずることであろう。

第四群。「少年の闘牛」「爪」「緑色のバトン」「青い女神」「宝箱」「サンニンの莟」「へんしんの術」の七編から成る。「少年の闘牛」は、一群の「牛を見ないハーニー」「闘牛場のハーニー」とも関連しつつ「闘牛」の雰囲気とそれをとりまく少年たちのみずみずしい感性が描かれる。「爪」は貧乏な家庭の中で自分の役割を自覚していく少年の姿。「緑色のバトン」はハツラツとした子供たちのふるまいや、幼いながらも周囲への気配りを学習しつつ、また周囲から暖かく保護され受け入れられ、それに安堵する経験が緑色のバトンを使ってのリレー競争に描写される。誰でも幼い頃を思い出せば巡り合う懐かしい場面である。「青い女神」はそのような子供たちの感性を保証する、〝自然〟のシンボルであり、少年少女の世界には「どんな干魃にも涸れないムイガー（森の泉）」が湧いているのだ。

「宝箱」はそれらの少年たちと、それらの少年が大人となった村落でのエピソードである。いわゆる血縁社会に世界の経済規律、権力の支配が侵入してくる時の血縁社会の混乱。大袈裟に言えば右のようになるわけだが、いずれも矮小化して書かれるから実際は少々滑稽味を帯びた村騒動じみたものとなる。米軍の沈没船にあった宝石箱を発見し、それを工夫して取り出し、その手にした何千ドルというドル札をめぐっての話で、その時の村人たちの行動が、これまたいかにも沖縄人だとの印象を刻み出している。「サンニンの莟」は、サンニンの葉でモチを包む、いわゆるカーサームーチーが村々でどんな行事にどんな風に使われ、どんなふうに子供たち村人たちを元気づけているか、どんなふうに想像力を養っているかを登場人物である祖母や自分や、美しい少女の夢みるような場面、場面でつながっているが、年老いた祖母は入れ歯をモチに取られながらも少しづつ分けて全部食べることができたのに、美しい少女はモチをノドにつまらせ苦悶の表情のままあっけなく死んでしまう。「へんしんの術」ではいなかの村で〝へんしん〟ごっこをして遊んでいた少女が、後年都会に出て〝大《だい》へんしん〟し、銀幕の女優となって「姫ぎみではなかったが、きらびやかな洋服を風になびかせ、なんとも言えない笑みを浮かべて」いたのである。そしてそれはモチをつまらせ、あっけなく死んだ少女がだいへんしんして復活した姿でもあるのだ。

単独掌編。「陳列」。どこの群にも属さない単独の物語。掌編ではあるがその意味はなかなか深いものがある。その背景も素朴な田舎《いなか》の風景ではなく人通りの多い都会のビル街である。一枚ガラスのショーウインドウの中で、十六、七歳くらいの少女が二人、横に並び正面の通りに向い、立っている。なんと彼女たちは「私はこの店で万引きをしました」と書かれたプラカードを首からさげている。見知らぬ都市の、見知らぬ店の、見知らぬ男が、見知らぬ少女たちを、見知らぬ人たちの眼前に陳列している。これはどういうことなのか。このことの意味づけは極めて難しい。私（解説者）は以下のように考えてみた。……しょせんこの現代社会においては（資本主義社会と言ってもいい）、自分を商品化し、自分で自分を陳列する以外他人と交渉する方法はないのではないか。しかしそれならば自分の価値を最大評価し、自分を宣伝するべきではないのか。ところが少女たちは「自分は犯罪人」であると自分を格段にひきおろし人前に立っているのである。これは昔の「さらし者」とは自《おのづか》ら意味が違う。なぜならさらし者は自分を売り出そうと陳列台に立つことはない。この事態をなんと考えるか。著者は読者に「謎」をかけているようにも思われる。私（解説者）はあの、沖縄人を陳列した人類館事件を思い出したりもする。

第五群。「窯の絵」「司会業」「慰霊の日記念マラソン」。このグループでは複雑な現実の中で、ある事を決意し、それが育っていく有様が描かれている。「窯の絵」では、何をしてもあまりうまくいかない主人公の洋一が、大好きな焼物現場の登り窯の絵を描《か》いて、先輩の陶工である哲雄に見せたところ、哲雄から大いに誉められ自信ができ将来への希望を抱く。「司会業」は怠け者の「私」が仕事もしないでブラブラしているうちにどんどん太り出し、とうとう村出身の海竜関そっくりな風貌となり、その姿を人々から面白がられて村の行事や結婚式などの司会を任され、ますます人気《にんき》が出てきたのに、ある時、自分の人気はただ海竜関に似ているからで、ほんとうの自分自身は全く評価されてはいないということに気づき、「海竜関と手を切ったら、自治会長を筆頭に島の人々は間髪を入れずに私を無視するようになるだろう。」と思いながらも、「先々を考えると身も心もがんじがらめになるから、とにかく一歩踏み出そう」と決意し、「自治会長に電話をかけ、司会業をきっぱりと断った」という話である。

最後に「慰霊の日記念マラソン」が来る。著者、又吉はこれまであからさまな政治的発言は避けてきた。そして状況を詳細に描写することによって沖縄の苦境を示し、文学による発言を試みてきた。この一編は珍しく、著者・又吉がダイレクトに沖縄を語ったものとして貴重である。慰霊の日記念マラソンがいかに住民騙しの「策謀」「欺瞞」に満ちているかを徹底的に語り、マラソンコースを走りながら考えるその内容も実に説得的である。著者自身が自分自身を説得し、自分自身を激励しながら行動への決意を固めようとしていて、この短編集の最後を飾るにふさわしい好短編である。沖縄の常識人に、ある「決意」が募《つの》っていく有様が細かく表現されていて、読者も勇気づけられる。マラソンコースのあちらこちらで現れる戦前の〃モンペ〃をはいていた乙女達の群像、それは走っている著者に「走らないで」「慰霊の日記念マラソンやめさせて」と訴えている。著者は「目覚めよ、目覚めよ」と繰り返し、内心で言って走っているうちにいつの間にか提灯を手にした人たちも出現する。それは戦時中の戦勝提灯行列なのである。沿道の人々が日の丸の小旗を振り、歓喜の声を響かせている中を著者は「この可哀想な少女たちのただ一つの願いを叶えてあげなくてもいいのだろうか」と自問しつつ走り続ける。著者は極めて象徴的、批判的な風景、場面を読者の眼前に現出させ、何事かを（これははっきりしているとも言えるが）問い続けるのである。

さて、文学星座逍遥を了えるに当って私は次のことをつけ加えたい。人はあることを考え、それを決意するまでに、紆余曲折、躊躇、心の揺《ゆ》らぎの時間をどうしても必要とする。そしてある決意が固まると、これを行動に移すまでにまた時間がかかるのである。もしその決意が偽物《にせ》であったとしたらこの段階で決意は消える。この待機の時間の間に内部から促しが訪れ、もう引き返すことができなくなると、次の瞬間、それは行動へと飛躍する。日常生活からの新しい行動への移行（飛躍）は、たとえ瞬間的に見えても、必ず右の順序と同型となる。いったん決意し行動すれば、それはただの思いつきではないのだから、その行動の連続がその人の人格を形成することになる。この小説コレクション全四巻は、著者・又吉栄喜の、そのような決意、行動として出版される。読者の得るところは極めて大きいものがある、と確信する。

著者略歴

又吉栄喜（またよし　えいき）

1947年、沖縄・浦添村（現浦添市）生まれ。琉球大学法文学部史学科卒業。1975年、「海は蒼く」で新沖縄文学賞佳作。1976年、「カーニバル闘牛大会」で琉球新報短編小説賞受賞。1977年、「ジョージが射殺した猪」で九州芸術祭文学賞最優秀賞受賞。1980年、『ギンネム屋敷』ですばる文学賞受賞。1996年、『豚の報い』で第114回芥川賞受賞。著書に『豚の報い』『果報は海から』『波の上のマリア』『海の微睡み』『呼び寄せる島』『漁師と歌姫』『仏陀の小石』『亀岩奇談』など。南日本文学賞、琉球新報短編小説賞、新沖縄文学賞、九州芸術祭文学賞などの選考委員を務める。2015年、初のエッセイ集『時空超えた沖縄』を刊行。2022年、『又吉栄喜小説コレクション 全4巻』を刊行。

［映画化作品］「豚の報い」（崔洋一監督）「波の上のマリア」（宮本亜門監督「ビート」原作）

［翻訳作品］フランス、イタリア、アメリカ、中国、韓国、ポーランドなどで「人骨展示館」「果報は海から」「豚の報い」「ギンネム屋敷」等

石炭袋

又吉栄喜小説コレクション4　松明綱引き

2022年5月30日初版発行
著　者　又吉　栄喜
編　集　鈴木比佐雄・鈴木光影
発行者　鈴木比佐雄
発行所　株式会社 コールサック社
〒173-0004　東京都板橋区板橋 2-63-4-209
電話 03-5944-3258　FAX 03-5944-3238
suzuki@coal-sack.com　http://www.coal-sack.com
郵便振替　00180-4-741802
印刷管理　（株）コールサック社　制作部

紅型イラスト　吉田誠子 ／ 装幀　松本菜央

落丁本・乱丁本はお取り替えいたします。
ISBN978-4-86435-508-7　C0393　￥2500E